La femme interdite

Un amant passionné

PATRICIA KAY

La femme interdite

éditions Harlequin

Titre original : HIS BROTHER'S BRIDE-TO-BE

Traduction française de ROSELYNE AULIAC

HARLEQUIN®
est une marque déposée par le Groupe Harlequin

PASSIONS®
est une marque déposée par Harlequin S.A.

Photos de couverture
Femme : © ROYALTY FREE / GETTY IMAGES
Paysage : © MASTERFILE / ROYALTY FREE DIVISION
Fond : © ROYALTY FREE

Si vous achetez ce livre privé de tout ou partie de sa couverture, nous vous signalons qu'il est en vente irrégulière. Il est considéré comme « invendu » et l'éditeur comme l'auteur n'ont reçu aucun paiement pour ce livre « détérioré ».

Toute représentation ou reproduction, par quelque procédé que ce soit, constituerait une contrefaçon sanctionnée par les articles 425 et suivants du Code pénal.

© 2009, Patricia A. Kay. © 2010, Harlequin S.A.
83-85, boulevard Vincent-Auriol 75646 PARIS CEDEX 13.
Service Lectrices — Tél. : 01 45 82 47 47
www.harlequin.fr
ISBN 978-2-2808-1871-1 — ISSN 1950-2761

- 1 -

En entendant la sonnerie personnalisée de son téléphone portable, Stephen Wells fit la grimace. Bon sang ! Il aurait dû l'éteindre avant de pénétrer dans le bureau de Jake Burrow, d'autant que le vieil homme détestait ces fichus appareils.

Comme il s'y attendait, Jake lui jeta un regard furibond.

— Désolé, marmonna Stephen en récupérant son portable dans sa poche.

Il était sur le point de couper la communication quand il vit le numéro qui s'affichait sur l'écran. Caroline ? Jetant un regard d'excuse à Jake, il murmura : « je reviens dans une minute » et sortit du bureau.

— Allô !
— Stephen ? Dieu merci, tu es là.

Bien qu'elle ait seulement un an de plus que lui, Caroline était sa nièce, la fille de son demi-frère aîné, Elliott. En percevant la note de panique dans la voix de la jeune femme, Stephen se figea sur place. Il pensa aussitôt qu'il était arrivé quelque chose de grave à Elliott.

— Que se passe-t-il ?
— C'est papa.

Stephen déglutit avec peine.

— Tu ne vas pas me croire, Stephen. Il va *se marier* ! s'exclama-t-elle d'une voix suraiguë.

La femme interdite

Sous le coup de la surprise, Stephen sursauta. Marié ? Elliott ? C'était impossible.

— Où as-tu été pêché cette idée ? Et qui est-il censé épouser ?

Caroline avait dû se méprendre. A sa connaissance, Elliott n'était pas sorti avec une femme depuis la mort de son épouse, quatorze mois auparavant.

— Comment crois-tu que je l'ai appris ? Par lui, évidemment ! Il a appelé il y a à peine cinq minutes pour me dire qu'il ramenait cette... femme à la maison.

— Je ne...

— Et ce n'est pas tout. Figure-toi qu'elle est plus jeune que *moi* !

Sa voix frisait de nouveau l'hystérie.

— Plus jeune que *toi* ?

Caroline avait trente-quatre ans et Elliott, cinquante-sept.

— Comment le sais-tu ?

— Parce que papa me l'a dit. Oh, il ne m'a pas donné l'information spontanément, tu penses bien. Il a fallu que je lui arrache les mots de la bouche.

Stephen ne savait que penser.

— C'est sûrement une aventurière, conclut amèrement Caroline.

— Tu ne crois pas que tu vas un peu vite en besogne ?

Mais les questions se bousculaient dans la tête de Stephen. Où et quand Elliott avait-il rencontré cette femme ? Et pourquoi ne lui avait-il rien dit ?

— Comment a-t-il fait sa connaissance ?

— Lors d'un voyage d'affaires à Austin.

Austin se trouvait à cinq heures de route de leur ranch, lui-même situé au sud-ouest du Texas. Elliott avait d'in-

La femme interdite

nombrables intérêts commerciaux dans cette ville et il s'y rendait fréquemment.

— Eh bien, si je m'attendais à ça ! murmura Stephen.

Depuis la mort d'Adèle, Elliott se sentait très seul, il le savait. Sa belle-sœur était une femme merveilleuse qui lui manquait à lui aussi, et il comprenait d'autant mieux ce qu'Elliott ressentait. Mais de là à se remarier ! Si tôt ! Avec une femme aussi jeune ! Stephen espérait que son frère savait ce qu'il faisait et que cette femme était digne de lui et ne courait pas après son immense fortune. Il n'eut pas plus tôt formulé cette pensée qu'il en eut honte. Que diable, Elliott était dans la force de l'âge, et il possédait toutes les qualités physiques et morales pour plaire à une femme !

— Il faut que tu rentres, Stephen. Papa arrive demain avec cette femme.

— C'est impossible. Je ne serai pas de retour avant samedi.

— Je veux que tu sois là quand ils arriveront. J'aurai besoin de ton soutien moral.

— Ecoute, Caroline, ma présence n'y changera rien. Ce n'est pas comme s'ils allaient se marier demain. Par ailleurs...

— Quoi ?

Stephen aurait voulu prendre la défense d'Elliott. Si quelqu'un méritait d'être heureux, c'était lui. Mais il se ravisa. Caroline était suffisamment bouleversée comme cela. Il était inutile d'en rajouter. Il choisit ses mots avec soin.

— Je préfère réserver mon jugement. Pourquoi ne pas donner une chance à ton père ?

— Tu plaisantes ? La vérité, c'est qu'il a perdu la tête ! Car je ne t'ai pas tout dit. Cette femme a un fils. Un *fils,* tu te rends compte ! Et d'après papa, il est plus jeune que

La femme interdite

Tyler — (Tyler était le fils de Caroline). Tu dois absolument être ici pour les accueillir. Il n'y a que toi que papa écoute.

Cette dernière phrase était teintée d'amertume.

Stephen retint un soupir d'agacement. Caroline ne lui laisserait aucun répit jusqu'à ce qu'il capitule, il le savait. Et, tout compte fait, il valait mieux qu'il soit présent lors de l'arrivée d'Elliott, de cette femme et de son fils, ne serait-ce que pour jouer les médiateurs entre l'heureux couple et Caroline, visiblement très remontée. S'il arrivait à conclure rapidement l'achat de la pouliche auprès de Jake, il partirait demain matin à la première heure.

— Très bien, dit-il avec résignation. Je ferai de mon mieux.

En réalité, il lui fallut toute la matinée du lendemain pour obtenir les documents administratifs et prendre les dispositions nécessaires pour le transport du *quarter horse* au ranch la semaine suivante. Comme Stephen s'y attendait, Caroline avait été contrariée en apprenant qu'il n'arriverait qu'en fin d'après-midi.

Mais il n'avait pas pu faire autrement. L'acquisition de cette pouliche, qu'il comptait utiliser pour la reproduction, était une trop bonne affaire pour la laisser passer. C'est pourquoi il avait décidé de mener les pourparlers à leur terme, n'en déplaise à Caroline.

Du moins, il serait de retour avant la nuit. Stephen était habilité à naviguer aux instruments mais il préférait voler à la lumière du jour. Il ne put s'empêcher de sourire en songeant à son Cessna 152 biplace qu'il avait acheté l'année précédente. Son engouement pour l'aviation remontait à sa première année de droit, à Harvard. C'était son colocataire, un étudiant du Connecticut fou d'aéronautique, qui lui avait fait partager sa passion.

Après avoir loué des jets privés pendant des années,

La femme interdite

il s'était décidé à sauter le pas et à en acheter un. Il avait craint qu'Elliott, qui avait une peur bleue en avion, ne le désapprouve et tente de le dissuader, mais, contre toute attente, son frère l'avait encouragé dans cette voie.

Stephen fronça les sourcils en songeant à son frère. Elliott représentait tout pour lui. Il était littéralement prêt à donner sa vie pour lui. Il espérait de tout cœur que Caroline se trompait et que la femme qu'Elliott s'apprêtait à épouser l'aimait sincèrement. Toutefois, il ne pouvait s'empêcher d'être inquiet.

Parce que, même si cette inconnue avait toutes les qualités requises, Caroline se ferait un malin plaisir de lui mener la vie dure, ce qui ne manquerait pas de peiner Elliott.

« Et moi, par la même occasion… »

Les choses auraient été plus faciles si Caroline avait eu sa propre maison. Même Elliott en avait conscience, mais il avait le cœur sur la main et il ne pouvait rien refuser à sa fille. En fait, il l'avait encouragée à revenir vivre au ranch après son divorce, il y avait quatre ans de cela, et maintenant qu'Adèle était partie pour un monde meilleur, rien n'aurait pu déloger Caroline — hormis, peut-être, un tremblement de terre. Même au cas, peu probable, où elle se serait enfin décidée à quitter le domicile paternel, ce revirement de situation l'en aurait dissuadée.

En effet, Caroline était extrêmement possessive à l'égard de son père. Ce besoin obsessionnel d'être numéro un dans le cœur d'Elliott datait de l'époque où elle était petite — la fille unique gâtée par des parents qui auraient souhaité d'autres enfants mais qui n'avaient pas pu en avoir, et qui avaient reporté toute leur attention et leur tendresse sur leur « princesse ». Cette obsession était à l'origine de toutes les frictions entre Stephen et Caroline, très jalouse de la relation privilégiée qu'entretenaient les deux frères. Le fait qu'elle ait appelé Stephen prouvait à quel point elle était

La femme interdite

bouleversée par l'annonce des fiançailles d'Elliott, car en temps normal, il aurait été la dernière personne qu'elle aurait contactée.

Stephen poussa un profond soupir en songeant aux jours à venir qui n'allaient pas être de tout repos.

— Ne t'inquiète pas, chérie. Tout ira bien, tu verras.

Jill Emerson sourit à son fiancé. Elliott était un amour. Elle n'aurait jamais cru qu'elle rencontrerait un homme comme lui. Prévenant, sérieux, gentil, tendre... Il était tout simplement merveilleux, et elle était la plus chanceuse des femmes.

Toutefois, malgré les promesses d'Elliott, elle ne se sentait pas vraiment rassurée. Elle avait vu la lueur de préoccupation dans son regard après qu'il eut annoncé son prochain mariage à sa fille. Il avait fini par admettre que Caroline était « un peu bouleversée », mais il avait tenté de minimiser les choses en affirmant qu'elle s'en remettrait.

— C'est parce qu'elle ne s'y attendait pas, avait-il ajouté. J'aurais dû lui parler de toi il y a des mois de cela.

La réaction de Caroline avait sûrement été pire qu'il ne le disait, songeait Jill. Sans doute ne voulait-il pas l'inquiéter outre mesure. En réalité, Jill comprenait ce que devait ressentir Caroline. D'après Elliott, elle avait été très proche de sa mère. Il était donc normal qu'elle soit bouleversée à l'idée de voir son père se remarier aussi vite.

Sans compter la différence d'âge.

Elliott avait cinquante-sept ans et Jill, trente. Pour beaucoup de femmes, cette différence d'âge aurait été rédhibitoire, mais pas pour Jill.

Caroline se figurait sans doute que Jill était uniquement intéressée par l'argent d'Elliott. Après tout, comment aurait-elle su que Jill aimait sincèrement Elliott et qu'elle

La femme interdite

aurait accepté de l'épouser même s'il n'avait pas été riche — une information qu'elle ignorait au début de leur relation ?

Le fait qu'Elliott soit dans la force de l'âge était un atout, selon Jill. Les hommes mûrs étaient plus responsables et plus attentionnés. En outre, ils avaient acquis une certaine confiance en eux et n'avaient donc pas besoin d'être rassurés en permanence. Non que Jill ait une grande expérience des hommes, quel que soit leur âge. Au cours des dix dernières années, elle avait été bien trop occupée à finir ses études universitaires et à s'occuper de sa tante gravement malade, tout en élevant Jordan et en les faisant vivre tous les deux après le décès de la vieille dame.

Comme s'il avait deviné que les pensées de Jill étaient tournées vers lui, Jordan ôta son casque à écouteurs et demanda :

— Elliott, dans combien de temps on arrive ?

Jill et Elliott échangèrent des sourires amusés. Sans connaître Jordan aussi bien que Jill, Elliott savait cependant que le garçonnet de dix ans était très curieux mais guère patient.

— Dans une heure ou deux, fiston, répondit-il.

Jordan soupira bruyamment.

— Bon.

— Que dirais-tu d'une glace ? suggéra Elliott. Je connais une boutique, au bout de la rue, où on déguste les meilleures crèmes glacées au monde.

— Auraient-elles le pouvoir magique d'accélérer le temps ? le taquina Jill.

— En ce qui me concerne, une bonne glace résout tous les problèmes, assura Elliott en lui faisant un clin d'œil complice.

Curieusement, grâce à cette crème glacée, le reste du trajet parut plus rapide — non que Jill soit pressée d'atteindre

La femme interdite

leur destination. Mais elle savait que Jordan ne tenait plus en place et qu'Elliott avait hâte d'arriver à bon port.

— Nous y sommes presque, annonça Elliott. Une fois en haut de cette côte, on aperçoit le ranch.

Jill sourit malgré son extrême nervosité. « J'ai pris la bonne décision, se répéta-t-elle pour la énième fois. J'aime Elliott, et Jordan l'adore. C'est ce qui compte. Si les membres de sa famille se montrent soupçonneux à mon égard, c'est leur droit. Je dois juste leur faire comprendre que je ne représente pas une menace pour eux. Et j'ai tout l'été pour les en convaincre. »

Elliott aurait préféré que le mariage ait lieu immédiatement, mais Jill avait insisté pour qu'il ne soit pas célébré avant septembre. Elle voulait être sûre que sa famille les accepterait, elle et Jordan. Cela valait mieux pour tout le monde. Elliott avait été déçu mais il n'avait pas insisté, comprenant que rien ne la ferait changer d'avis. D'ailleurs, il avait fini par admettre que la situation risquait d'être délicate pour Jill si Caroline demeurait au ranch après le mariage.

— Je lui conseillerai d'acheter une maison, avait-il promis.

— Ne fais rien pour l'instant, avait répondu Jill. Attendons de voir comment les choses se présentent.

Pour l'heure, Elliott interrompit le cours de ses pensées en disant :

— Cette fois, nous y sommes.

La note d'orgueil qui perçait dans sa voix réchauffa le cœur de Jill. Son amour pour sa famille et pour son ranch — qu'elle avait remarqué dès leur première rencontre — constituait une de ses principales qualités. Le souvenir de ce fameux samedi de janvier lui fit oublier ses doutes, et elle sourit de nouveau en y repensant.

Elliott était entré dans la petite galerie où étaient

La femme interdite

exposées les œuvres de Jill et où elle travaillait plusieurs après-midi par semaine ainsi que la plupart des week-ends. Il cherchait un cadeau d'anniversaire pour sa fille, avait-il précisé. Jill l'avait aussitôt trouvé sympathique. Elle avait aimé la douceur de ses yeux bleus, la chaleur de son sourire et la façon attentive dont il l'écoutait pendant qu'elle lui expliquait les mérites respectifs des différents tableaux qui l'intéressaient.

Il avait fixé son choix sur une de ses toiles favorites — une délicate aquarelle représentant une ancienne mission dans la région de San Marcos, non loin du domicile de sa tante.

— J'espère que votre fille l'aimera, avait-elle ajouté en emballant le tableau.

— Cela ne fait aucun doute. Toutes vos aquarelles sont superbes.

Jordan était arrivé sur ces entrefaites. Les jours où elle travaillait à la galerie, Jill s'était arrangée avec Nora O'Malley, son amie et son employeur, pour que son fils vienne l'y rejoindre aussitôt après l'école, non seulement parce qu'elle n'avait guère les moyens de se payer les services d'une baby-sitter, mais aussi parce qu'elle aimait l'avoir auprès d'elle.

Il avait coutume de s'asseoir dans le petit bureau à l'arrière de la galerie pour y faire ses devoirs tout en prenant son goûter — Nora conservait toujours des fruits et des boissons à son intention dans le réfrigérateur. Une fois ses leçons apprises, Jill l'autorisait, l'espace d'une heure seulement, à allumer la télévision pour regarder Animal Planet, sa chaîne favorite. Le reste du temps, elle l'encourageait à lire.

Jill ressentit une bouffée de joie en songeant qu'Elliott avait aussitôt manifesté de l'intérêt pour Jordan, et réciproquement. Sa rencontre avec cet homme qui les aimait, elle et son fils, était un vrai miracle.

La femme interdite

Néanmoins, elle avait hésité à accepter sa demande en mariage. La première fois qu'il lui avait demandé sa main, un mois auparavant, elle n'avait pas dit oui immédiatement. Elle lui avait expliqué qu'elle se sentait flattée qu'il veuille l'épouser mais qu'elle avait besoin de temps pour réfléchir à sa proposition.

— Il y a tant de choses à considérer, avait-elle éludé.

— Tu as raison, s'était-il empressé de répondre. Prends tout le temps qu'il te faut.

C'était encore une de ses merveilleuses qualités : se mettre à la place des autres et comprendre ce qu'ils ressentaient — un don plutôt rare. Pourtant, elle avait encore hésité. Son mariage avec Elliott bouleverserait complètement sa vie et celle de Jordan. Elle devrait renoncer à son poste d'enseignante d'histoire de l'art qu'elle occupait dans plusieurs écoles d'Austin ainsi qu'à son emploi à la galerie de Nora. Elle devrait tout laisser derrière elle, non seulement son travail mais aussi ses amis et son église, pour pénétrer dans un monde inconnu.

— Si j'étais toi, je n'hésiterais pas une minute, avait répliqué Nora. Elliott est un excellent parti. C'est bien simple, si tu ne veux pas de lui, je me jette à sa tête !

Ce disant, elle avait éclaté de rire, mais, Jill le savait, Nora était à moitié sérieuse en lançant cette boutade.

— Qui plus est, avait ajouté son amie, tu peux peindre n'importe où. Et je serai toujours ravie de vendre tes toiles.

Mais l'argument décisif qui avait emporté sa décision émanait de Jordan. Quand Jill lui avait parlé de la demande en mariage d'Elliott et de la possibilité d'aller vivre dans son ranch, il avait sauté de joie.

— Chouette ! s'était-il exclamé, les yeux brillant d'excitation. J'ai toujours rêvé d'avoir un cheval à moi !

Quand elle avait annoncé sa décision à Elliott, il l'avait

La femme interdite

assuré qu'elle faisait de lui le plus heureux des hommes et qu'elle n'aurait pas à le regretter. Son bonheur manifeste avait balayé les quelques doutes qui subsistaient dans son esprit.

« J'ai beaucoup de chance, songeait-elle pour l'heure. Aussi, quelles que soient les difficultés qui m'attendent, je ferai tout mon possible pour vaincre les réticences de Caroline et du frère d'Elliott. Il y va de mon bonheur, mais aussi de celui d'Elliott et de Jordan. »

Caroline Lawrence Conway arpentait le salon du ranch paternel, ses talons hauts martelant sans pitié le parquet de bois dur qui faisait la fierté de son père. En temps normal, elle aurait pris soin de les enlever pour ne pas déplaire à Elliott, mais pour l'heure, elle s'en fichait comme de l'an quarante.

Comment avait-il osé lui annoncer tout à trac qu'il était fiancé ? Qui plus est, à une femme que personne ne connaissait et dont il n'avait jamais parlé auparavant ? Une femme plus jeune que Caroline ? C'était horrible. Ecœurant. Révoltant. D'autant que sa mère était morte depuis quatorze mois seulement ! Elle était à peine froide dans son cercueil ! Leurs amis seraient scandalisés. Ils penseraient sûrement que son père, d'habitude si raisonnable, avait perdu la tête.

Des larmes de rage perlèrent à ses paupières. Elle n'arrivait pas à y croire. Une fois de plus, elle repensa à sa conversation avec son père.

— Bonjour, ma princesse, avait-il lancé. Je voulais te prévenir que je serai de retour demain après-midi.

Caroline avait souri. Son père lui manquait toujours quand il s'absentait.

— Qu'aimerais-tu pour dîner ? Veux-tu que je décon-

La femme interdite

gèle des steaks et que je demande à Marisol de préparer un gratin de pommes de terre ?

— C'est parfait, avait-il répondu. Mais tu sortiras un ou deux steaks supplémentaires. Je ne viendrai pas seul.

— Oh ?

Elle n'avait pas trouvé cela suspect, se disant qu'il s'agissait sans doute d'associés ou d'un nouveau client.

— Je veux que tu sois la première à l'apprendre, Caroline. Je suis... fiancé.

La nouvelle avait fait un tel choc à Caroline qu'elle en était restée sans voix. Puis elle avait cru qu'elle s'était méprise.

— Que... qu'est-ce que tu as dit ?

Il s'était mis à rire.

— J'ai dit que j'étais fiancé. Elle s'appelle Jill. Et elle a un garçon de dix ans prénommé Jordan. Ils seront là avec moi demain. J'ai hâte de te les présenter.

Après cela, Caroline ne se souvenait plus très bien de ce qu'elle avait répondu. Elle était si bouleversée qu'elle n'avait même pas tenté de dissimuler son trouble. Et son père, d'habitude si attentionné, avait continué comme si de rien n'était.

— Je suis sûr que tu vas aimer Jill. Vous deviendrez les meilleures amies du monde.

Finalement, elle s'était suffisamment ressaisie pour lui poser des questions auxquelles il avait répondu à contrecœur. C'est ainsi qu'elle avait découvert que sa fiancée était bien plus jeune que lui.

En y repensant, Caroline comprenait qu'il aurait préféré attendre d'être à la maison pour lui donner cette information. En tout cas, une chose était sûre, cette fameuse Jill n'était qu'une aventurière.

Certes, son père était bel homme, mais il n'en avait pas moins cinquante-sept ans ! Si les acteurs de cinéma d'un

La femme interdite

certain âge épousaient volontiers des jeunes femmes de trente ans, dans la vie courante, cela n'arrivait pas… sauf si l'homme en question était riche. Or, depuis qu'on avait découvert du pétrole dans le sous-sol du ranch, Elliott Tyler Lawrence était richissime.

Cette femme en avait après son argent, c'était certain. Il ne lui avait pas fallu longtemps pour comprendre qu'en mettant le grappin sur Elliott, elle tirait le bon numéro. Vraiment, les hommes étaient d'une naïveté et d'une bêtise confondantes ! songeait amèrement Caroline.

Elle imaginait très bien à quoi devait ressembler cette fameuse Jill. Une blonde pulpeuse avec des seins comme des obus. Le genre Pamela Anderson. Et son père qui s'imaginait qu'elles deviendraient amies ! En voilà une idée ! Jamais au grand jamais, elle ne se lierait d'amitié avec une traînée qui tentait d'usurper la place légitime de sa mère dans le cœur de son père.

« Et dans le mien. »

Ses yeux s'embuèrent de larmes. Comment avait-il pu commettre une pareille monstruosité ? se demandait-elle, effrayée.

— Miss Caroline ?

En entendant son nom, Caroline fit volte-face. Vêtue de son éternel tablier, Marisol, leur gouvernante depuis de nombreuses années, se tenait près de l'ouverture voûtée menant à l'entrée principale de la demeure.

— Qu'y a-t-il, Marisol ?

— Pour le dessert de ce soir, Miss Caroline, j'ai pensé à un flan. Cela vous convient-il ?

— Peu importe. Faites ce que vous voulez.

Après le départ de la gouvernante, Caroline alla se poster près de la fenêtre donnant sur le devant de la maison. Elle essuya ses larmes d'un geste rageur et regarda au-dehors. Le beau soleil de juin contrastait avec son humeur morose

La femme interdite

et semblait la narguer. Elle osait à peine imaginer ce qui arriverait si son père s'entêtait dans ses projets de mariage. Exigerait-il que Caroline et Tyler déménagent ? Que ferait-elle dans ce cas ? La seule idée de se retrouver de nouveau seule la rendait malade.

« Je ne peux pas. Je ne veux pas. »

Elle en était là de ses réflexions quand elle aperçut le Dodge Ram rouge sombre de son père sur la route menant à la demeure principale. Les battements de son cœur s'accélérèrent. Dieu merci, Tyler, qui passait la journée chez son copain Evan, n'était pas encore de retour à la maison.

En songeant à son fils de douze ans et à la dernière chose que son père lui avait dite hier avant de raccrocher, elle serra les dents. Il se figurait peut-être que Tyler et le gosse de cette femme seraient amis, eux aussi ! Mais s'il ne tenait qu'à elle, ce ne serait jamais le cas.

Prenant une profonde inspiration, elle se dirigea d'un pas résolu vers l'entrée et ouvrit la porte en grand.

- 2 -

Tout en faisant de son mieux pour dissimuler sa nervosité, Jill suivait du regard Elliott qui s'avançait, le sourire aux lèvres, vers une jeune femme blonde aux traits crispés, debout dans l'entrebâillement de la porte. Elle était perchée sur des talons de dix centimètres et portait un jean moulant ainsi qu'un T-shirt sans manches couleur lie-de-vin agrémenté d'un liseré blanc. Elle était très mince et semblait presque fragile. Mais quand son regard gris-bleu se posa sur Jill et Jordan, il avait la dureté du silex.

Jill déglutit avec peine, et les battements de son cœur s'accélérèrent. Elle tâcha de se réconforter en se disant qu'elle en avait vu d'autres et qu'elle n'allait pas se laisser impressionner par la fille d'Elliott. Avec du temps et de la patience, elle finirait bien par gagner sa confiance. Après tout, Rome ne s'était pas faite en un jour.

— Bonjour chérie, déclara Elliott en donnant l'accolade à sa fille.

Elle l'étreignit à son tour, le regard toujours rivé sur Jill et Jordan. Elliott s'empara de la main de Jill et fit les présentations.

— Caroline, voici Jill… et ce charmant garçon est Jordan.

— Bonjour Caroline, fit Jill en lui décochant son plus beau sourire. Je suis ravie de faire votre connaissance.

Elle lui tendit la main avant de poursuivre :

— Elliott m'a beaucoup parlé de vous.

La femme interdite

Elle regretta aussitôt ses paroles ; elle s'attendait presque à ce que Caroline lui rétorque : « En revanche, il ne m'a rien dit sur vous ! »

— Bonjour, lança Jordan d'une voix flûtée, ses yeux bleus brillant de curiosité.

— Bonjour, leur répondit Caroline sans un sourire.

Pendant un moment, Jill crut qu'elle ignorerait sa main tendue, mais elle finit par la serrer brièvement.

Pour rompre le silence pesant, Jill regarda autour d'elle.

— C'est vraiment magnifique.

Le paysage vallonné, émaillé d'arbustes et de fleurs sauvages, la rivière serpentant à une centaine de mètres, les collines lointaines, le ciel uniformément bleu — tout cela ferait un tableau superbe, songeait Jill.

— Ce n'est pas aussi magnifique qu'avant, remarqua Elliott, une note de regret dans la voix.

Jill le savait, il détestait ce qu'il appelait l'invasion des derricks, même si, de la maison, on apercevait uniquement les nombreux bâtiments liés à l'activité équestre du ranch. Les derricks et autres équipements relatifs aux opérations de forage pétrolier étaient concentrés au nord-ouest de la propriété, laquelle était immense — quelque treize mille hectares au total.

— Où sont les chevaux, Elliott ? demanda Jordan.

— Je te conduirai au haras une fois que ta mère et toi serez installés, assura Elliott en souriant.

Il enlaça Jill avant d'ajouter :

— Maintenant que vous avez fait connaissance avec Caroline, je vais vous conduire à la maison réservée aux hôtes, d'accord ?

— Entendu, répondit Jill, soulagée d'avoir son appartement privé après l'accueil glacial que lui avait réservé Caroline.

La femme interdite

Durant cet échange, cette dernière n'avait pas ouvert la bouche. Se tournant vers sa fille, Elliott précisa :

— Caroline, tu diras à Marisol que nous ne dînerons pas avant 20 heures. Nous avons déjeuné tard.

— 20 heures ?

Elle faillit protester mais se contenta de hausser les épaules avant d'ajouter :

— Marisol ne va pas être contente.

— Elle se fera une raison, répliqua Elliott d'un ton péremptoire.

Jill était de plus en plus mal à l'aise. L'attitude de Caroline indiquait clairement que Jill aurait du mal à surmonter les réticences de la jeune femme. En fait, la situation était pire qu'elle ne l'avait imaginée. Caroline n'était pas simplement méfiante, elle ne réservait pas son jugement jusqu'à ce qu'elle apprenne à connaître Jill. En fait, elle la considérait comme une ennemie.

« Elle me déteste. »

Jill se mordit la lèvre, dépitée. Elliott lui conseillerait sûrement de ne pas attacher trop d'importance à la réaction de Caroline, mais elle n'était pas de cet avis.

« J'aurais dû accepter qu'Elliott demande à sa fille de quitter la maison. Parce qu'à moins de la convaincre rapidement de ma bonne foi, je doute que nous puissions survivre longtemps à cette cohabitation forcée. »

Entre-temps, Jill, Elliott et Jordan étaient remontés dans le 4x4 et contournaient la maison en direction d'un petit cottage de bois situé à une vingtaine de mètres de là, à proximité de la rivière. Le cottage était peint en jaune pâle et possédait des volets rouges. Sur la façade de devant, il y avait même un porche agrémenté d'une balançoire.

— Oh, s'exclama Jill, comme c'est charmant !

Elle était enthousiasmée par le spectacle, et quand elle pénétra à l'intérieur, son ravissement ne fit que croître.

La femme interdite

On entrait directement dans une pièce faisant office de cuisine-salon et donnant accès à deux chambres, à une salle de bains spacieuse comportant une baignoire et une douche de plain-pied, et à une véranda faisant face à la rivière. Les meubles en érable, les sièges recouverts de chintz, le parquet de bois dur et les tapis colorés rendaient la maison confortable et accueillante.

— Voici la chambre principale, annonça Elliott en poussant la porte d'une pièce agréable dotée d'un grand lit, d'un rocking-chair, d'un petit bureau ainsi que d'une coiffeuse et d'une commode assorties en noyer.

— Et voici celle de Jordan, indiqua-t-il gaiement en ouvrant une autre porte.

— Oh, Elliott, s'exclama Jill en apercevant deux lits superposés en érable, une commode et un bureau assortis, un ordinateur portable, un poste de télévision et des étagères à moitié remplies de livres.

— Chouette ! s'écria Jordan.

Ce disant, il se précipita vers le bureau et ouvrit l'ordinateur.

— Il est à moi ? demanda-t-il d'une voix surexcitée.
— Bien sûr.
— Super !

Jill leva les yeux au ciel. Depuis quelque temps, il n'avait que ces deux mots à la bouche : *chouette* et *super !*

— Elliott, murmura-t-elle. C'est beaucoup trop.

Elle tenta de dissimuler, sans grand succès, le sentiment de culpabilité que la générosité d'Elliott faisait naître en elle.

— Hormis la télévision et l'ordinateur, la plupart des meubles proviennent de l'ancienne chambre de Stephen, quand il était gamin.

« Ah ! Le fameux demi-frère. »

— Habite-t-il aussi au ranch ?

La femme interdite

— Plus maintenant. Il y a quelques mois, il a acheté un appartement en ville. Figure-toi qu'il vivait dans ce cottage.

— Oh, je n'avais pas réalisé...

Soudain une pensée lui traversa l'esprit.

— Il n'a pas déménagé à cause de moi, n'est-ce pas ?

— Bien sûr que non. A l'époque, il ignorait tout de ton existence, précisa-t-il en souriant. Tu le verras demain.

Encore un obstacle à surmonter, songea Jill au comble de l'inquiétude. Si le frère d'Elliott la détestait autant que Caroline, la vie au ranch deviendrait vite un enfer.

« Il faut à tout prix que je gagne leur confiance. Sinon, il me sera impossible d'épouser Elliott. »

Pour Stephen, les vérifications préalables au décollage faisaient désormais partie de la routine. Suivant point par point sa check-list, il monta à l'intérieur de l'avion pour s'assurer que les équipements électriques étaient sur OFF et que le frein de parc était serré. Ensuite, il examina le fuselage pour vérifier l'absence de dégât apparent. A l'arrière, il contrôla les gonds, écrous et autres boulons, puis il inspecta l'état général des gouvernes de direction et de profondeur ainsi que le stabilisateur avant de passer en revue les volets et les ailerons, les pneus et les roues, le train d'atterrissage et les conduites hydrauliques de frein.

Quand il en arriva au réservoir à carburant, il ôta le bouchon pour vérifier le niveau. Puis il souleva le capot-moteur pour contrôler le niveau d'huile, les durites et les câbles. Il examina attentivement le moteur, les manettes de gaz et les bougies. Au fur et à mesure de son inspection, il cochait les cases respectives sur sa check-list.

La première fois qu'Elliott avait vu Stephen procéder

La femme interdite

à ces vérifications d'usage, il en avait déduit que quelque chose n'allait pas et s'était inquiété.

— Tu penses qu'il y a un problème ?

Stephen l'avait rassuré en souriant.

— Non. Mais un contrôle détaillé avant le décollage permet d'éviter les pépins en vol. C'est principalement pour cette raison que l'avion est un mode de transport sûr.

Elliott avait hoché la tête, rassuré.

Pour l'heure, tout était en ordre. Après avoir reçu l'autorisation de la tour, il se plaça en position de décollage et roula sur la piste unique du petit aéroport du comté. Il s'envola bientôt dans un ciel sans nuage par une magnifique après-midi d'été — un temps idéal pour voler.

Après avoir atteint son altitude de croisière de dix mille pieds, Stephen maintint la vitesse à cent nœuds et se cala sur son siège pour savourer pleinement le trajet. D'après ses calculs, il devrait arriver à l'aéroport privé McPherson's, où il garait son Cessna, dans moins d'une heure et demie, ce qui lui permettrait d'être au ranch vers 17 heures.

Peut-être aurait-il dû appeler Elliott pour lui dire qu'il serait de retour plus tôt que prévu. Mais, après tout, quelle importance ? Elliott n'était pas du genre à se formaliser pour si peu.

Durant le reste du vol, qui se déroula sans encombre, Stephen repensa à son frère auquel il devait tant. Stephen avait cinq ans quand ses parents — Felicia, sa mère et celle d'Elliott, et Stephen Alexander Wells, son second mari — avaient trouvé la mort dans un accident de voiture alors qu'ils étaient en vacances en Angleterre chez des amis. Elliott et Adèle avaient pris en charge le petit Stephen et lui avaient prodigué leurs soins et leur amour.

Caroline, âgée de six ans à l'époque, était déjà une enfant gâtée, mais elle s'était réjouie de la présence du garçonnet car elle pouvait en faire son compagnon de jeux ou son

La femme interdite

souffre-douleur selon son humeur. Ce ne fut que plus tard, quand elle estima que son père passait trop de temps avec Stephen et qu'il risquait de le préférer à elle, qu'elle devint très possessive à l'égard d'Elliott et prompte à chercher noise à Stephen.

La plupart du temps, celui-ci se contentait de faire le gros dos et d'ignorer les remarques acerbes de Caroline. D'autant qu'une guerre ouverte entre eux aurait peiné Elliott sans résoudre le problème.

Mais aujourd'hui, en songeant aux vingt-huit années passées auprès d'Elliott, Stephen se fit une promesse. S'il s'avérait que la future épouse de son frère l'aimait sincèrement et rendait Elliott heureux, il ferait tout son possible pour empêcher Caroline de leur mettre des bâtons dans les roues. En revanche, si cette femme n'était qu'une aventurière, il ferait alliance avec Caroline pour la chasser du ranch.

Il était presque 16 h 30 quand il atterrit sur le petit aéroport, avec une demi-heure de retard par rapport à ses prévisions. Partagé entre son désir de rentrer à la maison pour prendre une douche et se changer, et sa hâte de revoir Elliott, il décida finalement d'appeler son frère de chez lui pour lui dire qu'il était bien arrivé.

— Stephen ! s'exclama Elliott. Je ne t'attendais que demain.

— J'ai terminé plus tôt que prévu.

Stephen lui fit un bref compte rendu de son voyage d'affaires avant d'ajouter :

— Caroline m'a annoncé la nouvelle.

— Je m'en doute.

Puis la voix d'Elliott s'adoucit.

— J'ai hâte de te présenter Jill. Avais-tu l'intention de sortir ce soir ?

— Tu veux que je passe au ranch ?

La femme interdite

Ainsi, elle s'appelait Jill.

— Oh oui. J'en serais très heureux. Amène Emily, par la même occasion.

Depuis un an, Stephen fréquentait Emily Lindstrom, propriétaire d'un studio de danse à High Creek.

— Emily est toujours en Suède. Elle ne sera pas de retour avant samedi après-midi.

— Si elle n'est pas trop fatiguée par le décalage horaire, dis-lui de venir samedi soir. Je compte organiser une petite réception pour présenter Jill à nos amis.

— Entendu. A quelle heure veux-tu que je vienne ce soir ?

— Le dîner est à 20 heures. Mais passe à la maison avant. Nous aurons le temps de discuter autour d'un verre.

— J'avoue que j'ai été surpris par la nouvelle de tes fiançailles. Tu es un petit cachottier, Elliott. Pourquoi ne m'en as-tu pas parlé auparavant ?

— Eh bien... Disons que je n'étais pas sûr au sujet de Jill, et j'ai préféré attendre.

« Oh ? Ainsi, Elliott avait eu ses propres doutes au sujet de cette femme. Voilà qui n'était pas de bon augure. »

— Non, ce n'est pas ce que tu crois. J'ai toujours été sûr de *mes* sentiments à son égard. En revanche, je l'étais moins à propos des siens. Et je ne voulais pas que vous vous sentiez désolés pour moi au cas où elle aurait refusé ma demande en mariage.

— Bon.

— Dès que tu la verras, tu comprendras, assura-t-il d'une voix attendrie. Elle est merveilleuse, Stephen. Je me pince encore pour m'assurer que ce n'est pas un rêve. Je n'arrive toujours pas à croire qu'elle m'aime.

« Gare à elle si elle n'est qu'une aventurière, comme Caroline le prétend ! »

La femme interdite

— Parle-moi d'elle. Quand et comment vous êtes-vous rencontrés ?

— En janvier, au cours d'un de mes voyages d'affaires à Austin. Je… Que fais-tu en ce moment ? demanda-t-il à brûle-pourpoint.

— Je comptais prendre une douche.

— Ça t'ennuie si je passe te voir chez toi ? Je préférerais en parler de vive voix.

— Pas de problème.

Stephen eut à peine le temps de prendre sa douche et d'enfiler un pantalon kaki et un T-shirt bleu foncé qu'Elliott sonnait à la porte. Les deux frères se donnèrent l'accolade — ainsi qu'ils le faisaient chaque fois qu'ils se retrouvaient, quelle que soit la durée de leur séparation.

— Tu veux une bière ? demanda Stephen en se dirigeant vers la cuisine.

— Volontiers.

Elliott s'assit à une extrémité du canapé modulaire en cuir noir qui occupait la majeure partie du salon.

Stephen le rejoignit quelques secondes plus tard et lui tendit une Dos Equis bien fraîche tout en s'asseyant en face de lui.

— Et maintenant, raconte-moi tout.

Le sourire d'Elliott illumina son visage.

— Jill est spéciale, Stephen. Vraiment spéciale, tu verras. Je l'ai su dès l'instant où j'ai posé les yeux sur elle.

Stephen put constater par lui-même que son frère respirait le bonheur. Il n'avait pas eu l'air aussi heureux depuis la maladie d'Adèle. Bon sang, il étranglerait cette Jill de ses propres mains si jamais elle brisait le cœur d'Elliott.

Stephen écoutait son frère lui raconter qu'un jour, durant un de ses voyages à Austin, il se rendait dans un restaurant proche de son hôtel quand il avait aperçu une superbe aquarelle dans la vitrine d'une galerie.

La femme interdite

— Tu sais, celle que j'ai offerte à Caroline pour son anniversaire. Elle représente une mission.

Stephen hocha la tête. Il s'en souvenait d'autant mieux qu'il avait beaucoup aimé le tableau.

— C'est une œuvre de Jill, déclara fièrement Elliott. Quand je suis entré dans la galerie pour demander des renseignements, c'est elle qui me l'a vendue. Elle travaillait là.

— Ainsi, elle est artiste peintre ?

— Entre autres. Elle enseigne aussi l'histoire de l'art dans plusieurs écoles primaires — enfin, elle enseignait. Elle a démissionné la semaine dernière. Elle a beaucoup de talent.

Curieusement, cette information eut le don de rassurer quelque peu Stephen. Certes, une enseignante pouvait être aussi calculatrice que n'importe qui, mais, du moins, c'était une profession respectable.

— Bref, elle est merveilleuse. Je n'ai jamais cru au coup de foudre, et pourtant, c'est exactement ce qui s'est passé.

Elliott eut un sourire contrit.

— Tu penses sans doute qu'à mon âge, c'est ridicule de tomber amoureux comme un collégien.

— Bien sûr que non, voyons ! Que diable, Elliott, tu es dans la fleur de l'âge.

— Elle est beaucoup plus jeune que moi, finit par avouer Elliott. Elle a tout juste trente ans.

Ce disant, il semblait sur la défensive.

— Je sais. Caroline m'a dit ça aussi.

A ces mots, Elliott soupira, l'air agacé.

— Caroline !

— Elle n'est pas enchantée par cette nouvelle.

— Je m'en doute. Mais elle se fera une raison, assura

La femme interdite

Elliott d'un ton ferme. Parce que Jill est ici et y restera. Nous avons convenu de nous marier en septembre.

Stephen lui aurait bien demandé pourquoi ils tardaient autant à convoler puisque cette Jill avait déjà démissionné de son poste d'enseignante, mais il se ravisa. Il ne voulait pas avoir l'air de les critiquer. Et ce laps de temps lui permettrait de jauger cette femme et de prendre les mesures nécessaires s'il s'avérait qu'elle n'était qu'une intrigante. Quelles mesures ? Il l'ignorait encore. Il savait seulement qu'il ferait tout pour éviter que son frère ne soit malheureux.

Jill fut réveillée en sursaut de son petit somme par un coup frappé à la porte. Tout en se frottant les yeux, elle jeta un coup d'œil au réveil sur la table de chevet. 18 h 30 ! Elle sauta sur ses pieds et traversa en hâte le salon pour aller ouvrir la porte.

— Je m'apprêtais à appeler la cavalerie, plaisanta Elliott. J'ai frappé plusieurs fois.

Il avait l'air frais comme un gardon. A l'évidence, il s'était douché — comme en témoignaient ses cheveux poivre et sel encore humides — et il avait troqué ses vêtements de voyage pour un élégant pantalon gris et une chemisette blanche à col ouvert. Il l'observait avec attention, ses yeux bleus remplis d'amour.

Jill fit la moue.

— Désolée. Je me suis endormie.

Repoussant une mèche de cheveux de son visage, elle imagina sans peine à quoi elle devait ressembler : ébouriffée et les vêtements froissés !

— Tu devais être fatiguée. Dès que tu te seras rafraîchie, il faudra venir à la maison principale. Nous prendrons l'apéritif, et tu feras la connaissance de Stephen.

— Stephen ? Je croyais qu'il devait arriver demain ?

La femme interdite

— Il a conclu son affaire plus tôt que prévu et il est rentré en avion cet après-midi. Il a hâte de te rencontrer.

« Je m'en doute ! » Jill venait à peine de formuler cette pensée qu'elle en eut honte. Elle n'avait pas le droit de juger le frère d'Elliott avant de l'avoir vu. Ce n'était pas parce que Caroline s'était conduite comme une petite peste qu'il en ferait autant.

— Tu l'aimeras, mon cœur.

Jill lui sourit avec gratitude. Elliott était si bon !

— J'en suis sûre.

Elliott l'étreignit.

— Je me sauve. Fais-toi belle.

— Au fait, sais-tu où est Jordan ? demanda-t-elle, prise de remords à l'idée de l'avoir négligé.

— Il va bien, Jill. Ne t'inquiète pas. Lui et Tyler jouent à un jeu vidéo. Et avant que tu ne me le demandes, je lui ai fait visiter toutes les parties du ranch accessibles à pied, je l'ai mis en garde contre tout ce qui pouvait présenter un danger, et je lui ai dit aussi ce qu'il ne devait pas toucher et où il ne devait pas aller, à moins d'être avec moi.

Après lui avoir donné un baiser sur la joue, Elliott la laissa seule. Elle se dirigea vers la salle de bains.

Tout en sachant qu'elle ne faisait que différer la rencontre inévitable, elle se fit couler un bain et resta un long moment dans la baignoire ; elle prit aussi plus de temps que nécessaire pour s'habiller et se maquiller. Quand elle fut enfin prête, elle s'examina dans le miroir. Elle avait choisi une jupe imprimée dans les tons crème et rouille et un pull fin uni de couleur rouille, assorti à ses cheveux et à ses yeux noisette. Elle s'était maquillée légèrement — une simple touche de mascara, une légère ombre à paupières couleur taupe et un rouge à lèvres nectarine — et elle avait opté pour une coiffure naturelle. Somme toute, elle n'avait rien d'une femme fatale, se dit-elle avec un brin d'ironie.

La femme interdite

Soudain, elle s'en voulut de rester plantée là, à attendre Dieu sait quoi. « Du courage, que diable ! Garde la tête haute et pénètre fièrement dans ce salon où tous les yeux seront braqués sur toi. Tu n'as pas à avoir honte de quoi que ce soit. Tu aimes Elliott, et il t'aime aussi. »

En arrivant dans le hall de la grande maison, elle entendit un brouhaha de voix mâles. Ces voix se turent à son approche.

Prenant une profonde inspiration, Jill fit son entrée dans le salon.

— Ma chérie !

Elliott jaillit du canapé faisant face à la cheminée et s'avança vers elle.

Un autre homme se leva à son tour.

— Viens faire la connaissance de mon frère, déclara Elliott en lui prenant le bras et en la guidant vers la cheminée.

Sa voix résonnait fièrement en faisant les présentations.

— Jill, voici mon frère, Stephen. Stephen, je te présente Jill.

Arrivée à sa hauteur, elle observa le jeune homme : grand, une épaisse chevelure brune et des yeux d'un bleu profond.

L'espace d'un instant, il parut interloqué. Puis, avec un sourire embarrassé, il dit :

— Bonjour. Je suis heureux de faire votre connaissance.

Au son de cette voix, Jill demeura figée sur place.

« Non ! pensa-t-elle, affolée. Ça ne peut pas être vrai ! C'est impossible ! »

Par la suite, elle fut incapable de se souvenir de ce qu'elle avait répondu. Elle avait dû le saluer, lui sourire, agir de façon normale. Et en même temps, elle était dans un tel état de choc qu'elle n'était sûre de rien.

La femme interdite

Le frère d'Elliott.

En état second, elle reconnut l'homme qu'elle avait vu pour la dernière fois il y avait presque onze ans. L'homme qu'elle connaissait sous le nom de Steve. L'homme qu'elle n'aurait jamais imaginé revoir un jour.

L'homme qui était le père de Jordan.

- 3 -

Stephen eut l'impression d'avoir reçu un coup de poing à l'estomac. Lorsque la fiancée d'Elliott avait fait son entrée dans la pièce, il s'était juste dit qu'elle était très belle. Ce n'est qu'au moment où il avait croisé son regard, lors des présentations, qu'il avait réalisé avec stupeur qu'elle n'était pas une inconnue pour lui.

Que la femme qui avait conquis le cœur d'Elliott était en réalité la jeune fille qu'il n'avait jamais réussi à oublier complètement.

J.J.

Sa J.J.

La superbe jeune fille de dix-neuf ans avec qui il avait vécu cinq jours et cinq nuits de passion torride à Padre Island durant les vacances de Pâques, alors qu'il avait vingt-deux ans et qu'il était étudiant en année de licence à l'université.

Il l'avait rencontrée sur la plage. Elle se promenait avec un groupe de filles ; il s'amusait avec des copains appartenant à la même association estudiantine. Il se souvenait encore de l'attirance immédiate qui était née entre eux, une attirance qui n'avait fait que croître au fil des jours. Il se rappelait aussi à quel point il avait été mortifié par la façon dont elle l'avait laissé tomber, sans la moindre explication.

Cela s'était produit le vendredi. Ils avaient passé la nuit de jeudi ensemble, et après qu'il l'eut raccompagnée à son bungalow au petit matin, ils avaient convenu de se retrouver

La femme interdite

un peu plus tard, dans l'après-midi. Mais elle n'était pas venue au rendez-vous, et quand il s'était présenté à son bungalow pour prendre de ses nouvelles, une de ses colocataires lui avait dit qu'elle avait dû rentrer chez elle.

— A-t-elle laissé un message pour moi ? avait demandé Stephen.

La fille avait fait un signe de dénégation.

— Non, désolée.

Il avait failli lui demander si elle connaissait l'adresse de J.J. ou son numéro de téléphone, mais quelque chose l'en avait empêché. Peut-être son chagrin ou son orgueil blessé. A moins qu'il n'ait déjà compris qu'il était préférable de l'oublier.

Après tout, il devait rejoindre Harvard pour y terminer ses études de droit. Et elle devait retourner à San Marcos pour poursuivre ses études à la Texas State University. Même durant l'été, ils auraient été séparés par des milliers de kilomètres puisqu'il devait occuper un poste d'assistant à Washington D.C. auprès d'un sénateur qu'il admirait beaucoup, et que, de son côté, elle avait un job en vue. Certes, il avait regretté la fin de leur liaison, mais il s'était persuadé que cela ne servait à rien de chercher à la recontacter.

Toutefois, il n'avait pas prévu que ce serait aussi dur de l'oublier. Parfois, au cours de ce fameux été, son souvenir surgissait brusquement dans son esprit et s'y attardait, comme à demeure. Ce phénomène se produisait surtout quand il sortait avec une fille. Curieusement, aucune des conquêtes féminines qu'il avait faites cet été-là ne soutenait la comparaison avec J.J.

A plusieurs reprises au cours des onze dernières années, il s'était demandé ce qu'elle était devenue. Lui arrivait-il de songer à lui comme il pensait à elle ?

Pourtant, il n'avait jamais tenté de la retrouver. Après tout, leur idylle, bien que torride, n'avait duré qu'une semaine.

La femme interdite

Peut-être aurait-elle pu déboucher sur autre chose, mais c'était trop tard. Et il avait fini par se faire une raison : jamais il ne la reverrait.

Et voilà qu'elle se trouvait ici même, en chair et en os, encore plus belle qu'autrefois !

« La future femme de mon frère. »

Les questions se bousculaient dans sa tête, mais il n'était pas question de les lui poser. Elle l'avait reconnu, il en était sûr — il avait vu la lueur de stupeur dans son regard — mais elle avait fait comme si de rien n'était et, compte tenu des circonstances, il ne l'en blâmait pas. Ils auraient sans doute eu du mal à se comporter comme de simples connaissances qui se retrouvaient par hasard des années après. Il cherchait désespérément quelque chose d'anodin à dire.

— Ainsi, Elliott vous a rencontrée à Austin, réussit-il à articuler.

— Oui, murmura-t-elle d'une voix à peine audible.

Son visage était blême.

— Comme je te l'ai dit, ce fut le coup de foudre, déclara Elliott, rayonnant de bonheur. Du moins, en ce qui me concerne.

Stephen, incapable de trouver la moindre repartie, espérait néanmoins qu'il faisait bonne figure et que son sourire masquait son émoi.

— Eh bien, tout le monde est là, à ce que je vois !

En entendant la voix de Caroline, les trois convives se retournèrent d'un bloc.

— J'ignorais que vous preniez l'apéritif, poursuivit-elle, les sourcils froncés.

— Nous venons à peine de commencer, assura Elliott. Viens te joindre à nous. Que veux-tu boire ? Et toi, Jill ?

— Euh, un verre de vin blanc, balbutia Jill.

La femme interdite

— Je préfère quelque chose de plus fort, déclara Caroline.

Même s'il était évident que Caroline ne ferait pas le moindre effort pour se montrer aimable, Stephen fut soulagé de la voir se joindre au groupe. Comme à son habitude, elle monopoliserait la conversation, ce qui permettrait à Stephen de se ressaisir.

Elliott se dirigea vers le bar, suivi de sa fille. L'espace d'un instant, le regard de Jill croisa celui de Stephen, mais elle détourna aussitôt la tête. Tout, dans son attitude, indiquait qu'elle aurait préféré être à cent lieues d'ici.

Comme elle était belle, avec cette masse de cheveux mordorés, ces immenses yeux noisette pailletés d'or et ces cils d'une épaisseur et d'une longueur incroyables ! Stephen ne pouvait détacher son regard d'elle. Il n'y avait rien d'étonnant à ce qu'Elliott soit aussi épris. Elle avait toujours ces petites taches de rousseur sur le nez, consta-ta-t-il, ému. Dieu sait combien ces éphélides l'avaient fait fantasmer !

Tout en admirant son profil, il se rappelait comment, après avoir fait l'amour, il suivait du doigt les lignes pures de son visage. Sa peau était incroyablement douce et chaude, et elle sentait toujours divinement bon.

Il déglutit avec peine. La situation allait devenir intenable. Comment faire pour chasser de son esprit ces souvenirs intimes qui risquaient de resurgir chaque fois qu'il se trouverait en sa présence ? Comment faire pour se comporter vis-à-vis d'elle ainsi que les convenances l'exigeaient ?

— Tiens, ma chérie, déclara Elliott en lui tendant son verre de vin.

— Merci, fit-elle en souriant.

Caroline se joignit à eux, un Martini à la main. Les yeux rivés sur Jill, elle but une large rasade.

La femme interdite

— Vous sentez-vous mieux, à présent ? demanda-t-elle.

— Je vous remercie de votre sollicitude, mais je ne me sentais pas mal. Juste un peu fatiguée. J'ai fait un petit somme.

Le visage de Caroline exprimait un parfait dédain.

— Je ne m'avise jamais de dormir durant la journée.

Stephen regarda Elliott dont l'expression s'était durcie.

— En temps normal, moi non plus, répondit Jill en souriant. Je suis étonnée d'avoir dormi aussi longtemps.

Avant que Caroline ait pu répliquer, Tyler et un garçon plus petit firent irruption dans la pièce.

— M'man, on a faim ! glapit Tyler.

— Inutile de crier, Tyler, remarqua Caroline d'un ton indulgent.

Elle adorait son fils et cédait à tous ses caprices, faisant de lui un enfant horriblement gâté, selon Stephen.

— Mais on meurt de faim, m'man, protesta-t-il. A quelle heure on mange ?

Se souvenant brusquement que Jill avait un fils, aux dires de Caroline, Stephen examina avec curiosité l'autre garçon qui se tenait en retrait. Il avait des traits agréables, des yeux bleu clair et des cheveux mordorés, comme sa mère. Il esquissa un sourire timide quand son regard croisa celui de Stephen.

— Bonjour, fit Stephen.

— Bonjour.

— Voici Jordan, le fils de Jill, annonça Elliott.

— Ravi de faire ta connaissance, assura Stephen.

Ils se serrèrent gravement la main.

— Demande plutôt à Marisol de vous préparer un en-cas, parce qu'on ne dînera pas avant une heure, conseilla Elliott à Tyler. Dis-lui que je suis d'accord.

La femme interdite

— Entendu, Grand-père. Suis-moi, Jordan. On va voir Marisol.

Comme le remarqua Stephen, Jordan quêta du regard l'approbation de sa mère. Quand Jill hocha la tête, il emboîta le pas à Tyler. Enfin, un garçon bien élevé !

Tandis que les gamins filaient vers la cuisine, le regard de Stephen revint se poser sur Jill. A quoi pensait-elle ? se demanda-t-il, incapable de déchiffrer son expression. Troublé, il détourna les yeux. Il aurait dû dire à Elliott qu'il la connaissait. Désormais, c'était trop tard. S'il faisait cet aveu maintenant, son frère ne comprendrait pas pourquoi il avait tant tardé.

Et pourtant...

Stephen s'en voulait de dissimuler une information aussi importante à Elliott. Il faillit tenter le tout pour le tout et dire d'un ton détaché quelque chose du genre : « Vous savez, Jill, votre visage m'est familier. Est-ce qu'on ne se serait pas déjà rencontrés ? » Mais Caroline lui coupa l'herbe sous le pied en relançant la conversation.

— Quand avez-vous fait la connaissance de papa ?

La question s'adressait de nouveau à Jill qui, entre-temps, s'était assise sur le canapé à côté d'Elliott. Stephen avait pris place sur des chaises disposées de part et d'autre de la cheminée, et Caroline s'était appropriée le rocking-chair où sa mère avait coutume de s'installer.

Jill sourit à Elliott en expliquant :

— Par une étrange coïncidence, il est entré dans la galerie où je travaillais pour vous acheter un cadeau d'anniversaire.

— Mon dernier anniversaire ? demanda-t-elle d'un ton abrupt.

Stephen faillit éclater de rire en remarquant l'air dépité de Caroline. A l'époque, elle avait été enchantée du cadeau. Un jour, il l'avait même entendue vanter au téléphone le bon goût de son père en matière de peinture à une de ses amies. Nul doute que la malheureuse aquarelle allait finir à la poubelle.

— Non seulement Jill enseigne l'histoire de l'art, mais elle est une grande artiste, déclara fièrement Elliott.

— Ainsi, vous vous êtes connus en février ?

— En fait, c'était en janvier, rectifia son père.

Qu'est-ce qui était pire aux yeux de Caroline ? se demanda Stephen. Le fait qu'Elliott connaissait Jill depuis à peine six mois... ou que la mort d'Adèle ne remontait qu'à huit mois quand ils s'étaient rencontrés ?

— Dès que je l'ai vue, j'ai su qu'elle était faite pour moi, ajouta-t-il doucement en reportant son attention sur Jill.

Stephen n'avait pas besoin de regarder Caroline pour savoir ce qu'elle pensait à cet instant précis.

Pendant un long moment, personne ne dit mot. L'horloge comtoise, qui avait appartenu au grand-père paternel d'Elliott, fit entendre son carillon. Les notes semblaient s'égrener de façon menaçante, du moins c'est l'impression que ressentit Stephen.

Il aurait tant voulu que Caroline soit différente. Si elle avait été heureuse en ménage, peut-être aurait-elle accepté plus facilement que son père refasse sa vie avec une autre femme. Hélas, son seul bonheur semblait se résumer à reprendre le rôle de sa mère auprès d'Elliott. Elle qui adorait recevoir les hôtes de son père et jouer à la maîtresse de maison, devrait désormais s'effacer devant Jill.

Il espérait de tout cœur que Caroline finirait par se faire à l'idée de ce mariage. Qu'un jour, elle accepterait Jill, et même qu'elle se lierait d'amitié avec elle.

Mais c'était un vœu pieux, il le savait.

Pauvre Elliott. Qu'il le veuille ou non, il devrait finir par choisir entre sa fille et Jill.

Conscient des difficultés auxquelles son frère allait

La femme interdite

être confronté, Stephen ne voulut pas ajouter à ces problèmes — ni donner à Caroline des armes qu'elle pourrait retourner contre Jill — en révélant qu'il connaissait la jeune femme. Il garda donc le silence.

Une fois sa décision prise, il tâcha de se détendre. Quand Marisol vint annoncer que le dîner était servi, il en fut soulagé. Dieu merci, dans un peu plus d'une heure, il serait de retour chez lui.

En attendant, il s'efforça de ne penser ni à l'avenir ni au passé : une véritable gageure !

Le dîner parut interminable à Jill. Elle était si nerveuse qu'elle ne pouvait presque rien avaler.

— Tout va bien, ma chérie ? finit par s'inquiéter Elliott.

— A vrai dire, je ne me sens pas dans mon assiette.

Jill osait à peine croiser son regard. C'était la première fois qu'elle lui mentait et elle se sentait horriblement mal à l'aise.

Pourquoi avait-il fallu que, sur les millions d'hommes que comptait le Texas, elle se fiance au frère du père de son enfant ? Le destin lui jouait là un bien vilain tour !

Elle essayait de se rassurer en se disant que Stephen ignorait tout de sa paternité. D'ailleurs, personne n'était au courant, pas même sa tante — à l'époque, elle s'était contentée de lui dire qu'elle avait eu une brève aventure avec un étudiant durant les vacances de Pâques. Tante Harriett, très à cheval sur les principes, avait été déçue par la conduite de Jill, mais elle l'aimait et l'avait encouragée à garder le bébé. Quand il était né, elle l'avait aussitôt adoré et avait été ravie que Jill le prénomme Jordan — qui était son propre nom de famille. Hélas, elle n'avait profité de

La femme interdite

son petit neveu que trois ans, sa deuxième crise cardiaque lui ayant été fatale.

Elle s'était toujours montrée d'une grande bonté envers Jill à qui elle manquait beaucoup. Elle était la sœur jumelle de sa mère Hannah et, quand Harriett était morte, Jill avait eu le sentiment de perdre une nouvelle fois sa mère.

Jill but une gorgée de vin. Depuis le début du repas, elle avait évité le regard de Stephen, assis en face d'elle, mais maintenant, elle se risqua à lui jeter un coup d'œil. Son cœur fit un bond quand elle accrocha son regard, et elle s'empressa de détourner les yeux.

« Et dire que le frère d'Elliott n'est autre que mon Steve à moi ! Le père de Jordan ! Quelle ironie du sort. Je ne pourrai jamais vivre ici. »

Mais le moyen de faire autrement ?

C'était la maison de famille d'Elliott. Il était bien trop attaché à son ranch pour le quitter, et elle allait bientôt devenir sa femme.

Jill était si angoissée qu'elle en avait l'estomac noué. Incapable de rester plus longtemps à table à faire comme si de rien n'était, elle se pencha vers Elliott.

— Je ne me sens vraiment pas bien. Ça te dérange si…

— Bien sûr que non, chérie, s'empressa-t-il de dire. Demande à Marisol de te donner un antiacide ou une tisane, et va t'allonger.

Il lui pressa affectueusement la main avant d'ajouter :

— Je passerai te voir avant d'aller me coucher.

Un sentiment de honte envahit Jill. Cet homme était si bon ! Que penserait-il s'il savait ce qui la bouleversait à ce point ? Et qu'en penseraient les autres ?

« Oh, mon Dieu ! Et Caroline qui me déteste ! Si elle apprenait la vérité, je pourrai faire une croix sur mon mariage avec Elliott. »

La femme interdite

— Maman ? Tout va bien ?
— Oui, mon chéri, assura Jill, un sourire contrit aux lèvres. Je suis un peu barbouillée. C'est tout. Finis de manger tranquillement et viens me rejoindre au cottage.

Jordan hocha la tête. L'inquiétude se lisait dans son regard, et Jill en connaissait la raison : elle n'était jamais malade. Qui plus est, Jordan se montrait très protecteur à son égard, sans doute parce qu'ils avaient presque toujours vécu seuls.

— Entendu, finit-il par dire.
— Je le raccompagnerai, promit Elliott.
— Bonne nuit à tous. Je suis désolée de vous faire faux bond, s'excusa Jill.

En sortant de la pièce, elle avait conscience que tous les regards étaient braqués sur elle.

Une fois la porte du cottage refermée, elle s'appuya avec soulagement contre le battant, les yeux clos et les jambes flageolantes. Et encore, ce n'était qu'un répit temporaire. Soir après soir, il lui faudrait affronter le même calvaire !

En aurait-elle la force ?

Pourrait-elle épouser Elliott et mener avec lui une vie de couple malgré la présence de Stephen au ranch ?

Avait-elle seulement le choix ? Elle avait déjà démissionné de son poste. Toutes ses affaires personnelles se trouvaient dans un garde-meuble et seraient bientôt acheminées ici. Même sa maison, la première qu'elle ait achetée, était mise en vente.

Mais cela n'était rien en comparaison du chagrin qu'elle causerait à Elliott si elle décidait de rompre leurs fiançailles. Et à Jordan, par la même occasion ; il adorait Elliott et se faisait une joie de l'avoir pour père.

Peut-être ferait-elle mieux d'avouer la vérité à Elliott. Mais en aurait-elle le courage ? Si encore elle avait pu se contenter de confesser sa liaison passée avec Stephen,

La femme interdite

elle s'en serait sentie capable. Mais il y avait Jordan. Et même si elle passait sous silence le fait que Stephen était le père de son petit garçon, Elliott poserait sûrement des questions, ferait le rapprochement avec les dates et finirait par découvrir le fin mot de l'histoire. Voudrait-il encore l'épouser après cette terrible révélation ?

« Mon Dieu, que dois-je faire ? Aucun des choix qui s'offre à moi n'est satisfaisant. »

— Nora ?
— Jill ? Quelle bonne surprise ! Je ne pensais pas que tu m'appellerais aussi vite.

C'était le lendemain matin. Elliott s'était levé de bonne heure pour vaquer à ses occupations. Avant de partir, il avait glissé un mot sous sa porte précisant qu'il emmenait Jordan avec lui et qu'ils seraient de retour avant le déjeuner. Jill avait donc pris son petit déjeuner seule dans la grande maison désertée par ses occupants, à l'exception de Marisol.

Une tasse de café fumante à la main, elle était revenue au cottage et en avait profité pour téléphoner à Nora.

— Raconte-moi tout, Jill !
— Oh, Nora, si tu savais ! Je voudrais tant que tu sois là !
— Que se passe-t-il, mon petit ? Tu sembles bouleversée.

Jill déglutit avec peine. En entendant la voix de Nora, elle prit toute la mesure de sa situation — une situation tout bonnement intenable.

— Il faut absolument que je me confie à quelqu'un, finit-elle par dire.

Malgré ses efforts pour paraître calme, sa voix tremblait.

La femme interdite

— Jill, insista doucement Nora. Qu'y a-t-il ?

Les yeux de Jill s'embuèrent de larmes.

— Je… c'est difficile d'en parler au téléphone. En fait, je… n'ai jamais rien dit à personne.

Le silence sembla s'éterniser sur la ligne.

— Cela a un rapport avec le père de Jordan, n'est-ce pas ?

Jill hocha la tête. Puis, réalisant que Nora ne pouvait pas la voir, elle murmura d'une voix à peine audible :

— Oui.

— Il t'a contactée ?

Nora se posait de nombreuses questions à propos du père de Jordan, Jill le savait. Une fois, Nora l'avait interrogée à ce sujet, et Jill avait admis qu'il s'agissait d'un étudiant rencontré à Padre Island durant les vacances de Pâques alors qu'elle avait dix-neuf ans. « Il n'a jamais su que j'étais enceinte, et je ne l'ai jamais revu depuis lors », avait-elle précisé. Mais elle s'était gardée de mentionner son nom ou de donner de plus amples détails à Nora.

Pour l'heure, elle prit une profonde inspiration avant de dire tout à trac :

— Il est ici.

— Ici ? Tu veux dire, à High Creek ?

— Pire. Il est au ranch.

— Il y travaille ? Grands Dieux !

— Oh, Nora ! C'est le frère d'Elliott.

— Le frère d'Elliott !

— Enfin, son demi-frère.

Après s'être remise de sa surprise, Nora demanda :

— Tu étais au courant ?

— Tout ce que je savais, c'était qu'Elliott avait un demi-frère et qu'il se prénommait Stephen. Mais je n'ai jamais fait le rapprochement avec… le père de Jordan que je connaissais sous le nom de Steve Wells. Or, Elliott

La femme interdite

n'a jamais mentionné le patronyme de son frère, et il ne m'est jamais venu à l'idée de lui poser la question. Je n'en voyais pas l'utilité.

Elle se rappela soudain qu'Elliott lui avait dit un jour que son frère était avocat, mais les avocats étaient légion au Texas.

— Oh, Jill ! Est-il au courant à propos de Jordan ?
— Tu parles de Stephen ?
— Oui.
— Il a fait la connaissance de Jordan. Mais il ignore qu'il est son père.
— Et il t'a reconnue ?

Jill se remémora le changement d'expression fugace sur le visage de Stephen.

— Je pense que oui.
— Oh, mon Dieu ! Que vas-tu faire, maintenant ?

Les yeux de Jill s'emplirent de nouveau de larmes, et elle les essuya d'un geste rageur. Il ne servait à rien de pleurer. Au contraire, elle devait se montrer forte et avoir les idées claires.

— Je l'ignore. Hier soir, je n'étais pas en état de réfléchir.

— Je suppose que ce... Stephen... n'a pas mentionné le fait qu'il te connaissait ?

— Non. Et moi non plus. J'étais tellement bouleversée que je n'arrivais pas à aligner deux idées. Et quand j'ai recouvré mes esprits, il était trop tard. Tout le monde aurait trouvé bizarre que je dise après-coup : « On ne se serait pas déjà rencontrés à Padre Island ? ». Par ailleurs, j'aurais été contrainte de mentir, car je ne me voyais pas en train de raconter que j'avais eu une liaison brève mais torride avec lui.

Etait-il possible qu'il se rappelle leurs nuits d'amour aussi nettement qu'elle ?

La femme interdite

— Je suis persuadée qu'il a dû réagir comme toi, remarqua pensivement Nora. Je suppose qu'il aime son frère.

— Ils sont très liés. Elliott m'a même dit une fois qu'il se sentait plus proche de Stephen que de sa propre fille. Il l'aime comme un fils, et Stephen le lui rend bien.

— Bon sang ! s'exclama Nora. Quel sac de nœuds !

Elle marqua une pause avant d'ajouter :

— J'aurais tant voulu être auprès de toi, ne serait-ce que pour te remonter le moral.

— Oh, tu ne peux pas savoir à quel point tu me manques !

Agée de quarante ans à peine, divorcée et sans enfant, Nora était la personne la plus équilibrée et la plus raisonnable que Jill ait jamais connue. Elle possédait un humour pince-sans-rire et surtout un sens de l'autodérision qui faisait l'admiration de Jill.

Comme prise d'une soudaine inspiration, Nora s'exclama :

— Et si je venais au ranch ? Il me reste des congés à prendre. Je pourrais demander à Brian de s'occuper de la galerie pendant deux jours, voire une semaine.

— Oh, Nora, ce serait merveilleux !

— Tu crois qu'Elliott y trouverait à redire ?

Cette question fit sourire Jill.

— Au contraire. Il serait ravi que tu viennes.

Elle s'abstint de préciser qu'il aimait tout ce qui contribuait au bonheur de Jill. C'était inutile ; Nora le savait.

— Au fait, et sa fille, comment l'as-tu trouvée ?

— Je préfère attendre que tu sois là. Tu pourras juger sur pièces.

— Elle est donc si terrible ? ironisa Nora.

Jill fit la grimace.

— Je ne devrais pas porter un jugement hâtif sur elle. Après tout, je ne la connais que depuis hier.

— Allons donc ! Tu as toujours fait preuve de discernement. Comme moi, tu es capable de jauger quelqu'un en l'espace d'une heure.

— Peut-être. Mais dans le cas présent, je manque d'impartialité. A ses yeux, je fais figure d'intruse et j'ai le tort d'être plus jeune qu'elle. Si j'étais à sa place, il est probable que je la détesterais aussi. Mais arrêtons de parler d'elle. Je préfère que tu te fasses ta propre opinion. Qui sait, d'ici là, elle aura peut-être mis de l'eau dans son vin.

Elle ajouta gaiement :

— Alors, quand comptes-tu arriver ?

— Il faut combien de temps pour venir en voiture ?

— Environ cinq heures.

— Disons, demain après-midi. S'il y a un problème avec Brian, je te rappellerai.

— Oh, Nora, merci ! Elliott m'a dit qu'il avait l'intention de me présenter à quelques amis proches, samedi soir. J'étais déjà nerveuse au sujet de cette réception avant même d'avoir rencontré Stephen. Alors, inutile de te dire que l'idée de t'avoir à mes côtés m'est d'un grand réconfort.

Après avoir donné à Nora toutes les indications nécessaires, Jill raccrocha et s'installa dans le rocking-chair. L'arrivée prochaine de son amie lui remontait le moral. Peut-être avait-elle dramatisé la situation. Peut-être y avait-il une solution raisonnable à son problème — un élément qu'elle avait omis de prendre en compte et qui sauterait aux yeux de Nora.

Du moins, grâce à la présence de son amie, elle se sentirait moins seule.

- 4 -

— Je suis si heureuse de t'avoir auprès de moi, répéta Jill pour la centième fois depuis l'arrivée de Nora.

Les deux femmes se préparaient pour le dîner dans la chambre de Jill. Malgré les objections d'Elliott — il aurait préféré, pour leur confort à toutes deux, que Nora s'installe dans la grande maison —, Jill avait tenu à donner sa chambre à Nora et avait élu domicile dans celle de Jordan où elle comptait dormir dans un des lits superposés.

— Ce sera plus commode pour bavarder jusque tard dans la nuit, avait plaidé Jill.

Quoi qu'il en soit, l'attribution des chambres au ranch était un sujet délicat, Jill le savait. Caroline et Stephen devaient sûrement penser qu'après le départ de Nora, Elliott en profiterait pour rejoindre Jill dans sa chambre à la nuit tombée.

En fait, elle avait clairement dit à Elliott que toute relation intime entre eux serait un déplorable exemple pour Jordan. Et Elliott s'était rallié à son point de vue.

— Nous ne pouvons être ensemble que si Jordan passe la nuit ailleurs, avait-elle expliqué.

— Tout compte fait, je peux aussi bien patienter jusqu'au mariage, avait décidé Elliott. Ce ne sera pas évident pour moi, mais tu en vaux la peine.

— Tu es bien sérieuse, tout à coup, remarqua Nora.

— Désolée, s'excusa Jill.

Si seulement elle pouvait chasser ses idées noires !

La femme interdite

N'était-elle pas censée vivre une période heureuse — le début d'un nouveau chapitre de son existence ?

— Je rêvassais.

— Dis plutôt que tu ruminais !

Jill fit la moue.

— Décidément, on ne peut rien te cacher.

Elle redonna du gonflant à ses cheveux, regrettant de ne pas avoir eu le temps de les faire couper avant son départ d'Austin.

— Tu es superbe, la rassura Nora.

Jill étudia son reflet dans la psyché. Ce soir, elle portait un pantalon en lin marron et un pull sans manches dans les tons corail.

— Tu crois ? demanda-t-elle, sceptique. J'hésite à propos de ce pull.

— Il est parfait, Jill. Quel est ton problème ?

Nora avait opté pour un pantalon en lin noir, une tunique assortie et des bijoux en argent. Elle avait un goût sûr et, comme à son habitude, elle était très chic.

— Moi aussi, j'aimerais porter du noir, regretta Jill.

Elle se pencha vers le miroir pour examiner de plus près son visage. N'était-ce pas un bouton, là, sur le menton ?

— Le noir ne convient pas à ta carnation de blonde, objecta Nora. Encore une fois, tu es superbe. Alors, cesse de tergiverser.

— Je pense que j'ai un bouton.

— Oh, pour l'amour du ciel ! Tu as une peau parfaite. Tu cherches tous les prétextes pour retarder le moment de sortir d'ici alors que moi, je n'en peux plus d'attendre !

Arrivée au ranch depuis deux heures, Nora n'avait pas encore rencontré Caroline et Stephen, et elle piaffait d'impatience.

A peine avait-elle prononcé ces mots qu'un coup fut frappé à la porte de la chambre et qu'une voix flûtée s'écria :

La femme interdite

— M'man ! Je vais à la grande maison.
— Jordan, attends-nous.
Elle se hâta vers la porte et l'ouvrit en grand.
— Je mets mes bijoux et je suis prête.

Après avoir passé toute la journée dehors en compagnie d'Elliott, Jordan s'était douché et arborait maintenant un jean impeccable et un T-shirt jaune. Son premier choix vestimentaire s'était porté sur son T-shirt Brad Paisley préféré et sur un jean troué, mais Jill l'avait aussitôt envoyé se changer, au grand dam de Jordan.

— On va être en retard à cause de toi, maugréa-t-il.

Elle ne put s'empêcher de rire devant la mine boudeuse de son fils.

— Je me dépêcherai si tu cesses de ronchonner.

Il leva les yeux au ciel et se laissa tomber sur le lit. Ah, ces adultes ! avait-il l'air de penser. On ne savait jamais sur quel pied danser avec eux !

Jill accrocha à ses oreilles les clous en diamant qu'Elliott lui avait offerts en avril, pour son anniversaire. Un fin bracelet esclave en argent et sa bague de fiançailles complétaient sa parure.

Cette bague, un diamant rond de deux carats monté sur platine, avait été une pomme de discorde entre elle et Elliott. Jill estimait qu'elle était beaucoup trop grosse. Elle osait à peine imaginer son prix. Mais Elliott n'avait rien voulu entendre. Il avait décrété qu'il était hors de question d'échanger la bague et que Jill devait la porter. Elle avait fini par céder à contrecœur tout en reconnaissant qu'il s'agissait d'un bijou magnifique. Elle était sans doute la seule femme sur terre à préférer une bague de fiançailles plus discrète !

Après un dernier coup d'œil dans la psyché, elle soupira et finit par dire :

— Bon. Je suis prête.

La femme interdite

Dix minutes plus tard, le trio prenait la direction de la grande maison.

Tout en marchant, Jill, morte de trac, s'exhortait au calme. Elle avait décidé que cette deuxième soirée au ranch ferait figure de test. Si elle était capable de se comporter normalement, sans rien laisser paraître de ses sentiments en présence de Caroline et Stephen, ce serait de bon augure pour la suite. Peut-être pourrait-elle envisager d'épouser Elliott et de vivre heureuse avec lui.

« Mon Dieu, aidez-moi », supplia-t-elle en pénétrant dans le salon.

Même s'il n'avait pas guetté son arrivée, Stephen aurait su que Jill faisait son entrée dans la pièce car l'atmosphère avait brusquement changé.

En la voyant, sa bouche devint sèche et les battements de son cœur s'accélérèrent. Qu'avait donc cette femme de si particulier pour que sa seule présence le trouble à ce point ? Certes, elle était belle, mais il avait connu d'autres femmes tout aussi superbes, voire plus. C'était notamment le cas d'Emily, avec ses cheveux si blonds qu'ils paraissaient blancs et son corps souple de danseuse. Emily ! Bon sang, qu'allait-il décider à son sujet ?

La plupart de leurs relations à High Creek pensaient qu'ils allaient se marier, Elliott le premier — il n'avait jamais fait mystère de son affection pour Emily. Mais ce soir, compte tenu de son émoi à la vue de Jill, Stephen comprit pourquoi il avait toujours hésité à franchir le pas et à demander la main d'Emily : parce qu'il n'avait jamais ressenti pour elle cet élan irrésistible qui le portait vers Jill. Jill qui était désormais inaccessible, et qu'il devait s'interdire de convoiter. « Elle est la fiancée de ton frère,

La femme interdite

ne l'oublie jamais ». Il déglutit avec peine. « Mon Dieu, que vais-je faire ? »

— Jill, ma chérie, tu es là ! s'exclama Elliott en s'avançant vers elle et son amie.

A contrecœur, Stephen finit par détourner son regard de Jill. Il reporta son attention sur la femme qui l'accompagnait. Grande, distinguée, brune aux cheveux courts, elle examinait la pièce et ses occupants avec de grands yeux curieux et semblait très à l'aise malgré le peu de cas qu'Elliott faisait d'elle, tant il était fasciné par Jill.

Stephen se dirigea vers elle.

— Bonjour. Je suis Stephen, le frère d'Elliott.

Elle lui sourit.

— Nora O'Malley.

Sa poignée de main était ferme et son regard direct.

— Ravie de faire votre connaissance.

Stephen la trouva aussitôt très sympathique. Elle donnait l'impression d'être une femme sur qui on pouvait compter. Mais il y avait autre chose dans son regard qui mit Stephen légèrement mal à l'aise : elle n'était pas du genre à s'en laisser conter.

— Je vous offre un verre ? proposa-t-il.

— Oui, merci. Je prendrai volontiers un verre de vin blanc.

— Chardonnay ? Pinot gris ? Riesling ?

— Va pour un pinot gris.

Stephen se hâta vers le bar pour déboucher une bouteille, remplir un verre et le lui rapporter. Entre-temps, Jill et Elliott avaient rejoint Nora. Malgré lui, Stephen sentit son pouls s'accélérer. Bon sang, que lui arrivait-il donc ? Il était un adulte, que diable ! Il devrait être capable de maîtriser ses pulsions au lieu de réagir comme un ado en pleine poussée hormonale !

— Voici votre pinot gris.

La femme interdite

Pendant qu'il tendait son verre à Nora, il crut déceler dans ses yeux une lueur d'amusement. Sans le vouloir, il reporta son regard sur Jill et Elliott.

— Je manque à tous mes devoirs, s'excusa Elliott en se tournant vers Nora. Je vois que vous avez fait la connaissance de Stephen. Et voici ma fille qui arrive, ajouta-t-il en faisant signe à Caroline, suivie de Tyler, de les rejoindre. Caroline, je te présente Nora O'Malley, l'amie de Jill, dont je t'ai parlé tout à l'heure.

Stephen constata avec soulagement que Caroline se montrait sous son meilleur jour. Elle serra la main de Nora, déclara qu'elle était enchantée de la connaître, et alla même jusqu'à déclarer en souriant qu'elle avait entendu parler de sa galerie de tableaux.

— Je vais à Austin très souvent. C'est là que j'ai effectué toute ma scolarité, et j'y ai encore des amis. La prochaine fois que je m'y rendrais, je passerais vous rendre visite.

— Avec grand plaisir, assura Nora.

— Je crois savoir que vous exposez les toiles de Jill.

— En effet.

— J'ai hâte de les admirer.

Que signifiait ce revirement ? se demandait Stephen, perplexe. La soudaine amabilité de Caroline dissimulait sûrement une arrière-pensée quelconque, mais laquelle ? Elliott lui avait-il fait la leçon ? Il reporta son attention sur son frère, lequel rayonnait de bonheur, un bras possessif passé autour de la taille de Jill. Etait-ce un effet de son imagination ou Jill était-elle mal à l'aise ? L'espace d'un instant, leurs regards se croisèrent, mais elle détourna aussitôt les yeux.

Un souvenir s'imposa brusquement à lui. Ce soir-là, il se faisait tard, et la plage était déserte. Les jeunes étaient, pour la plupart, rentrés chez eux ou partis en discothèque. Sous la clarté lunaire, Stephen et J.J. dansaient sur le sable,

La femme interdite

langoureusement enlacés. Il se rappelait avec précision la façon dont son corps épousait le sien, et à quel point il la désirait même s'ils avaient déjà fait l'amour deux fois ce soir-là.

Il avala sa salive tout en s'efforçant de chasser ce souvenir importun. Mais il s'imposait à lui avec une telle force que son corps ne put s'empêcher d'y répondre. Il ne lui restait plus qu'à s'éloigner du petit groupe au plus vite pour retrouver le contrôle de lui-même.

Apercevant les garçons qui plongeaient allègrement des chips de maïs dans un bol de sauce au fromage, Stephen s'excusa et se dirigea vers eux en prétextant qu'il mourait d'envie de grignoter quelque chose.

— Alors, que penses-tu du ranch ? demanda-t-il à Jordan.

Le garçonnet lui décocha un grand sourire.

— C'est super ! J'espère qu'on va rester là tout le temps. Aujourd'hui, Elliott m'a permis de monter Gypsy. Vous connaissez ce cheval ?

Devant le hochement de tête amusé de Stephen, il ajouta :

— Mince alors, ce qu'il est chouette ! Elliott dit que quand j'aurai pris quelques leçons d'équitation, j'aurai mon propre cheval.

Stephen ne put s'empêcher de rire devant l'enthousiasme du gamin.

— Tu as raison. Gypsy est formidable. Cela fait longtemps que nous l'avons.

Gypsy était la plus douce et la plus docile des juments de leur écurie. A ce titre, elle était réservée aux débutants qui avaient ainsi le sentiment de participer pleinement à la vie du ranch.

— D'après Elliott, demain, j'aurai mal partout, remarqua fièrement Jordan tout en s'empiffrant de chips.

La femme interdite

Stephen fit un signe d'assentiment et se retint de sourire. Décidément, les garçons étaient tous les mêmes !

— Tu auras le postérieur en compote, confirma Tyler en faisant la grimace. Moi, je déteste monter à cheval.

Jordan le dévisagea, stupéfait.

— Vraiment ?

— Ouais. C'est barbant.

Stephen connaissait la raison de ce manque d'engouement pour l'équitation : son neveu n'était pas sportif pour deux sous. Hélas, sur ce plan-là, sa mère risquait de se montrer intraitable. Caroline était une cavalière émérite ; adolescente, elle avait remporté des dizaines de médailles, et elle n'en attendait pas moins de son fils. Elle se moquait éperdument qu'il ait d'autres talents. Le fait qu'il soit fort en maths et excellent guitariste — au point que son professeur de musique estimait qu'il pouvait faire carrière dans ce domaine s'il s'en donnait la peine — ne lui suffisait pas ; elle exigeait de Tyler qu'il soit aussi un sportif accompli.

« Peut-être devrais-je de nouveau en toucher un mot à Dale ? » Stephen était resté en bons termes avec l'ex-mari de Caroline après leur divorce — un autre mauvais point que la jeune femme s'était empressée de porter au passif de Stephen. Toutefois, la marge de manœuvre de Dale était limitée, Caroline prenant systématiquement le contre-pied de toutes ses initiatives à propos de l'éducation de leur fils.

— Oncle Stephen ?

L'interpellé reporta son attention sur les garçons.

— Dis, tu nous emmèneras faire un tour en avion ?

— Si vos mères sont d'accord, et si le temps le permet, dimanche, nous ferons un survol de la région.

Il fut récompensé par de larges sourires. C'était fou comme Tyler se montrait plus avenant dès que sa mère avait le dos tourné. Il se mit à décrire avec animation, à

La femme interdite

l'intention de Jordan, ce que l'on ressentait quand on était à bord du jet de Stephen.

Tout en discutant ostensiblement avec les garçons, Stephen tendait l'oreille en direction du petit groupe qui se tenait derrière lui. Caroline semblait toujours aussi aimable, et des éclats de rire fusaient de temps à autre. Jill était-elle aussi perturbée que lui par la situation ? En tout cas, elle cachait bien son jeu. Pour sa part, Stephen ne parvenait pas à penser à autre chose. La nuit dernière, il n'avait pas cessé de tourner et retourner le problème dans sa tête pour tâcher de déterminer la conduite à tenir en pareille circonstance. Une chose était sûre, il devait en discuter avec Jill. Vis-à-vis de leur entourage, ils pouvaient continuer à faire semblant de ne pas se connaître mais, tôt ou tard, ils devraient affronter la vérité — une vérité aussi impossible à ignorer que la présence d'un éléphant dans un magasin de porcelaine.

Il devait absolument trouver le moyen de lui parler en privé. En fait, après ses deux rendez-vous de la matinée — une modification testamentaire et un entretien avec un témoin potentiel dans le cadre d'une détention provisoire —, il s'était rendu au ranch pour essayer de voir Jill seul à seule. Mais elle n'était pas dans la grande maison, et il n'avait pas trouvé de motif valable pour aller la rejoindre au cottage.

Il avait donc quitté le ranch, très déçu. Le mieux serait sans doute de l'appeler pour lui fixer un rendez-vous en ville. Elle avait sûrement un téléphone portable, mais comment obtenir son numéro sans éveiller les soupçons ?

Ces questions continuèrent de le tarauder jusqu'à ce que le dîner soit servi, et même après.

Car il avait une décision à prendre. Et il ne pourrait le faire qu'après avoir parlé à Jill.

**
* **

La femme interdite

Pour Jill, une chose était sûre. Si Stephen avait élu domicile au ranch ou s'il y avait pris tous ses repas, elle aurait été incapable de rester. La perspective de le côtoyer en permanence aurait été au-dessus de ses forces. Déjà qu'il venait trop souvent à son goût ! D'après Elliott, Stephen consacrait deux, voire trois jours par semaine au ranch.

— Il travaille les lundis, mercredis et vendredis à son cabinet d'avocat en ville, lui avait-il expliqué. Le reste du temps, il s'occupe de la gestion du domaine.

Elliott avait ajouté en souriant :

— Mais si j'ai besoin de lui plus souvent, il modifie son emploi du temps en conséquence. Après tout, le ranch lui appartient pour moitié. Je crois t'avoir dit que nous l'avons hérité de notre mère. En fait, jusqu'à la mort de son père — mon grand-père Tyler — le ranch s'appelait The Tyler Ranch. Il y a encore des personnes par ici qui continuent de le nommer ainsi.

Jill avait hoché la tête d'un air entendu. Mais la seule chose qui avait retenu son attention, c'était la présence quasi constante de Stephen au ranch. A force de s'attendre à tout moment à tomber sur lui, elle vivait dans un état d'anxiété permanent et ne parvenait pas à se détendre. Or, elle n'était là que depuis deux jours. Dans ces conditions, comment pourrait-elle passer le reste de sa vie ici ?

Et pourtant, aussi curieux que cela paraisse, elle était partagée entre son désir de fuir Stephen comme la peste... et celui de le voir. Le voir et parler de lui.

— Alors, que penses-tu de Stephen ? demanda-t-elle à Nora.

C'était le lendemain matin, et les deux amies s'apprêtaient à aller prendre le petit déjeuner à la grande maison.

— Il m'a paru très sympathique.

La femme interdite

Nora sortait de la douche et se séchait les cheveux avec une serviette.

— Je trouve que les deux frères se ressemblent. En fait, ajouta-t-elle, l'air songeur, c'est peut-être pour cette raison que tu as été attirée par Elliott.

Jill se laissa tomber sur le lit. Se pouvait-il que Nora ait raison ? Son subconscient l'avait-il influencée ? Elle haussa les épaules, perplexe.

— Va savoir.

Nora finit de se sécher les cheveux et fourragea dans son nécessaire de voyage à la recherche d'un peigne.

— Hier soir, Stephen n'avait d'yeux que pour toi, notamment pendant le dîner. Il avait beau s'efforcer de regarder ailleurs, tu l'attirais comme un aimant.

— Vraiment ?

— Oui, je t'assure.

— Alors, c'est mauvais signe. Je devine aisément à quoi il devait songer.

— Qu'en sais-tu puisque tu n'as pas vu l'expression de son visage ? objecta Nora en s'asseyant auprès de son amie.

— Il doit penser pis que pendre de moi, assura Jill que cette idée atterrait.

— Bien sûr que non ! Cette situation le met aussi mal à l'aise que toi, voilà tout.

— Il s'imagine peut-être que je savais dès le départ qu'Elliott était son frère et que j'ai prémédité nos fiançailles pour me rapprocher de lui.

— Oh, Jill, que vas-tu chercher là ! Il ne peut pas croire une chose pareille. Ne m'as-tu pas dit que, durant la semaine que vous avez passée ensemble, il y a des années de cela, vous n'aviez presque pas parlé de vos familles respectives ? Lui as-tu seulement donné le nom de ta tante et son adresse ?

La femme interdite

— J'ai mentionné son prénom et sa ville de résidence, à savoir San Marcos, mais pour le reste…

Jill avait beau réfléchir, elle ne se souvenait pas d'avoir été plus précise. Il est vrai qu'ils avaient consacré presque toutes leurs vacances à vivre une relation sexuelle merveilleuse, passionnée, torride…

— Je suis sûre d'être restée dans le vague à propos de ma tante. En outre, Stephen ne risquait pas de connaître son nom de famille puisqu'elle s'appelait Jordan et non Emerson, comme moi.

— Ça prouve que j'ai raison ! s'exclama Nora en se levant. Bon. Je me dépêche de me maquiller et on y va. Je meurs de faim.

— Attends encore un peu, Nora. Une fois à la grande maison, nous n'aurons plus l'occasion de parler librement. Marisol est omniprésente, et Caroline n'est jamais loin.

— A propos de Caroline, exerce-t-elle une activité quelconque ? Ça ne doit pas être évident pour elle de vivre aux crochets de son père.

— Détrompe-toi. Elle est tout à fait autonome sur le plan financier. Elle dispose d'un fond spécial alimenté grâce à l'héritage maternel et aux revenus du ranch. En outre, elle perçoit une pension alimentaire de son ex-mari. Dans ces conditions, qu'elle vive ici ou ailleurs, elle est à l'abri du besoin.

Elliott avait fourni toutes ces explications à Jill pour lui éviter de se sentir inquiète, voire coupable, à l'idée que leur mariage risquait de léser Caroline sur le plan financier.

Nora renifla avec mépris.

— Ça lui ferait le plus grand bien de travailler pour gagner sa vie. Son problème, c'est d'être encore et toujours la princesse chérie à son papa. Mais il est grand temps que miss Caroline devienne une adulte.

— Tu as raison, mais je ne tiens pas à parler d'elle pour

La femme interdite

le moment. J'ai un problème plus urgent à résoudre. Tu crois que je devrais dire la vérité à Elliott à propos de ma liaison passée avec Stephen ?

— Chérie, je te le répète, toi seule peux en décider.

— Mais tu penses que je devrais lui parler.

Nora se rassit sur le lit en soupirant.

— Très bien. Connaissant ta droiture, je ne t'imagine pas vivre dans le mensonge. Tu te rongerais les sangs, et le stress finirait par avoir raison de toi.

Jill hocha piteusement la tête ; elle était du même avis que Nora. Mais c'était bien beau de savoir où était son devoir ; encore fallait-il avoir le courage de le faire.

— Si j'étais seule en cause, je n'hésiterais pas une seconde. J'avouerais toute la vérité à Elliott, dit-elle lentement. Mais il y a Jordan. Et la décision que je prendrai, quelle qu'elle soit, l'affectera autant que moi, voire plus.

Elle déglutit avec peine avant d'ajouter :

— Il désire tellement avoir un père ! Et il est déjà si attaché à Elliott…

— Je sais, admit Nora, un bras passé autour des épaules de son amie.

Jill se mordit la lèvre. Pourquoi la vie était-elle si compliquée ? Cela faisait quelques jours seulement qu'ils étaient au ranch, et son fils n'avait jamais été aussi heureux. Le pire, c'est qu'elle allait devoir le priver de ce bonheur. Car, elle en était certaine, dès qu'elle aurait avoué la vérité à Elliott, il refuserait de l'épouser.

— Que ressens-tu à l'égard de Stephen maintenant que tu l'as revu ?

Jill fut incapable de croiser le regard de Nora.

— Je… je l'ignore.

C'était un mensonge éhonté, elle en avait conscience. Et quand elle se décida à regarder Nora, elle comprit que son amie n'était pas dupe.

— Si tu n'étais pas fiancée à Elliott, insista Nora, que se passerait-il ?
— Mais, je le suis !
— Tu éludes ma question.
— Non. Je... Oh, mon Dieu ! Elliott est si bon.
— Que tu le veuilles ou non, tu es toujours amoureuse de Stephen.

Les yeux de Jill s'emplirent de larmes.

— Que le ciel me vienne en aide ! murmura-t-elle.
— Souhaites-tu qu'il fasse partie de la vie de Jordan ?
— Mais comment le pourrait-il ?

Nora se mit à rire doucement.

— Je sais bien que la situation est très délicate, mais ce n'est pas une raison pour faire comme les politiques : répondre à une question par une autre question !

Jill se sentait trop malheureuse pour rire d'elle-même. Après une longue pause, elle finit par dire :

— Tu es la seule personne à qui je puisse faire cette confidence. Mais, le fait est, si les choses étaient différentes, j'avouerais la vérité à Stephen et je prierais pour qu'il accepte de faire partie de la vie de Jordan.

— Et de la tienne aussi ?

Cette question était trop dérangeante pour que Jill puisse y répondre en toute sérénité.

- 5 -

— Ces bottes te vont bien ? demanda Jill à Nora.

Ce matin, les deux amies s'étaient rendues en ville pour que Nora puisse s'acheter une paire de bottes. En effet, Elliott comptait leur faire visiter le ranch — notamment les écuries — et Nora avait l'intention de monter à cheval.

— Elles sont parfaites. Je les adore ! s'exclama Nora en levant la jambe droite et en tournant son pied d'un côté et de l'autre pour admirer les bottes en cuir vieilli qu'elle venait de dénicher dans la boutique western du coin.

— Maintenant que j'ai l'air d'une vraie cow-girl, j'ai bien envie de prendre des cours de danses country.

Jill se mit à rire. Elle-même portait des bottes de cuir robustes qu'elle avait achetées à Austin. Elle savait monter à cheval, contrairement à Nora, et l'après-midi promettait d'être passionnant.

Au lieu de déjeuner avec le personnel, comme à son habitude, Elliott avait rejoint Jill et Nora pour partager leur repas avant de leur faire faire le tour du propriétaire à bord de sa jeep Wrangler.

— Nous terminerons la visite par le haras, véritable centre névralgique du ranch, expliqua Elliott.

Ils y retrouveraient Jordan qui passaient le plus clair de ses journées auprès d'Antonio, l'époux de Marisol et le palefrenier en chef — à ce titre, il était chargé d'embaucher et de superviser les valets d'écurie qui avaient pour mission de nettoyer les boxes, panser les chevaux, s'occuper de leur alimentation, les mener aux pâturages et les soigner après l'exercice. Il avait pris Jordan sous son aile, et le gamin le suivait comme son ombre.

— Je l'aide, m'man ! s'était récrié Jordan, au comble de l'indignation, quand Jill avait osé dire qu'il risquait de gêner Antonio dans son travail. Il m'apprend les ficelles du métier !

Elliott lui avait assuré qu'Antonio, lui-même grand-père gâteau, était ravi de la présence de Jordan.

Jill ne put s'empêcher de sourire en songeant à quel point son fils était heureux.

Tandis que la voiture bringuebalait sur la piste de terre menant au nord-est de la propriété, Elliott commentait, à l'intention de Nora, les deux activités principales du domaine : l'exploitation du sous-sol et l'élevage des chevaux. Jill avait déjà eu droit à ces explications passionnantes, mais elle ne se lassait pas de les réentendre. Elle n'aurait jamais imaginé vivre un jour sur un ranch, encore moins épouser un éleveur milliardaire. Certes, elle avait toujours vécu en ville et était une citadine convaincue, mais cela ne l'empêchait pas d'être séduite par tout le folklore romantique entourant la vie des cow-boys.

— Quelle est la superficie du ranch ? demanda Nora.

— Douze mille huit cents hectares, pour être précis, répondit Elliott.

— Et en kilomètres carrés ?

— Cent trente kilomètres carrés, s'empressa de dire Jill, avec fierté.

Et quand Elliott lui jeta un coup d'œil surpris, elle éclata de rire.

— Je me suis amusée à faire la conversion.

— Alors là, tu m'épates !

Au bout de quinze minutes, la route se mit à grimper. Arrivé au sommet de la côte, Elliott coupa le moteur. Depuis leur poste d'observation, ils apercevaient des dizaines de derricks disséminés en contrebas ainsi que plusieurs bâtiments. Trois ou quatre hommes s'affairaient dans cet étrange paysage.

— On peut se rapprocher, si vous voulez, proposa Elliott pendant qu'ils mettaient pied à terre. Mais c'est d'ici qu'on a la meilleure vue sur l'installation pétrolière.

— Qui sont ces hommes ? demanda Nora.

— Sans doute des mécaniciens, des inspecteurs de la sécurité ou des ingénieurs. A moins qu'il ne s'agisse de géologues venus faire des relevés sur le site.

Nora mit sa main en visière pour étudier le panorama. Elle portait des lunettes noires, comme ses compagnons, mais le soleil était aveuglant.

— Si je comprends bien, vous n'avez pas grand-chose à voir avec la gestion quotidienne du site.

— Je ne m'en occupe pas du tout. Je me contente d'encaisser les royalties quatre fois par an, précisa Elliott en faisant la grimace. Nous avons conclu un accord avec la compagnie pétrolière. Nous lui louons le terrain. En contrepartie, elle assume les coûts liés aux recherches, aux forages et à l'extraction du pétrole, et elle nous verse un pourcentage des bénéfices qu'elle engrange sur le site.

— Ça n'a pas l'air de vous enchanter.

— Je dois reconnaître que cette manne financière est providentielle. Elle nous permet de nous consacrer à l'élevage sélectif des chevaux. Pourtant, je ne peux m'empêcher de regretter le bon vieux temps, avant la découverte du pétrole sur la propriété, quand nous vivions des fruits de notre travail. Certes, les fins de mois étaient parfois difficiles, mais c'était plus gratifiant.

Il haussa les épaules avant d'ajouter :

— En fait, je voudrais avoir le beurre et l'argent du beurre.

La femme interdite

Jill lui prit la main et la serra. Elliott était en permanence déchiré entre ses sentiments contradictoires, elle le savait.

« Bienvenue au club », songea-t-elle non sans ironie. Ces derniers temps, elle aussi était écartelée entre des sentiments contradictoires et des intérêts conflictuels. Elle chassa résolument cette pensée de son esprit. Elle avait décidé de consacrer cette journée à Elliott, et elle comptait bien tenir sa promesse.

— Où se trouve la limite du ranch ? demanda Nora.

— Vous voyez ce bouquet d'arbres, là-bas ?

Ce disant, Elliott pointa le doigt en direction du nord.

— La clôture que vous apercevez derrière délimite notre propriété de celle des Vicenti. En fait, c'est par eux que tout a commencé. L'or noir a d'abord été découvert sur leurs terres. Puis, la compagnie pétrolière qui exploitait le gisement nous a contactés.

Il se tourna vers Jill avant d'ajouter :

— Tu feras la connaissance de Pete samedi soir. C'est un de mes plus vieux amis.

Ils s'attardèrent encore quelques minutes avant de remonter dans la jeep et de reprendre la piste en sens inverse. A six cents mètres de la maison, la route bifurquait vers l'ouest, et ils ne tardèrent pas à apercevoir divers bâtiments, un manège à ciel ouvert et des pâturages.

A mesure qu'ils se rapprochaient du haras, Jill put constater que l'endroit ressemblait à une ruche en pleine effervescence. Elliott se gara dans un immense parking couvert où se trouvaient déjà une demi-douzaine de pick-up poussiéreux et de luxueux SUV.

L'écurie principale était une construction de bois à un étage, peinte en beige clair — au lieu du rouge traditionnel. Les fenêtres, aux montants vert bouteille, s'ornaient de

La femme interdite

jardinières fleuries. La structure faisait davantage penser à un petit parc industriel qu'à une écurie.

— Nous allons commencer par la visite des boxes et de la sellerie, annonça Elliott en montrant le chemin.

En pénétrant dans le bâtiment, Jill ôta ses lunettes de soleil. Elle s'était attendue à respirer l'odeur de renfermé spécifique aux écuries. Au lieu de cela, elle fut agréablement surprise par la propreté de l'endroit et par les effluves de cuir neuf, de copeaux de bois et de foin fraîchement coupé. Certes, l'odeur des chevaux imprégnait l'air, mais elle n'était pas déplaisante.

La première impression de Jill fut celle d'une activité intense mais soigneusement organisée : un palefrenier étrillait un cheval à l'attache dans une salle de pansage, un autre inspectait les oreilles d'un étalon, un troisième nettoyait les sabots d'un cheval à l'aide d'un cure-ongles, deux hommes discutaient un peu plus loin, tandis qu'un autre aboyait des ordres dans un téléphone portable. L'écurie comptait douze boxes de taille imposante — six de chaque côté d'une large allée centrale —, entre lesquels étaient suspendus des licols et autres longes.

A peu près à mi-hauteur de l'allée, Jill aperçut Jordan grimpé sur un seau retourné. Il se penchait par-dessus le volet inférieur de l'un des boxes pour caresser les naseaux d'un cheval. Un homme se tenait à côté de lui. De prime abord, Jill crut qu'il s'agissait d'Antonio, mais bientôt, l'homme se retourna.

C'était Stephen.

Le cœur de Jill bondit dans sa poitrine. La vue du père et du fils côte à côte lui causa un choc. Seigneur, comme ils se ressemblaient ! Comment se faisait-il que personne ne s'en soit aperçu ? Hébétée, elle trébucha. Elliott, qui marchait en tête du petit groupe, ne remarqua rien, mais Nora l'agrippa d'une poigne ferme.

La femme interdite

— Que t'arrive-t-il ? demanda-t-elle, alarmée.
— Je… il faut que je sorte d'ici.
— Jill, murmura Nora d'une voix pressante, ressaisis-toi. Stephen te regarde. Tu veux qu'il sache à quel point sa présence te bouleverse ?

Jill prit une profonde inspiration.

— Non.
— Alors, ne reste pas plantée là et force-toi à sourire.

Elle dut faire un effort surhumain pour obéir à l'injonction de Nora.

— M'man ! s'écria Jordan dès qu'il l'aperçut. C'est Gypsy, le cheval dont je t'ai parlé. Il est formidable, tu ne trouves pas ?
— En effet.

C'était une belle jument alezane à la robe fauve, qui dégageait une impression de grande douceur.

Jordan rayonnait de bonheur. Tout son être exprimait la joie qu'il avait à se trouver ici.

— Stephen m'a tout raconté à propos de Gypsy et des poulains qu'elle a eus. L'un d'eux se trouve dans ce box.

Ce disant, il désigna du doigt la stalle de l'autre côté du couloir.

— Il s'appelle Big Boy. C'est un nom drôlement chouette. Il appartient à Stephen. Et Stephen dit que, quand je me tiendrai mieux en selle, je pourrai le monter. C'est super, n'est-ce pas, m'man ?

L'enthousiasme de Jordan aida Jill à reprendre le contrôle d'elle-même. Elle sourit, d'abord à son fils, puis à Elliott, et enfin à Stephen.

— Vous ne pouviez pas lui faire plus plaisir.
— Tant mieux, assura Stephen en ébouriffant les cheveux de Jordan. Ce jeune homme deviendra un brillant cavalier, j'en suis sûr.

Jordan buvait du petit lait.

La femme interdite

C'est alors qu'Antonio appela Elliott depuis l'autre extrémité de l'écurie.

— Monsieur Lawrence ! Vous pouvez venir un instant ? J'ai Walter Zewickly en ligne.

— J'en ai pour une minute, s'excusa Elliott.

— Parle-moi de Gypsy, demanda Nora à Jordan.

Celui-ci ne se fit pas prier. Jill s'efforçait de s'intéresser aux propos de son fils, mais elle était trop consciente de la présence de Stephen qui l'observait avec insistance. Comme subjuguée, elle se tourna vers lui, et quand leurs regards se croisèrent, il inclina la tête d'une façon qui indiquait clairement qu'il souhaitait lui parler, mais pas ici.

Son cœur battait à cent à l'heure tandis qu'elle suivait Stephen jusqu'au box de Big Boy. Dès qu'ils furent hors de portée d'oreille, il s'empressa de murmurer :

— Nous devons parler. Peux-tu venir en ville lundi ?

— Je... Oui, sans doute.

— Tu as un téléphone portable ?

— Oui.

— Donne-moi ton numéro. Je t'appellerai lundi matin.

Après avoir répété deux fois le numéro pour le mémoriser, il ajouta à voix haute :

— Il est superbe, n'est-ce pas ?

Tout en parlant, il caressait les naseaux du hongre.

— Je veillerai à ce que Jordan ait acquis les premiers rudiments avant de le laisser monter Big Boy.

L'instant d'après, Elliott les rejoignait, le sourire aux lèvres.

— Qu'a dit Walt ? demanda Stephen. Il marche avec nous ?

— Oui. Voilà une affaire rondement menée.

Quand Elliott commença à rapporter à son frère la

La femme interdite

conversation téléphonique qu'il venait d'avoir, Jill revint vers Nora et Jordan.

Nora lui jeta un coup d'œil interrogateur.

— Je t'expliquerai plus tard, se hâta de dire Jill.

La tête lui tournait. On n'était que jeudi. Elle allait devoir patienter quatre jours avant de savoir ce que Stephen attendait d'elle — quatre jours à se ronger les sangs.

Mais avait-elle seulement le choix ?

— Toc, toc.

Stephen sursauta. Il avait été si absorbé par le contrat sur lequel il travaillait qu'il n'avait pas entendu Emily arriver. Pourtant, elle se tenait là, dans l'entrebâillement de la porte, un grand sourire aux lèvres. Comme toujours, elle était sensationnelle — le genre de femme qui attirait tous les regards masculins. Elle avait relevé ses épais cheveux blonds et les avait noués en un chignon serré — sa coiffure de travail. Son bustier blanc, sa jupe fluide en tissu imprimé dans les tons rouges et ses ballerines rouges mettaient en valeur son teint bronzé. Emily lui avait dit un jour qu'elle adorait s'exposer au soleil, même si elle en connaissait les risques. C'était pour elle une façon de prendre sa revanche sur les longs mois d'hiver de son enfance en Suède.

— Bienvenue à High Creek ! dit-il, regrettant de ne pas être plus heureux que cela de la voir. Tu es rentrée plus tôt que prévu ?

Toujours souriante, elle s'avança dans la pièce.

— Oui. Je suis arrivée cette nuit.

— Et tu as fait bon voyage ?

— Excellent.

Elle contourna le bureau pour lui donner un baiser.

— Comment va ton père ?

Cette année, Emily avait avancé son voyage annuel

La femme interdite

en Suède — d'habitude, elle y allait en juillet, quand le temps était plus chaud — car son père avait eu un accident vasculaire cérébral.

— Beaucoup mieux. Les médecins pensent qu'il devrait récupérer complètement. A priori, l'attaque n'était pas trop grave.

Elle repoussa des papiers pour s'asseoir sur le bord du bureau.

— Tant mieux. Tu dois te sentir rassurée, dit-il en s'efforçant de dissimuler son irritation devant son air de propriétaire.

— Oui. Après tout, à cinquante-six ans, il est dans la force de l'âge.

Stephen hocha la tête en signe d'approbation. A titre de comparaison, Elliott avait cinquante-sept ans, et il ne lui serait jamais venu à l'idée de penser que son frère était un homme âgé.

— J'ai l'impression que je tombe mal, remarqua Emily, très intuitive.

Stephen fut aussitôt pris de remords. Ce n'était quand même pas de la faute d'Emily si ses sentiments pour elle n'étaient pas au diapason des siens !

— Mais non, voyons ! Je peux bien prendre le temps de discuter avec toi. Installe-toi sur une chaise, ce sera plus confortable. Je vais demander à Sandra de nous apporter à boire.

— Inutile de déranger Sandra. Que dirais-tu de venir déjeuner avec moi ? demanda-t-elle, sans descendre de son perchoir. On pourrait manger un hamburger chez Lou's.

— Euh, aujourd'hui, je ne peux pas. Je dois finir de rédiger ce contrat avant mon rendez-vous de 14 heures, et ça risque d'être juste.

La déception assombrit les beaux yeux verts d'Emily.

— Mais il faut bien que tu te nourrisses !

La femme interdite

— Sandra me rapportera un sandwich. J'ai prévu de manger sur le pouce.

Il eut honte de lui en voyant les efforts qu'elle faisait pour masquer sa déception. La terre ne s'arrêterait pas de tourner s'il ne terminait pas ce fichu contrat aujourd'hui. Après tout, il n'avait aucun rapport avec son rendez-vous de l'après-midi, contrairement à ce qu'il lui laissait entendre.

Bon sang, qu'est-ce qui ne tournait pas rond chez lui ? La plupart des hommes se battraient pour avoir les faveurs d'Emily. Elle avait tout pour elle : la beauté, le talent, la gentillesse, le sex-appeal... Certes, il avait beaucoup d'affection pour elle, il appréciait sa compagnie — et, pour être honnête, il aimait faire l'amour avec elle —, mais force lui était de constater qu'il n'était pas amoureux d'elle. Quant aux raisons qui l'avaient amené à cette conclusion, il préférait ne pas s'y attarder...

En voyant la tristesse qui se peignait sur le visage d'Emily, Stephen se fit l'effet d'un sombre crétin. Bientôt, il se traiterait sans doute de tous les noms pour avoir cru naïvement, pendant des mois, qu'il pourrait l'épouser un jour.

Elle soupira.

— Bon. Puisque c'est comme ça...

Soudain, son visage s'éclaira.

— Et si nous dînions ensemble ? Je te préparerai des escalopes viennoises.

C'était une de ses spécialités, et le plat préféré de Stephen.

— Malheureusement, ce soir, il y a réunion du conseil municipal. Et en ma qualité de conseiller, je suis tenu d'y assister.

Emily fit de nouveau grise mine.

— C'est que... je ne t'attendais pas avant demain, s'excusa-t-il piteusement.

— Je sais.

La femme interdite

— De toute façon, on se verra demain soir. Elliott organise une réception, et tu es invitée.

Elle fit un effort visible pour sourire.

— En quel honneur ?

— Tiens-toi bien. Elliott est fiancé !

Sous le coup de la surprise, Emily en resta bouche bée.

— Je n'en reviens pas ! Depuis quand ? Et avec qui ? Charlie ?

Charlotte Wayne, surnommée Charlie, était la veuve de l'un des plus anciens amis d'Elliott, et, depuis la mort d'Adèle, elle ne faisait pas mystère de son intérêt pour Elliott.

— Non. Ce n'est pas Charlie. Il s'agit d'une femme qui ne fait pas partie de notre cercle de relations. Elliott l'a rencontrée à Austin. Elle s'appelle Jill.

Il précisa notamment qu'elle était beaucoup plus jeune qu'Elliott et qu'elle avait un fils à peu près du même âge que Tyler.

— Je n'arrive pas à y croire ! Comment Caroline prend-elle la chose ?

— Mal, comme tu peux l'imaginer.

— Pauvre Elliott !

— Oui.

« Et encore, tu ne sais pas le plus beau ! »

— Et toi, que penses-tu de la future mariée ?

— Je la trouve sympathique. Tu l'apprécieras sûrement, toi aussi, assura-t-il en s'efforçant de parler d'un ton neutre.

— J'ai hâte d'être à samedi, ne serait-ce que pour faire la connaissance de cette fameuse Jill.

Ce disant, elle se leva.

— Bon. Je ferais mieux de te laisser travailler, dit-elle sans conviction.

— Oui. J'ai du pain sur la planche. Alors, à demain. La

réception commence à 19 heures. Je passerai te chercher à 18 h 30.

— Entendu.

Elle hésita, puis se pencha de nouveau vers lui pour déposer un baiser léger sur ses lèvres.

— Tu m'as manqué, murmura-t-elle.

Il respira son parfum favori, aux notes fleuries et sensuelles.

— Toi aussi, tu m'as manqué.

Et le pire, songea-t-il après son départ, c'est qu'elle lui avait manqué... jusqu'à ces derniers jours.

Pourquoi diable la vie était-elle si compliquée ? Pourquoi n'était-il pas fou amoureux d'Emily ? Elle était parfaite pour lui à tous points de vue. Au lieu de cela, il soupirait après une femme avec qui il avait passé cinq jours en tout et pour tout, il y avait plus de dix ans.

Une femme inaccessible, qu'il n'avait pas le droit de convoiter : la fiancée de son frère.

« Je file un mauvais coton, c'est le moins qu'on puisse dire ! »

Stephen pivota dans son fauteuil pour contempler la rue à travers la baie vitrée. Son bureau, situé au deuxième étage de l'immeuble abritant la First National Bank, donnait sur Main Street. Au bout de quelques minutes, il aperçut Emily qui se dirigeait vers son studio de danse, à un pâté de maisons de là. Elle avait le port de tête et la démarche gracieuse d'une ballerine. Bon sang, qu'est-ce qui clochait chez lui ?

Un sentiment de regret teinté de culpabilité l'envahit. Compte tenu de la force de ses sentiments pour Jill, et sachant qu'il n'éprouverait jamais la même chose pour Emily, il trouvait déloyal de continuer à la fréquenter. Certes, il allait lui causer du chagrin, mais il devait rompre avec elle, et le plus tôt serait le mieux… pour tout le monde.

Il poussa un soupir lugubre.

Demain soir, une fois qu'il l'aurait raccompagnée chez elle, il lui parlerait, quoi qu'il lui en coûte.

- 6 -

« Pourquoi diable est-ce que je me donne toute cette peine ? J'aurais mieux fait de dire à papa que, s'il voulait organiser une réception pour cette femme, il n'avait qu'à s'en occuper lui-même ! »

Cela faisait des heures que Caroline remâchait sa colère tout en contrôlant la préparation des plats en cuisine, puis en vérifiant le choix et la quantité des boissons, et enfin, en s'assurant qu'il y avait suffisamment de verres, d'assiettes et de serviettes.

Elle était même allée faire une incursion de dernière minute au Wal-Mart du coin afin d'y faire provision de serviettes en papier et de piques fantaisie pour les hors-d'œuvre. Elle avait failli acheter des couverts en plastique — après tout, pourquoi mettre les petits plats dans les grands pour cette intrigante — mais son besoin d'éblouir ses amis et voisins l'avait emporté sur son amertume.

Pour l'heure, elle se sentait si stressée et frustrée qu'elle avait envie de hurler, et elle ne s'en serait pas privée si Marisol, sa fille et sa nièce ne s'étaient pas trouvées dans la cuisine, à portée d'oreille.

« Comme toujours, je dois tout faire par moi-même ! »

Elle semblait oublier que Jill et Nora avaient insisté pour l'aider, et qu'elle les en avait dissuadées plutôt sèchement, assurant qu'elle maîtrisait la situation. Pour rien au monde, elle ne voulait avoir ces deux femmes sur son dos. Elles ne manqueraient pas d'insinuer que, sans elles, Caroline n'y serait pas arrivée — tout cela, pour se faire mousser auprès de son naïf de père. Qui plus est, cette Nora avait sûrement une idée derrière la tête. Caroline ne serait pas étonnée qu'elle tente de jeter son dévolu sur Stephen. Visiblement, la différence d'âge n'avait pas l'air de gêner les deux femmes.

— M'man ?

Tirée brutalement de ses pensées, Caroline pivota sur ses talons.

— Que veux-tu, Tyler ? demanda-t-elle d'un ton plus sec qu'elle n'aurait voulu.

— On s'ennuie, expliqua Tyler.

Lui et Jordan, un peu en retrait, se tenaient sur le seuil.

— Vous ne deviez pas vous rendre aux écuries ?

— Ça m'intéresse pas, marmonna Tyler.

— Tu as tort, Tyler. On s'amuse bien là-bas, intervint Jordan. Antonio a toujours des tas de choses à me faire faire.

Le regard de Caroline se posa sur le fils de Jill. « Voyez-moi ce morveux avec son air de ne pas y toucher ! On lui donnerait le Bon Dieu sans confession. Mais je ne suis pas dupe. Ce gamin est un petit sournois. Il dit ce que les autres ont envie d'entendre. Tout comme sa mère. Les chiens ne font pas des chats ! »

Toutefois, l'hérédité ferait la différence, Caroline en était certaine. Comme le disait le proverbe, bon sang ne saurait mentir. Tyler était issu d'une excellente famille tant du côté maternel que paternel — même si Dale avait beaucoup déçu Caroline. Il n'empêche, les Conway formait un clan puissant dans le comté ; ils étaient presque aussi riches et influents que les Lawrence et les Wayne.

En revanche, il était évident que ce garçon — avait-on idée de s'appeler Jordan ! — était de basse extraction. Elle était même prête à parier que sa famille paternelle faisait partie de ces pauvres Blancs du Sud qui tiraient le diable par la queue.

Caroline avait bien essayé de questionner son père à propos des origines sociales de Jill, mais, chaque fois, il éludait ses questions en disant des choses du genre : « Cela n'a aucune importance. Je sais déjà tout ce dont j'ai besoin de savoir sur son compte ».

« Eh bien, pas moi ! » avait-elle eu envie de lui lancer. Mais elle s'en était bien gardée. Avec le temps, elle avait appris à ronger son frein et à attendre le moment propice pour dire ou faire certaines choses. Or, compte tenu de la situation actuelle, particulièrement délicate, elle devait jouer serré si elle voulait bouter cette aventurière hors du domaine.

C'est pourquoi elle avait changé de tactique, s'obligeant à faire bonne figure à Jill chaque fois que son père était dans les parages. Elle comptait ainsi endormir la méfiance de Jill, laquelle finirait, tôt ou tard, par se trahir et montrer son vrai visage.

— M'maaaaan ! gémit Tyler. Je veux aller en ville. Evan va au cinéma, aujourd'hui. Tu nous y emmènes ?

— Le cinéma ! Ne vois-tu pas que je suis occupée ? Ton grand-père donne une réception ce soir, et je dois tout faire par moi-même. Je n'ai pas le temps de te conduire en ville.

Tyler se mit à bouder.

Dans d'autres circonstances, Caroline aurait tout laissé en plan pour redonner le sourire à son fils, d'autant qu'il suivait des cours d'été pour se perfectionner en algèbre et qu'il méritait de se détendre le week-end. Mais aujourd'hui, elle se campa devant lui, les mains sur les hanches et le regard noir.

— Puisque vous vous ennuyez tellement tous les deux,

La femme interdite

je vais vous trouver une occupation. Que diriez-vous de faire les vitres du salon, pour commencer ?

Il ne fallut que deux secondes à Tyler pour décider qu'après tout, une petite visite aux écuries ferait l'affaire.

« Et voilà, songea-t-elle amèrement, en voyant les garçons détaler. Comme toujours, je dois assumer seule l'entière responsabilité de cette maison. Et personne ne m'en est reconnaissant. Personne ! »

Elle était si occupée à gémir sur son sort qu'elle ne vit pas Marisol surgir dans l'entrebâillement de la porte avant de faire demi-tour en levant les yeux au ciel, l'air excédé.

— Oh, Nora, je me fais un sang d'encre.
— Voyons Jill, tous les amis d'Elliott t'aimeront.
— Ce ne sont pas eux qui me préoccupent. J'appréhende de rencontrer Stephen et son amie. Je redoute que Caroline me batte froid, comme le premier jour. Et j'ai peur de craquer avant la fin de la soirée !

Elle se massa le front en ressentant les signes avant-coureurs d'une nouvelle migraine. Rien d'étonnant à cela : depuis son arrivée au ranch, une semaine plus tôt, elle vivait dans un état de stress permanent. Si elle avait su ce qui l'attendait en acceptant la demande en mariage d'Elliott...

— Ecoute, Jill. Tout va bien se passer. Tu as survécu à deux soirées en présence de Stephen et tu l'as croisé à plusieurs reprises durant la semaine sans rien laisser paraître de tes sentiments. Il n'y a donc pas de raison pour que tu ne survives pas à cette réception.

— C'était avant que Stephen dise qu'il voulait me parler. A ton avis, que me veut-il ?

Hier, aux écuries, elle avait été totalement prise au dépourvu. Sans doute parce que, devant le manque de

La femme interdite

réaction de Stephen les jours précédents, elle s'était figurée à tort qu'il avait tiré un trait sur leur liaison passée.

Mais maintenant, tout était remis en question. Depuis hier, elle était incapable de penser à autre chose qu'à son prochain rendez-vous avec Stephen. Aurait-elle le courage de l'affronter en tête à tête ? Que se passerait-il s'il lui posait des questions auxquelles elle ne voulait pas répondre ? Aurait-elle la force de lui mentir sans se trahir ?

Nora prit Jill par les épaules et la secoua doucement.

— Arrête de ruminer. Je sais à quoi tu songes, mais tu agiras pour le mieux, j'en suis sûre. Tu es une battante, Jill. Pense à tous les obstacles que tu as dû surmonter dans ta vie. Tu t'en sortiras très bien ce soir et aussi lundi, lors de ta rencontre avec Stephen. Sans doute souhaite-t-il simplement que vous vous mettiez d'accord pour ne pas révéler votre... aventure à Elliott.

— Tu crois ?

— Absolument.

Le regard confiant de Nora redonna du courage à Jill. Elle lui sourit, et Nora desserra son étreinte.

Tout en s'efforçant de chasser ses idées noires, Jill lissa sa robe fourreau en crêpe turquoise.

— Qu'en penses-tu ? C'est la première fois que je la mets.

Des pendants d'oreilles en or, un bracelet esclave assorti et des escarpins dorés à talons hauts complétaient sa parure.

— Tu es sensationnelle.

— Tu dirais la même chose même si j'étais fagotée comme l'as de pique !

Nora haussa les épaules.

— C'est parce qu'un rien t'habille.

— Dis plutôt que tu es une amie merveilleuse qui sait comment me remonter le moral, riposta Jill en souriant.

— Trêve de compliments. Il est temps d'aller éblouir nos invités.

Nora aussi était superbe, songea Jill pendant qu'elles se dirigeaient vers la grande maison. Elle portait un chemisier blanc ajouré, aux manches trois-quarts et cintré à la taille, une longue jupe noire fendue sur le devant et des escarpins vernis. Il ne lui manquait plus qu'un long fume-cigarettes pour ressembler aux héroïnes fatales des films noirs des années 1940.

En pénétrant dans le boudoir, Jill sourit en apercevant Sylvia, la petite-fille de Marisol, qui jouait à un jeu vidéo avec Jordan et Tyler. Tous trois avaient déjà dîné, et Sylvia gardait un œil sur les garçons pour permettre à Caroline et à Jill de profiter pleinement de leur soirée. Lorsqu'il serait l'heure d'aller au lit, l'adolescente les conduirait dans la salle à manger pour qu'ils prennent congé des invités.

— Vous vous amusez bien ?

Les garçons levèrent à peine les yeux de leur console et se contentèrent de marmonner : « Oui » et « Bonsoir » quand Jill et Nora s'éclipsèrent.

Elliott avait insisté pour que Jill arrive au moins un quart d'heure à l'avance. C'est pourquoi, quand les deux amies pénétrèrent dans le salon, seul Elliott s'y trouvait déjà. Tenant à la main une boisson ambrée — sans doute son whisky préféré —, il s'avança aussitôt vers elles. Il avait revêtu pour la circonstance un pantalon anthracite, une chemise grise et des bottes noires lustrées.

— Vous voilà, mesdames !

Il embrassa Jill sur la joue et recula d'un pas pour mieux les admirer.

— Vous êtes aussi ravissantes l'une que l'autre !

Jill lui sourit, mais elle ne put s'empêcher d'éprouver une pointe de tristesse. Elliott était si bon ! Il ne méritait

La femme interdite

pas qu'on se joue de lui. Oh, mon Dieu, sa vie n'était qu'un immense gâchis !

— Que désirez-vous boire, mesdames ?

Elles optèrent pour un verre de vin blanc, et Elliott se dirigea vers le bar où les boissons et les verres étaient à la disposition des invités.

Voyant cela, Jill le suivit en protestant :

— Nous pouvons nous servir nous-mêmes.

— J'aime prendre soin de toi, Jill.

Il y avait tant d'amour dans son regard qu'elle eut envie de pleurer.

— Com... Combien de personnes as-tu invité ? demanda-t-elle, plus pour dissimuler sa confusion que par réel intérêt.

— Une quinzaine au total.

Elliott sourit.

— Ne t'inquiète pas. Tu n'es pas censée mémoriser tous les noms.

— Parle-moi de tes invités avant qu'ils arrivent.

Entre-temps, Nora les avait rejoints.

— Eh bien, en plus de Stephen et Caroline, il y aura nos amis Bob et Suzanne Whiteoak. Ils possèdent la propriété au sud de la nôtre, le Flying W Ranch. Nous sommes passés à proximité en revenant.

Jill se souvint en effet qu'Elliott leur avait signalé l'entrée du ranch.

— Sans oublier Charlie Wayne, la veuve de Sonny Wayne. C'était un ami d'enfance.

— Charlie ? s'étonna Jill.

— En fait, elle se prénomme Charlotte, mais on l'a toujours appelée Charlie. Tu l'aimeras, Jill. Elle est merveilleuse. J'espère que vous deviendrez amies.

« Puisse-t-il avoir raison ! » se dit Jill.

— Stephen viendra accompagné d'Emily Lindstrom.

La femme interdite

Je t'ai déjà parlé d'elle. Elle possède un studio de danse en ville. Ils sortent ensemble depuis près d'un an.

Elliott sourit, l'air ravi.

— J'espère qu'ils finiront par se marier. Emily fera une épouse parfaite pour Stephen.

— Ils sont fiancés ? demanda Nora.

— Pas encore. Mais ça ne saurait tarder. Ils forment un très beau couple.

— Qui d'autre encore ? s'empressa de dire Jill.

— Jim Bradshaw — le maire de High Creek est un vieil ami à moi — et Anne, son épouse. Mark et Collen Plummer — il est notre vétérinaire, et elle enseigne la musique au lycée. Jesse Conway, un autre ami de longue date. C'est le grand-père paternel de Tyler, l'ex beau-père de Caroline.

Jill dut paraître surprise car Elliott s'empressa d'ajouter :

— Lui et Caroline s'entendent bien. C'est une chance car je n'aurais pas voulu couper les ponts avec Jesse après le divorce de nos enfants.

— Je n'arriverai jamais à me souvenir de tous les noms !

— Rassure-toi. Personne ne t'en voudra. Oh, j'oubliais Pete Vicenti, celui qui possède la propriété au nord de la nôtre. Je t'ai parlé de lui l'autre jour.

Il allait bientôt être 19 heures. Au moment où l'horloge comtoise égrenait les sept coups, Caroline, vêtue d'une robe rouge vif, fit son entrée dans la pièce. Presque en même temps, le carillon de la porte retentit.

— Laisse, Caroline, je vais ouvrir, prévint Elliott.

Quelques minutes plus tard, il introduisit dans le salon un couple élégant d'une cinquantaine d'années.

— Bonsoir Caroline, fit l'homme dont la chevelure épaisse était prématurément blanchie.

La femme interdite

Il lui donna l'accolade et l'embrassa affectueusement.

Elliott conduisit le couple à l'endroit où se tenaient Jill et Nora, et il fit les présentations. Il s'agissait de Jim et Anne Bradshaw. Jill se souvint qu'il était le maire de la ville. Anne, une jolie brune aux yeux sombres et au sourire chaleureux, expliqua qu'elle possédait une boutique de mode en ville.

— Elle se trouve dans Main Street, à deux pas du cabinet de Stephen. J'espère que vous viendrez y faire un tour.

Comme s'il avait suffi de prononcer son nom pour le faire apparaître, Stephen surgit dans la pièce en compagnie d'une blonde ravissante, vêtue d'une robe verte vaporeuse. Le cœur de Jill bondit dans sa poitrine quand elle croisa le regard de Stephen. Elle s'empressa de détourner les yeux.

Mais presque aussitôt, le jeune couple se dirigea vers elle, et les présentations furent faites. Jill aurait voulu détester Emily. Mais c'était impossible ; elle avait en face d'elle une femme charmante, cordiale et qui lui témoignait une sympathie sincère.

— Je suis ravie de faire votre connaissance, assura-t-elle en serrant la main de Jill. J'espère que nous deviendrons amies.

Son sourire comme son regard respiraient la franchise.

Jill doutait qu'une amitié puisse naître entre elles, pourtant elle se sentait attirée par Emily. Et puis, c'était si réconfortant de penser qu'elle pourrait avoir une alliée dans la place si elle épousait Elliott.

— Moi aussi je suis heureuse de vous rencontrer, répondit Jill. J'ai cru comprendre que vous aviez un studio de danse ?

— Oui. Je l'ai ouvert il y a trois ans, peu après mon arrivée ici.

La femme interdite

— Jill est artiste peintre, intervint Stephen. Elle a beaucoup de talent.

Quand elle se décida à affronter le regard de Stephen, elle eut un coup au cœur. Certes, Nora avait attiré son attention sur la ressemblance entre les deux frères, mais c'était la première fois qu'elle en prenait vraiment conscience. Pourquoi ne l'avait-elle pas remarquée auparavant ? Et puisque cette ressemblance était aussi frappante, comment se faisait-il que Stephen ait le pouvoir de la troubler au point qu'elle se faisait l'effet d'une adolescente en proie aux affres d'un premier amour, alors qu'auprès d'Elliott, elle se sentait simplement chérie, protégée et en sécurité ?

Fascinée, elle se perdait dans la contemplation de ce regard bleu dont son fils avait hérité, mais la voix d'Emily la ramena sur terre.

— Vraiment ? Alors, je dois sûrement connaître vos œuvres.

Jill fit un effort surhumain pour reporter son attention sur Emily et reprendre le fil de la conversation.

— J'en doute, répondit-elle. Je ne suis pas célèbre.

— Elle est trop modeste, répliqua Nora. Elle peint sous le nom de Jill Jordan et sa cote ne cesse de monter. Elle est surtout connue pour ses aquarelles représentant des missions espagnoles au Texas.

— Comme celle qu'Elliott a offerte à Caroline pour son anniversaire ?

Surprise qu'Emily ait entendu parler de cette toile, Jill s'exclama :

— Oh, vous l'avez vue ?

— Bien sûr. Caroline l'adore. A l'époque, elle la faisait admirer à tous ses visiteurs.

Jill était curieuse de savoir ce qu'il était advenu de cette aquarelle, mais elle s'était bien gardée de poser la question à Caroline. Celle-ci avait dû s'empresser de la reléguer au fond d'un placard en apprenant qui en était l'auteur !

— Vous faites aussi des portraits ?

L'intérêt d'Emily semblait aller au-delà de la simple politesse.

— A dire vrai, je fais un peu de tout.

Jill avait réalisé plusieurs portraits de Jordan. Elle avait même réussi à persuader Nora de poser pour elle, et c'était un de ses tableaux préférés. Nora avait aussitôt installé le portrait à la place d'honneur, chez elle, sur le manteau de la cheminée. « Mon Jill Jordan », disait-elle fièrement, comme elle aurait dit : « Mon Picasso ».

— Que diriez-vous de faire mon portrait et celui de mes élèves ? proposa Emily.

— Je ne suis pas Degas ! se récria Jill.

— J'adore l'aquarelle de Caroline, et je suis sûre d'aimer toutes vos œuvres.

La perspective de passer du temps avec cette femme n'enchantait pas Jill, mais elle fut touchée par son intérêt sincère.

— Tu sais, Jill risque d'être très occupée dans les mois à venir, surtout avec la préparation de son mariage, intervint Stephen.

— Je m'en doute. Mais un peu plus tard, une fois que Jill aura pris ses marques…

Elle laissa sa phrase en suspens.

Avant que Jill ait eu le temps de répondre, Elliott s'approchait de leur petit groupe avec de nouveaux arrivants. Puis ce fut au tour de Caroline de les rejoindre en compagnie d'une autre invitée.

— Papa, voici Charlie.

Jill crut déceler dans le ton de sa voix comme une petite note de défi qui la laissa perplexe.

Elliott fit volte-face et sourit à la nouvelle venue, une belle

La femme interdite

femme brune d'une cinquantaine d'années. Il l'accueillit à bras ouverts et l'embrassa sur la joue avant de l'attirer dans le cercle d'amis.

— Jill, je te présente Charlie Wayne, une vieille amie à moi. Charlie, voici ma fiancée, Jill Emerson.

— Bonjour, fit Charlie. Enchantée de faire votre connaissance.

Son air distant démentait ses propos.

— Moi aussi, je suis ravie de vous rencontrer.

« Encore une personne qui a des a priori contre moi ! Pauvre Elliott. Lui qui souhaite tant que nous soyons amies, il risque d'en être pour ses frais ! » Les autres invités se figuraient-ils aussi qu'elle épousait Elliott pour son argent ? se demandait Jill, amère. Les préjugés avaient la vie dure, elle était bien placée pour le savoir. Le fait d'être une mère célibataire était un fardeau lourd à porter, une étiquette infâmante qui lui collait à la peau. Malgré la libération des mœurs, les mentalités n'avaient guère changé sur ce point. Et il est probable qu'elles n'évolueraient jamais.

— Une belle garce, tu ne trouves pas ? murmura Nora à l'oreille de Jill tandis que Charlie Wayne tournait les talons pour aller saluer les autres invités qui avaient l'air de tous se connaître. Je parie qu'elle avait jeté son dévolu sur Elliott, comme la plupart des femmes seules, à des kilomètres à la ronde. Et à cause de toi, voilà son beau rêve de mariage qui tombe à l'eau, conclut Nora en riant.

— Voyons, Nora, protesta Jill. Quelqu'un pourrait t'entendre.

C'était une chance que Stephen et Emily se soient éloignés car leur présence n'aurait pas empêché Nora de dire ce qu'elle avait sur le cœur.

— Et après ? Rien de tel qu'un bon crêpage de chignon pour mettre un peu d'ambiance, assura Nora en riant.

Jill ne put s'empêcher de rire.

La femme interdite

— Qu'y a-t-il de si drôle ? demanda Elliott qui se joignit à elles en attendant l'arrivée de nouveaux invités.

Jill riait tellement qu'elle était incapable de répondre.

— Je raconte des horreurs à Jill, expliqua Nora. Ainsi, je lui disais que toutes les femmes célibataires, veuves ou divorcées, à des kilomètres à la ronde, allaient la détester parce qu'elle leur avait coupé l'herbe sous le pied en faisant la conquête du célibataire le plus recherché du Texas... Et le plus beau ! ajouta-t-elle en lui faisant un clin d'œil complice.

— Nora ! se récria Jill.

Mais Elliott souriait, l'air ravi.

— Merci. Toutefois, ce titre revient plutôt à Stephen, même si je doute qu'il reste longtemps célibataire.

Jill dut rassembler tout son courage pour continuer de sourire alors qu'elle regardait le jeune couple discuter avec les Whiteoak. C'était à n'y rien comprendre ; au cours des dernières années, elle avait à peine songé à Stephen, et voilà que maintenant, il occupait toutes ses pensées !

« Allons, cesse de te mentir. Il a toujours été là, au fond de ton cœur, même si tu faisais semblant de l'ignorer. Rappelle-toi le jour où tu as cru l'apercevoir chez Dillard's. Tu as failli t'évanouir de saisissement. Une heure après, tu tremblais encore comme une feuille ! »

— Les hommes mûrs sont bien plus séduisants, affirma Nora, une lueur taquine dans son regard sombre. Evidemment, si je dis ça, c'est parce que je suis une vieille jument sur le retour.

— Oh, voyons, Nora, que vas-tu chercher là ! s'exclama Jill en levant les yeux au ciel. Tu es dans la fleur de l'âge.

Le carillon de la porte d'entrée retentit au même instant, et Elliott s'éloigna en s'excusant. Bientôt, l'immense salon se remplit d'invités qui se saluaient et bavardaient, un verre à la main. Une jolie jeune femme brune circulait entre les groupes en présentant un plat de hors-d'œuvre aux convives.

— Qui est-ce ? Une autre fille de Marisol ? demanda Nora.

Elle connaissait déjà Alaina, sa fille aînée.

— Il doit s'agir de sa nièce, d'après ce que m'a dit Elliott.

— Elle est mignonne à croquer, tu ne trouves pas ?

Peu après, Emily s'avança dans leur direction.

— Pendant que Stephen parle boutique avec Marc Plummer, le vétérinaire, j'en profite pour me joindre à vous.

Jill était partagée entre l'envie et l'admiration en remarquant que la couleur de la robe d'Emily — vert émeraude — était parfaitement assortie à celle de ses yeux.

— D'après Elliott, vous rentrez d'un voyage en Suède ?

— Oui. Je suis allée voir mes parents.

— J'ai toujours rêvé de visiter la Scandinavie, avoua Nora. J'ai entendu dire que Stockholm était une ville très belle.

Emily sourit.

— Oui. Belle mais trop froide à mon goût.

— Qu'est-ce qui vous a donné l'envie de vous installer ici ?

— Quand j'étais élève au lycée, j'ai participé à un programme d'échange. Ici même, à High Creek.

— Vraiment ?

— Oui. Comme j'ai aussi la nationalité américaine, une fois mes études universitaires terminées, j'ai décidé de venir vivre à High Creek. Et aujourd'hui...

Son regard étincelant s'attarda sur Stephen.

— J'ai une autre bonne raison de rester ici.

La femme interdite

— Comment avez-vous obtenu la nationalité américaine ? demanda Nora.

— Mon père travaillait au Texas au moment de ma naissance. J'ai donc la double nationalité.

« Aujourd'hui, j'ai une autre bonne raison de rester. »

Cette petite phrase n'était pas faite pour rassurer Jill.

Maintenant qu'elle connaissait Emily et qu'elle la trouvait sympathique, force lui était de constater que la situation allait être encore pire qu'auparavant. Car, une autre personne innocente risquait de souffrir si la vérité à propos de sa liaison passée avec Stephen éclatait au grand jour.

En effet, si Stephen estimait qu'il fallait en informer Elliott, il ne pouvait pas faire autrement que d'en parler à Emily.

« Si jamais elle apprenait la vérité, j'en mourrais de honte. »

Durant tout le reste de la soirée — le cocktail, le dîner, les digestifs et les toasts portés en l'honneur des fiancés —, Jill ne parvint pas à chasser de son esprit cette pensée lancinante. Par moments, elle était si déconcentrée et si bouleversée à l'idée qu'Emily découvre bientôt son aventure avec Stephen qu'elle dut faire appel à tout son sang-froid pour continuer de sourire et faire comme si de rien n'était.

Curieusement, elle appréhendait davantage la réaction d'Emily que celle d'Elliott. Pourquoi ?

Jill était bien incapable de répondre à cette question.

Ou plutôt, elle n'était pas prête à y répondre.

- 7 -

— La réception était réussie, tu ne trouves pas ?
— Oui. C'était parfait, assura Jill en souriant à Elliott. La nourriture était excellente, et les convives très sympathiques.

Les derniers invités, dont Nora, étaient partis depuis une demi-heure. Marisol, sa fille, sa petite-fille et sa nièce débarrassaient les couverts et les verres, et s'apprêtaient à faire la vaisselle. Jill avait proposé de les aider, au grand dam de Marisol.

— Miss Jill, vous vous asseyez et vous allongez vos jambes, avait-elle ordonné. Vous devez avoir les pieds en compote avec ces talons hauts. Je me demande comment vous pouvez supporter ça. J'en ai mal aux pieds rien qu'à vous regarder !

Sa remarque avait fait rire Jill. Il fallait effectivement être un peu masochiste pour porter ces instruments de torture. Toutefois, c'était quand même Marisol qui avait été sur le pont toute la journée. Et elle était deux fois plus âgée qu'elle.

— Je vais bien, Marisol. C'est vous qui devez avoir les jambes raides, ce soir, avait rétorqué Jill. Au moins, laissez-moi vous aider.

A la surprise de Jill, Caroline était intervenue.

— Vous mettez Marisol mal à l'aise, Jill. Elle est payée pour faire ce travail. Alors, laissez-la vaquer à ses occupations.

La femme interdite

— Je doute qu'un jour je sois capable de regarder les autres travailler sans me sentir coupable, avait-elle expliqué à Elliott.

— Je comprends, ma chérie, mais Caroline a raison. Chacun doit rester à sa place, et la tienne n'est pas dans la cuisine.

— Dans ce cas, sortons d'ici. De cette façon, je n'aurai pas à la regarder travailler pendant que je me repose.

Pour l'heure, ils se rendaient au cottage tout en discutant. Un faible rai de lumière provenant d'une veilleuse filtrait à travers les vitres du salon, signe que Nora et Jordan étaient allés se coucher.

— Bon. Maintenant que nous sommes seuls, dis-moi ce que tu penses vraiment de mes amis.

— Ils m'ont fait une très bonne impression, assura Jill.

A l'exception de Charlie Wayne qui l'avait ostensiblement ignorée toute la soirée, une fois les présentations faites. Mais à quoi bon le dire à Elliott puisqu'elle n'avait pas la moindre intention de fréquenter Charlie ? A dire vrai, elle n'avait pas non plus apprécié d'être le point de mire des autres invités, lesquels n'avaient pas caché leur curiosité, voire leur suspicion à son égard. Mais, là encore, elle se garderait bien d'en faire part à Elliott pour éviter de lui faire de la peine.

— Je suis heureux qu'ils t'aient plu. Eux aussi t'ont trouvée très sympathique. Mais je savais qu'il en serait ainsi. Figure-toi qu'Anne Bradshaw m'a dit que j'avais beaucoup de chance.

Jill sourit.

— Je l'aime beaucoup. Elle m'a fait une excellente impression.

— Anne a raison. J'ai de la chance de t'avoir à mes côtés.

La femme interdite

Il passa son bras autour des épaules de Jill et l'attira vers lui.

— Je suis incapable d'attendre jusqu'au mariage, murmura-t-il en l'embrassant doucement sur les lèvres.

Jill se força, non sans mal, à répondre avec ferveur à son baiser. Certes, elle aimait Elliott, mais elle n'était pas amoureuse de lui. Et, elle s'en rendait compte maintenant, cela risquait de lui poser un problème insurmontable. Elle gardait encore l'espoir de pouvoir se marier avec lui et d'être heureuse à ses côtés. Toutefois, au fil des jours, cet espoir allait s'amenuisant.

— Tu veux venir à l'intérieur ? demanda-t-elle en s'écartant un peu.

Compte tenu de la présence de Nora et de Jordan, elle savait qu'elle n'avait rien à craindre en l'invitant à entrer.

— Non, merci. Je préfère que nous discutions dehors pour ne pas déranger nos deux dormeurs.

Jill fit un signe d'assentiment.

— Allons nous asseoir sous le porche. Ce sera plus confortable.

Après s'être s'installés côte à côte sur la balançoire, Elliott déclara :

— Stephen m'a dit que, demain, il comptait emmener Jordan et Tyler faire un tour en avion.

— Oui. Il m'a demandé si j'y voyais un inconvénient. J'avoue que cette idée ne m'emballe pas.

— Tu n'as pas à t'inquiéter. Stephen est un excellent pilote. Moi qui ai une peur bleue en avion, je me sens en sécurité avec lui.

Jill sourit.

— Et moi qui croyais que tu n'avais peur de rien !

— Voler est une des rares choses qui m'effraie, admit Elliott. Ça… et l'idée de te perdre.

Il lui prit la main et la porta à ses lèvres.

La femme interdite

Jill bénit l'obscurité ambiante qui dissimulait son trouble.

— Me... me perdre ? Qu'est-ce qui te fait dire ça ?

Il l'attira de nouveau vers lui. Le menton appuyé sur ses cheveux, il dit doucement :

— Tu es si belle que tu attires tous les regards masculins. Tu n'as que l'embarras du choix.

— Pourquoi chercherai-je ailleurs puisque tu es là ?

Cette réponse n'était guère satisfaisante, elle le savait, mais elle se sentait incapable de lui dire qu'il n'avait rien à craindre. Elle était bien trop effrayée par la précarité de sa propre situation : tous ses rêves risquaient de s'écrouler comme un château de cartes si jamais Elliott découvrait la vérité à propos de sa liaison passée avec Stephen, et surtout, s'il apprenait que son frère n'était autre que le père de Jordan.

— Je sais.

— Vraiment ?

Soudain, elle éprouva le besoin de le rassurer... Ou de se rassurer elle-même ?

— Oui.

— Dans ce cas, pourquoi es-tu inquiet ?

Aurait-elle dit ou fait quelque chose qui l'avait perturbé ?

Il tarda à répondre.

— Après la mort d'Adèle, je n'aurais jamais cru rencontrer de nouveau l'amour. Mais puisque j'ai cette chance extraordinaire, je compte bien passer le restant de ma vie à t'aimer et à prendre soin de toi et de Jordan. Et j'ai hâte de commencer.

Quel homme généreux ! Il méritait bien plus que ce qu'elle était capable de lui offrir. Elle leva son visage vers lui.

— Tu prends déjà soin de moi, Elliott. J'apprécie ta

La femme interdite

sollicitude à mon égard, et je t'en suis reconnaissante. Je t'aime énormément, et je suis sincère.

Cette fois-ci, quand il l'embrassa, elle lui rendit de bonne grâce son baiser. Elle fit aussi le vœu de faire tout son possible pour éviter de le blesser.

Quitte à en subir les conséquences, quelles qu'elles soient.

Stephen avait retardé le plus possible le moment du départ tant il redoutait ce qui l'attendait à l'appartement d'Emily. Une fois à bord du 4x4, il s'était empressé d'insérer dans le lecteur un CD de Coldplay — le groupe de rock préféré d'Emily — pour éviter d'avoir à faire la conversation. Comme prévu, quand les premières notes de l'album *Viva la Vida* se firent entendre, Emily posa sa tête sur l'appui-tête, ferma les yeux et se mit à fredonner, le laissant à ses réflexions.

Arrivé au bas de son immeuble, il sentit le courage lui manquer.

— Tu ne montes pas ? demanda Emily en voyant qu'il tardait à ouvrir sa portière.

Il aurait volontiers plaidé la fatigue, une migraine ou un début de rhume, mais Emily l'aurait pris comme une offense personnelle. Après tout, elle avait été absente pendant trois semaines, et tout homme normalement constitué n'aurait eu qu'une envie : se retrouver seul à seule avec elle.

— Si, je viens.

Il finit par déboucler sa ceinture de sécurité et sortit du véhicule. Elle attendit qu'il ait fait le tour pour déboucler la sienne. Il lui ouvrit la portière et lui tendit la main pour l'aider à descendre.

Elle sauta à bas du 4x4 et, avant qu'il ait pu réagir, elle l'enlaça et se blottit contre lui.

— Si tu savais comme tu m'as manqué, murmura-t-elle. Ces trois semaines m'ont paru interminables.

Ne voulant pas la repousser au risque de la vexer, il n'eut d'autre alternative que de l'embrasser quand elle leva son visage vers lui. Une fois leur baiser achevé, il tenta une manœuvre stratégique pour s'écarter légèrement d'elle.

— Qu'y a-t-il ? demanda-t-elle, les sourcils froncés.

— Rien, dit-il très vite.

Trop vite.

— Stephen, quelque chose ne va pas. J'ai déjà eu cette impression l'autre jour, et elle n'a fait que se renforcer au cours de la soirée.

Bon sang ! Elle était plus intuitive qu'il ne croyait.

— Entendu, soupira-t-il. Allons chez toi. On y sera mieux pour discuter.

Cinq minutes plus tard, ils étaient installés dans son salon. Stephen avait choisi à dessein une des deux bergères à oreilles disposées de part et d'autre de la cheminée plutôt que le canapé. Il n'aurait pas pu faire un aveu aussi difficile en étant assis auprès d'Emily. Avant de prendre l'autre siège, elle lui proposa du café.

Certes, il avait bien besoin d'un remontant, mais il préféra décliner son offre.

Elle se pencha vers lui, le regard méfiant.

— Dans ce cas, je t'écoute.

— Je...

Dieu, que c'était difficile à dire !

— Euh, tu sais que je pense le plus grand bien de toi.

Elle le dévisagea, éberluée, se demandant visiblement où il voulait en venir.

— Tu es une femme merveilleuse. Belle, intelligente et sexy.

— Mais ?

La femme interdite

Il déglutit avec peine, se faisant l'effet d'un parfait salaud.

— Malheureusement, je…

— Tu me quittes ! s'exclama-t-elle, incrédule.

Bon sang !

— Je… euh… je suis vraiment désolé. Dieu sait si j'aurais préféré que les choses soient différentes…

Voyant qu'elle se contentait de le dévisager, une expression douloureuse sur son visage, il enchaîna maladroitement :

— Tu mérites de rencontrer quelqu'un qui t'aimera de tout son cœur.

— Et ce n'est pas ton cas, c'est ça ?

— Je suis désolé, répéta-t-il, conscient que c'était insuffisant mais ne trouvant rien d'autre à dire.

Elle le contempla un long moment, puis l'incrédulité fit place à la colère. Elle se leva d'un bond.

— Je n'arrive pas à y croire ! Pendant presque une année, tu m'as laissé entendre que nous formions un couple parfaitement assorti. Et aujourd'hui, sans crier gare…

Sa voix s'étrangla, le chagrin se mêlant à la colère.

Elle se dressait devant lui, tout son être semblant l'accuser, et il se leva, mal à l'aise, pour lui faire face.

— Je n'ai jamais eu l'intention de me jouer de toi.

Il répéta pour la énième fois qu'il était désolé, mais ses piètres excuses sonnaient faux.

— Pourquoi ? hurla-t-elle. Pourquoi les choses ont-elles autant changé en l'espace de trois semaines ? Car tu ne peux pas le nier, la veille de mon départ pour la Suède, tu étais sur le point de me demander en mariage. J'ai cru que tu préférais attendre mon retour pour faire les choses dans les règles et m'offrir une bague.

Elle avait raison. Il avait failli sauter le pas. Mais quelque chose l'avait retenu — l'ombre d'un doute. Et maintenant qu'il avait revu Jill, maintenant qu'il savait exactement ce qui manquait dans sa relation avec Emily, ce doute était devenu une certitude.

— Oui, tu as raison, admit-il. La situation est différente aujourd'hui. Mais je tiens à te dire que tu n'es pas en cause. J'ai toujours la plus haute opinion de toi, et je veux ton bonheur avant tout. Or, tu n'aurais pas été heureuse si nous nous étions mariés... et moi non plus.

A mesure qu'il parlait, elle semblait se tasser sur elle-même, comme si elle portait tout le malheur du monde sur ses frêles épaules. Elle finit par se détourner, mais il eut le temps d'apercevoir des larmes perler à ses paupières.

Consterné, Stephen aurait voulu disparaître sous terre. Emily ne méritait pas le traitement cruel qu'il lui infligeait. Et pourtant, il savait au fond de son cœur qu'il avait pris la bonne décision. A terme, leur mariage aurait été un échec. Qui sait même si elle ne le remercierait pas un jour de lui avoir permis de rencontrer quelqu'un d'autre qui l'aimerait d'un amour sincère et total.

— Je ferai mieux de partir, finit-il par dire.
— Oui, acquiesça-t-elle d'une voix étranglée.

Stephen eut honte de lui. Emily semblait si malheureuse qu'il fut tenté de la prendre dans ses bras pour la réconforter, mais le bon sens l'emporta. Ce serait lui donner de faux espoirs. Mieux valait une rupture sans équivoque, quoi qu'il lui en coûte.

Tandis que la porte se refermait derrière lui, Stephen se sentait affreusement mal à l'aise... et immensément soulagé. Il s'en voulait d'avoir blessé Emily, mais c'eût été pire s'il l'avait épousée sans être amoureux d'elle. Et si des enfants étaient nés de leur union, c'était tout un monde de souffrance qu'il aurait provoqué en raison de sa lâcheté.

« Tu as pris la bonne décision, ne cessait-il de se répéter sur le chemin du retour. Il n'y avait pas d'autre solution. »

La femme interdite

**
*

Ce dimanche matin, Caroline décida de « sécher » la messe. Après sa journée éreintante de la veille, elle méritait bien de faire la grasse matinée. Tyler ne trouverait rien à y redire, bien au contraire. Il serait trop content de paresser au lit et d'échapper à la corvée dominicale. Par ailleurs, s'ils avaient été à l'église, ils auraient été contraints de partir avant la fin de la messe puisque Stephen avait prévu d'emmener Tyler et Jordan faire un tour en avion à midi.

Elle venait à peine de se lever et se dirigeait vers la cuisine pour prendre une tasse de café quand la sonnerie de son téléphone portable retentit. Elle regarda le nom qui s'affichait sur l'écran.

« Emily ? Que peut-elle bien me vouloir ? » Elles n'étaient pas amies, juste de simples connaissances. Si Caroline la fréquentait, c'était uniquement parce que la jeune femme était la petite amie de Stephen.

Elle était si intriguée qu'elle décida de prendre l'appel.

— Allô !
— Caroline ?

La voix d'Emily semblait enrouée, un peu comme si elle était enrhumée ou qu'elle avait pleuré. Dévorée de curiosité, Caroline acquiesça.

— Je... je ne vous dérange pas ?
— Euh, non, répondit Caroline en pénétrant dans la cuisine où elle constata avec soulagement que le café était prêt.
— A part vous, je ne savais pas qui appeler pour en parler.
— Parler de quoi ? s'étonna Caroline en se versant une tasse de café et en y rajoutant une cuillérée de lait en poudre et un peu d'aspartam.

— Est-ce qu'il s'est produit quelque chose avec Stephen dernièrement ?

Caroline fronça les sourcils.

— Que voulez-vous dire au juste ?

Elle but une gorgée de café.

— En fait…, la nuit dernière, il… a rompu avec moi.

— Vraiment ?

Voilà qui devenait intéressant. Son père allait en faire une tête en apprenant la nouvelle, lui qui ne tarissait pas d'éloges à propos d'Emily !

— Je suis désolée pour vous.

— Merci.

— Mais je ne vois pas en quoi je puis vous être utile.

— A vrai dire, je ne comprends pas ce qui a poussé Stephen à rompre avec moi. Je me suis dit qu'il avait dû se passer quelque chose pendant mon absence, et que vous étiez peut-être au courant.

— Le seul événement qui se soit produit récemment, ce sont les fiançailles de papa, répondit Caroline en prenant soin de dissimuler son amertume.

— Et Stephen n'a jamais rien dit à propos de nous deux ?

— A moi ?

— Je pensais qu'il aurait pu en parler à votre père qui vous l'aurait répété.

Malgré son peu de sympathie pour Emily — celle-ci était trop parfaite à ses yeux, et son père ne cessait de la porter aux nues — elle ne put s'empêcher d'éprouver un élan de compassion envers elle. Caroline savait par expérience à quel point il était douloureux d'être rejetée par un homme, surtout quand rien ne le laissait présager. En outre, ce coup de théâtre l'intriguait au plus haut point. Qu'est-ce qui avait bien pu pousser Stephen à plaquer cette perle rare ? Ce n'était pas une question d'argent. Il avait

La femme interdite

hérité du domaine à part égale avec Elliott. Et, même s'il quittait la région ou se désintéressait totalement de la gestion du ranch, il continuerait de percevoir sa part des revenus provenant de l'exploitation pétrolière et de l'élevage des chevaux — comme l'avait découvert Caroline après avoir fait quelques vérifications auprès de son avocat. Il fallait donc chercher ailleurs la raison de la rupture.

— Je regrette, Emily. Mais, à ma connaissance, Stephen n'a parlé de rien vous concernant. Je suis d'autant plus surprise que, l'autre jour encore, mon père disait à Jill qu'il espérait assister bientôt à votre mariage.

— Oh, vraiment ?

Une fois de plus, elle ressentit un élan de sympathie envers cette pauvre Emily. Elle lui témoignait une telle reconnaissance pour ses propos qu'elle en était pathétique. Dieu, que les hommes étaient bêtes — y compris Stephen, malgré ses airs supérieurs ! Certes, elle était loin d'adorer Emily, mais maintenant qu'elles étaient toutes deux logées à la même enseigne — celle des femmes plaquées —, elle pouvait admettre sans risque qu'Emily aurait fait une épouse parfaite pour Stephen.

— Mon père vous a toujours beaucoup appréciée, vous ne l'ignorez pas.

— Non, en effet.

Elle s'exprimait d'une voix si faible qu'elle en était presque inaudible.

— Vous savez quoi ? Je vais ouvrir toutes grandes mes oreilles, et si j'apprends quelque chose, je vous appellerai.

— Vous feriez ça ?

— Bien sûr.

A présent, Caroline pouvait se permettre d'être généreuse. Par ailleurs, les femmes ne devaient-elles pas se serrer les coudes face à l'ingratitude masculine ?

La femme interdite

— Merci, Caroline. J'apprécie comme il se doit votre... gentillesse à mon égard.

— Je vous en prie.

Après avoir raccroché, Caroline s'appuya contre le comptoir et sirota son café tout en réfléchissant à sa conversation avec Emily.

Qu'elle était donc la raison de cette rupture ? Et pourrait-elle s'en servir pour contrecarrer les projets de mariage insensés de son père ?

- 8 -

Jill avait beau s'attendre au coup de fil de Stephen, elle n'en sursauta pas moins en entendant la sonnerie de son portable. Dieu merci, elle était seule et elle n'aurait pas besoin de mentir ou de prétendre que c'était une erreur. Occupée à peindre dans la petite véranda du cottage, elle se hâta de poser son pinceau sur le bord du gobelet rempli d'eau avant de prendre la communication.

— Jill ? C'est Stephen.
— Euh, oui. Bonjour.

Oh, mon Dieu, elle se sentait affreusement nerveuse !

— Tu peux parler ?
— Oui. Je suis seule.
— Bien. Jordan est-il content de son baptême de l'air ?

Elle ne put s'empêcher de sourire.

— Il est tellement ravi qu'il n'arrête pas d'en parler.
— Tant mieux. C'est un garçon adorable, et je suis heureux de le connaître.
— Merci, bafouilla-t-elle, le cœur battant à tout rompre.
— Tu comptes toujours venir en ville demain ?
— Oui... si tu y tiens.
— Nous devons parler, Jill. Tu le sais, n'est-ce pas ?
— Oui, fit-elle d'une voix à peine audible.

Elle dut s'éclaircir la gorge avant de répéter :

— Oui, je sais.

La femme interdite

— Bon. Voici ce que je te propose. Tu vas déjeuner au Lucy's Café vers midi. J'arriverai un quart d'heure après, je jouerai la surprise en t'apercevant et je te demanderai la permission de me joindre à toi. Qu'en penses-tu ?

— Euh, ça me convient. Peux-tu me donner l'adresse de ce restaurant ?

— Il se situe dans Main Street. A côté de Anne's Boutique, et à deux pas de mon bureau.

— Anne's Boutique ? Tu veux dire le magasin de mode tenu par la femme du maire ?

— Oui. Tu y es déjà allée ?

— Non. Mais elle m'en a parlé lors de la réception. Je comptais m'y rendre un de ces jours. Du coup, j'irai y faire un tour demain matin.

— Entendu. On se retrouve donc au Lucy's Café.

— Oui.

Après avoir raccroché, Jill fut incapable de reprendre sa peinture tant ses mains tremblaient. Elle alla se poster devant la baie vitrée, contemplant la rivière dont les eaux calmes miroitaient sous le soleil de l'après-midi.

Dieu merci, elle se trouvait seule. Nora était rentrée chez elle ce matin ; Jordan avait accompagné Elliott aux écuries ; et Caroline restait confinée dans la grande maison. Elle était dans un tel état de nerfs qu'elle n'aurait pas eu la force d'affronter qui que ce soit.

Si seulement elle savait ce que Stephen voulait !

Comptait-il la mettre au pied du mur ? Avait-il l'intention de révéler leur aventure à Elliott ? Et si c'était le cas, que devait-elle faire ? En parler à Elliott la première ? Supplier Stephen de garder leur liaison secrète ?

Nora était convaincue qu'il ne ferait pas de vagues pour éviter de blesser son frère. Jill n'était sûre de rien, et cette incertitude la minait.

« S'il vous plaît, mon Dieu. Aidez-moi à prendre une

La femme interdite

décision. Et surtout, faites en sorte que Stephen ne parle pas du père de Jordan. »

Elle dormit mal cette nuit-là et se montra si nerveuse au petit déjeuner qu'Elliott s'en inquiéta. Elle pria jusqu'à 9 h 45, heure à laquelle elle prit place au volant de l'un des 4x4 mis à sa disposition par Elliott. Jordan avait insisté pour venir avec elle, mais elle l'en avait dissuadé en disant qu'elle comptait faire des « trucs de filles », notamment dévaliser les boutiques de modes, et qu'il risquait de s'ennuyer ferme. Il avait fini par capituler quand Elliott lui avait promis de l'emmener en ville l'après-midi.

— On fera des « trucs d'hommes », avait-il ajouté avec un clin d'œil complice à l'intention de Jill.

— Ouais, m'man. Des « trucs d'hommes », avait confirmé Jordan, non sans fierté.

Jill avait les larmes aux yeux en se remémorant le regard amusé d'Elliott. Il faisait preuve d'une telle bonté envers Jordan… et envers elle ! « Tu es indigne de lui. Tu aurais dû lui dire la vérité aussitôt après avoir reconnu Stephen. Pourquoi ne l'as-tu pas fait ? »

Elle était bien incapable de le dire. Curieusement, ces derniers temps, toutes ses questions demeuraient sans réponse.

En arrivant au centre-ville de High Creek, elle s'efforça de chasser ses idées noires. Malgré la perspective de son rendez-vous avec Stephen, elle avait hâte de revoir Anne et d'explorer sa boutique.

Elle trouva facilement à se garer, juste en face du magasin. C'était une belle matinée d'été, annonciatrice d'une journée très chaude. Jill s'était habillée en conséquence : pantacourt en lin et chemisier blanc sans manches. Elle hésitait à laisser son carton à dessin dans la voiture — elle l'avait emmené pour montrer quelques toiles à Emily cet après-midi. Finalement, craignant qu'il ne fasse trop chaud dans l'habitacle, elle l'emporta avec elle.

Quand elle poussa la porte de la boutique, un carillon se mit à tinter, et Anne en personne, installée derrière une vitrine contenant divers bijoux et foulards, releva la tête. Jill eut le temps d'apercevoir un livre de comptes ouvert sur le comptoir ainsi qu'une calculatrice.

— Jill ! s'exclama Anne, un grand sourire aux lèvres. Quelle bonne surprise ! Je ne m'attendais pas à vous revoir si vite.

Elle déposa le livre de comptes et la calculatrice sur une étagère, derrière elle.

— Bonjour, Anne. En fait, j'ai besoin de quelques vêtements d'été.

— Ça tombe bien. J'ai un large choix d'articles de saison.

Pendant près d'une heure, Jill passa en revue la collection hétéroclite du magasin. Elle sélectionna une dizaine d'articles, les essaya et les trouva tous à son goût. Après moult hésitations, elle opta pour une robe bain de soleil à pois, deux shorts, deux hauts en coton et un maillot de bain. Elle faillit se décider pour un chemisier en dentelle crème, mais elle y renonça en raison du prix trop élevé. Il en alla de même pour une paire de ballerines vernies de grande marque au prix exorbitant de quatre cents dollars. Après tout, elle était encore une mère célibataire aux revenus modestes, et elle devait surveiller ses dépenses.

Peut-être en serait-il toujours ainsi.

— Excellent choix, commenta Anne en enregistrant les achats de Jill.

Elle emballait chaque pièce dans du papier de soie quand le carillon de la porte d'entrée retentit de nouveau, annonçant une nouvelle cliente.

La femme interdite

Les deux femmes tournèrent la tête et aperçurent Charlie Wayne, tirée à quatre épingles.

— Bonjour, Charlie, lança Anne en souriant.

— Bonjour, Anne.

Le regard de Charlie se posa sur Jill.

— Jill !

— Bonjour, répondit-elle, sur la défensive.

— Je suis ravie de vous voir, enchaîna Charlie. Je regrette de ne pas avoir réussi à discuter plus longtemps avec vous lors de la réception au ranch, mais vous étiez très prise par vos invités.

Jill s'efforça de dissimuler son étonnement devant l'attitude amicale de Charlie. Le contraste avec sa froideur de l'autre soir était si frappant qu'elle fut prise de court. Ne sachant que répondre, elle se contenta de sourire.

— Vous avez fait des achats, à ce que je vois ? remarqua Charlie en s'avançant vers le comptoir et en examinant sans vergogne les acquisitions de Jill.

— Oui. Je n'ai pas pu résister.

— J'adore cette couleur, remarqua Charlie en désignant un T-shirt orangé. Elle se marie très bien avec la teinte de vos cheveux.

Elle fit la moue.

— En revanche, ce n'est pas mon cas, ajouta-t-elle en désignant ses cheveux bruns coupés au carré à la hauteur du menton.

— Les couleurs d'hiver, comme le blanc, le rouge ou le noir, vous vont à ravir, objecta Anne.

Charlie soupira.

— Je sais. Mais je finis par m'en lasser. Au moins, quand j'avais l'âge de Jill, précisa-t-elle en lui adressant un sourire, je pouvais me permettre de tout porter. Malheureusement, passé cinquante ans, c'est une autre histoire.

Son expression devint nostalgique.

La femme interdite

— La peau vieillit et la carnation se modifie.
— Le soleil du Texas est notre grand ennemi, renchérit Anne.
— Et vous, Jill ? demanda Charlie sans transition. Vous êtes originaire du Texas ? C'est là que vous avez fait la connaissance d'Elliott ?
— J'ai toujours vécu au Texas.
— Où, exactement ?

Voilà pourquoi elle se montrait si aimable, songea Jill. Maintenant qu'elle s'était fait une raison au sujet de ces fiançailles inattendues, elle partait à la pêche aux informations.

— Je suis née à San Marcos et j'ai grandi dans la région d'Austin.
— Et c'est là que vous avez rencontré Elliott ?
— Oui.
— Jill est une artiste, intervint Anne.
— Je sais. On me l'a dit.

La voix de Charlie avait quelque peu fraîchi.

Anne désigna le carton à dessin que Jill avait posé sur le comptoir, à côté de la caisse enregistreuse.

— Elle a emmené quelques toiles avec elle.
— Oh ? Je peux regarder ?

Jill jeta un coup d'œil furtif à la pendule murale, derrière le comptoir. Il était presque midi, l'heure de se rendre au restaurant. Toutefois, elle ne tenait pas à montrer qu'elle était pressée.

— Oui, si vous y tenez.
— Bien sûr. Elliott est un ami très cher. Je m'intéresse à tout ce qu'il fait — et donc à vous.

Jill en était réduite à ronger son frein pendant que Charlie feuilletait ses toiles.

— Vraiment très beau, ne cessait-elle de répéter. J'aime tout spécialement ces deux-là.

La femme interdite

Ce disant, elle désignait un portait de Jordan réalisé quand il avait trois ans, et un autre de Nora — les préférés de Jill.

— Merci.

— Vous avez vraiment beaucoup de talent. Ça n'a pas dû être facile de faire une croix sur votre carrière.

— Une croix sur ma carrière ? s'étonna Jill.

— Oui. Si vous devenez la femme d'Elliott, vous ne saurez plus où donner de la tête. Il adore recevoir. Et voyager. Je suis sûre qu'il voudra que vous l'accompagniez dans tous ses déplacements. Dans ces conditions, vous n'aurez plus guère le temps de faire autre chose.

Jill faillit rétorquer qu'Elliott ne lui demanderait jamais de renoncer à sa passion pour la peinture, mais elle répugnait à engager ce genre de discussion, surtout avec Charlie Wayne. Il devenait de plus en plus évident que Nora avait vu juste au sujet de Charlie et de ses visées sur Elliott. Manifestement, elle ne s'avouait pas vaincue et tentait de semer le doute dans l'esprit de Jill. Un doute de plus ! songea-t-elle, non sans ironie.

« Oh, mon Dieu, si elle connaissait la vérité à mon sujet ! »

Un autre coup d'œil à la pendule lui indiqua qu'il était midi, à quelques minutes près. Jill referma son carton à dessin et récupéra le sac qu'Anne avait préparé à son intention.

— Je vais devoir vous laisser. Je compte déjeuner en vitesse avant de me rendre au studio de danse d'Emily Lindstrom. Je suis ravie de vous avoir revue, Charlie. Merci, Anne, et à bientôt.

Anne sourit.

— Il faudra qu'on dîne ensemble un de ces soirs. Vous et Elliott, Jim et moi. Et pourquoi pas Mark et Colleen ?

— Entendu.

La femme interdite

Jill agita la main en direction des deux femmes et sortit sans hâte de la boutique.

Elle traversa la rue pour déposer ses achats dans le coffre. Après avoir verrouillé sa voiture, elle se dirigea vers le restaurant. Du coin de l'œil, elle aperçut Anne et Charlie qui discutaient tout en la suivant du regard. Que pouvaient-elles bien se dire ? Si elle n'avait pas eu d'autres soucis en tête, peut-être s'en serait-elle inquiétée. Mais, pour l'heure, sa seule préoccupation était de passer le cap du déjeuner sans craquer et sans révéler son secret.

La salle du Lucy's Café était plutôt exiguë mais accueillante. Des odeurs alléchantes flottaient dans l'air. Une vitrine abritait d'appétissants desserts : cakes, tourtes et cookies. Une douzaine de tables rondes occupait le centre de la pièce, et huit alcôves s'alignaient le long de deux murs. Une femme brune, à l'air avenant, prenait une commande auprès d'un couple installé dans l'une des trois alcôves occupées, et une autre plus jeune tenait la caisse. Des bruits de cuisine s'échappaient d'une porte ouverte, derrière le comptoir.

— Asseyez-vous où vous voulez, précisa la serveuse. Je suis à vous dans une minute.

Jill examina les alcôves restantes. La dernière, dépourvue de fenêtre, semblait la plus discrète. Elle s'y dirigea d'un pas résolu et s'installa de façon à voir la porte d'entrée.

La serveuse ne tarda pas à arriver, un sourire accueillant aux lèvres.

— Je m'appelle Lucy. Les menus se trouvent ici.

Elle en désigna plusieurs, coincés entre le distributeur de serviettes en papier et le set à condiments.

— Que souhaitez-vous boire ? Nous avons du café, du thé glacé, du thé classique et de la citronnade faite maison.

— Je vais me laisser tenter par votre citronnade.

Quand Lucy se fut éloignée, Jill s'empara d'un menu.

La femme interdite

Les plats proposés étaient simples — sandwichs, salades, soupes et quelques plats de résistance chauds, notamment du gratin de macaronis, des spaghettis, du ragoût et du chili. Au bas de la carte, il était indiqué en caractères gras : Notre spécialité : le pain de maïs fait maison, servi avec du beurre au miel.

Malgré son manque d'appétit, Jill en eut l'eau à la bouche, et les souvenirs de Tante Harriett affluèrent à sa mémoire. Sa tante réussissait le pain de maïs comme personne, et tout au long de l'adolescence de Jill, il avait accompagné leur plat dominical habituel : poulet rôti, purée, haricots verts et bacon.

« Oh, tante Harriett, si tu savais comme tu me manques ! Que ne donnerais-je pas pour pouvoir te parler et écouter tes conseils avisés ! »

Comme toujours quand Jill songeait à sa tante, elle y associait le souvenir de sa mère. La jumelle d'Harriett, Hannah Jordan Emerson, était morte quand Jill avait douze ans, victime d'une tentative de cambriolage qui avait mal tourné dans un petit commerce ouvert tard le soir. Hannah s'y était arrêtée pour prendre de l'essence, puis elle était entrée dans la boutique pour acheter du chewing-gum — à l'époque, elle essayait d'arrêter de fumer. C'était le cas classique de la personne qui s'était trouvée au mauvais endroit au mauvais moment.

Sa mort avait bouleversé Jill et sa tante. Le père de Jill était décédé d'un cancer du pancréas deux ans auparavant, et ces deux disparitions rapprochées lui avaient semblé si effroyablement injustes que, pendant plusieurs années, elle en avait voulu à Dieu au point de refuser de mettre les pieds à l'église, au grand dam de sa tante, très pratiquante. Ce n'est qu'après la naissance de Jordan que Jill s'était libérée de sa colère et avait accepté la perte de ses parents, se réconciliant avec Dieu par la même occasion.

La femme interdite

— Me voilà !

Lucy déposa sur la table un grand verre de citronnade aux bords givrés.

— Avez-vous choisi ?

Jill était tellement perdue dans ses souvenirs qu'elle avait oublié où elle se trouvait.

— Euh, voyons. Je vais prendre un gratin de macaronis et une petite salade en accompagnement.

— Excellent choix. Notre gratin est très réputé.

— Tant mieux.

— Ainsi..., vous êtes une nouvelle venue dans la région ?

Tout en parlant, Lucy l'examinait avec curiosité.

— Oui, en effet.

Comme Lucy restait plantée là, Jill crut bon d'ajouter :

— Je demeure actuellement au Lawrence Ranch.

Lucy fit aussitôt le rapprochement, et son regard se posa sur la main de Jill où la bague d'Elliott brillait de mille feux.

— Oh, vous êtes la fiancée d'Elliott. J'ai beaucoup entendu parler de vous.

— Je m'en doute !

A peine ces mots eurent-ils franchi ses lèvres que Jill les regretta. Mais Lucy, loin de se formaliser, lui adressa un grand sourire.

— Oui. Les commérages vont bon train dans les petites villes. Et les fiançailles, ô combien inattendues, d'Elliott Lawrence font beaucoup jaser.

Elle pouffa de rire.

— La nouvelle est restée en travers de la gorge de certaines personnes.

Lucy faisait-elle allusion à Caroline ainsi qu'aux autres veuves et divorcées qui rêvaient de mettre le grappin sur

La femme interdite

Elliott? se demanda Jill. La serveuse s'apprêtait à en dire davantage quand Stephen fit son entrée dans la salle. A sa vue, le cœur de Jill bondit dans sa poitrine. Leurs regards se croisèrent, et il s'avança vers elle sans la moindre hésitation.

— Bonjour Stephen, lança Lucy. Je vais chercher votre commande, ajouta-t-elle à l'intention de Jill.

— Merci.

— Jill! s'écria Stephen suffisamment fort pour que Lucy et les autres clients puissent l'entendre. Je ne pensais pas vous trouver ici.

— Ce matin, j'ai dévalisé la boutique d'Anne et je fais une pause déjeuner.

Stephen sourit.

— Puis-je me joindre à vous?

— Bien sûr, fit-elle en désignant la banquette en face d'elle.

Jill était fière de paraître aussi détendue et naturelle alors qu'en réalité elle avait les nerfs à fleur de peau. Mais si elle réussissait si bien à donner le change, c'était sans doute parce qu'elle jouait un rôle depuis l'instant où elle avait réalisé que Stephen était le frère d'Elliott.

— La nourriture est excellente, ici, assura Stephen en prenant place. Qu'as-tu commandé? ajouta-t-il plus bas.

— Un gratin de macaronis.

— Mon plat préféré. Je vais choisir la même chose.

Il se tourna vers le comptoir où Lucy discutait avec la jeune caissière.

— Eh, Lucy! Vous doublez la commande, s'il vous plaît.

— Entendu. Vous prenez une citronnade, également?
— Oui.

Il fit de nouveau face à Jill.

La femme interdite

— Alors, comment s'est passée ta visite à la boutique d'Anne ?
— Bien, en dehors du fait que j'ai trop dépensé.
— Oui. Anne a de jolies choses.

Comment Stephen le savait-il ? se demanda-t-elle, avant de réaliser qu'Emily devait y acheter la plupart de ses vêtements et, qui sait, la robe sublime qu'elle portait samedi.

Par association d'idées, elle dit :

— Je compte aller faire un tour au studio d'Emily après déjeuner.

A ces mots, Stephen se rembrunit.

Avait-elle commis une bévue ? se demanda-t-elle, déconcertée. Elle ajouta, comme pour se justifier :

— Je voulais discuter avec elle du tableau qu'elle envisageait de me commander.

Il hocha la tête.

— Ses cours de danse destinés aux jeunes élèves débutent après la sortie des classes, vers 16 heures.

— Mais ce sont les vacances d'été !

Il rougit.

— C'est vrai. Où ai-je la tête ?

Quelque chose clochait. Lui et Emily auraient-ils eu une querelle d'amoureux ?

A ce moment-là, Lucy s'approcha de leur table avec un verre de citronnade qu'elle déposa devant Stephen.

— Vos commandes seront bientôt prêtes.
— Merci Lucy, répondit Stephen.

Après le départ de la serveuse, Stephen reporta son regard sur Jill. Il demeura silencieux un long moment.

A son grand dam, Jill sentit battre son cœur à coups redoublés. Incapable de détourner les yeux, elle demeurait figée sur place, comme hypnotisée.

— Tu sais, fit-il lentement, j'ai des centaines de ques-

La femme interdite

tions à te poser. Mais il y en a une qui m'obsède tout particulièrement.

Affolée, Jill déglutit avec peine. Elle appréhendait tellement d'entendre la suite qu'elle faillit prendre son sac et filer sans demander son reste. Mais on l'aurait prise pour une folle. Qui plus est, la fuite n'était pas une solution.

Quoique...

- 9 -

— Pendant des années, j'ai repensé à ces quelques jours que nous avons passés ensemble à Padre Island, poursuivit Stephen, le regard toujours rivé au sien. Je suis sûr que tu t'en souviens, toi aussi.

Elle inclina la tête. Au moins, elle n'essayait pas de prétendre le contraire, songea Stephen, soulagé.

— Je me suis toujours demandé pourquoi tu t'étais volatilisée dans la nature, sans même me prévenir. J'ai été sidéré quand ta colocataire m'a dit que tu étais partie sans laisser de message. Pourquoi, Jill ? Etait-ce une façon de me faire comprendre que tu ne voulais plus me revoir ? Parce que c'est comme ça que je l'ai interprété.

Jill sursauta, comme piquée au vif.

— Non ! Elle ne t'a pas dit que j'avais été rappelée d'urgence chez moi ? Que ma tante avait eu une crise cardiaque ?

— Non. Elle m'a juste précisé que tu étais rentrée chez toi.

— Je... je suis désolée, Stephen. Je pensais qu'elle t'avait prévenu.

— Non.

— C'est... pour cette raison que tu ne m'as jamais appelée ?

— Parce que tu voulais que je t'appelle ? riposta-t-il.

Du coin de l'œil, il vit Lucy arriver avec un plateau chargé.

La femme interdite

Ils demeurèrent silencieux pendant qu'elle disposait les plats devant eux : salades et gratins de macaronis recouverts d'une couche de fromage dorée et croustillante à souhait.

— Tu n'as pas répondu à ma question, insista-t-il quand Lucy se fut éloignée.

— En effet. J'espérais que tu me contacterais, murmura-t-elle.

Le regard de Jill lui parut empreint de tristesse.

— J'en avais l'intention, assura Stephen en saisissant sa fourchette. Mais je ne connaissais pas ton numéro de téléphone.

— Oh ! Je pensais que tu connaissais le nom de famille de ma tante.

— Non.

Curieusement, il ressentit un élan de colère envers elle. Si elle tenait tant à ce qu'il l'appelle, pourquoi diable ne lui avait-elle pas laissé ses coordonnées ? Mais il finit par se ressaisir. Après tout, il y avait prescription. Depuis, ils avaient fait leur vie chacun de leur côté. Et pourtant...

— Dis-moi. Pourquoi n'as-tu pas dit à Elliott que nous nous étions déjà rencontrés ?

Elle lui répliqua du tac au tac :

— Et toi, pourquoi ne lui en as-tu pas parlé ?

Il haussa les épaules, l'air confus. Il s'était posé cette même question des dizaines de fois sans trouver de réponse valable.

— Sur le moment, j'étais trop bouleversée, avoua-t-elle au bout d'un moment. Et ensuite, cette... révélation m'a semblé trop... embarrassante à faire.

— Oui. J'ai eu la même réaction que toi.

Stephen attaqua son gratin de macaronis. Elle l'imita mais, après quelques bouchées, elle posa sa fourchette.

— Dieu sait si j'aurais préféré dire à Elliott que nous

La femme interdite

nous connaissions, car je déteste les cachotteries et les mensonges. Mais, d'un autre côté, je ne veux pas avoir à répondre à des questions gênantes concernant notre liaison passée. Elliott en concevrait du chagrin, et vos relations à tous deux risqueraient d'en souffrir.

Stephen exhala un profond soupir.

— Je sais.

— Quand tu m'as donné rendez-vous, je craignais que tu n'insistes pour qu'on dise la vérité à Elliott.

— Moi aussi, je préférerais jouer franc jeu avec lui. Mais il me semble plus sage de ne rien lui dire.

Elle hocha la tête en signe d'approbation, puis se mordilla la lèvre inférieure.

A cette vue, une brusque flambée de désir s'empara de Stephen. Il aurait voulu arracher Jill de son siège, la plaquer contre son torse et s'emparer de cette bouche pulpeuse à souhait. Il mourait d'envie de sentir de nouveau son corps contre le sien et de lui faire interminablement l'amour, comme lors de cette semaine de vacances ô combien mémorable. Les souvenirs érotiques affluaient à sa mémoire avec la violence d'un raz-de-marée.

Bon sang, qu'est-ce qui clochait chez lui ?

— Je t'ai manqué ? demanda-t-il à brûle-pourpoint.

Les grands yeux lumineux de Jill le contemplèrent sans ciller.

— Oui. Tu m'as terriblement manqué.

Elle avala sa salive avant d'ajouter :

— Je... j'ai été malheureuse pendant des semaines. Des mois.

Il dut paraître sceptique car elle fronça les sourcils.

— On dirait que tu ne me crois pas.

Il haussa les épaules d'un geste désinvolte.

— Ça ne t'a pas empêchée de tomber enceinte.

Comme elle ne disait rien, il poursuivit :

La femme interdite

— Visiblement, tu t'es vite consolée.

Elle se contenta de détourner le regard.

Il la dévisagea, l'ai perplexe. Que signifiait son silence ? Pourquoi ne réagissait-elle pas à sa provocation ?

— Essaierais-tu de me faire comprendre que Jordan est mon fils ?

Il avait envisagé cette possibilité la première fois qu'il avait vu Jordan. Mais, comme le gamin n'avait que neuf ans et que Jill et lui n'avaient jamais eu de rapports sexuels non protégés, il en avait conclu que c'était impossible.

Jill rougit jusqu'à la racine des cheveux. Elle finit par reporter son regard sur lui.

— Comment peux-tu dire ça ? s'exclama-t-elle, une note de défi dans la voix. Tu as toujours mis un préservatif, n'est-ce pas ?

— Oh, bonjour Stephen. Quelle bonne surprise ! Ça fait des lustres qu'on ne s'est pas vus.

Saisi, Stephen tourna brusquement la tête. Kelly Porter, une grande et belle jeune femme, qui plus est la meilleure amie de Caroline, se tenait à côté de lui.

Grands dieux ! Qu'avait-elle surpris de leur conversation ? Il s'efforça de paraître décontracté.

— Bonjour, Kelly. Comment vas-tu ?

— Bien, merci.

Son regard curieux se posa sur Jill.

— Bonjour. Je ne crois pas vous connaître.

— Je te présente Jill Emerson, la fiancée d'Elliott, annonça Stephen. Jill, voici Kelly Porter, une amie de Caroline.

— Bonjour Kelly.

Jill avait repris le contrôle d'elle-même ; son visage était serein et avait retrouvé ses couleurs habituelles.

— En fait, expliqua Kelly, j'ai justement rendez-vous avec Caroline. Elle ne devrait pas tarder à arriver.

La femme interdite

« C'est le bouquet ! Il ne manquait plus que cette langue de vipère ! »

— Mais où est donc passé Elliott, ce bourreau des cœurs ? poursuivit-elle.

— Sans doute aux écuries, répondit Stephen.

Il lança un regard interrogateur à Jill.

— Oui, s'empressa-t-elle de confirmer. Il a dit qu'il comptait donner sa première leçon d'équitation à Jordan.

— Jordan ? s'étonna Kelly.

— Mon fils.

— Oh, oui. J'ai entendu dire que vous aviez un fils.

« Le contraire m'eut étonné », songea Stephen à part soi.

Kelly semblait sur le point d'ajouter quelque chose quand son téléphone portable sonna. Elle farfouilla dans son sac, agita la main en signe d'adieu et se dirigea vers une alcôve vide dont la fenêtre donnait sur la rue.

Stephen reporta son attention sur Jill, mais elle ne lui laissa pas le temps de parler.

— Je vais partir, Stephen. Je ne tiens pas à croiser Caroline, et je n'ai pas vraiment faim. En fait, je ne me sens pas bien. Je préfère rentrer directement au ranch. Je passerai voir Emily un autre jour.

C'était à cause de lui si elle était bouleversée, et il en eut des remords.

— Ecoute, je suis désolé d'avoir insinué que tu avais vite retrouvé un petit ami.

L'expression qui se peignit sur son visage le laissa perplexe — un mélange de colère, de souffrance et d'autre chose. Il aurait souhaité poursuivre leur conversation, mais elle avait raison ; mieux valait qu'elle évite Caroline.

— Quoi qu'il en soit, nous sommes bien d'accord. Nous ne disons rien à Elliott.

Elle fit un signe d'assentiment.

La femme interdite

— Oui. C'est préférable.

Elle récupéra son sac à main et son carton à dessin et quitta en hâte le restaurant.

Les autres questions de Stephen attendraient.

Etait-ce Jill qui sortait du restaurant comme si elle avait le diable à ses trousses ? Tout en verrouillant sa voiture, Caroline observait Jill qui remontait la rue d'un pas pressé. Que fuyait-elle ainsi ? Songeuse, Caroline pénétra dans le Lucy's Café et regarda alentour. Elle repéra aussitôt Kelly qui lui faisait signe tout en téléphonant.

Elle aperçut aussi Stephen un peu plus loin. Il semblait avoir fini de déjeuner. Articulant silencieusement « Je reviens tout de suite » à l'intention de Kelly, Caroline s'avança vers Stephen qui se levait de table. Maintenant qu'elle se trouvait plus près, elle se rendait compte qu'une autre personne avait déjeuné avec lui — une personne qui avait un appétit d'oiseau à en juger par la cassolette à peine entamée. De qui s'agissait-il ? D'Emily ?

— Bonjour Stephen.

Il fit volte-face.

— Salut, Caroline. Kelly est là-bas.

Il désigna la jeune femme d'un mouvement du menton.

— Je sais. Je l'ai vue. Avec qui déjeunais-tu ?

— Euh, je suis tombé par hasard sur Jill.

— Ah, c'est donc bien elle que j'ai vu sortir du restaurant. Que fait-elle en ville ?

— Des courses, d'après ce qu'elle m'a dit. Elle compte aussi faire un tour au studio d'Emily cet après-midi.

Ravie qu'il ait mentionné le nom d'Emily, Caroline saisit la balle au bond.

— Je crois savoir qu'Emily et toi vous êtes séparés.

Il fronça les sourcils.
— Qui te l'a dit ?
— Je le sais de source sûre.
— Emily t'en a parlé ?
— Oui. Elle m'a téléphoné dimanche matin.

Elle pressentait qu'il mourait d'envie de lui lancer une remarque acerbe du genre : « Pourquoi diable t'aurait-elle appelée, toi ? » Mais il garda le silence.

— Elle était bouleversée.
— J'en suis désolé.
— Je sais que ça ne me regarde pas, mais pourquoi as-tu rompu avec elle ?

Après un instant d'hésitation, il marmonna :
— Ça ne collait pas entre nous.
— C'est papa qui va être déçu.
— Comment ? Tu ne t'es pas empressée de le lui répéter ? Ça m'étonne de toi.

Caroline lui décocha un sourire ironique.
— Je préfère te laisser le soin de lui annoncer ce genre de nouvelle.

Il se passa la main dans les cheveux d'un geste nerveux.
— Ecoute, Caroline. Je dois partir si je ne veux pas être en retard à mon rendez-vous.

Tandis qu'il se hâtait vers le comptoir pour régler l'addition, Caroline alla rejoindre Kelly. Les questions se bousculaient dans sa tête. Pourquoi Jill s'était-elle littéralement ruée hors du restaurant ? Et pourquoi Stephen adoptait-il une attitude fuyante, comme s'il avait quelque chose à cacher ?

Dès que Kelly eut raccroché, Caroline lui demanda :
— As-tu vu Stephen ?
— Oui. J'ai même fait la connaissance de la fameuse Jill.
— Vraiment ? Que penses-tu d'elle ?

La femme interdite

— En fait, elle n'a pas dit grand-chose. Pourtant… quand je me suis avancée vers eux, il m'a bien semblé qu'ils se disputaient. Elle avait l'air bouleversé.

— Continue. Ça m'intéresse ! Qu'est-ce qui a bien pu la mettre dans cet état ?

— J'ai surpris un bout de leur conversation, remarqua Kelly, hésitante.

— Oui ?

— Eh bien…

— Quoi ?

Kelly poussa un profond soupir avant de lâcher :

— J'ai cru entendre Jill dire : « Tu as toujours mis un préservatif, n'est-ce pas ? »

Caroline dévisagea son amie, bouche bée.

— Tu as toujours mis un préservatif ? Elle a dit « tu » ?

Kelly fit un signe d'assentiment.

— Je n'en mettrais pas ma main au feu, mais ce que j'ai entendu était quelque chose d'assez approchant.

Quel parti pouvait-elle tirer de cette information pour le moins surprenante, se demandait Caroline, intriguée. Pour l'heure, tout ce qu'elle savait, c'est qu'il se passait des choses étranges, mais elle était fermement décidée à élucider le mystère.

— Kelly, tu m'avais bien dit que le détective auquel tu avais fait appel au moment de ton divorce d'avec Rick était très bon ?

— Oui. Excellent mais hors de prix.

— Tu as toujours ses coordonnées ?

— Je dois avoir sa carte quelque part.

Elle farfouilla dans son sac fourre-tout et en retira un épais portefeuille. L'instant d'après, elle tendait une carte de visite à Caroline.

La femme interdite

— Pourquoi veux-tu contacter un détective ? Tu penses que Dale te prépare un mauvais coup ?

— Non. Dale n'est pas en cause. Il s'agit de ma future belle-mère. Je veux en savoir un peu plus sur son compte.

Kelly haussa un sourcil interrogateur.

— Tu crois qu'il y a anguille sous roche ?

— Disons qu'un certain nombre de questions la concernant demeurent sans réponse. Et je ne peux pas me permettre de rester dans l'ignorance... Il y va du bonheur de mon père.

En prenant le volant du 4x4, direction le ranch, Jill ne s'était toujours pas remise de ses émotions. Oh, mon Dieu, quel désastre ! Sa discussion avec Stephen l'avait laissée encore plus terrifiée qu'elle ne l'était auparavant. Et pour couronner le tout, elle avait failli se trouver nez à nez avec Caroline, laquelle ne manquerait pas d'apprendre par son amie qu'elle et Stephen avaient déjeuné ensemble.

Stephen avait-il été convaincu quand elle avait brandi l'argument du préservatif pour détourner ses soupçons ?

Et s'il faisait le rapprochement avec les dates ?

Juste ciel, quel imbroglio ! Son mensonge par omission risquait de se retourner contre elle, tel un boomerang.

En arrivant au ranch, Jill constata avec soulagement l'absence d'Elliott et de Jordan. Marisol lui confirma qu'ils avaient déjeuné et étaient retournés aux écuries.

— Ne devaient-ils pas se rendre en ville, cet après-midi ? s'étonna Jill.

— M. Lawrence a dit que ce serait pour une autre fois. Il est inquiet à propos d'une jument qui doit mettre bas.

Soulagée d'être seule, Jill se hâta vers le cottage. Sans même prendre le temps de déballer ses achats, elle composa le numéro de Nora.

La femme interdite

— Alors, comment s'est passée la réunion au sommet entre toi et Stephen ? demanda Nora.

Jill lui fit un compte rendu complet en terminant par ses mots :

— Il a des soupçons, Nora. Quand il a fait allusion au père de Jordan, j'étais si bouleversée qu'il a remarqué mon trouble.

— Mais ta réponse lui a coupé l'herbe sous le pied.

Après une pause de quelques secondes, Nora poursuivit :

— Dis-moi, Elliott t'a-t-il déjà interrogée à ce sujet ?

— Une seule fois. Je me suis contentée de lui dire que c'était un sujet douloureux et que j'avais tiré un trait sur le passé.

— Bon. Au moins, à lui, tu ne lui as pas menti.

— Non... Pas sur ce point.

— Voyons, Jill. Ne sois pas aussi dure envers toi-même. Après tout, tu ne pouvais pas deviner que Stephen était le frère d'Elliott. Et tu n'aurais jamais imaginé le revoir un jour. Tu n'avais donc aucune raison de parler de lui à Elliott. En outre, vous étiez très jeunes à l'époque, et votre aventure n'a duré que quelques jours.

— Je sais, mais...

— Mais quoi ?

— Que vais-je faire à propos de l'anniversaire de Jordan ?

— Que veux-tu dire ?

— Il est né pile huit mois et vingt-quatre jours après ma rencontre avec Stephen. Ne penses-tu pas que Stephen en conclura, en toute logique, qu'il est le père de Jordan ?

— Pas forcément.

— Nora, je sais que tu essaies de me rassurer, mais Stephen n'est pas borné à ce point-là ! L'idée a déjà germé dans son esprit. Tôt ou tard, il finira par comprendre que j'ai éludé sa question et il fera le rapprochement. Que devrais-je faire ce jour-là ?

La question flottait dans l'air, telle une menace.

— Je ferais mieux de partir sans plus attendre, ajouta Jill sombrement.

— Partir ? Où ça ?

— A Austin.

Au bord du désespoir, Jill se recroquevilla sur elle-même.

— Je... je ne vois pas comment je pourrais rester ici. Je n'en peux plus d'avoir à mentir comme ça.

— Je t'en supplie, Jill. N'agis pas sur un coup de tête. Laisse-moi réfléchir à la situation pour essayer de trouver une solution. On en reparlera demain, d'accord ?

— Nora, j'ai tourné et retourné la question dans tous les sens. Il n'y a pas de solution au problème... à part la fuite.

— Jill, tu es sous le coup de l'émotion. Promets-moi de ne rien faire d'inconsidéré.

Jill soupira.

— Oui. Je te le promets.

— Bon. Je te rappellerai demain.

— Entendu.

— Et entre-temps, tu sais ce qui te reste à faire.

— Quoi donc ?

— Prier le Seigneur pour qu'il nous inspire.

- 10 -

Le lendemain matin, Jill sortait de la douche quand la sonnerie de son portable retentit. C'était Nora.

— J'ai réfléchi à ton problème toute la nuit, et tu as raison. Il n'y a pas vraiment de solution, si ce n'est de dire la vérité à Elliott et Stephen.

Jill s'assit sur le bord du lit. Elle avait mal dormi, et se sentait lasse. Et cette nouvelle n'était pas faite pour lui remonter le moral.

— Jill, tu m'entends ?
— Oui, soupira-t-elle.
— Bon sang, dis quelque chose !
— La situation est inextricable. Que je dise la vérité à Elliott et à Stephen ou que je garde le silence, le résultat sera du pareil au même. Je ne pourrais pas épouser Elliott et je serai contrainte de quitter le ranch avec Jordan. Tant qu'à faire, je préfère partir tout de suite sans rien dire à Elliott pour lui épargner une trop grande souffrance.

— Oh, Jill ! Comment feras-tu pour vivre ? Tu as démissionné de ton poste d'enseignante.
— Je sais.
— Tu as vendu ta voiture et mis ta maison en vente !
— Pour ce qui est de la maison, il me suffit de la retirer de la vente. Quant à mon poste d'enseignante, je pourrais appeler Gail Leone. Nous ne sommes qu'en juin. Peut-être n'a-t-elle encore trouvé personne pour me remplacer. Et de toute façon, j'avais besoin d'une nouvelle voiture.

La femme interdite

Du moins, elle avait quelques économies — juste assez pour couvrir les frais de rapatriement de ses affaires à Austin et verser un acompte pour l'achat d'une voiture d'occasion. En revanche, il lui faudrait trouver un travail rapidement. Si son ancien poste n'était plus disponible, elle se verrait dans l'obligation de puiser dans son compte épargne retraite.

— Oui. C'est une bonne idée. Tu devrais appeler Gail aujourd'hui, ne serait-ce que pour tâter le terrain. Mais surtout, ne prends aucune initiative intempestive. Laisse-moi le temps de passer quelques coups de fil.

— A qui ?

— Tu te souviens de Jackson Baker ?

— Le patron de Love Bug ?

Il y a un an, la société Love Bug Greetings Cards avait décidé de commercialiser une série de cartes de vœux modernes et originales. A l'époque, son P.-D.G., Jackson Baker, avait chargé Jill de réaliser deux toiles pour sa nouvelle ligne.

— Bien sûr !

— Figure-toi qu'il m'a appelée la semaine dernière. Il voulait savoir si tu étais disponible pour réaliser une autre série de tableaux pour sa prochaine collection.

— Tu ne m'en as jamais parlé !

— Je sais. J'attendais qu'il me le confirme pour te faire la surprise.

Le travail était bien payé — cinq cents dollars par aquarelle —, et le motif relativement simple à exécuter — un seul objet par toile. A l'époque, elle avait mis à peine deux jours pour exécuter la commande.

— Combien de tableaux voudrait-il ?

— Une douzaine.

— Ouah ! Ce serait une véritable aubaine.

La femme interdite

— Oui. Ça te permettrait de tenir jusqu'à ce que tu trouves un autre emploi.

Il fut convenu que Nora appellerait son amie dès qu'elle aurait des nouvelles de Baker. Entre-temps, Jill se contenterait de prendre contact avec Gail Leone.

Après avoir raccroché, elle décida de battre le fer pendant qu'il était chaud, et elle composa le numéro du secrétariat du lycée.

— Jill ! s'exclama Gail.

— Bonjour Gail. Comment allez-vous ? lança gaiement Jill, soulagée de trouver la responsable du personnel à son bureau.

— Débordée, comme d'habitude. Je commence à recruter les enseignants pour la prochaine rentrée et, comme vous le savez, ce n'est pas une mince affaire.

— Oui. En fait, c'est la raison de mon appel. Avez-vous… euh… trouvé un remplaçant pour mon poste ?

— Pas encore. J'ai eu un entretien avec deux candidats, mais je n'ai encore rien décidé. Pourquoi ? Ne me dites pas que vous revenez à Austin !

— Si. J'en ai bien peur.

— Jill ! Et moi qui croyais…

— Oui, je sais. Malheureusement, les choses se présentent mal.

— Oh, Jill ! Quel dommage ! J'étais si heureuse pour vous. En fait, nous l'étions tous.

— Merci. Vous m'en voyez très touchée. Pour tout vous dire, je prendrai une décision aujourd'hui, voire demain. Euh… seriez-vous d'accord pour que je réintègre mon poste ?

— Bien sûr. Je vous le garde au chaud jusqu'à ce que vous m'appeliez.

Après avoir raccroché, Jill se sentit ragaillardie. Certes, elle allait faire de la peine à Elliott, et elle en était

La femme interdite

désolée — elle comptait lui faire croire qu'elle n'était plus aussi sûre de ses sentiments envers lui —, mais c'était un moindre mal en comparaison du chagrin qu'il éprouverait s'il savait toute la vérité.

Prenant une profonde inspiration, Jill s'efforça de se convaincre que tout se passerait bien.

Elliott finirait par surmonter sa déception. Après tout, il avait enduré bien pire à la mort d'Adèle.

En revanche, pour Jordan, c'était une autre histoire. Il était si heureux au ranch ! Avait-elle le droit de le déposséder d'un tel bonheur ? Et surtout, avait-elle le droit de le priver de son père maintenant qu'elle l'avait retrouvé ?

Mais le moyen de faire autrement ?

Jordan s'en remettrait. Elle ferait tout pour qu'il en soit ainsi. Elle lui offrirait des trésors d'amour et d'attentions pour compenser tout ce dont elle le privait. Et si jamais il découvrait la vérité, elle espérait de tout cœur qu'il lui pardonnerait un jour.

Les mercredis, il régnait toujours une intense activité aux écuries. Et ce mercredi-là s'annonçait particulièrement mouvementé car une des juments était sur le point de mettre bas. A ce stade, il n'y avait pas grand-chose à faire si ce n'est l'installer confortablement et laisser faire la nature.

En attendant, Stephen passa la matinée à entraîner quelques étalons dont Big Boy. Aidé de Jesse, une des recrues les plus prometteuses d'Antonio, il fit faire diverses figures de manège aux chevaux : cercles, doublers, huit de chiffre, spirales, serpentines, demi-voltes et autres diagonales. C'était un travail physique éprouvant mais qui avait l'avantage de l'obliger à se concentrer sur autre chose que sur sa conversation avec Jill.

Pendant presque tout le temps que dura l'entraînement,

La femme interdite

Jordan resta posté derrière la clôture du manège, le visage pressé contre les grilles pour observer Stephen et Jesse. Et dès que l'un deux passait à proximité, il le bombardait de questions. Stephen éprouvait de l'affection pour ce gamin intelligent, poli et qui, de toute évidence, adorait les chevaux. C'était le fils idéal qu'il aimerait avoir un jour.

Vers 11 heures, Elliott rejoignit Jordan à son poste d'observation. Stephen, qui venait de terminer l'entraînement de Big Boy, s'avança vers son frère pour discuter avec lui.

Jesse, qui s'apprêtait à quitter le manège, proposa à Jordan de venir l'aider à panser les étalons.

— J'arrive ! lança Jordan en courant derrière Jesse.

Elliott se mit à rire devant l'enthousiasme du gamin.

— Il se plaît beaucoup ici.

— Oui, convint Stephen.

— C'est un gosse adorable, tu ne trouves pas ?

— En effet, assura Stephen avant d'ajouter d'un air faussement nonchalant :

— Si tu avais un fils comme lui, ne souhaiterais-tu pas faire partie intégrante de sa vie ?

— Bien sûr que si.

— Jill n'a jamais dit pourquoi le père de Jordan se désintéressait du gamin ?

Elliott fit un signe de dénégation.

— Elle n'aime pas en parler.

— Pourquoi ?

— Elle dit que c'est un sujet trop douloureux et que le père de Jordan ne s'est jamais manifesté. J'ai l'impression que le gamin est le fruit d'une relation d'un soir.

Curieusement, cette révélation déplut à Stephen. La Jill dont il gardait le souvenir ne semblait pas du genre à collectionner les aventures sans lendemain.

— Elle n'avait que dix-neuf ans à l'époque, précisa Elliott.

La femme interdite

Stephen fronça les sourcils. D'après ses calculs, elle aurait dû en avoir vingt. Mais il s'abstint de le faire remarquer. Comment aurait-il pu expliquer qu'il connaissait sa date de naissance ?

— Elle a beaucoup de mérite. Ce n'est pas évident pour une femme d'élever seule un enfant, ajouta Elliott.

— Ne vit-elle pas avec une tante ou une parente à elle ?

— Sa tante est morte quand Jordan avait trois ans. C'est donc Jill qui s'est occupée toute seule de son fils pendant ces sept dernières années.

Il fallut un moment à Stephen pour assimiler ce qu'Elliott venait de dire.

— Sept années ? Je croyais que Jordan avait neuf ans !

Ce fut au tour d'Elliott de froncer les sourcils.

— Non. Il en a dix. Et il en aura onze en décembre.

Onze ans en décembre ? Mais cela signifiait...

— C'est drôle, Jordan me fait penser à toi quand tu avais le même âge, poursuivit Elliott. C'est une des raisons pour lesquelles il m'a tout de suite plu.

Il se mit à rire.

— En fait, on pourrait le prendre pour ton fils.

Tandis qu'il réalisait pleinement ce qu'Elliott venait innocemment de lui dire, Stephen, au comble de l'émotion, passait par une alternance de chaud et de froid. Décembre ! Jordan aurait onze ans en décembre ! Jill était donc tombée enceinte en mars. Le même mois de la même année où ils avaient vécu une liaison torride.

La conclusion s'imposait d'elle-même.

« Je suis le père de Jordan ! »

Préservatif ou non, il avait mis Jill enceinte durant cette fameuse semaine de vacances à Padre Island.

Stephen réussit, non sans mal, à poursuivre sa discussion avec Elliott malgré les mille et une pensées qui se bousculaient dans sa tête.

« Jordan est mon fils ! »

Il se rappela la façon dont Jill avait éludé sa question. Elle s'en était tirée par une pirouette en répondant par une autre question.

Le cerveau en ébullition, il abrégea la conversation dès qu'il le put en prétextant qu'il tombait d'inanition. Elliott hocha la tête, disant qu'il avait à faire en ville.

— Je te verrai plus tard.

Stephen se rendit à l'écurie principale dans un état second. La plupart des palefreniers prenaient leur pause déjeuner dans la sellerie. En pénétrant dans l'immense salle, Stephen répondit aux saluts des uns et des autres, et se dirigea vers le réfrigérateur garni en permanence de sandwichs, boissons et autres fruits. Il choisit un sandwich au jambon et sortit de la sellerie, trop perturbé pour se mêler à la conversation générale. Il passa à proximité de Jesse et Jordan, occupés à panser Calypso, et continua son chemin vers l'extrémité de l'écurie.

Au moment où il atteignait la porte grande ouverte, il aperçut Jill qui s'avançait dans sa direction. Elle avait le soleil dans le dos, et il ne distinguait pas l'expression de son visage. Elle s'arrêta net en le voyant et, l'espace d'un instant, il crut qu'elle allait faire demi-tour et partir en courant. Mais il ne lui en laissa pas le temps et franchit rapidement la distance qui les séparait. Il l'agrippa par le bras, tout en faisant un signe de tête vers la gauche.

— Allons par là. J'ai à te parler.

Elle tenta de se dégager, mais comme il ne la lâchait pas, elle se résigna à le suivre. Ils contournèrent le coin du bâtiment et s'arrêtèrent au pied d'une échelle menant au fenil. Là, éclaboussés de soleil et entourés par les bruits et les odeurs du haras, Stephen dévisagea Jill avec colère.

La femme interdite

— Pourquoi ? lança-t-il, les dents serrées. Pourquoi ne m'as-tu rien dit ?

Face à lui, la jeune femme tremblait de tous ses membres.

— Te… te dire quoi ?

— Ne fais pas l'innocente, Jill. Je sais que Jordan est mon fils. Tu n'avais pas le droit de me dissimuler une information aussi importante.

Il crut qu'elle allait continuer de nier, mais elle se contentait de le regarder, bouleversée. Des larmes perlaient à ses paupières. Le soleil l'éclairait à contre-jour et faisait comme un halo autour de son visage. Pourtant, ce n'était pas un ange qui se tenait devant lui, mais une femme en chair et en os, belle et désirable — la femme qui avait donné naissance à son fils.

— Je suis désolée, balbutia-t-elle.

L'espace d'un instant, Stephen hésita entre l'embrasser et la secouer comme un prunier. Finalement, son envie de l'embrasser fut la plus forte. Il l'attira dans ses bras et s'empara impérieusement de sa bouche.

Ce baiser lui fit l'effet d'un feu d'artifice de sensations fortes où se mêlaient la passion, le désir et la sensualité. Tout en écrasant Jill contre son torse, il continuait de l'embrasser avec une telle fougue qu'un brusque flot de chaleur envahit tout son être. Il en perdit tout sens des réalités. Il oublia que des gens risquaient de surgir à tout moment — des gens qui, s'ils les avaient vus s'embrasser, auraient été choqués et écœurés. Il en oublia Elliott. Il en oublia son propre code éthique et moral. Il était tellement éperdu de désir et rempli de colère — il voulait punir Jill pour tout le mal qu'elle lui avait fait —, que toute pensée cohérente avait disparu de son cerveau.

Le hennissement d'un cheval finit par le ramener à la réalité. Prenant soudain conscience qu'on risquait de les

La femme interdite

surprendre, il lâcha Jill si brusquement qu'elle faillit tomber à la renverse.

Une main devant sa bouche, elle lui lança un regard douloureux et implorant avant de réprimer un sanglot convulsif. Puis elle tourna les talons et disparut au coin du bâtiment. Tétanisé, Stephen restait planté là, le souffle court et la tête sur le point d'éclater tant son sang cognait fort dans ses tempes.

Ce fut Antonio qui le tira de sa léthargie.

— Stephen ! Où êtes-vous ? Il est temps d'appeler le Dr Plummer. Misty est sur le point de pouliner !

— J'arrive ! cria-t-il en rebroussant chemin.

Il s'efforça de chasser Jill de son esprit. Il avait un travail à accomplir. Là, au moins, il pouvait se montrer digne d'Elliott.

Quand Jill réussit enfin à se calmer, elle sut ce qu'il lui restait à faire : plier bagage.

— Non ! hurla Jordan. Je ne veux pas retourner à Austin. Je refuse de quitter le ranch.

— Je sais, mon chéri, mais...

— Pars si tu veux. Moi, je reste !

Jill essaya de le prendre dans ses bras pour le réconforter, mais il la repoussa.

— Je te déteste, glapit-il, le visage déformé par la colère.

Les yeux de Jill se remplirent de larmes. Son fils ne lui avait encore jamais dit une chose pareille. Mais comment le lui reprocher alors qu'elle se détestait elle-même pour tout le mal qu'elle faisait autour d'elle ?

— Jordan, mon cœur, je sais ce que tu ressens. Mais crois-moi, nous ne pouvons pas rester là. Je ne vais pas

La femme interdite

épouser Elliott et, dans ces conditions, il n'y a pas de place pour nous au ranch.

Le regard que lui lança Jordan était empreint d'une telle souffrance et d'une telle rage qu'elle faillit détourner les yeux, le cœur meurtri.

— Il a l'intention de m'offrir un cheval ! Ça prouve bien qu'il veut que je reste, moi !

Jill était à deux doigts de craquer, mais elle ne pouvait pas se le permettre. Elle devait se montrer forte, ne serait-ce que pour Jordan.

— Je sais, mon cœur. Je… je te promets que tu pourras prendre des leçons d'équitation à Austin. Je… t'achèterai un cheval.

Comment parviendrait-elle à tenir une pareille promesse ? Elle l'ignorait. Mais elle s'arrangerait pour la respecter, quitte à prendre un troisième job s'il le fallait.

— Je me fiche de tes leçons d'équitation, hurla Jordan. Je veux vivre au ranch. Je veux aider Elliott, Antonio et Stephen. Je veux monter Big Boy dès que j'aurai fait suffisamment de progrès. Je veux rester ici. Pourquoi partir, m'man ? Dis, pourquoi ?

Oh, mon Dieu, comme c'était difficile ! En voyant son fils si malheureux sous son air bravache, elle sut que l'heure du châtiment avait sonné pour elle. Toutes les erreurs qu'elle avait commises par le passé avaient fini par la rattraper, et le prix à payer n'était autre que le chagrin et l'incompréhension de son fils.

— Je suis désolée, dit-elle doucement. Je sais que tout cela te dépasse. Malheureusement, je ne peux pas t'en dire davantage. Mais une chose est sûre, nous devons partir. Nous quitterons le ranch demain à la première heure.

Il y avait un tel mépris dans le regard que Jordan lui décocha avant de tourner les talons et claquer la porte de sa chambre que Jill en eut les larmes aux yeux. On

La femme interdite

aurait dit qu'il savait que sa propre mère l'avait trahi, tout comme elle avait trahi Elliott et Stephen. Que pouvait-elle y faire ? se demanda-t-elle, désemparée. Il n'était encore qu'un enfant.

Il finira par surmonter cette épreuve, se dit Jill pour se rassurer. Le temps cicatrisera ses blessures, et il comprendra qu'on n'a pas toujours ce qu'on veut dans la vie. Après tout, depuis que le monde était monde, les adultes ne cessaient-ils pas de décevoir les enfants ? Pourtant ceux-ci leur pardonnaient tout le temps. Jordan aussi lui pardonnerait un jour — du moins, l'espérait-elle.

Jill eut du mal à s'endormir. Prétextant un début de rhume, elle n'était pas allée dîner à la grande maison. Elle avait prévu de partir avant l'aube et d'emprunter le 4x4 qu'Elliott avait mis à sa disposition. Elle avait préparé un mot à son intention, expliquant en substance qu'elle doutait de ses propres sentiments à son égard et qu'elle renonçait à l'épouser.

« Je sais que mon départ va te faire de la peine, et j'en suis désolée, mais c'était la seule solution. Je m'arrangerai pour que tu récupères ta voiture dans les meilleurs délais. J'espère qu'un jour tu pourras me pardonner, et je prie pour que tu rencontres une femme qui t'aimera comme tu mérites de l'être. »

Elle glissa le mot et la bague de fiançailles dans une enveloppe à son nom. Il la trouverait en venant prendre de ses nouvelles, mais à ce moment-là, elle et Jordan seraient loin.

Elle ne laissa pas de mot à l'intention de Stephen. Il saurait pourquoi elle était partie. Elle espérait seulement qu'il accepterait sa décision et qu'il ne tenterait pas de se lancer à sa poursuite.

- 11 -

Ce soir-là, Stephen avait tenu à assister à la réunion du conseil municipal, mais il ne parvenait pas à se concentrer sur l'ordre du jour. Les discussions semblaient interminables, et quand le maire se décida enfin à lever la séance, un peu après 22 heures, il plaida la fatigue pour rentrer chez lui directement au lieu d'accompagner ses collègues boire le coup de l'étrier.

Pourtant, malgré son épuisement — bien réel — il ne parvenait pas à trouver le sommeil. Frustré, il se leva et se dirigea vers le salon d'un pas traînant. Il se laissa tomber dans son fauteuil préféré pour se remémorer cette journée riche en rebondissements.

Il avait encore du mal à croire à la nouvelle stupéfiante qu'il venait d'apprendre. Comment avait-il pu faire preuve d'un tel aveuglement ? Il aurait dû comprendre dès le premier jour qu'il était le père de Jordan. Mais si cette idée ne lui était pas venue à l'esprit, c'est parce qu'il pensait que l'usage systématique du préservatif l'avait mis à l'abri de ce genre d'accident. Il n'empêche, dès l'instant où il avait vu Jordan, il aurait dû avoir des doutes. Certes, le garçon était plus petit que Tyler, mais celui-ci était très grand pour son âge et il avait deux ans de plus que Jordan.

Que ressentait Jill en ce moment ? Etait-elle aussi bouleversée que lui par la tournure des événements ? Par leur baiser ?

Et quel baiser !

La femme interdite

Cela faisait longtemps qu'il n'avait pas été aussi troublé par un simple baiser. Depuis l'arrivée de Jill au ranch — et pour sa propre tranquillité d'esprit — il avait soigneusement évité de se replonger dans le passé. Mieux valait faire l'impasse sur ces souvenirs brûlants. Mais ce soir, face à un dilemme et en proie à l'insomnie, il les laissa affluer à sa mémoire.

Il avait rencontré Jill un dimanche. Elle était arrivée la veille à Padre Island avec ses amies. Il était là depuis vendredi soir. Lui et deux de ses copains couraient sur la plage en se lançant un Frisbee et en plaisantant entre eux. Ils se rendaient dans un bar qu'ils venaient de découvrir. Ils comptaient y boire une ou deux bières, jouer au billard américain et chahuter un peu, histoire de mettre de l'ambiance. Il faisait chaud ce dimanche-là, et ils avaient noué leurs T-shirts autour de la taille pour profiter du soleil.

Chips fut le premier à apercevoir le groupe de filles qui s'avançaient dans leur direction.

— Hé, les gars ! Visez un peu les nanas !

Elles étaient quatre : une blonde, une brune, une rousse et Jill dont le visage était auréolé d'une masse de cheveux mordorés retombant souplement sur ses épaules. Bien qu'elles soient toutes ravissantes, Stephen fut aussitôt attiré par Jill, peut-être parce qu'elle semblait plus réservée que ses amies. Leurs regards se croisèrent à plusieurs reprises, mais, chaque fois, elle détournait les yeux. Alors que les autres filles flirtaient ouvertement avec les garçons, elle se tenait un peu en retrait, se contentant de sourire aux boutades de ses copains.

Ils les invitèrent à venir avec eux au bar, et la blonde s'empressa d'accepter au nom de ses camarades.

Tandis qu'ils se mettaient en route, Stephen vint se poster à côté de Jill et se présenta :

— Je m'appelle Steve Wells.

La femme interdite

— Et moi, J.J. Emerson.
— Tu es étudiante ?
— Oui, à la Texas State University.
— Ah, je vois. Tu es venue faire la fiesta avec des copines ?
Elle se mit à rire.
— Je sais que notre fac a cette réputation, mais je ne suis pas du genre fêtard.
— Et c'est quoi, ton genre ?
— Le genre sérieux, précisa-t-elle, sa mine espiègle tempérant ses propos. Toi aussi, tu es étudiant ?
— Oui. En année de licence à Harvard.
— Ouah ! Alors, tu es un crack !
Il haussa les épaules avec désinvolture.
— Disons plutôt que je travaille dur.
Elle lui sourit.
— Moi aussi.
Tout en elle lui plaisait : sa silhouette élancée aux courbes sensuelles moulées dans un dos nu rouge et un short blanc, sa chevelure aux boucles soyeuses et sa voix douce. Elle était d'une grande beauté, songea-t-il. Non pas la beauté trop parfaite et inaccessible d'une star de cinéma, mais celle d'une fille toute simple. Il aimait surtout les taches de rousseur parsemant l'arête et les ailes de son nez, et les gouttelettes de transpiration perlant sur sa lèvre supérieure. S'il les léchait, elles auraient sûrement un goût de sel et de quelque chose d'autre, plus sensuel. Rien que d'y penser, un brusque flot de chaleur l'envahit.

Avant même d'arriver au Jingo's, il sut qu'il la désirait de tout son être. Et elle le savait aussi, il l'aurait parié.

Tous deux s'esquivèrent du bar de bonne heure. L'alcool et le sexe ne faisant pas bon ménage, Stephen avait bu modérément pour ne pas gâcher ses chances avec J.J.

Ils marchèrent le long de la plage jusqu'à un épais buisson

La femme interdite

de plantes aquatiques. Il l'attira à l'abri des regards et la prit dans ses bras. Approchant ses lèvres des siennes, il murmura :

— J'ai attendu ce moment toute la soirée.
— Moi aussi.

Son baiser ne fut ni subtil ni tendre. Eperdu de désir, Stephen était bien trop excité pour y mettre les formes. Il plongea avidement sa langue dans la bouche de J.J., les mains plaquées sur ses fesses pour l'attirer tout contre lui. Néanmoins, il réussit à maîtriser son envie de la jeter à terre et de la prendre sur-le-champ.

— Prenons une chambre d'hôtel, proposa-t-il d'une voix enrouée de désir.

Il ne voulait pas l'emmener au bungalow qu'il partageait avec ses copains ; ils risquaient à tout moment d'être dérangés.

Elle approuva d'un signe de tête. Après avoir remis de l'ordre dans ses vêtements, elle glissa sa main dans la sienne, et ils remontèrent la dune jusqu'à la route. Ils évitèrent les hôtels chic alignés le long de la grand-rue et bifurquèrent dans une rue transversale à la recherche d'un motel discret. Jill patienta dehors pendant que Stephen se dirigeait vers la réception pour louer une chambre. Redoutant que la jeune fille ne change d'avis s'il tardait à revenir, il bouscula quelque peu l'employé flegmatique. Mais en sortant, il constata avec soulagement qu'elle était toujours là.

Le réceptionniste leur avait attribué une chambre éloignée du bâtiment principal. Stephen n'en avait cure ; du moment que les draps étaient propres... Une fois à l'intérieur, il tira les rideaux. Le clair de lune parvenait à filtrer à travers les voilages, et quand il voulut allumer une lampe, Jill protesta :

— Non, laisse. Je préfère la pénombre.

Ils se déshabillèrent en hâte, éparpillant leurs vêtements

La femme interdite

sur le sol. Puis ils replièrent la courtepointe et roulèrent sur le lit, dans les bras l'un de l'autre.

Cette première nuit d'amour combla ses espérances les plus folles. Certes, J.J. manquait d'expérience, mais elle était presque aussi impatiente que lui. Il comptait prendre tout son temps et lui donner du plaisir en la caressant, en léchant sa peau soyeuse et en faisant toutes ces choses que ses copains évoquaient entre eux en riant sous cape. Mais, dès qu'il posa ses mains sur J.J., il en oublia ses bonnes résolutions et il s'enfouit en elle, se noyant dans sa touffeur avec un râle de plaisir. Il atteignit aussitôt l'extase, dans une explosion de sensations exquises qui se propagèrent dans tout son être à la manière d'une onde de choc.

Une fois son désir assouvi, il s'en voulut de ne pas avoir été capable d'attendre. Aussi, la deuxième fois, s'arrangea-t-il pour qu'elle soit prête avant de la pénétrer. Il aimait l'entendre haleter et gémir de plaisir, il adorait sa façon de s'agripper à ses fesses et de se soulever pour mieux l'accueillir en elle. Et quand il sentit ses ongles s'enfoncer dans sa chair, comme si tout son corps entrait en transe, il s'abandonna à son propre plaisir.

Après l'amour, ils restèrent allongés dans l'obscurité, apaisés et comblés. Pressé contre son dos, il lui titillait un sein d'une main et lui caressait nonchalamment le ventre de l'autre.

Encore aujourd'hui, Stephen se rappelait avec précision la fougue et la passion qui animaient leurs ébats, et aussi ce sentiment de plénitude qu'ils ressentaient l'un comme l'autre après l'amour. Sur les dizaines de fois où ils s'étaient aimés, quand avaient-ils engendré ce magnifique enfant qu'était Jordan ? se demanda-t-il, ému.

En songeant à la façon dont, ce matin, le gamin s'était agrippé à la clôture du manège pour observer les faits et gestes de Stephen et de Jesse, et à l'intérêt évident qu'il portait aux chevaux, il ne put s'empêcher de sourire. Et dire que ce petit bonhomme vif, intelligent et beau était son fils !

Soudain fébrile, Stephen se leva et alla se poster à la fenêtre. Il apercevait le jardin éclairé par la lune et la rue au-delà. On n'entendait aucun bruit de circulation, à croire que tous les habitants de High Creek avaient attrapé la maladie du sommeil !

Jill dormait-elle aussi ?

Ou, comme lui, passait-elle une nuit blanche ?

S'il n'avait pas craint de réveiller Jordan, il aurait appelé la jeune femme tant il avait hâte de trouver une solution à leur problème. Quel genre de solution parviendraient-ils à trouver ? Il l'ignorait. En tout cas, il fallait que les choses bougent, car la situation actuelle était tout bonnement intenable.

Jill avait mis la sonnerie sur 4 heures, mais elle se réveilla un peu avant. Une fois levée, elle enfila en hâte le jean et le T-shirt qu'elle avait préparés la veille, et chaussa ses mocassins. Puis elle se dirigea sans bruit vers la salle de bains pour s'asperger le visage à l'eau froide, se brosser les dents et se peigner. Ce faisant, elle évita de regarder le reflet pitoyable que le miroir lui renvoyait.

Un café bien serré lui aurait fait le plus grand bien, mais le temps pressait. Elle pourrait toujours s'arrêter en cours de route, se dit-elle. Elle n'en mourrait pas de patienter une heure ou deux. Cet inconfort n'était rien en comparaison du chagrin qu'elle allait causer à Elliott, Jordan… et Stephen.

Elle éteignit la lumière de la salle de bains et se rendit dans la chambre de Jordan, pleine d'appréhension.

La femme interdite

— Jordan, dit-elle doucement. Il est temps de te lever, mon cœur.

Elle ne s'inquiéta pas tout de suite en voyant le lit vide. Où pouvait-il bien être ? se demanda-t-elle, les sourcils froncés. Ce n'est qu'après l'avoir cherché en vain dans tout le cottage — y compris dans le placard de sa chambre — que l'évidence lui sauta aux yeux. Son fils avait disparu.

La perplexité et l'alarme firent bientôt place à la panique. Mon Dieu, où était-il passé ?

C'est alors seulement qu'elle aperçut le mot.

Non pas l'enveloppe qu'elle avait posée sur le manteau de la cheminée à l'intention d'Elliott, mais un bout de papier arraché à la hâte d'un bloc-notes et placé en évidence sur la table basse. Elle s'en empara et lut ces quelques mots : « Je refuse de partir avec toi. Je m'enfuis. »

S'enfuir !

Mais où, grands dieux ?

Et depuis quand était-il parti ?

Affolée, elle se rua vers le porche pour scruter les alentours. Mais le jour n'était pas encore levé, et la seule source de clarté provenait des réverbères postés devant la maison et le long de la route menant au haras. La grande demeure était plongée dans l'obscurité et le silence. La nature elle-même semblait assoupie. Les seuls sons perceptibles étaient le léger bruissement des feuilles, le doux murmure de la rivière et, quelque part au loin, l'ululement d'un hibou.

Au comble du désespoir, Jill éclata en sanglots. « Oh, mon Dieu, que faire ? »

Réveiller Elliott. Oui, c'est ça. Il saurait quelle initiative prendre. Elle s'élança comme une folle dans l'allée menant à la porte latérale qui, elle le savait, demeurait ouverte au cas où elle aurait besoin de quelque chose.

Elle fonça dans les couloirs, indifférente au bruit qu'elle risquait de faire — indifférente à tout ce qui n'était pas

Jordan. Parvenue devant la porte d'Elliott, elle marqua un temps d'arrêt. Puis, renonçant à frapper, elle l'ouvrit à la volée et murmura :

— Elliott ! Elliott ! Réveille-toi ! Jordan a disparu.
— Jill ?

Eclairé par le rayon de lune qui déversait sa lueur blafarde à travers les fenêtres aux rideaux écartés, Elliott se redressa en sursaut. Il alluma sa lampe de chevet.

— Que se passe-t-il ?
— C'est Jordan, hoqueta-t-elle. Il s'est enfui. Oh, Elliott ! S'il lui arrivait malheur, je ne me le pardonnerais pas.
— Enfui ? Pourquoi diable ferait-il une chose pareille ?
— Je t'expliquerai pendant que tu t'habilleras. Je t'en supplie, dépêche-toi ! Il faut le retrouver.

Elliott écarta les draps et s'assit au bord du lit, vêtu d'un pantalon de pyjama. Son torse dénudé laissait entrevoir une touffe de poils grisâtres. Jill lui fut reconnaissante de ne pas poser de questions pendant qu'il se hâtait d'enfiler un jean et une chemise. Tout en chaussant ses bottes, il leva les yeux vers elle.

— Et maintenant, dis-moi tout.
— Je...

Elle se mordit la lèvre, redoutant l'aveu qu'elle s'apprêtait à faire. Mais il n'était plus temps d'avoir des états d'âme.

— Hier soir, je l'ai prévenu que nous allions quitter le ranch à l'aube.

Elliott la dévisagea, stupéfait.

— Nos bagages étaient prêts. Je t'avais même laissé un mot pour t'avertir que nous étions partis à l'aube. La perspective de ce départ a bouleversé Jordan. Il...

Sa voix se brisa, et elle réprima un sanglot.

— Il a dit qu'il me détestait et qu'il refusait de s'en aller avec moi.

La femme interdite

— Oh, Jill…
— Je m'en veux tellement !
— Mais pourquoi voulais-tu partir ?
A présent, les larmes ruisselaient sur son visage.
— Je t'en prie, Elliott. Pas maintenant. Je sais que tu ne comprends pas, mais nous devons d'abord retrouver Jordan. Je t'expliquerai tout plus tard, c'est promis.
— Oui, tu as raison.
Il récupéra son téléphone portable, en cours de chargement sur la table de nuit, ainsi que son trousseau de clés.
— Allons-y.
Alors qu'ils sortaient de la chambre, ils aperçurent Caroline en peignoir, postée dans le couloir.
— Que se passe-t-il ? Où allez-vous de si bonne heure ?
— Jordan s'est enfui, précisa Elliott. A mon avis, il a dû se réfugier dans une des écuries ou aux alentours. C'est là que nous allons nous rendre en premier.
— S'enfuir ? Mais pourquoi ?
— Je n'ai pas le temps de t'expliquer, Caroline. En revanche, je voudrais que tu contactes Stephen et que tu lui demandes d'appeler Antonio. Si Jordan a pris la direction des collines, nous devrons partir à sa recherche à dos de cheval et nous aurons besoin de toutes les bonnes volontés. Je ferai sans doute appel à toi, et peut-être même au shérif.
La calme assurance d'Elliott rasséréna quelque peu Jill. Si quelqu'un était capable de retrouver son fils, c'était bien lui.
— Ne t'inquiète pas, Jill, la rassura Elliott alors qu'ils grimpaient dans son 4x4. Il n'a pas dû aller bien loin.
Pendant qu'ils roulaient en direction du haras, Jill se fit la promesse solennelle de ne plus jamais mentir s'ils retrouvaient Jordan sain et sauf.

La femme interdite

**
*

Plongé dans un demi-sommeil, Stephen fut aussitôt réveillé par la sonnerie de son portable. Il vérifia le numéro qui s'affichait sur l'écran lumineux. Caroline ? Que voulait-elle encore ?

Il écouta, incrédule, la jeune femme lui faire part de la disparition de Jordan et des instructions d'Elliott concernant Antonio. Trop bouleversé, il ne posa aucune question et se contenta de dire :

— Très bien. Je l'appelle tout de suite.

Ses mains tremblaient en composant le numéro d'Antonio, lequel ne posa à son tour aucune question et promit d'être au ranch d'ici une demi-heure.

Il n'en revenait pas ! Pourquoi le gamin s'était-il enfui, lui qui se plaisait tant au ranch ? Cela ne tenait pas debout. Il avait dû se produire un événement suffisamment grave pour l'amener à prendre une telle décision. Stephen ne put s'empêcher de penser à la fameuse scène entre Jill et lui. Mais Jordan n'avait pas pu en être témoin. Il se trouvait avec Jesse au moment où Stephen avait pris la jeune femme à parti avant de l'embrasser éperdument.

Alors, que s'était-il passé ?

Tout en retournant la question dans sa tête, il s'habilla en un tournemain avant de se hâter vers le garage pour y récupérer son 4x4. Vingt minutes plus tard, il pénétrait dans l'allée menant à la grande maison. Caroline avait dû guetter son arrivée car elle s'avança aussitôt à sa rencontre. Elle était en tenue d'équitation et tenait une tasse de café fumante qu'elle lui tendit.

— Merci, dit-il, reconnaissant. As-tu des nouvelles ?

— Papa a appelé. Contrairement à ce qu'il croyait, Jordan ne se trouve pas aux écuries. Il nous attend là-bas pour coordonner les recherches. D'après lui, il vaut mieux ratisser la région à cheval. Chacun de nous se verra attribuer une zone de recherche et devra rester en contact téléphonique permanent avec les autres.

Stephen approuva d'un hochement de tête. Un plan d'action était nécessaire pour éviter toute perte de temps. Or, le temps était précieux : la vie de Jordan en dépendait.

— Bien. Allons-y.

— Je vais juste prévenir Tyler que nous partons. Il voulait venir avec nous, mais il n'est pas assez bon cavalier. Je préfère qu'il reste avec Marisol.

En arrivant à l'écurie principale, brillamment éclairée, Stephen constata que beaucoup d'hommes avaient répondu à l'appel. Tandis que lui et Caroline mettaient pied à terre, Elliott et Jill s'avancèrent à leur rencontre. La mine d'Elliott était grave, et Jill avait le visage défait. Certes, il lui en voulait encore de lui avoir dissimulé la vérité, mais en la voyant si désemparée, il eut pitié d'elle. A en juger par son propre tumulte intérieur, il imaginait sans peine ce qu'elle devait ressentir. Leurs regards se croisèrent brièvement, et elle détourna les yeux.

— Que s'est-il passé ? demanda-t-il. Pourquoi Jordan s'est-il enfui ?

Après un rapide coup d'œil à Jill, Elliott répondit :

— Jill avait prévu de quitter le ranch ce matin. Mais le gamin en a décidé autrement.

— Quitter le ranch ? Pour aller où ?

En voyant Caroline sursauter, Stephen comprit qu'elle était aussi surprise que lui.

— Là n'est pas la question, objecta Elliott. Il faut retrouver Jordan. Dieu seul sait où il a pu aller. Et s'il a pris le chemin des collines...

Elliott laissa sa phrase en suspens, sans doute pour ne pas ajouter à l'inquiétude de Jill. Le danger était omniprésent, Stephen le savait ; les coyotes, les pumas et les serpents

La femme interdite

infestaient la région, sans compter les pièges cachés et autres périls qui guettaient un gamin inexpérimenté, qui plus est, un citadin.

Comprenant que c'était la soudaine décision de Jill de quitter le ranch qui avait bouleversé Jordan, Stephen aurait voulu s'entretenir avec la jeune femme en tête à tête. Mais le moment était mal choisi. Plus tard, quand ils auraient retrouvé le gamin, il mettrait les choses au point avec elle et lui ferait comprendre que, quoi qu'elle fasse et où qu'elle aille, elle ne réussirait pas à l'empêcher de voir son fils.

Juste à ce moment-là, deux autres véhicules pénétrèrent dans le parking, et trois hommes en descendirent. Elliott réunit tout son monde autour de lui pour expliquer son plan d'action : la couverture coordonnée d'une vaste zone et son ratissage méthodique.

— Laissez vos téléphones activés en permanence et assurez-vous auprès d'Antonio qu'il a vos numéros.

Les hommes se dirigèrent vers l'écurie pour seller les chevaux.

Il avait été convenu que les recherches se feraient par équipes de deux. De cette façon, si l'un des volontaires avait un accident — ce qui n'était pas à exclure — son coéquipier serait en mesure de donner l'alerte.

— Caroline viendra avec moi, décida Elliott. Stephen, tu feras équipe avec Jesse.

— Et moi ? demanda Jill.

— J'aime autant que tu restes ici. Antonio pourra ainsi participer aux recherches avec nous.

— Mais…

— Jill, tu n'es pas une cavalière expérimentée et tu ne ferais que nous retarder.

Elle ouvrit la bouche pour protester, mais se ravisa.

— Entendu, finit-elle par dire, dépitée.

La dernière chose que vit Stephen avant de prendre la

La femme interdite

direction des collines, juché sur Big Boy et suivi de Jesse, ce fut la silhouette triste et solitaire de Jill.

Les recherches se poursuivirent toute la journée.

Elles étaient rendues malaisées en raison des nombreuses broussailles, du terrain accidenté et des innombrables cavités naturelles. Par endroits, l'herbe était si haute qu'un adulte aurait pu passer inaperçu, à plus forte raison un gamin.

Au fil des heures, les hommes élargissaient leurs zones de recherche, ratissant chaque pouce de terrain où un enfant était susceptible de se cacher. Ils avaient été rejoints par des bénévoles des ranchs voisins, par des pompiers volontaires et par plusieurs adjoints du shérif.

Jill était si exténuée qu'elle tenait à peine debout. Pourtant, elle refusait de se reposer ou de s'alimenter, au grand dam de Marisol venue apporter aux hommes un énorme plat de chili.

— Buvez au moins un verre d'eau, insista-t-elle, la mine soucieuse.

« S'il arrivait un malheur à Jordan, j'en mourrai. »

Depuis la disparition de son fils, Jill n'arrêtait pas de se faire des reproches. Si seulement elle avait dit la vérité à Elliott dès l'instant où elle avait reconnu Stephen, rien de tout cela ne serait arrivé. Elle serait retournée chez elle le lendemain, avant que Jordan n'ait eu le temps de s'attacher à ce ranch. Oh, Seigneur, pourquoi ne l'avait-elle pas fait ?

« Je suis une mère indigne. »

Malgré ce constat sévère, elle ne cessait d'implorer la clémence divine.

« Je vous en supplie, mon Dieu. Faites qu'on le retrouve sain et sauf. »

A mesure que les heures s'écoulaient, de sombres pensées l'assaillaient. Et si les recherches n'aboutissaient

La femme interdite

pas ? Et s'il était blessé ? Et s'il n'entendait pas les appels des hommes partis à sa recherche ? Et s'il était mordu par un serpent venimeux et que les secours arrivaient trop tard ? Et s'il mourait de faim et de soif dans la solitude la plus complète ?

Quand la sonnerie de son portable retentit à 17 h 10, elle retint sa respiration. C'était Stephen.

Folle d'angoisse, elle ferma les yeux.

« Pourvu que ce soit une bonne nouvelle ! »

Rassemblant son courage, elle dut s'y reprendre à deux fois pour presser la touche verte tant ses mains tremblaient.

— Jill ? Nous l'avons retrouvé.

Elle tomba à genoux.

— Oh, merci mon Dieu. Est-il blessé ? demanda-t-elle, des sanglots dans la voix.

— Il est couvert d'égratignures, et il a faim et soif, mais à part ça, il va bien. Je le ramène au ranch. Nous y serons dans une vingtaine de minutes.

Anéantie par tant d'émotions contradictoires, elle finit par craquer et pleura toutes les larmes de son corps. En la voyant dans cet état, Marisol crut qu'il était arrivé un malheur. Quand Jill, une fois calmée, lui eut expliqué que Jordan allait bien et que Stephen le ramenait à la maison, Marisol se signa et se mit à pleurer à son tour.

- 12 -

— Pourquoi, Jill ? Pourquoi veux-tu t'en aller ? demanda Elliott, l'air désemparé.

Jill alla récupérer le mot qu'elle avait laissé à son intention sur le manteau de la cheminée.

— Tiens. Lis-le.

— Non. Je préfère que tu m'expliques de vive voix les raisons qui t'ont amenée à prendre cette décision.

Ils se trouvaient dans le cottage, et l'horloge indiquait 20 heures. Jordan dormait à côté. Elliott avait appelé l'unique médecin de High Creek, lequel était un de ses amis — un de plus. Le Dr Hamilton avait donné un sédatif à Jordan, précisant que l'enfant avait avant tout besoin d'un sommeil réparateur.

Elliott avait pris place sur le canapé, mais Jill, trop nerveuse, ne tenait pas en place.

— Je ne peux rien t'expliquer.

Elle s'était juré de ne plus mentir, et elle comptait bien tenir sa promesse.

— Crois-moi, je n'ai pas pris cette décision de gaieté de cœur. Mais j'aurais commis une erreur en acceptant de t'épouser.

— Pourquoi ? Parce que tu ne m'aimes pas autant que je t'aime ?

— Elliott…

— Voyons, Jill. Tu penses bien que je le sais. Et je l'ai

La femme interdite

toujours su. Mais ça m'est égal. Je suis plus que jamais décidé à faire de toi ma femme.

Tête basse, elle fit un signe de dénégation.

— Je ne peux pas accepter, Elliott. Je t'en prie, ne rends pas les choses plus difficiles. Dieu sait si je regrette de te faire de la peine, mais ce mariage est impossible.

— Je te répugne, c'est ça ?

— Bien sûr que non ! Quelle idée ! Tu es un homme... merveilleux.

— Dans ce cas, épouse-moi. Tu verras, Jill. Je saurai te rendre heureuse.

— Je ne peux pas, balbutia-t-elle, au bord des larmes.

— C'est à cause de Caroline ?

— Non. Ma décision n'a rien à voir avec elle.

Elliott se leva et s'avança vers elle. Parvenu à sa hauteur, il posa ses mains sur les épaules de la jeune femme.

— Regarde-moi, Jill.

Elle aurait préféré être à cent pieds sous terre, mais elle obtempéra, par estime pour lui.

— Il s'est produit quelque chose entre le moment où tu es arrivée au ranch et aujourd'hui — quelque chose qui t'a fait changer d'avis. De quoi s'agit-il, Jill ? Pourquoi ne peux-tu rien me dire ?

Le voyant déterminé à obtenir coûte que coûte une explication de sa part, Jill comprit qu'il n'y avait aucune échappatoire possible.

— Très bien, Elliott. Il s'est passé que...

Elle prit une profonde inspiration avant de lâcher tout à trac :

— J'ai parlé au père de Jordan.

Il la dévisagea, incrédule.

— Le père de Jordan ?

— Oui.

— Je ne comprends pas. Quand lui as-tu parlé ?

La femme interdite

— Je t'en prie, Elliott. Ne m'en demande pas davantage. Le fait de lui avoir parlé a changé la donne. Maintenant, je ne peux plus faire comme s'il n'existait pas.

Elle espérait de tout cœur qu'il cesserait de la questionner, car, malgré la promesse qu'elle s'était faite de ne plus mentir, elle était incapable de lui avouer qui était le père de Jordan. Si Stephen décidait de le lui dire, c'était son choix. Pour sa part, elle s'y refusait.

Elliott continuait de la dévisager avec attention, comme pour juger de sa sincérité et de sa détermination. Finalement, comprenant qu'il n'en tirerait rien de plus, il laissa retomber ses mains et s'éloigna, l'air résigné et malheureux.

Jill en avait les larmes aux yeux. Elle aurait voulu le prendre dans ses bras pour le réconforter. Mais ce serait une erreur, elle le savait.

— Je suis sincèrement désolée, balbutia-t-elle.

Elle déchira l'enveloppe et en retira la bague qu'elle déposa sur la table basse.

Elliott la contempla, l'air perplexe.

— Garde-la, Jill.
— Non. Je ne peux pas.
— Que veux-tu que j'en fasse ?
— Rapporte-la à la bijouterie et fais-toi rembourser.
— Je...

Il s'interrompit et haussa les épaules dans un geste d'impuissance.

— Je partirai demain matin avec Jordan. Si ça ne t'ennuie pas, je t'emprunterai une voiture.
— Prends tout ce que tu veux.
— Je m'arrangerai pour te la faire ramener au plus vite.
— Aucune importance. Garde-la aussi longtemps que tu en auras besoin.

Il revint vers elle, la mine soucieuse.

La femme interdite

— Il va falloir que tu trouves du travail.
— Je peux récupérer mon poste d'enseignante.
— Tant mieux.

Il s'ensuivit un silence embarrassé. Ce fut Elliott qui le rompit.

— Je suis vanné. Je ne vais pas tarder à aller me coucher. A quelle heure comptes-tu partir demain ?
— Vers 8 heures.

Elle n'avait plus de raison de partir à l'aube, en catimini.

— Bon. Je viendrai te dire au revoir.
— Entendu.

Il se pencha vers elle pour l'embrasser sur la joue.

— Si tu changes d'avis, sache que je serai toujours là pour toi.

Elle était si émue que les larmes lui nouèrent la gorge, et cette fois-ci, elle glissa ses bras autour de sa taille.

— Tu es l'homme le plus merveilleux que j'aie jamais connu. Et je suis encore plus désolée que je ne saurai le dire.

Après avoir ramené Jordan, Stephen se serait volontiers attardé au ranch, ne serait-ce que pour connaître les intentions de Jill. Mais il ne trouva aucune raison valable pour justifier sa présence prolongée.

Il attendit 22 heures pour appeler Jill sur son portable. Allait-elle répondre ? Quand elle décrocha, il poussa un soupir de soulagement.

— Oui, Stephen ?

Sa voix semblait lasse, aussi décida-t-il d'aller droit au but.

— Tu envisages toujours de quitter le ranch ?
— Oui.

La femme interdite

— Quand ?
— Demain matin.
— Tu sais que nous avons à parler.
Elle poussa un profond soupir.
— Oui, mais pas ce soir.
— Alors quand ?
— Une fois que je serai installée à Austin. Tu peux venir me voir ou me téléphoner.
— Entendu.
Elle demeura silencieuse quelques secondes.
— As-tu l'intention de dire la vérité à Elliott à propos de Jordan ? finit-elle par demander.
— Je l'ignore.
En fait, il n'avait pas encore réfléchi à la question.
— Ça dépendra, ajouta-t-il.
— De quoi ?
— De la décision que nous prendrons, toi et moi.
— Je ne vois pas ce qu'il y a à décider.
La réponse de Jill lui déplut, et il durcit le ton.
— Laisse-moi te dire ceci, Jill : cette fois, tu ne réussiras pas à m'exclure de la vie de Jordan. Il est mon fils, et j'ai le droit de le voir et de passer du temps avec lui.
— Je...
Furieux, il ne la laissa pas parler et poursuivit sur sa lancée.
— Et si tu essaies de me mettre des bâtons dans les roues, je porterai l'affaire devant le tribunal où j'ai toutes les chances d'obtenir gain de cause. La nouvelle se répandra comme une traînée de poudre, et Elliott finira par apprendre le fin mot de l'histoire.
— Ne me menace pas, Stephen.
— A qui la faute ? Tu ne me laisses pas le choix.
— Tu es injuste.
— Ça, c'est le bouquet ! Pendant toutes ces années, tu

La femme interdite

t'es bien gardée de me dire que j'avais un fils. Et tu oses me faire la morale ?

— Je...

— Et ne t'avise pas de me dire que tu ne savais pas où me trouver. Je t'avais expliqué que je retournais à Harvard pour y étudier le droit après avoir décroché ma licence. Tu n'aurais eu aucun mal à me joindre si tu l'avais voulu.

Jill garda le silence — un silence qui équivalait à un aveu de culpabilité, songea-t-il.

Ce n'est que plus tard, alors que le sommeil le fuyait pour la deuxième nuit consécutive, qu'il prit conscience d'avoir été trop loin. Et si ses menaces effrayaient Jill au point qu'elle décide de disparaître dans la nature en emmenant leur fils avec elle ? Il serait bien avancé...

Caroline attendait que son père revienne du cottage pour lui parler, mais dès qu'il l'aperçut, il lui déclara sans ambages qu'il allait se coucher.

— Mais, papa, je voulais te demander...

— Demain. Ce soir, je suis trop fatigué.

Certes, il avait l'air épuisé, et Caroline en avait de la peine pour lui, mais elle était sa fille et elle avait le droit de savoir ce qui se passait dans cette maison. Après tout, ce qui l'affectait, lui, l'affectait elle aussi.

— Dis-moi seulement si Jill est toujours décidée à partir.

Il lui lança un regard morne.

— Oui. Elle s'en va demain matin.

Caroline hésita, tiraillée entre deux sentiments : la joie à l'idée d'être débarrassée de Jill et le souci qu'elle se faisait pour son père.

— Je... je suis désolée, finit-elle par dire.

— Vraiment ?

La femme interdite

— Je déteste te voir malheureux, balbutia-t-elle, mal à l'aise.

— Dans ce cas, tu aurais pu faire un effort d'amabilité envers Jill. Et maintenant, si tu n'y vois pas d'inconvénient, je vais me coucher. Nous en reparlerons demain.

Le regard dépourvu d'aménité qu'il lui décocha glaça Caroline. Dans son expression, il n'y avait aucune trace de la douceur et de la gentillesse qu'il lui témoignait habituellement.

— Papa, tu es injuste. Je me suis montrée aimable envers Jill.

Mais il tourna les talons sans répondre. Peu après, elle entendit la porte de sa chambre se refermer avec un claquement sec qui ne laissait présager rien de bon.

Au moment de partir, Jordan pleurait et s'agrippait désespérément à Elliott.

— Tu peux venir me voir quand tu veux, fiston, fit remarquer Elliott, en désespoir de cause.

Son regard, empreint de tristesse, croisa celui de Jill.

En constatant tout le mal qu'elle avait fait autour d'elle — bien involontairement —, elle eut envie de pleurer à son tour.

— Ce ne sera pas pareil, hoqueta Jordan.

Serait-elle un jour capable d'obtenir le pardon de son fils et de regagner son amour et sa confiance ? se demandait Jill, le cœur meurtri.

Quand Jordan finit par se détacher d'Elliott, Jill s'avança vers ce dernier. Elle comptait lui donner une simple poignée de main, mais Elliott lui ouvrit tout grands les bras, et elle n'eut pas le cœur de lui refuser l'accolade.

Elle cligna des yeux pour refouler ses larmes.

— Au revoir, Elliott. Et merci pour tout.

La femme interdite

— Sois prudente sur la route, recommanda-t-il en s'écartant d'elle à contrecœur.

Quand la silhouette d'Elliott eut disparu de son champ de vision, elle jeta un coup d'œil à Jordan. Il regardait ostensiblement par la vitre de sa portière dans une attitude qui semblait dire « Ne me parle pas ».

Elle soupira. Mieux valait le laisser tranquille pour le moment. Pourtant, Dieu sait si elle avait envie de le réconforter, mais cela ne ferait qu'empirer les choses.

Tout en reportant son attention sur la route, elle prit la ferme décision de tirer un trait sur le passé et de faire tout ce qui était en son pouvoir pour préserver l'avenir de Jordan et assurer son bonheur.

Malgré ces bonnes résolutions, une petite voix discordante sema le trouble dans son esprit.

« Et si Stephen était d'un avis contraire ? » Il avait été on ne peut plus clair sur le fait qu'il n'accepterait pas d'être de nouveau exclu de la vie de Jordan. Dans ces conditions, comment faire table rase du passé ?

Elle trouverait une solution.

Elle n'avait pas le choix.

— Pourquoi t'obstines-tu à vouloir engager un détective ? demanda Kelly. Jill a quitté le ranch, n'est-ce pas ?

— Oui, confirma Caroline. Elle est partie ce matin.

Les deux amies discutaient au téléphone.

— Alors, à quoi ça rime ?

— C'est difficile à expliquer. J'ai comme un pressentiment. Il y a quelque chose qui cloche dans cette histoire. Par exemple, pourquoi Jill est-elle partie ? Que s'est-il passé au juste ? On dirait qu'elle a quelque chose à cacher.

— Même si c'est vrai, qu'est-ce que ça peut bien te faire maintenant qu'elle n'est plus là ?

La femme interdite

— Elle pourrait changer d'avis et revenir.
— Tu l'en crois capable ?
— Qui sait ?
— Et ton père, voudra-t-il seulement la revoir ? J'ai cru comprendre qu'il avait le moral à zéro.
— A vrai dire, je n'en sais rien.

En revanche, ce dont elle était sûre, c'était que son père la rendait responsable du départ de Jill — une accusation aussi blessante qu'injuste. Elle faillit répéter à Kelly les propos que lui avait tenus son père hier soir, mais elle se ravisa, ne souhaitant pas étaler leurs différends sur la place publique.

— Après tout, c'est ton argent, remarqua Kelly.
— En effet.
— A propos, que dirais-tu d'aller en boîte samedi ? Ça te changerait les idées.
— Pourquoi pas. Je vais y réfléchir.

Aussitôt après avoir raccroché, Caroline composa le numéro du détective que Kelly lui avait recommandé. S'il faisait chou blanc, elle s'empresserait d'oublier Jill — en espérant ne plus jamais entendre parler d'elle. Dans le cas contraire, elle saurait faire bon usage de l'information. Comme on dit, une personne avertie en vaut deux.

— Comment vas-tu ?

Elliott haussa les épaules.

— Bien.
— Vraiment ?

Stephen se faisait du souci pour son frère. Il avait les traits tirés et des cernes sous les yeux, comme s'il n'avait pas fermé l'œil depuis plusieurs jours.

— Tu as des nouvelles de Jill ?

Cela faisait maintenant deux jours qu'elle était partie.

La femme interdite

— Juste un SMS pour me dire qu'elle était bien arrivée.

Dans d'autres circonstances, Stephen n'aurait pas manqué de taquiner son frère qui, il y a encore quelques mois, ne savait pas comment envoyer un SMS. Mais aujourd'hui, il n'avait pas le cœur à plaisanter.

Rongé par un sentiment de culpabilité et en proie à l'indécision, lui aussi passait des nuits blanches à force de retourner le problème dans tous les sens.

Devait-il dire la vérité à Elliott ? Son aveu l'aiderait-il à cicatriser plus vite ses blessures ou, au contraire, ne ferait-il que les aviver ?

Tôt ou tard, Elliott finirait par apprendre la vérité, surtout si Stephen continuait à s'occuper du ranch. En effet, comment pourrait-il jouer un rôle majeur dans la vie de Jordan sans rien dire à Elliott ? Toutefois, mieux valait attendre que son frère ait surmonté le plus gros de son chagrin. Une fois que le temps aurait fait son œuvre, il lui annoncerait la nouvelle avec le plus grand ménagement.

— Ça me désole de te voir autant souffrir.

— Tu n'y es pour rien.

Hélas, si !

— Il y a quelque chose qui cloche dans l'explication que m'a fournie Jill, poursuivit Elliott tout en sellant Midnight.

— Que veux-tu dire ?

— Elle est partie soi-disant parce qu'elle a parlé au père de Jordan.

Stephen en resta bouche bée.

— Elle t'a dit ça ?

Elliott fit un signe d'assentiment.

— J'ai bien réfléchi à la question, et je ne vois pas quand ni comment elle aurait pu lui parler. Je veux dire, comment a-t-il fait pour la retrouver ?

La femme interdite

— Pourquoi dis-tu que c'est lui qui l'a retrouvée ?
— En réalité, je n'en sais rien, mais au début de notre relation, elle m'a affirmé qu'elle ignorait ce qu'il était advenu de lui.
Elliott soupira.
— Je pense qu'elle me cache quelque chose. Mais quoi, au juste ? Je suis bien incapable de le dire.
Mal à l'aise, Stephen ne put que constater :
— Quel gâchis !
Elliott hocha la tête tristement.
— Si tu avais vu Jordan au moment de partir...
Stephen déglutit avec peine.
— Co... comment a-t-il réagi ?
— Le pauvre gamin était anéanti. J'ai fait tout ce que j'ai pu pour lui remonter le moral.
Elliott fit la grimace.
— Il m'a appelé aujourd'hui.
— Ah bon ?
— Il sanglotait au téléphone. Il voulait que je vienne le chercher pour qu'il puisse vivre au ranch avec moi.
A ces mots, Stephen se sentit plus coupable que jamais. Lui et Jill faisaient souffrir deux personnes innocentes — deux personnes qu'ils aimaient et qui ne méritaient pas un tel traitement.
— Et... que lui as-tu répondu ?
— Je lui ai expliqué pourquoi c'était impossible. Je lui ai dit que je l'aimais et qu'il me manquait mais que Jill était sa mère et qu'il devait lui obéir.
— Se sentait-il mieux en raccrochant ?
— J'en ai eu l'impression. Je lui ai conseillé de m'appeler chaque fois qu'il en éprouverait le besoin.
« Pauvre petit ! » se dit Stephen, atterré.
— Monsieur Lawrence ?

La femme interdite

Stephen et Elliott tournèrent la tête et aperçurent Antonio qui se hâtait vers eux.

— Le véto vient d'appeler, expliqua-t-il. Je suis désolé. Je lui ai dit que vous étiez parti faire une promenade à cheval.

— Ce n'est pas grave, le rassura Elliott. Il voulait sans doute prendre des nouvelles de Misty. Je le rappellerai plus tard.

Il se tourna vers Stephen.

— Au fait, pourquoi ne viendrais-tu pas avec moi ? Un peu d'exercice te ferait le plus grand bien, et à Big Boy aussi.

Stephen avait eu l'intention de rentrer à High Creek pour liquider ses dossiers en retard. Mais il n'avait pas la tête au travail.

Dix minutes plus tard, les deux frères prenaient la direction des collines. Ils gardèrent le silence pendant un moment. Puis, désireux de changer de sujet, Stephen se décida à lui annoncer sa rupture avec Emily.

— Mais pourquoi ? s'exclama Elliott, consterné.

— J'y songeais déjà depuis un moment. Je l'aime beaucoup. C'est une fille formidable. Mais je ne suis pas amoureux d'elle.

— Je n'arrive pas à y croire ! C'est tellement inattendu.

— J'ai longtemps hésité. Finalement, je me suis dit qu'il était injuste de continuer à la fréquenter, sachant que je n'étais pas décidé à l'épouser.

— Comment l'a-t-elle pris ?
— Mal.
— Je le regrette beaucoup. Emily est adorable, et je me faisais une joie de l'accueillir au sein de notre famille.
— Je sais.

— Mais évidement..., si tu n'es pas amoureux d'elle...

— C'est le cas.

Après un instant de silence, Elliott constata avec amertume :

— La vie est vraiment mal faite quand on y pense.

- 13 -

Jill aurait dû appeler Stephen, elle le savait, mais elle trouvait toujours une bonne raison pour remettre à plus tard cet entretien à haut risque. Elle et Jordan avaient réintégré leur maison d'Austin depuis une semaine, et elle avait trouvé un jeune homme qui avait accepté de ramener le 4x4 au ranch, moyennant une somme raisonnable.

Entre-temps, elle s'était achetée une voiture d'occasion et avait vendu ses premières toiles à Love Bug Greetings. Cet argent était le bienvenu car la rentrée des classes n'était que dans six semaines, et son premier salaire d'enseignante ne tomberait qu'à la fin du mois de septembre.

Nora lui avait proposé de revenir à la galerie, mais Jill avait décliné l'offre, ne voulant pas laisser Jordan livré à lui-même. Elle soupira. Jordan ! Qu'allait-elle faire de lui ? Lui, d'habitude si gai et extraverti, vivait prostré et replié sur lui-même. Aussitôt après leur retour, il s'était montré d'humeur massacrante, critiquant tout ce qu'elle disait ou faisait. Par la suite, quelque chose semblait s'être cassé en lui, et il avait sombré dans une profonde léthargie. Rien ne semblait l'intéresser, pas même les leçons d'équitation qu'elle lui avait promises. Quand elle lui en avait reparlé, il s'était contenté de hausser les épaules et de marmonner :

— Je m'en moque !

Elle l'entendait pleurer la nuit. Cela lui brisait le cœur de le voir si malheureux, mais que pouvait-elle y faire ?

Il restait cloîtré dans sa chambre, ne voulant voir personne.

La femme interdite

Dès qu'il avait su que Jordan était de retour à Austin, Kevin, son meilleur copain depuis deux ans, lui avait proposé de venir passer une journée entière et la nuit chez lui, mais Jordan avait refusé. Tout comme il avait refusé l'invitation de la mère de Kevin à venir passer le week-end en famille dans leur maison du lac.

— Je suis désolée, s'était excusée Jill. Il est très malheureux en ce moment.

Et puis, il avait contacté Elliott.

Il croyait qu'elle ne le savait pas mais, la nuit dernière, alors qu'elle n'arrivait pas à trouver le sommeil, elle avait vérifié la liste des appels passés par Jordan sur son portable. Le numéro du ranch y figurait six fois. Que pouvaient-ils se dire ? se demandait Jill. Elle faillit contacter Elliott mais se ravisa. Ce serait maladroit de sa part. D'ailleurs, Elliott n'aurait pas manqué de l'appeler s'il l'avait jugé nécessaire.

Jordan lui pardonnerait-il un jour ? Elle commençait à en douter. Comme à son habitude, Nora lui prêchait la patience.

— Ça va prendre du temps, Jill. Tu le sais.
— Oui. Mais il est tellement déprimé !
— Tu pouvais bien t'y attendre.
— Je n'aurais jamais pensé que ce serait à ce point-là ! Si seulement je savais quoi faire pour lui redonner le sourire !

Mais, au grand désespoir de Jill, la seule chose qu'elle ne pouvait pas lui offrir était précisément celle qui aurait rendu Jordan heureux.

Stephen finit par comprendre que Jill ne l'appellerait pas. Dans ces conditions, mieux valait lui rendre une petite

La femme interdite

visite pour mettre les choses au clair avec elle et voir son fils par la même occasion.

C'est pourquoi, deux semaines après le départ de la jeune femme, par une journée de fin juillet qui s'annonçait caniculaire, il alla trouver Elliott.

— Je vais prendre quelques jours de congés.
— Où comptes-tu aller ?

Stephen haussa les épaules.

— Sans doute à Houston ou à Austin.
— En avion ?
— Non. En voiture. Cela m'évitera d'en louer une à l'aéroport.

Elliott hocha la tête en signe d'approbation.

— Si tu vas à Austin, peut-être pourrais-tu rendre visite à Jill et Jordan pour voir s'ils vont bien ?

A ces mots, Stephen se sentit soulagé. Comme Jordan continuait d'appeler Elliott, il ne manquerait pas de lui dire qu'il avait vu Stephen. De cette façon, Elliott ne s'en étonnerait pas.

— Entendu.

Le lendemain matin à 7 heures, Stephen partit au volant de sa voiture. Il comptait arriver à Austin entre 12 heures et 13 heures, selon qu'il s'arrêterait ou non pour déjeuner. Il hésitait à informer Jill de sa venue. Mais après mûres réflexions, il décida de se présenter chez elle à l'improviste. Elliott lui avait donné son adresse. Il l'avait rentrée sur son système de navigation GPS ; ainsi, il n'aurait aucune difficulté pour se rendre à son domicile.

La circulation était fluide, et le trajet se déroula sans encombre. Malgré un bref arrêt dans un Burger King, il était à peine 12 h 15 quand il se gara en face de la maison de Jill, située dans une petite rue bordée d'arbres, non loin de l'accès à l'autoroute 183. Il prit le temps d'examiner la demeure de type ranch construite en brique rouge et bien

La femme interdite

entretenue. Un grand chêne vert ombrageait la pelouse et l'allée menant à la maison. Un panier de bégonias était suspendu à gauche de la porte d'entrée, et un gros chat au pelage roux et blanc faisait la sieste dans la véranda. En voyant Stephen traverser la rue et remonter l'allée, le matou bondit sur ses pattes et fila vers la maison voisine, disparaissant sous un épais massif de buis. Cela fit sourire Stephen — il avait toujours aimé les chats.

Arrivé sur le seuil, il appuya sur le bouton de la sonnette, sans résultat.

Il allait partir quand il perçut enfin un bruit de pas. La porte d'entrée était dotée d'un œilleton et, lorsque les pas s'arrêtèrent, il comprit qu'on l'observait.

L'instant d'après, la porte s'ouvrait, laissant place à Jill, pieds nus, en jean coupé et T-shirt blanc. Elle avait les yeux cernés et semblait avoir maigri. Elle ne souriait pas.

— Que fais-tu ici ?
— Je voulais te voir.
— Je t'ai dit que je t'appellerais.
— Et quand comptais-tu le faire ? L'année prochaine ?

Il n'avait pas eu l'intention de se montrer agressif, mais l'attitude peu conciliante de Jill le hérissait. Après tout, c'était elle, et non lui, qui était dans son tort.

— Je ne t'ai pas appelé parce que...

Elle leva les mains dans un geste d'impuissance.

— Ecoute, nous ne pouvons pas parler maintenant.

Elle baissa la voix avant d'ajouter :

— Jordan est ici. Par ailleurs, je travaille.

C'en était trop ! Il sentit la moutarde lui monter au nez.

— Tu sais, Jill, je me contrefiche de savoir que tu travailles. Et ça tombe bien que Jordan soit là car je suis aussi venu pour le voir.

La femme interdite

Son ton glacial la fit tressaillir. Elle recula même d'un pas, comme si elle craignait qu'il ne la frappe. Tout à coup, il eut honte de lui. A quoi rimait cet accès de colère ? Ce qui était fait était fait, et ce n'était pas en tarabustant Jill qu'il trouverait un moyen de sortir de l'impasse où ils se trouvaient.

— Je suis désolé, Jill. Remettons les compteurs à zéro, si tu veux bien.

Elle soupira, visiblement soulagée.

— Moi aussi, je suis désolée. Il n'empêche, le moment est mal choisi.

— Où est Jordan ?

— Dans sa chambre. Il ne va pas bien.

— Qu'est-ce qu'il a ?

— Rien. C'est juste que... Il est très malheureux.

— Parce que tu as quitté le ranch ?

— Oui.

— Ecoute, Jill, laisse-moi entrer, veux-tu ? Je te promets de ne pas m'attarder. Je comprends que tu n'aies pas le temps de discuter, néanmoins j'aimerais dire bonjour à Jordan. Ça pourrait l'aider de savoir qu'Elliott et moi pensons à lui.

Il crut qu'elle allait de nouveau lui opposer une fin de non-recevoir mais, après un instant de réflexion, elle lui fit signe d'entrer.

Il pénétra à sa suite dans un petit vestibule. A droite, une ouverture voûtée laissait entrevoir une pièce, sans doute un salon ou une salle à manger à l'origine, et qui était devenue le studio de Jill. Une grande table à dessin était installée devant une baie vitrée, et Stephen aperçut un tableau en cours d'exécution. Des toiles étaient empilées le long d'un mur, diverses fournitures s'entassaient sur des étagères et un chevalet était dressé dans un coin. Il aurait volontiers jeté un coup d'œil sur son travail, mais elle poursuivit son chemin vers l'arrière de la maison, et il n'eut d'autre choix que de la suivre.

Ils pénétrèrent dans une salle à manger de belles proportions, séparée de la cuisine par un comptoir. Des fenêtres dotées de grands panneaux vitrés donnaient sur un jardin rempli de fleurs et d'arbustes.

— Assieds-toi, dit-elle en lui désignant le canapé. Je vais prévenir Jordan de ton arrivée.

— Attends une minute. Nous devons d'abord décider où et quand nous pouvons discuter. Peux-tu te libérer, ce soir ?

— Je... ne sais pas, répondit-elle, le premier moment de surprise passé. Il faut que je demande à Nora si elle accepterait de venir à la maison pour garder Jordan.

— Dans ce cas, on pourrait se retrouver quelque part pour dîner, à moins que je passe te prendre ici.

— Entendu. Je t'appellerai.

— Préviens-moi dès que tu le sais.

— D'accord.

Elle esquissa un sourire.

— Bon. Je vais chercher Jordan. Il doit dormir, sinon il serait déjà là.

Son sourire s'évanouit.

— Il dort beaucoup, ces temps-ci.

Stephen fronça les sourcils. Voilà qui n'était pas très encourageant. D'après ce qu'il savait, dormir était un signe de dépression.

— Peut-être a-t-il besoin de voir un médecin ?

— Il n'est pas malade, Stephen. C'est notre départ du ranch qui l'a rendu malheureux.

Stephen faillit ajouter quelque chose, mais le regard que lui lança Jill indiquait clairement qu'elle n'avait que faire de ses conseils.

Après son départ, il s'avança vers la cheminée où étaient

La femme interdite

disposées quatre photographies encadrées. Deux d'entre elles représentaient Jordan — une photo de classe relativement récente et une autre où il était en tenue de footballeur. Stephen sourit. Décidément, son fils était un beau garçon, songea-t-il, non sans fierté.

Son regard se posa sur le troisième cliché représentant un couple superbe — un homme de haute taille et une femme qui ressemblait à Jill. Il devait sûrement s'agir de ses parents. Ils avaient l'air jeune et semblaient très heureux.

Sur la dernière photographie, deux femmes se tenaient bras dessus bras dessous, en riant aux éclats. Elles se ressemblaient comme deux gouttes d'eau.

— Ma mère et ma tante Harriett. Elles étaient des vraies jumelles.

Stephen se retourna et aperçut Jill, immobile, un sourire nostalgique aux lèvres.

— Elles me manquent beaucoup.
— La ressemblance entre elles et toi est frappante.
— Je sais.

Une porte claqua au loin et, quelques secondes plus tard, Jordan fit irruption dans la pièce.

— Stephen ! s'exclama-t-il ravi. Maman m'a dit que vous étiez là !

Il regarda autour de lui.

— Elliott n'est pas avec vous ?
— Salut, Jordan. Non. Malheureusement, Elliott n'a pas pu venir.
— Combien de temps restez-vous ? Vous avez amené Big Boy ?

Stephen sourit devant tant d'enthousiasme. Dieu merci, le gamin n'avait pas du tout l'air déprimé.

— Désolé, fiston. Big Boy est resté à l'écurie.
— Oh, mince alors ! s'exclama-t-il, déçu. Moi qui comptais prendre une leçon avec vous.

La femme interdite

— Je connais un excellent centre équestre non loin d'ici. Si ta mère est d'accord, je pourrais t'y emmener demain.

Le gamin ouvrit de grands yeux émerveillés.

— M'man ! Dis, je peux y aller ?

— Jordan, calme-toi. Bon. C'est entendu, à condition que cela ne contrarie pas les projets de Stephen.

— Chouette ! A quelle heure partons-nous ? J'aimerais y arriver de bonne heure.

Stephen s'esclaffa.

— Nous tâcherons d'y être à l'ouverture. Tu sais quoi ? Je vais me renseigner sur les horaires et j'appellerai ta mère pour fixer l'heure du départ.

Ils discutèrent encore quelques minutes, puis Stephen s'apprêta à partir.

— N'oublie pas de me contacter dès que tu as la réponse de Nora, rappela-t-il à Jill.

— C'est promis.

Il se tourna vers Jordan.

— Je vérifie les horaires en arrivant à l'hôtel.

Jordan avait les yeux brillant d'excitation en prenant congé de Stephen. Jill souriait, même si elle semblait loin d'être aussi ravie que leur fils de voir Stephen débarquer chez eux sans crier gare.

Tout en se dirigeant vers une auberge de la chaîne Fairfield Inn qu'il avait repérée en venant, il se disait que Jordan allait donner un nouveau sens à sa vie. Il y avait tant de choses qu'il aimerait partager avec lui, notamment sa passion pour l'équitation, la pêche ou l'aviation. Il l'emmènerait camper, faire du ski ou encore visiter des endroits magiques comme Disneyland, New York ou Washington D.C.

L'idée de voir le nom des Wells se perpétuer à travers son fils n'était pas pour déplaire à Stephen, loin s'en faut. Certes, le changement d'état civil prendrait du temps, il le savait ; il n'était pas question de brûler les étapes. Mais

La femme interdite

une fois que Jill et lui auraient annoncé la grande nouvelle à Jordan, Jill accepterait sûrement qu'il entreprenne les démarches nécessaires pour reconnaître Jordan et faire modifier son acte de naissance.

En songeant à toutes les merveilleuses surprises que l'avenir lui réservait, il se promit de rester calme ce soir et ne rien dire ou faire qui risquerait de braquer Jill contre lui. En effet, maintenant qu'il avait revu Jordan, il était plus désireux que jamais de jouer un rôle actif dans la vie du gamin, et il ne voulait pas être obligé de traîner Jill en justice pour obtenir gain de cause.

— Il a donc fini par montrer le bout de son nez, constata Nora au téléphone.

— Cela n'a pas l'air de te surprendre outre mesure.

— A dire vrai, je m'attendais à le voir débarquer chez toi plus tôt que ça. Comment Jordan a-t-il réagi en le voyant ?

— Avec une exubérance digne du Jordan d'autrefois. J'en avais les larmes aux yeux de le voir aussi gai après son abattement des derniers jours.

— Dans ce cas, tu devrais lui proposer de venir passer la nuit chez moi. Nous irions dîner dans un restaurant mexicain avant d'aller voir le tout nouveau film d'animation Pixar. Je demanderai à Vivian d'assurer la fermeture de la galerie — (Vivian était la nouvelle assistante de Nora).

— Entendu. Je lui en parle tout de suite et je te rappelle.

Jill constata avec soulagement que la porte de la chambre de Jordan était ouverte. Ces derniers jours, il la fermait, comme pour lui signifier qu'il ne voulait plus la voir. Pour l'heure, il jouait à un jeu vidéo sur son ordinateur et il se retourna quand elle frappa à la porte.

La femme interdite

— Chéri, Nora demande si tu accepterais de dîner avec elle dans un restaurant mexicain avant d'aller voir le nouveau Pixar.

— Et tu viendrais aussi ? demanda-t-il, l'air méfiant.

— Non. Ce soir, je sors avec Stephen pour parler de choses et d'autres, notamment de ta prochaine visite au ranch.

A ces mots, le visage de Jordan s'éclaira.

— Vraiment ?

Jill sourit de le voir aussi heureux.

— Oui.

— Dis à Nora que c'est d'accord. Mais, si ça ne l'ennuie pas, je préférerais aller dîner chez Rosa's.

Jill rappela aussitôt son amie pour l'informer des desiderata de son fils.

Nora se mit à rire.

— Ce gamin a un goût excellent. Rosa's est mon restaurant préféré.

— Veux-tu que je le dépose à la galerie ? Ça te ferait gagner du temps.

— Oui, c'est une bonne idée.

Jill regarda sa montre. Il était 13 h 30.

— Je peux passer vers 16 heures. Qu'en dis-tu ?

— C'est parfait. De cette façon, nous dînerons de bonne heure pour assister à la séance de 19 heures.

Tout en parlant, Jill se dirigea vers son studio pour aborder des sujets plus intimes.

— J'appréhende la soirée, avoua Jill.

— Il y a de quoi !

— Drôle de façon de me remonter le moral !

— Sois prudente, Jill.

— J'y compte bien.

— Et surtout, ne ramène pas Stephen chez toi.

— Nora !

La femme interdite

— Désolée, mon chou, mais une nouvelle liaison avec lui ne te mènerait nulle part, sinon à ta perte.

— Je sais. Et je te promets de ne rien faire d'aussi stupide. Crois-moi, j'ai retenu la leçon.

Elle sut gré à Nora de ne pas lui rappeler qu'elle s'était déjà conduite de façon stupide en se laissant embrasser par Stephen sans réagir. Pourquoi lui faisait-il cet effet-là ? Pourquoi était-elle incapable de lui résister ?

Après avoir raccroché, elle repensa à ce fameux épisode au haras. Une bouffée de honte lui monta au visage en se remémorant sa réaction, ou plutôt son manque de réaction, face à ce baiser volé. Au lieu de repousser Stephen comme toute femme sensée l'aurait fait, elle s'était lovée dans ses bras. En fait, s'il l'avait jetée à terre et prise sur-le-champ, elle se serait sûrement laissé faire !

Mais, au fond, qu'y avait-il de si surprenant ? Elle avait été littéralement subjuguée par Stephen dès l'instant où elle l'avait rencontré, il y avait des années de cela, et elle lui avait accordé de bonne grâce tout ce qu'il avait voulu. Jamais encore, elle n'avait éprouvé ce sentiment intense fait de désir et de passion, mais cela ne l'avait pas empêchée de se donner corps et âme à Stephen. En fait, ils avaient passé tellement de temps à faire l'amour durant ce court laps de temps que c'était un miracle qu'ils se souviennent d'autre chose.

Maintenant qu'elle allait être amenée à le rencontrer plus souvent — dans le cadre de ses visites à Jordan —, serait-elle capable de prendre sur elle et de garder ses distances ?

Il le fallait.

Car, quels que soient ses sentiments pour lui, il n'y aurait jamais la moindre perspective d'avenir entre eux. Elle le savait, et lui aussi. D'ailleurs, rien dans l'attitude de Stephen ne laissait supposer qu'il envisageait un avenir avec elle. Et même si c'était le cas, ce serait impossible. Comment pourraient-ils oublier l'existence d'Elliott ? Un homme aussi merveilleux, attentionné et généreux, qui les aimait tous les deux... Du moins, il l'avait aimée, il n'y avait pas si longtemps. Mais peut-être avait-il cessé de l'aimer ? C'était ce qu'elle pouvait espérer de mieux pour lui : il ne méritait pas de souffrir à cause d'elle.

Quoi qu'il en soit, elle ne pourrait jamais épouser Elliott. Et l'éventualité d'un mariage avec Stephen était inenvisageable. A la rigueur, ils pourraient être amants, mais ils en seraient réduits à vivre une liaison cachée et sordide — une liaison qui, si elle était exposée au grand jour, risquerait de briser des vies.

Un terrible secret était à l'origine d'un tel gâchis, et il n'y avait pas d'issue possible. Deux choix seulement s'offraient à eux : dissimuler à tout jamais la vérité à Elliott et Jordan, ou la leur révéler dès que possible.

Autrement dit, un terrible mensonge ou une terrible vérité.

- 14 -

Caroline ne savait plus à quel saint se vouer. Son père était malheureux comme les pierres, cela sautait aux yeux. Elle ne l'avait pas vu ainsi depuis la mort de sa mère. Maudite Jill ! Pourquoi avait-il fallu qu'elle vienne semer la pagaille dans leurs vies ?

Caroline n'arrivait toujours pas à comprendre pourquoi elle était partie. Son père ne lui avait pas fourni la moindre explication, et Stephen s'était bien gardé d'aborder le sujet avec elle. La seule fois où elle s'était risquée à lui demander s'il connaissait le motif de cette rupture, il lui avait lancé un regard glacial et répondu sèchement :

— C'est à ton père qu'il faut poser la question. Pas à moi.

Elle serra les dents, dépitée, en se remémorant avec quel mépris il avait accueilli le souci, bien réel, qu'elle se faisait pour son père. Il y avait vraiment des moments où elle le détestait !

Elle exhala un profond soupir. Ces derniers temps, son père l'évitait. Le matin, il partait avant qu'elle se lève et, à midi, il déjeunait au haras avec les palefreniers. Le seul moment où elle le voyait, c'était au dîner. Et encore, dès qu'il avait fini de manger, il retournait aux écuries ou bien il s'enfermait dans sa chambre, sans doute pour lire ou regarder la télévision.

Force lui était de constater que tout allait beaucoup mieux quand Jill était là. Mais, pour autant, Caroline n'avait aucune envie qu'elle remette les pieds au ranch. Son père finirait par surmonter son chagrin. Certes, c'était un mauvais moment à passer mais on s'en remettait. Elle en savait quelque chose.

Il fallait simplement qu'elle se montre patiente. Tôt ou tard, son père reprendrait le dessus.

Mais en attendant…

Mieux valait le laisser tranquille.

Jill avait beau se répéter qu'il ne s'agissait pas d'un rendez-vous galant mais d'un dîner dicté par les circonstances — dîner au cours duquel elle et Stephen discuteraient de l'avenir de Jordan et de la place qu'occuperait Stephen dans cet avenir —, elle prit le plus grand soin de son apparence.

Elle peaufina sa coiffure et son maquillage, utilisant un anticerne pour dissimuler les ombres qui trahissaient sa fatigue et son anxiété. Bien que décontractée, sa tenue n'en était pas moins seyante : sa minijupe en jean mettait en valeur ses longues jambes fuselées, et son T-shirt blanc en dentelle rehaussait son teint hâlé. Après avoir chaussé ses espadrilles et glissé son sac en paille sur son épaule, elle se dirigea résolument vers la porte d'entrée.

Elle et Stephen avaient convenu de se retrouver au restaurant — une pizzeria de quartier que Jill appréciait autant pour la qualité de la nourriture que pour la tranquillité du lieu. Stephen lui avait proposé de passer la prendre, mais elle avait jugé plus sage de décliner son offre. Elle ne voulait pas prendre le risque de l'inviter à entrer quand il la ramènerait à la maison, d'autant que Jordan passait la nuit chez Nora. Mieux valait ne pas tenter le diable.

Quand elle arriva au restaurant, peu après 19 heures,

La femme interdite

Stephen était déjà là. En l'apercevant, son cœur bondit dans sa poitrine.

— J'espère que je ne t'ai pas fait attendre trop longtemps.

Il secoua la tête en souriant.

— Je viens juste d'arriver.

En voyant son regard appréciateur s'attarder sur elle, Jill se sentit flattée et se félicita d'avoir pris la peine de se pomponner. Lui aussi était à son avantage. Vêtu d'un jean et d'un T-shirt bleu pâle, il était terriblement sexy — le genre d'homme qui attirait les regards féminins. Même la patronne du restaurant n'avait d'yeux que pour lui, et Jill se retint à grand-peine de glisser un bras possessif sous le sien.

« Arrête ces simagrées ! Il n'est pas à toi et ne le sera jamais. Et mets-toi bien dans le crâne que ce n'est pas un rendez-vous galant ! »

Ils attendirent que le serveur ait pris leur commande et leur ait servi un verre de vin rouge avant d'entamer la discussion.

— A un nouveau départ ! s'exclama Stephen en levant son verre.

Jill trinqua avec lui et but une gorgée de vin pour dissimuler son trouble. Elle n'avait pourtant aucune raison d'être aussi nerveuse : Stephen se conduisait en parfait gentleman et, malgré le coup d'œil admiratif qu'il lui avait lancé en arrivant, il se comportait de façon courtoise, comme s'ils étaient de simples amis. Comme si ce baiser passionné qu'ils avaient échangé au haras n'avait jamais eu lieu. Mais c'était sans doute mieux ainsi. A quoi bon épiloguer sur ce fameux baiser puisqu'il ne pouvait pas y en avoir d'autre ? Jamais.

Ce baiser avait été une erreur, voire même une aberration. Stephen l'avait embrassée sous le coup de l'émotion et de

La femme interdite

la colère, pour la punir de lui avoir dissimulé l'existence de son fils. Maintenant qu'il s'était calmé, il devait réaliser que le seul lien qui les unirait à l'avenir, c'était Jordan. Et il se comportait en conséquence. A elle de calquer son attitude sur la sienne.

Il posa son verre et chercha son regard.

— Jordan allait-il mieux après mon départ ?

— Oui, reconnut-elle en souriant. Il avait hâte d'être à demain.

— Tant mieux, fit-il en lui rendant son sourire.

Un sourire chaleureux et authentique, qui adoucissait les traits de son visage et creusait de fines ridules au coin de ses yeux. Ce n'était pas le moment de laisser ses pensées vagabonder dans des sentiers interdits ! Elle s'empressa de boire une autre gorgée de vin pour se donner une contenance.

— Je sais que tu as des questions à me poser, finit-elle par dire.

— En effet. Il y a deux ou trois choses qui me tracassent.

— Lesquelles ?

— Pour commencer, je suis curieux de savoir ce qui figure sur l'acte de naissance de Jordan à propos de son père.

Elle prit une profonde inspiration avant de répondre :

— Je... il est précisé : de père inconnu.

Il la contempla, l'air éberlué.

— Et ça ne t'a pas gênée ?

Son regard insistant la mit mal à l'aise.

— Que veux-tu dire ?

— De mentir ainsi. D'obliger Jordan à porter cette étiquette infâmante toute sa vie. Tu as bien dû fournir un extrait d'acte de naissance en l'inscrivant à l'école, n'est-ce pas ?

La femme interdite

C'en était fini de son attitude amicale et chaleureuse. Maintenant, elle avait devant elle un juge implacable. Même le bleu de ses yeux avait viré à l'orage.

Elle dut faire un effort pour raffermir sa voix.

— Ecoute, Stephen. Je sais que tu es en colère contre moi. Mais mets-toi un peu à ma place. Je ne pouvais pas faire mettre ton nom sur l'acte de naissance, surtout ne sachant pas si je te reverrais un jour.

— Alors, tu as préféré mentir.

— Tu es injuste !

— C'est toi qui es de mauvaise foi. Comme je te l'ai dit l'autre jour, tu aurais pu me retrouver si tu l'avais voulu.

Jill faillit nier, mais elle se ravisa. Stephen avait raison. Elle aurait pu retrouver sa trace à Harvard. Si elle ne l'avait pas fait, c'est parce qu'elle avait été terrifiée à l'idée de le contacter. Elle avait craint qu'il ne veuille plus entendre parler d'elle ; qu'il nie être le père de cet enfant ; ou qu'il l'oblige à avorter ou encore qu'il lui crée des ennuis de toutes sortes. Et, pour être honnête avec elle-même, elle était bien forcée d'admettre qu'elle avait voulu garder son enfant pour elle toute seule. Toutefois, au lieu de se justifier, elle baissa les yeux, au bord des larmes, tout en triturant nerveusement sa serviette. Elle devait absolument reprendre le contrôle d'elle-même, rester forte face à un Stephen accusateur et sans pitié.

— Qu'as-tu dit à Jordan quand il t'a posé des questions à mon sujet ? A lui aussi, tu lui as menti ?

Piquée au vif, Jill s'apprêtait à répondre quand leur serveur vint apporter leurs salades et une corbeille de pain. Elle profita de ce court répit pour reprendre son sang-froid. Et, quand il se fut éloigné, elle répondit à la question de Stephen d'un ton plein de dignité.

— Je lui ai dit la vérité.

La femme interdite

— Vraiment ? Je suis curieux de connaître cette fameuse vérité.

Son ton goguenard et sa moue méprisante lui firent l'effet d'une gifle. Elle releva fièrement le menton, bien décidée à ne pas lui montrer à quel point son attitude la blessait.

— Je lui ai dit que son père était quelqu'un de bien, que j'avais connu quand j'étais très jeune, et qu'il... enfin... que tu n'avais jamais rien su à son sujet.

Après quoi, elle piqua une rondelle de tomate avec sa fourchette et la mangea, non qu'elle ait faim mais plutôt pour se donner une contenance.

— Et il s'est contenté de cette explication ?

— Apparemment. Tu dois comprendre que beaucoup d'enfants dans l'école de Jordan vivent au sein de familles monoparentales. L'absence de père notamment ne choque donc personne.

— Bon sang ! Dans quel monde vivons-nous !

Il resta silencieux un instant, le regard perdu dans le vague. Quand il reporta son attention sur Jill, sa colère semblait être retombée.

— C'est la seule fois où il t'a interrogée sur moi ?

Jill fit un signe d'assentiment. Puis, voyant son expression mélancolique, elle se hâta d'ajouter :

— Mais il lui arrive de parler des pères de ses copains, et je devine, d'après ce qu'il en dit, que... tu lui manques.

Cet aveu lui coûtait. Toutefois, Stephen méritait de l'entendre, même si cela ne faisait que ranimer sa colère contre elle.

— Je veux mettre un terme à cette situation.

— Je sais. Et... je... le souhaite aussi.

— Cela suppose qu'Elliott apprenne la vérité à notre sujet. Es-tu prête à en assumer les conséquences ?

— Oui, dit-elle doucement.

Stephen attaqua sa salade.

La femme interdite

— Le mieux serait qu'on lui annonce la nouvelle ensemble. Néanmoins, peut-être serait-il préférable que je prépare le terrain en lui parlant seul à seul. Qu'en penses-tu ?

— Oui. Tu as raison.

— Par la suite, il voudra sans doute en discuter avec toi.

— A moins qu'il ne refuse de m'adresser la parole, objecta Jill d'une voix triste.

— Elliott n'est pas comme ça, Jill.

— Je sais. Mais il serait en droit de m'en vouloir.

— Ne sois pas aussi dure envers toi-même. Quand tu as fait sa connaissance, tu ne pouvais pas deviner que j'étais son frère.

— Non, mais...

Elle s'interrompit en voyant leur serveur approcher avec leur plat principal.

— Vous n'avez pas aimé la salade ? s'inquiéta-t-il en remarquant leurs assiettes à moitié pleines.

— Si. Mais nous avons été trop occupés à bavarder, expliqua Stephen.

Le serveur déposa une cassolette de lasagnes devant Stephen et une de tortellinis devant Jill ; il remplit leurs verres d'eau et leur demanda s'ils désiraient un autre verre de vin avant de les laisser enfin seuls.

— On ferait mieux de manger, remarqua Stephen. On reprendra notre conversation tout à l'heure.

— Entendu.

Jill avait coutume de manger lentement ; elle en était à peine à la moitié de son plat que Stephen avait déjà fini le sien. Elle repoussa son assiette, se disant qu'elle emporterait les restes à la maison.

— A ton avis, quelle sera la réaction d'Elliott en apprenant que tu es le père de Jordan ?

— Je suppose qu'il sera bouleversé.

La femme interdite

— Et sans doute furieux ?

— Il se peut qu'il nous en veuille de ne pas lui avoir révélé immédiatement notre liaison passée.

Stephen finit son verre de vin avant d'ajouter :

— Et franchement, sa colère serait justifiée. Nous aurions dû le lui dire sans attendre. Si nous l'avions fait, le coup aurait été rude, mais par la suite, il aurait sans doute été moins choqué en apprenant que j'étais le père de Jordan.

— A ton avis... il permettra encore à Jordan de venir au ranch ?

Son fils serait cruellement déçu si Elliott ne voulait plus le voir, songeait Jill.

— Tu le connais bien mal si tu le crois capable de se venger sur un enfant.

Stephen avait raison, et Jill eut honte de cette mauvaise pensée. Elle soupira. Si seulement elle avait eu le courage d'affronter la vérité en face dès le début, elle n'en serait pas là aujourd'hui !

— Quand comptes-tu lui annoncer la nouvelle ?

— Dès mon retour au ranch.

— C'est-à-dire ?

— Après-demain. Comme promis, demain j'emmènerai Jordan au centre équestre. Puis, nous irons dîner quelque part... si tu n'y vois pas d'inconvénient.

— Non, c'est parfait... Dis-moi, j'espère que tu n'as pas l'intention de révéler tout de suite à Jordan que tu es son père ?

— Non, rassure-toi. Nous lui annoncerons la nouvelle ensemble. Mais auparavant, je veux lui laisser le temps de s'habituer à moi.

Jill poussa un soupir de soulagement. Dieu merci, malgré son accès de colère — certes justifiée —, Stephen acceptait de se montrer raisonnable.

Ils bavardèrent encore un peu, notamment pour décider

La femme interdite

de la fréquence des visites de Stephen. Jill lui dit qu'il pouvait voir Jordan aussi souvent qu'il le voulait, du moins jusqu'à la fin des grandes vacances.

— Une fois que les cours auront repris, il sera très occupé.

— J'aimerais passer deux week-ends par mois avec lui. Je viendrai à Austin s'il le faut, mais je suis sûr qu'il se plaira davantage à High Creek.

— Oui, sûrement, admit-elle tristement.

Dorénavant, sa vie allait être bien différente. Si les changements qui se profilaient à l'horizon semblaient bénéfiques pour Jordan, il n'en était pas de même pour elle : ils ne feraient qu'accroître sa solitude. Si encore elle avait eu l'espoir d'un avenir aux côtés de Stephen ! Mais ce n'était pas le cas. Elle avait beau se dire que c'était sans doute mieux ainsi, elle ne parvenait pas à endiguer le flot de désespoir qu'elle sentait monter en elle. Une fois que son fils apprendrait que Stephen était son père, que son cher Elliott était son oncle et que lui, Jordan, avait une place légitime au ranch qu'il adorait tant, il risquait de s'éloigner d'elle et de reporter son amour et sa loyauté sur son père et sur l'héritage qu'elle lui avait dénié si longtemps. Et elle en serait réduite à rester en marge de sa vie.

Comme s'il devinait la morosité de ses pensées, Stephen se radoucit et tenta de s'emparer de sa main. Mais elle s'empressa de la retirer. Elle n'avait que faire de sa compassion ! Mieux valait éviter tout contact physique avec lui, au risque de perdre la tête. Or, elle avait besoin de l'avoir solidement ancrée sur ses épaules pour résister à l'attrait qu'il exerçait toujours sur elle.

— Si ça ne t'ennuie pas, je préférerais m'en aller, dit-elle. Pendant que tu demandes l'addition, je vais aux toilettes.

Elle s'empara prestement de son sac et se glissa hors de l'alcôve.

La femme interdite

Une fois au sous-sol, elle s'examina dans la glace. Ses yeux immenses et inquiets semblaient manger son visage, blême malgré le bronzage. Elle inspira et expira à fond pour tenter de calmer son angoisse.

« Tu ne vas pas perdre Jordan. Il gagne un père, c'est tout. »

Tout en continuant de se rassurer, elle se lava les mains, remit un peu de rouge à lèvres et se frotta les joues pour leur redonner un peu de couleur. Puis elle respira un bon coup avant de regagner sa place.

Stephen, qui venait de régler l'addition, se leva à son arrivée. Il l'examinait, la mine soucieuse, mais Jill lui sourit et releva le menton avant de lui demander d'une voix enjouée s'il était prêt.

Il posa négligemment sa main sur sa taille pour la guider vers la sortie parmi le dédale des tables — un geste anodin, certes, mais qui l'électrisa.

Dehors, la nuit était chaude et l'air étouffant. Arrivée à sa voiture, Jill se tourna vers Stephen.

— A quelle heure comptes-tu passer prendre Jordan, demain matin ?

— Que dirais-tu de 9 heures ?

Jill se retint de faire la grimace. La densité du trafic l'obligerait à partir de bonne heure pour aller chercher Jordan chez Nora et le ramener à la maison pour 9 heures.

— Entendu, fit-elle néanmoins, en lui tendant la main. Merci pour le dîner. A demain.

Après une seconde d'hésitation durant laquelle elle se figura bêtement qu'il allait tenter de l'embrasser, il prit sa main et la garda.

— Bonne nuit, Jill, dit-il doucement.

Dieu merci, l'obscurité dissimulait son trouble. Elle éprouvait l'absurde envie de pleurer ou, pire encore, de se jeter dans les bras of Stephen et de se lover contre lui.

La femme interdite

Mais où avait-elle la tête ? L'expérience ne lui avait donc pas servi de leçon ?

Elle s'empressa de retirer sa main et fouilla dans son sac à la recherche de son trousseau de clés. Puis elle déverrouilla sa portière. Stephen se recula pour lui permettre de sortir de sa place de stationnement, mais il ne fit pas mine de se diriger vers son propre véhicule. Il allait donc rester planté là jusqu'à ce qu'elle parte ! réalisa-t-elle, confuse.

Elle tourna la clé de contact et appuya sur la pédale d'accélérateur. Rien ne se produisit. Elle réitéra l'opération, sans plus de succès. Seul, un grincement de mauvais augure se fit entendre.

Jill serra les dents. Il ne lui manquait plus que de tomber en panne ! Elle en aurait pleuré de rage.

En voyant Stephen s'avancer vers elle, elle abaissa sa vitre.

— On dirait que ta batterie a rendu l'âme, constata-t-il.

— Je sais, soupira-t-elle.

Maudite voiture !

— J'ai des câbles de démarrage dans mon coffre. Je vais les chercher.

Cinq minutes plus tard, le moteur ronronnait allègrement.

— Je vais te suivre jusque chez toi, décréta-t-il en rangeant ses câbles.

— Ce n'est pas nécessaire.

— Peut-être. Mais je préfère m'assurer que tu rentres à bon port. De toute façon, mon hôtel se trouve non loin d'ici ; ça ne m'oblige donc pas à faire un grand détour.

Ne voulant pas faire preuve d'ingratitude, elle se résigna à accepter son offre. Au fond, elle était soulagée de savoir qu'il serait derrière elle si sa voiture faisait encore des siennes.

La femme interdite

Une fois arrivée à destination, elle pénétra directement dans son garage après avoir actionné le dispositif d'ouverture automatique de la porte. En sortant de voiture, elle vit que Stephen s'était garé dans l'allée menant à sa maison. Il mit pied à terre et s'avança vers elle.

— Depuis quand as-tu cette batterie ?

— En fait, j'ai acheté cette voiture tout récemment.

— Tu ferais mieux d'appeler le concessionnaire. Ce n'est pas normal qu'elle te lâche aussi vite.

— Tu as raison. Je le contacterai demain.

Ils se tenaient l'un en face de l'autre, l'air embarrassé. Jill n'avait qu'une envie : filer vers la maison pour échapper à l'emprise qu'il exerçait sur elle.

— Eh bien, merci pour tout.

« Mon Dieu, faites qu'il s'en aille rapidement ! »

— Je t'en prie, dit-il sans bouger d'un pouce.

Que devait-elle faire ? Le planter là sans autre forme de procès ?

— Jill…

Il tendit la main vers elle.

Mais elle fit un bond en arrière, manquant tomber dans sa hâte à s'écarter de lui.

— Je… j'ai un terrible mal de tête, Stephen. Je dois y aller. A demain.

Elle tourna les talons sans plus attendre et se hâta vers la porte de derrière avant de s'engouffrer dans la maison.

Appuyée contre le chambranle, le cœur battant la chamade et les jambes flageolantes, elle tendit l'oreille. Stephen était-il toujours là ? Oh mon Dieu, que devait-il penser de sa conduite insensée ? Et dire qu'elle s'était juré de rester calme et maîtresse d'elle-même !

En entendant sa voiture démarrer, elle se laissa glisser à terre et se mit à pleurer, le visage enfoui dans ses mains.

- 15 -

— Caroline, j'ai bien réfléchi.

A ces mots, Caroline se figea sur place, sa fourchette en l'air. L'intonation de son père semblait menaçante, peut-être parce qu'il avait à peine ouvert la bouche depuis le départ de Jill.

Son repas terminé, il posa sa serviette à côté de son assiette et se cala contre le dossier de sa chaise.

— Et je pense qu'il est grand temps que tu t'installes dans une maison bien à toi.

Le cœur battant à tout rompre, Caroline reposa lentement sa fourchette.

— Après tout, poursuivit-il d'une voix radoucie, cela fait déjà quatre ans que tu es revenue vivre ici.

Contre toute attente, il la regardait affectueusement, comme s'il n'était pas en train de lui arracher le cœur !

— Je sais, articula-t-elle péniblement.

Cette annonce la stupéfiait et la terrifiait. Et dire que c'était son propre père qui lui mettait le couteau sous la gorge ! Lui qui l'avait toujours protégée et choyée, quoi qu'il arrive !

Et voilà qu'aujourd'hui il la jetait dehors !

— Ma chérie, ne me regarde pas avec cet air de chien battu. J'ai raison, et tu le sais. Il vaut mieux, pour toi et pour Tyler, que tu aies ton propre foyer. A ton âge, c'est malsain de continuer à vivre sous mon toit.

— Quelle idée ! J'adore vivre au ranch.

Soudain, une idée lui traversa l'esprit.

— Et si je m'installais au cottage avec Tyler? De cette façon, toi et moi aurions chacun notre chez-soi.

— Non, trancha-t-il. Ce serait du pareil au même. Ce dont tu as besoin, c'est d'être indépendante. Pourquoi n'appellerais-tu pas Nancy Ellis, l'agent immobilier, pour qu'elle te sélectionne plusieurs maisons à vendre, si possible avec du terrain autour de façon à ce que tu puisses avoir ton propre cheval sous la main?

Caroline le dévisagea, atterrée. Etait-elle aussi *persona non grata* aux écuries?

— Bien sûr, tu pourras toujours venir faire de l'équitation au ranch, se hâta-t-il d'ajouter, comme s'il lisait dans ses pensées.

Caroline était si bouleversée qu'elle tremblait de tous ses membres. Elle était même sur le point de pleurer — elle qui ne pleurait jamais!

— Tu agis ainsi parce que tu me rends responsable du départ de Jill! remarqua-t-elle avec amertume.

Son père poussa un soupir excédé.

— Ça n'a rien à voir avec Jill. Nous aurions dû avoir cette conversation depuis longtemps. En fait, depuis deux ans. Mais j'ai toujours remis cette discussion à plus tard par crainte de te blesser.

— Mais aujourd'hui, ça t'est bien égal de me faire souffrir!

— C'est faux. Je t'aime et je ne veux que ton bien.

Caroline faillit répliquer que, si c'était le cas, il ne la jetterait pas à la rue comme une malpropre.

— Caroline, avec le temps, tu te rendras compte que c'est le meilleur service que je puisse te rendre. Et pour te faciliter les choses, je te propose de régler l'acompte à ta place.

— Je n'ai que faire de ton argent. J'en ai suffisamment, et tu le sais.

— Ça me ferait plaisir.

« Dis plutôt que ça te donnerait bonne conscience ! » Mais la sonnerie du téléphone interrompit le cours de ses pensées. Non pas la sonnerie de son propre portable, mais celle du téléphone de la maison. Machinalement, elle s'apprêtait à se lever pour répondre quand son père la devança.

— Laisse, j'y vais.

Il décrocha le combiné.

— Allô ! Oh, bonjour Charlie. Comment vas-tu ? demanda-t-il, tout sourire.

Caroline ne savait plus à quel saint se vouer. Si seulement ce maudit détective avait trouvé une information compromettante à propos de Jill ! Une information qu'elle se serait empressée de révéler à son père pour lui prouver que, tôt ou tard, Jill l'aurait laissé tomber, disculpant Caroline par la même occasion. D'ailleurs, qu'avait-elle fait pour mériter une telle punition ? Son père avait beau dire que sa décision n'avait aucun rapport avec Jill, elle était persuadée du contraire.

Elle jeta un coup d'œil à son père. Il était sorti de la cuisine et se tenait dans l'entrée. Il parlait toujours avec Charlie et semblait apprécier la conversation.

— Merci, dit-il. J'ai hâte d'y être. Est-ce que j'apporte quelque chose ? Non ? Bon, j'amènerai quand même quelques bouteilles de vin.

Caroline ne savait pas si elle devait rester ou partir. Il bavarda encore un moment, puis il prit congé.

— Merci encore, Charlie. A samedi.

Il réintégra la cuisine et reposa le téléphone sur son socle avant de venir s'accouder au comptoir, à côté d'elle.

— Qu'as-tu décidé ? Veux-tu que je t'accompagne dans tes démarches ?

La femme interdite

Caroline ne s'était jamais sentie aussi désemparée. Que pouvait-elle dire ou faire pour l'obliger à changer d'avis ? Elle haussa les épaules.

— Je ne sais pas. Je... je vais réfléchir.

— Entendu. Je serai ravi de t'aider à dénicher la maison de tes rêves. Il suffit que tu me préviennes un peu à l'avance.

Sur ces bonnes paroles, il l'embrassa sur la joue et sortit de la cuisine d'un pas tranquille.

Le lendemain matin, en arrivant chez Nora, Jill brûlait d'envie de lui raconter sa soirée avec Stephen, mais la présence de Jordan l'en empêchait. C'est pourquoi elle promit à son amie de la rappeler plus tard.

Nora comprit à demi-mot.

— Au revoir, Jordan. On a passé une super soirée, n'est-ce pas ?

— Oui, c'était chouette. Au revoir, Nora, répondit-il.

— Et ? demanda Jill en fixant son fils, l'air réprobateur.

— Et merci pour tout ! s'empressa-t-il d'ajouter avec un grand sourire.

Après le départ de Jordan et Stephen pour le centre équestre, Jill appela la galerie.

— Je ne te dérange pas ? demanda-t-elle quand Nora eut décroché.

— Non. C'est le calme plat, ce matin. Vas-y. J'ai hâte de tout savoir.

Jill se lança dans un compte rendu détaillé de sa soirée avec Stephen et conclut par ces mots :

— Alors, qu'en penses-tu ?

— Que Stephen est un type formidable et qu'il sera un père merveilleux pour Jordan.

La femme interdite

— Oui, c'est aussi mon avis, mais...
— Mais quoi ? C'est la réaction d'Elliott qui t'inquiète ?
— Pas seulement. Il y a autre chose...
Elle soupira.
— A ton avis, Jordan ne risque-t-il pas de me détester en apprenant que je l'ai privé de son père pendant toutes ces années ?
— Non. Je pense au contraire qu'il verra le bon côté des choses et qu'il en sera ravi.
— Tu le crois vraiment ?
— Oui. S'il était plus âgé, sa réaction risquerait d'être différente. Mais il est trop jeune pour envisager toutes les conséquences de ta décision.
— Je l'espère...
Elle laissa sa phrase en suspens, n'osant avouer ses pires craintes à Nora de peur qu'elle ne la méprise. Mais son amie était intuitive.
— Quelque chose d'autre te tracasse, n'est-ce pas ?
— Oui.
— Laisse-moi deviner. Tu redoutes que Jordan, qui adore déjà Elliott et qui adorera sûrement Stephen, veuille passer plus de temps avec eux au ranch qu'avec toi.
— Oui, murmura Jill, confuse.
— Ah, j'ai touché le point sensible ! A dire vrai, tes craintes ne sont pas sans fondement, d'autant que Jordan est jeune et impressionnable. Mais il sait que tu l'aimes et que tu as travaillé dur pour lui assurer une existence confortable. Et il finira par faire la part des choses.
— Ce serait sans doute vrai si Stephen nous avait abandonnés. Mais c'est moi qui les ai privés l'un de l'autre. Et même si Jordan est encore trop jeune pour le comprendre, il risque de m'en vouloir dans quelques années. Que devrai-je

La femme interdite

faire à ce moment-là ? Comment pourrai-je me justifier à ses yeux ?

— Je l'ignore. Mais une chose est sûre, il ne sert à rien de te ronger les sangs par avance. Si le pire se produit, tu sauras y faire face le moment venu. Et je persiste à dire que l'excellente relation que tu as toujours entretenue avec ton fils est ton meilleur atout.

— J'espère de tout cœur que tu as raison. Car, si je perdais Jordan, j'en mourrais.

Stephen n'était plus qu'à une demi-heure de High Creek quand il se décida à appeler Elliott. En entendant des hennissements en arrière-fond, il comprit que son frère se trouvait au haras.

— C'est juste pour te dire que je suis sur le chemin du retour.

— Comment s'est passée ta petite virée ?

— Très bien.

— Où es-tu allé finalement ?

— A Austin.

— As-tu eu l'occasion de voir Jill et Jordan ?

— Oui. Mais tu es sans doute occupé. Je préfère passer au ranch pour t'en parler.

— Entendu.

Stephen avait eu beau préparer ce qu'il allait dire à Elliott, il comprit en le voyant que les mots auraient du mal à franchir ses lèvres. Les deux frères se dirigèrent vers le paddock où ils ne risquaient pas d'être dérangés. Stephen avait l'estomac noué tellement il était anxieux, et il pria le ciel pour que son aveu ne bouleverse pas trop Elliott.

— Comment va Jill ? demanda son frère, la mine soucieuse.

La femme interdite

— Elle a perdu un peu de poids mais, à part ça, elle va bien.

— Et Jordan ?

— C'est une autre histoire. Son départ du ranch l'a beaucoup affecté. Mais je ne t'apprends rien puisqu'il te téléphone régulièrement.

Elliott hocha la tête en signe d'assentiment.

— Il a été déçu de ne pas te voir.

Cette remarque fit sourire Elliot.

— C'est un brave gosse. Il me manque énormément. As-tu demandé à Jill si elle acceptait qu'il vienne passer quelques jours au ranch ?

— Oui. Et elle est d'accord.

— Tant mieux.

— Hier, je l'ai emmené dans un centre équestre. Il m'a dit de te dire qu'il avait fait des progrès.

Elliott eut un grand sourire.

— Et c'est vrai ?

— Oui. Il est très doué.

Ils demeurèrent silencieux, chacun perdu dans ses pensées. Les bruits du ranch leur parvenaient de tous côtés — des bruits ordinaires. Trop ordinaires pour l'aveu que Stephen s'apprêtait à faire. Conscient qu'il n'avait que trop tardé, il prit une profonde inspiration avant de lâcher tout à trac :

— Elliott, il faut que je te dise quelque chose.

Son frère se tourna vers lui, le regard curieux mais dénué d'inquiétude.

— En fait, j'aurais dû t'en parler il y a des semaines. Et je regrette de ne pas l'avoir fait.

A ces mots, Elliott fronça les sourcils, l'air perplexe.

— De quoi s'agit-il ?

— C'est… à propos de Jill… Jill et Jordan.

Son froncement de sourcils s'accentua.

La femme interdite

Stephen baissa la tête, mal à l'aise. Puis, lentement, il se redressa et planta son regard dans celui de son frère.

— La nouvelle va te faire un choc, et j'en suis désolé... Mais... Bon, voilà. Quand Jill est venue au ranch..., ce n'était pas la première fois que je la voyais.

— Quoi ?

— Nous nous étions rencontrés plusieurs années auparavant. Je l'ai reconnue aussitôt, et elle aussi.

Médusé, Elliott en resta sans voix.

— J'étais en année de licence à Harvard, et elle était étudiante en deuxième année dans une université texane. A l'époque, elle avait dix-neuf ans. Nous avons fait connaissance à Padre Island, lors des vacances de Pâques.

— Vous vous connaissiez ? Mais pourquoi ne m'avez-vous rien dit ?

— Parce que...

Dieu que cet aveu lui coûtait !

— Parce que nous étions plus que de simples connaissances. Nous...

Il déglutit avec peine.

— Nous étions amants.

Elliott le contemplait, bouche bée. On aurait dit que le ciel lui était tombé sur la tête.

— Amants ! finit-il par s'exclamer, incrédule.

— Nous étions jeunes, à l'époque. Ce n'était qu'une passade qui a duré cinq jours en tout et pour tout. Ensuite, Jill est partie, et je n'ai plus repensé à cette histoire.

Cette dernière affirmation n'était pas tout à fait vraie, mais bon...

— Amants ! Toi et Jill ! Je n'en reviens pas ! s'exclama de nouveau Elliott.

Stephen se contenta de hocher la tête, l'air navré.

— Et... aucun de vous deux n'a eu l'idée de m'en parler !

La femme interdite

— Quand tu me l'as présentée, ce fameux soir, j'étais en état de choc, et Jill aussi. Bon sang, Elliott, la scène était surréaliste ! Je ne m'attendais pas à retrouver une ex-petite amie en la personne de ta fiancée ! Pour Jill aussi, la surprise a été totale.

— Ainsi, toi et Jill en avez discuté ensemble.

— Pas tout de suite. Mais, la deuxième semaine, comme Jill semblait terriblement mal à l'aise, et moi aussi, nous nous sommes décidés à aborder le sujet… et nous avons décidé qu'il était préférable de ne rien te dire.

— Pourquoi ? J'avais le droit de savoir, non ?

Stephen soupira.

— Oui, tu as raison. Mais nous redoutions que tu le prennes mal, et nous ne voulions pas te blesser.

— Voyons, Stephen, je ne suis pas en sucre !

— Je suis désolé, Elliott. Je me rends compte aujourd'hui que j'aurais dû te dire la vérité plus tôt.

— C'est bien mon avis.

Tout dans l'attitude d'Elliott indiquait qu'il était très affecté par la révélation de son frère.

Stephen s'en voulait de devoir enfoncer un peu plus le couteau dans la plaie en lui révélant qu'il était le père de Jordan, mais il était trop tard pour reculer. Prenant une profonde inspiration, il dit doucement :

— Ce n'est pas tout.

Elliott se tourna vers lui, l'air stupéfait.

— Tu as encore quelque chose à me dire ?

Stephen fit un signe d'assentiment.

Soudain, Elliott se figea sur place.

— Attends une minute. Tu as bien dit que tu avais rencontré Jill alors qu'elle avait dix-neuf ans ?

— Oui.

Rien qu'en observant son frère, Stephen pouvait suivre le cheminement de ses pensées. En voyant son changement

La femme interdite

d'expression, il sut que la vérité venait de se faire jour dans son esprit.

— C'est à cause de toi que Jill est partie ! Tu es le père de Jordan, n'est-ce pas ?

Le regard à la fois peiné et accusateur de son frère mettait Stephen au supplice.

— Oui. Mais je ne l'ai appris que la veille du départ de Jill. Elle ne m'en avait rien dit auparavant. Quand j'ai vu Jordan pour la première fois, il m'est bien venu à l'esprit que je pouvais être son père mais, après mûres réflexions, j'en ai déduit que c'était impossible. En fait, si tu te souviens, j'étais persuadé que Jordan avait neuf ans. Et c'est seulement lorsque tu m'as parlé de son anniversaire que j'ai fait le rapprochement. Elliott, je te jure que c'est la vérité. Si je l'avais su plus tôt, je te l'aurais dit sur-le-champ.

L'expression d'Elliott était empreinte d'une telle douleur que Stephen, accablé de honte, faillit détourner le regard.

— Vraiment ? Alors, explique-moi pourquoi tu as gardé le silence après le départ de Jill.

— Je voulais t'en parler mais je ne pouvais pas ! Il fallait d'abord que je discute avec elle.

— A propos de quoi ?

— De... Jordan et de moi. Pour savoir si elle accepterait que je fasse partie de la vie de Jordan.

— Je vois.

Stephen ne pouvait plus supporter la façon dont Elliott le regardait. Jusqu'à aujourd'hui, son frère lui avait toujours témoigné la plus grande affection et il s'était toujours montré fier de lui. Mais, pour l'heure, toute son attitude exprimait la déception et, pire encore, le dégoût.

— Elliott, si tu savais à quel point je suis désolé !

— Ecoute, Stephen, je n'ai que faire de tes excuses. Et j'en ai assez entendu comme ça pour aujourd'hui.

La femme interdite

Il se dirigeait vers son 4x4 quand Stephen le rattrapa et le prit par le bras.

— Attends, Elliott. Je t'en prie, ne t'en va pas. On ne peut pas laisser les choses en l'état. Il faut…

Elliott se dégagea d'un geste brusque.

— Je te répète que je n'ai plus aucune envie de te parler. Alors, fiche-moi la paix.

Peu après, il démarrait en trombe et s'éloignait dans un nuage de poussière.

Cette nuit-là, Stephen ne parvint pas à trouver le sommeil. De guerre lasse, à 2 heures du matin, il finit par se lever et alla mettre la cafetière en marche. Puisqu'il était réveillé, autant qu'il s'avance dans son travail. Il avait un testament et un contrat de mariage à préparer, et la journée s'annonçait chargée.

Mais, trois heures plus tard, en proie à un mal de tête carabiné, et incapable de se concentrer, il n'avait guère rédigé que quelques lignes. Ses pensées tournaient en boucle dans sa tête, et les questions sans réponse ne lui laissaient aucun répit.

Les choses redeviendraient-elles jamais comme avant entre lui et Elliott ?

Qu'allait décider son frère à son sujet ?

Compte tenu de la gravité de la situation, Stephen aurait aimé avoir quelqu'un à qui se confier. Mais la seule personne susceptible de le comprendre et de partager sa peine, la seule personne à laquelle il voulait parler, c'était Jill. Or, parler avec elle — ou la voir — était synonyme de danger. Il en arrivait même à douter de pouvoir entretenir la relation privilégiée avec Jordan qui lui tenait tant à cœur. Car chaque fois qu'il irait chercher son fils, il rencontrerait Jill… Et chaque fois qu'il la rencontrait, il avait de plus

La femme interdite

en plus de mal à lui dissimuler ses sentiments. La preuve, l'autre soir…

Il avala deux comprimés d'antalgique et s'efforça de ne pas penser à la façon dont Jill s'était éclipsée, le laissant sur sa faim. Bon sang ! Quand il s'était retrouvé face à elle, devant son garage, la tentation de l'embrasser avait été si forte qu'il aurait sans doute été incapable d'y résister si la jeune femme ne s'était pas enfuie à toutes jambes.

D'ailleurs, cette fuite éperdue prouvait, s'il en était besoin, que les sentiments de Jill étaient au diapason des siens. Tous les deux avaient, manifestement, le plus grand mal à maîtriser l'élan qui les poussait l'un vers l'autre. Combien de temps résisteraient-ils ? Pas longtemps, sans doute. Tôt ou tard, ils finiraient par céder à cette attirance réciproque qui frémissait sous la surface et qui ne demandait qu'à éclater au grand jour.

Comment en était-il arrivé là ?

Ou, plus exactement, comment sortir de cette impasse ? Car, en l'état actuel des choses, les perspectives d'avenir pour lui et Jill s'annonçaient plutôt sombres.

Stephen se lavait les cheveux sous le jet de la douche réglé à son maximum quand il crut entendre la sonnerie du téléphone. Il ferma le robinet et ouvrit la porte de la cabine. En fait, on sonnait à la porte d'entrée. Qui diable avait le toupet de le déranger à 7 heures du matin !

Jurant entre ses dents, il noua une serviette autour de ses reins et, sans prendre le temps de s'essuyer, il traversa le vestibule d'un pas martial, semant des gouttelettes d'eau mêlées de shampoing sur son beau parquet de bois dur.

C'était Elliott !

Stephen ouvrit la porte en grand.

La femme interdite

— Entre. Je finis de prendre ma douche. Je n'en ai pas pour longtemps.

Sans attendre la réponse, il fit demi-tour en direction de la salle bains.

Cinq minutes plus tard, dûment rincé, séché et habillé, Stephen pénétrait pieds nus dans le salon où l'attendait Elliott, le regard perdu dans le vague. Il avait la même tête de déterré que Stephen avant les comprimés d'antalgique et la douche.

— Tu veux du café ? proposa Stephen d'humeur plus sociable.

Son frère leva vers lui des yeux injectés de sang.

— Non, merci. J'en ai tellement bu depuis 4 heures du matin que je suis une véritable cafetière ambulante.

Stephen hocha la tête, l'air compatissant, et se laissa tomber sur une chaise.

— Je comprends. Moi aussi, j'ai passé une nuit blanche.

Elliott se pencha vers lui.

— Qu'allons-nous faire ?
— A ton avis ?
— Je voudrais que tout redevienne comme avant.

Il esquissa une moue ironique.

— Mais ça ne risque pas d'arriver, n'est-ce pas ?
— Non, en effet, remarqua tristement Stephen.
— Dis-moi une chose, demanda Elliott à brûle-pourpoint. Es-tu amoureux de Jill ?

A ces mots, le cœur de Stephen fit un bond dans sa poitrine. C'était l'instant fatidique qu'il redoutait entre tous. Car, de sa réponse dépendrait l'avenir de ses relations avec Elliott.

— Oui. Je le suis.
— Et elle, est-elle amoureuse de toi ?
— Je l'ignore. Nous n'avons jamais abordé ce sujet.

La femme interdite

La tête inclinée, Elliott semblait perdu dans ses pensées. On entendait seulement le tic-tac de la pendule sur le manteau de la cheminée et le ronronnement du réfrigérateur. Des grains de poussière flottaient dans l'air, soulignés par les rayons du soleil matinal qui pénétraient à flot dans la pièce à travers les fenêtres orientées à l'est. Le temps semblait s'être arrêté. Stephen aurait voulu se justifier. Mais à quoi bon, puisque tout, ou presque, avait déjà été dit sur le sujet ?

Elliott finit par se redresser. L'ombre d'un sourire planait sur son visage, et Stephen, le cœur battant, se prit à espérer.

— Bon, fit-il. La situation risque d'être embarrassante au début, mais si toi et Jill décidez de vivre ensemble, je m'en accommoderai.

Voyant son frère se lever, Stephen sauta sur ses pieds.

— Tu en es sûr, Elliott ?

— Et si ce n'était pas le cas, cela ferait-il une différence pour toi ?

— Bien sûr.

— Veux-tu dire par là que tu serais prêt à renoncer à Jill si j'étais incapable de supporter l'idée de vous savoir ensemble ?

Stephen secoua lentement la tête.

— Je crains que non. Je tiens trop à elle.

Cette fois-ci, un franc sourire — à défaut d'être joyeux — éclaira le visage d'Elliott.

— Je suis heureux de te l'entendre dire, car Jill mérite que l'on renonce à tout pour elle. Et si tu m'avais fait une autre réponse, je t'aurais dit que tu n'étais pas digne d'elle.

- 16 -

A force d'attendre le coup de fil de Stephen, Jill crut devenir folle. Ce matin, elle l'avait appelé au moins cinq fois sur son portable et, chaque fois, elle était tombée sur sa boîte vocale. « Appelle-moi, l'avait-elle supplié. Je suis impatiente de savoir comment s'est passée ton entrevue avec Elliott. »

En désespoir de cause, elle s'était décidée à composer le numéro de son bureau.

— Je suis désolée, madame Emerson, mais il est absent, lui répondit sa secrétaire. Il a appelé ce matin pour dire qu'il avait un problème urgent à régler et qu'il ne passerait pas au bureau aujourd'hui. Toutefois, s'il me recontacte, je lui dirai que vous avez essayé de le joindre.

Tendue à l'extrême, Jill avait envie de hurler.

Elle tournait et retournait sans cesse les mêmes questions dans sa tête. Pourquoi Stephen ne l'appelait-il pas ? Peut-être n'avait-il pas encore eu l'occasion de parler à Elliott. A moins que la discussion ait mal tourné, ce qui expliquerait le peu d'empressement de Stephen à lui annoncer la mauvaise nouvelle.

Mais il appellerait sûrement aujourd'hui, se dit-elle, en faisant les cent pas, le regard rivé sur son téléphone.

Dieu merci, Jordan n'était pas à la maison. Visiblement, la visite de Stephen lui avait fait le plus grand bien puisqu'il avait fini par accepter l'invitation de son copain Kevin à

La femme interdite

aller passer la journée dans un parc aquatique non loin d'Austin, et même à rester dormir chez lui.

C'était donc l'occasion rêvée pour Jill de se consacrer à la peinture. Seulement voilà ! Elle était si inquiète à propos de l'entrevue entre les deux frères, et de ses conséquences inévitables, qu'elle était incapable de se concentrer sur quoi que ce soit d'autre.

A bout de nerfs, elle décida de s'entraîner sur son tapis de course pour évacuer son trop-plein de stress. Après avoir enfilé des vêtements de sport, elle récupéra son portable et son casque à écouteurs avant de se diriger vers l'arrière de la maison, dans une pièce où son tapis de course voisinait avec sa machine à coudre, sa planche à repasser et un bric-à-brac dont elle finirait par se débarrasser à l'occasion d'un vide grenier.

Après avoir couru pendant quarante-cinq minutes, accompagnée par les chansons de Gwen Stefani, elle se sentit beaucoup mieux et en oublia momentanément ses soucis.

Elle prit une douche rapide en espérant que Stephen ne l'appellerait pas à ce moment-là. Ce serait bien sa veine !

Elle était à moitié habillée quand la sonnette de la porte d'entrée retentit. Quelle poisse ! Qui pouvait bien débarquer chez elle sans crier gare ? Sûrement un de ces représentants de commerce qui persistaient à faire du démarchage à domicile malgré les panneaux d'interdiction apposés dans tout le quartier. Elle fit la sourde oreille, mais l'importun, quel qu'il soit, insistait lourdement.

— J'arrive, marmonna-t-elle en se hâtant d'enfiler un T-shirt propre par-dessus ses cheveux humides. Mais si c'est encore un de ces maudits représentants, il va m'entendre !

En apercevant son visiteur à travers l'œilleton, son cœur bondit dans sa poitrine.

La femme interdite

— Stephen ! s'exclama-t-elle en ouvrant la porte. Pourquoi ne m'as-tu pas appelée ?

Elle était tellement sidérée de le voir en chair et en os qu'elle en oublia presque la piteuse image qu'elle lui offrait : habillée à la va-vite, pieds nus, sans maquillage et même pas coiffée !

En pénétrant dans son vestibule, Stephen arborait une étrange expression.

— Qu'y a-t-il ? demanda-t-elle, soudain prise de panique. Tu as parlé à Elliott ?

— Oui. Mais, auparavant, j'ai deux questions à te poser.

Son regard d'un bleu profond semblait la clouer sur place.

— Les... lesquelles ? bafouilla-t-elle, troublée plus que de raison.

Pourquoi lui faisait-il toujours cet effet-là ?

— Où est Jordan ?

— Il est absent pour la journée.

— Bon. Maintenant, est-ce que tu m'aimes ?

Elle s'attendait si peu à cette question qu'elle faillit tomber à la renverse. La gorge nouée, elle le contemplait avec de grands yeux.

Cela signifiait-il... ?

Il s'avança vers elle et posa ses mains sur ses épaules.

— Parce que moi, je t'aime, Jill. Et j'ai besoin de savoir si c'est réciproque.

Elle aurait voulu lui dire non, pour éviter toute complication. Mais elle n'avait pas le droit de lui mentir. Plus maintenant. Son regard s'embua.

— Oui, je t'aime. Mais...

Il ne lui laissa pas le temps de finir sa phrase et se mit à l'embrasser éperdument, comme s'il ne pouvait se rassasier d'elle. Les mains enfouies dans ses cheveux, il déposait une

La femme interdite

série de baisers sur ses lèvres, ses yeux, son nez. Il ne se lassait pas de l'embrasser tout en murmurant son prénom en une litanie sans fin.

Il la prit dans ses bras, toujours en l'embrassant, et se dirigea vers la salle à manger inondée de soleil. Et là, il la déshabilla avec délice tout en se dévêtant à son tour.

— Stephen…, commença-t-elle.

Mais bientôt, une vague de sensations exquises déferla sur elle, et elle perdit le fil de ses pensées.

— Dieu, que tu es belle ! s'extasia Stephen tandis que sa bouche et ses mains se réappropriaient son corps.

Puis, tous les deux enlacés, ils se rendirent dans la chambre de Jill, laissant libre cours à leur passion. Stephen était un amant merveilleux, tendre et généreux. On aurait dit qu'il savait exactement comment la faire frissonner et crier de plaisir.

De son côté, elle partit à la redécouverte de son corps, d'abord avec une certaine retenue. Mais très vite, elle s'abandonna à la joie de refaire l'amour avec lui.

Il lui prodigua des caresses expertes qui la laissèrent pantelante et moite de désir. Son envie de l'accueillir en elle était si douloureuse qu'elle pleura de bonheur quand il la pénétra enfin. A ce moment-là, elle sut avec certitude qu'elle lui avait toujours appartenu et qu'elle lui appartiendrait à jamais. Elle enroula ses jambes autour de ses hanches et arqua son corps contre le sien pour l'attirer plus profondément en elle. En l'espace de quelques minutes, des ondes de volupté se propagèrent dans tout son corps, et elle cria sous l'intensité de son plaisir. Bientôt, l'extase le balaya à son tour, et il l'accompagna au bord de l'ineffable.

*
**

La femme interdite

Plus tard, alors qu'ils étaient allongés ensemble, heureux et repus de plaisir, Stephen lui raconta ses deux conversations avec Elliott.

Jill se mit à pleurer quand Stephen lui répéta les propos d'Elliott la concernant.

— C'est plutôt moi qui n'ai jamais été digne de lui !

Stephen essuya délicatement ses larmes avec son pouce.

— Il ne voit pas les choses sous cet angle. Tout ce qu'il veut, c'est ton bonheur.

Cela n'empêchait pas Jill de culpabiliser à propos d'Elliott. Il avait déployé des trésors de bonté envers elle et Jordan, et, en contrepartie, elle ne lui avait apporté que du chagrin.

— Jill...

Elle leva les yeux vers Stephen.

— Veux-tu m'épouser ?

— Je... t'épouser ?

Il lui sourit, tendrement moqueur.

— Oui. C'est ce que j'ai dit.

— Et... revenir à High Creek ?

— Oui.

— Mais... comment Elliott le prendra-t-il ?

— Il a dit qu'il s'en accommoderait. Toutefois, s'il s'avère que c'est au-dessus de ses forces, nous irons vivre ailleurs. Après tout, je pourrais m'installer ici. J'ai toujours aimé Austin. Et, Dieu merci, l'argent n'est pas un problème. Mais nous savons tous les deux que Jordan se plairait davantage à High Creek, non loin du ranch. Et je suis sûr qu'Elliott serait heureux de le prendre sous son aile. Evidemment, cela suppose que tu démissionnes de nouveau de ton poste.

Les pensées se bousculaient dans la tête de Jill. Tout cela était tellement inattendu ! Certes, elle était assaillie de doutes, mais la perspective de se marier avec Stephen et

La femme interdite

de revenir vivre à High Creek l'excitait au plus haut point et lui donnait une sensation de légèreté qu'elle n'avait pas éprouvée depuis l'enfance.

— Tu ne dis rien ? Dois-je me mettre à genoux pour te demander ta main ? Je sais que j'aurais dû faire les choses dans les règles de l'art et t'offrir une bague, mais j'étais trop impatient. J'ai déjà perdu tellement de temps sans toi et Jordan !

En le voyant aussi sincère, elle en oublia tous ses doutes. Stephen était bel et bien l'amour de sa vie. Certes, les difficultés ne manqueraient pas de surgir, mais ils y feraient face et les surmonteraient ensemble. Elle lui caressa le visage en souriant.

— Je t'aime, Stephen. Et j'accepte de t'épouser.

Ils passèrent le reste de la journée et une partie de la nuit à discuter et à s'aimer, sans oublier un pique-nique dans la cuisine et un détour par la douche.

— Je ne me lasserai jamais de te faire l'amour, assura Stephen.

— Tu dis ça maintenant, mais quand je serai vieille et ridée, ce sera une autre histoire, s'esclaffa Jill.

— Qu'importe. Moi aussi, je serai vieux et décati.

Toutefois, les meilleures choses ayant une fin, le lendemain matin, il fut temps d'aller chercher Jordan chez la maman de Kevin.

— Je viens avec toi, annonça Stephen.

En le voyant, le visage de Jordan s'illumina.

— Stephen ! Je ne pensais pas que vous reviendriez si tôt !

— Moi non plus, fiston. Mais je voulais voir ta maman pour discuter avec elle. Et nous avons une nouvelle à t'annoncer.

La femme interdite

— Laquelle ?
— Nous te le dirons à la maison, intervint Jill.
— Entendu.

Dieu merci, le trajet était court, songea Jill, nerveuse. Elle ne pouvait s'empêcher d'appréhender la réaction de son fils.

Ils s'assirent autour de la table de la cuisine et, comme convenu, ce fut Stephen qui amorça la conversation.

— Nous voulons te parler de ton père.
— Mon père ? s'exclama Jordan, les sourcils froncés.
— Oui. Ta maman m'a dit que, par le passé, tu t'étais posé des questions à son sujet.

Jordan haussa les épaules.

— Oui. Peut-être bien.

Mais son regard brillant et attentif prouvait qu'il n'était pas aussi indifférent qu'il y paraissait.

— Et si je te disais que tu connais ton père ?

Jordan ouvrit de grands yeux.

— Fiston, je suis ton père, annonça Stephen en posant sa main sur celle de Jordan.
— Mon... vrai père ? s'exclama Jordan, incrédule.
— Oui.
— Mais...

Jordan se tourna vers sa mère qui se tordait nerveusement les mains.

— Tu m'as toujours dit que tu ignorais où était mon père !
— Je sais, mon cœur. Et quand je te l'ai dit, je ne mentais pas.

Il reporta son regard brillant d'excitation sur Stephen.

— Vous êtes vraiment mon père ?
— Oui, mon fils. Je le suis.

En voyant le sourire lumineux de Jordan, Jill en eut les larmes aux yeux.

La femme interdite

Stephen posa son autre main sur celle de Jill.

— Et ta maman et moi avons décidé de nous marier pour que nous formions une vraie famille.

— Yes ! s'exclama Jordan, au comble de l'enthousiasme. Alors, on retourne bientôt au ranch ?

— Jordan, prévint Jill, nous n'allons pas vivre au ranch mais chez Stephen, à High Creek.

— C'est chouette aussi. En tout cas, je suis drôlement content qu'on forme une vraie famille tous les trois. Dis p'pa, je pourrai quand même aller au ranch pour monter Big Boy et aider Antonio ?

— Bien entendu, assura Stephen, très ému.

Jill ne put retenir plus longtemps ses larmes. Mais c'était des larmes de joie. Même le regard de Stephen était étrangement brillant.

Jill débordait de gratitude. Toutefois, pour que son bonheur soit complet, encore fallait-il qu'Elliott retrouve sa sérénité et sa joie de vivre. Et elle se promit de prier tous les jours pour que lui aussi rencontre l'âme sœur. Il le méritait bien !

Ce soir-là, après que Jordan fut allé au lit, des rêves plein la tête, Stephen et Jill reprirent leur conversation.

— Tu n'as aucune raison de t'inquiéter, Jill. Tout se passera bien avec Elliott.

— Et si ce n'est pas le cas ?

— Alors, nous nous installerons chez toi en attendant de faire bâtir une maison avec suffisamment de terrain pour élever deux ou trois chevaux.

— Et ton cabinet d'avocat ?

— Comme tu le sais, je peux exercer mon métier n'importe où au Texas.

— Mais…

Il passa un bras autour de ses épaules et l'attira contre lui.

La femme interdite

— Maintenant que nous nous sommes retrouvés, rien ni personne ne nous séparera.

— Je ne voudrais surtout pas que toi et Elliott vous disputiez à cause de moi !

— Je sais.

— Tu l'aimes tellement, et lui aussi, il t'aime.

Stephen lui releva le menton.

— C'est vrai, Elliott représente beaucoup à mes yeux. Mais toi et Jordan représentez tout pour moi. Et si Elliott voit notre mariage d'un mauvais œil, j'en serai désolé mais cela ne m'arrêtera pas. Parce que, maintenant que je t'ai retrouvée, je ne te laisserai plus jamais repartir.

Son baiser fut encore plus éloquent que ses paroles.

Et pour la première fois depuis cette fameuse nuit au ranch où elle avait reconnu Stephen, elle eut la certitude qu'un avenir plein de promesses s'ouvrait devant elle.

Épilogue

Trois ans plus tard...

— Les mariages célébrés à Noël sont très romantiques, tu ne trouves pas ?

Jill sourit à Nora.

— L'automne est, selon moi, la saison idéale, remarqua-t-elle en songeant à son propre mariage. Mais, évidemment, je suis de parti pris.

Elle reporta son attention sur Stephen. En sa qualité de témoin d'Elliott, il se tenait derrière son frère, attendant que la mariée fasse son entrée au son de la musique.

Comme s'il devinait le regard de sa femme posé sur lui, il tourna la tête et lui adressa un clin d'œil complice.

Le cœur de Jill débordait d'amour. Dieu s'était montré si bon pour elle, et même beaucoup plus qu'elle ne le méritait. Chaque jour, elle le remerciait pour toutes les faveurs qu'il lui avait accordées. Elle songea à Elliott qui s'était montré si compréhensif à son égard. Non seulement il l'avait accueillie à bras ouverts en tant que future épouse de Stephen mais il avait fait en sorte qu'elle ne se sente jamais mal à l'aise malgré une situation plus que délicate. Elle se remémora aussi la joie qu'il avait éprouvée lors de la naissance de sa nièce Hannah — une joie presque aussi grande que celle des heureux parents.

La femme interdite

Jill caressa son ventre légèrement arrondi. Bientôt, la famille Wells compterait un cinquième membre.

A côté d'elle, Jordan murmurait quelque chose à l'oreille de sa petite sœur, assise sur ses genoux. La fillette de deux ans, à la personnalité déjà affirmée, avait décrété que ce serait son frère adoré, et personne d'autre, qui la porterait aujourd'hui.

Elle avait repoussé Jill, la lippe boudeuse, en disant : « Non (son mot favori). Jo-dan me po-te ! » En ce grand jour, elle était adorable dans sa robe en velours vert et ses chaussures dorées — des Mary Janes dont elle était très fière et qu'elle ne se lassait pas de faire admirer à tout un chacun.

Après avoir calmé sa petite fille qui ne tenait pas en place, Jill regarda autour d'elle. A quoi songeait Caroline au moment où son père s'apprêtait à se remarier ? Le seul regret de Jill était de n'avoir pas réussi à l'amadouer. Pourtant, Dieu sait si elle avait essayé. Certes, la jeune femme ne se montrait plus ouvertement hostile envers elle, mais elle s'obstinait à garder ses distances. Heureusement, elle semblait bien s'entendre avec Charlie. C'était le principal.

Jill en était là de ses réflexions quand l'organiste attaqua *Trumpet Voluntary*. Aussitôt, l'assemblée réunie dans la petite église congréganiste se retourna avec un bel ensemble pour assister à l'entrée de la mariée.

Jill sourit en voyant Madison, la petite-fille de Charlie, s'avancer dans l'allée en répandant des pétales de roses dans son sillage. Elle était mignonne à croquer dans sa robe blanche en dentelles, agrémentée d'une large ceinture en velours rouge et ses ballerines également en velours rouge. Venaient ensuite les deux filles de Charlie, Michelle et Megan — la mère de Madison —, toutes deux demoiselles d'honneur. Elles portaient une robe longue en satin rouge et tenaient à la main un petit bouquet d'orchidées blanches.

La femme interdite

Quand Charlie fit son entrée, des exclamations d'admiration fusèrent de tous côtés. Sa longue robe fourreau en dentelle blanche garnie de roses rouges retenues par des rubans argentés lui allait à ravir, songea Jill.

— Je pense que je peux porter du blanc même si j'ai déjà été mariée, avait-elle déclarée à Jill qui avait approuvé son choix.

Elle reporta son attention sur Elliott qui se tenait au pied de l'autel et contemplait, ému, sa future épouse approcher. Comme il semblait heureux aujourd'hui ! Il n'y avait plus aucune trace de tristesse dans son regard. Certes, ce miracle de l'amour avait de quoi surprendre, mais Jill était ravie qu'Elliott ait enfin trouvé l'âme sœur en la personne de Charlie.

Alors que la mariée s'approchait de l'autel, Elliott s'avança vers elle, les mains tendues et le sourire aux lèvres.

— Mes bien chers frères, si nous sommes réunis ici...

Tout en écoutant les paroles du pasteur, Jill songeait à quel point le destin l'avait comblée. Une fois encore, Stephen tourna la tête vers elle. Et quand leurs regards se croisèrent, elle sut qu'ils étaient sur la même longueur d'onde. Si seulement elle pouvait capter pour toujours cet instant magique : assise là, dans cette petite église conviviale, entourée de personnes qu'elle aimait, participant au bonheur des mariés, anticipant la naissance d'un autre enfant... Que demander de plus ?

« Madame Stephen Wells, se dit-elle, tu es la plus chanceuse des femmes. »

PAMELA STONE

Un amant passionné

éditions Harlequin

Titre original : LAST RESORT : MARRIAGE

Traduction française de DOMINIQUE DUBOUX

© 2009, Pamela Stone.
© 2010, Harlequin S.A.
83/85 boulevard Vincent-Auriol 75646 PARIS CEDEX 13.
Service Lectrices — Tél. : 01 45 82 47 47
www.harlequin.fr

- 1 -

— Enfin, Charlotte, n'oublie pas que tu n'es plus toute jeune, déclara Edward Harrington d'une voix autoritaire.

— Moi, plus toute jeune ? Mais je n'ai que vingt-neuf ans.

— Il n'y a pas que le travail qui compte dans la vie.

Charlotte Harrington cligna des yeux d'un air étonné. Depuis quand son grand-père s'intéressait-il à autre chose que sa précieuse chaîne hôtelière ?

— Je veux que tu sois heureuse, que tu fondes une famille, reprit-il en montrant ostensiblement Perry Thurman l'homme qui se tenait à côté de lui. Et j'aimerais bien connaître mon arrière-petit-fils avant de mourir. Comme tu n'as pas réussi à te trouver un mari digne de ce nom dans cet endroit perdu, j'ai eu l'idée de forcer un peu le destin.

Perry tendit les mains vers elle.

— Tu m'as beaucoup manqué, ma chérie.

Charlotte réprima un geste d'agacement. Comme à son habitude, Perry portait un élégant costume italien et arborait son sourire de star, mais elle était maintenant insensible à ses charmes. Son statut de petit protégé d'Edward le rendait bien trop sûr de lui. Elle remarqua avec satisfaction la petite bosse qu'il avait sur le nez. Mis à part Perry, elle était la seule à connaître l'origine de ce léger défaut dans son physique si parfait.

Edward tapota affectueusement le dos de Perry.

— Ecoute, Charlotte, Perry est venu me trouver et m'a

Un amant passionné

tout raconté. Il regrette ce qui s'est passé entre vous quand vous étiez étudiants et en assume l'entière responsabilité. Je te demande de lui laisser une chance de se racheter.

Charlotte serra les poings. Contrairement à son grand-père, d'habitude si perspicace, elle n'était pas assez bête pour se laisser abuser par Perry. Elle se rendit à la fenêtre et contempla les vacanciers qui se doraient au soleil sur la plage de sable blanc. Elle se sentait acculée. Forcée à se marier comme les héroïnes des romans sentimentaux que lisait sa grand-mère. Mais ce temps-là était révolu. On était au XXIe siècle et elle était bien décidée à ne pas se laisser manipuler.

Elle se tourna résolument vers son grand-père.

— Tu as toujours fait passer ton travail avant le reste. Comment oses-tu me donner des conseils concernant ma vie amoureuse ?

— Il m'est en effet arrivé de commettre des erreurs. Nous avons tous des regrets.

« Il s'en veut sans doute d'avoir été en voyage d'affaires quand sa femme est morte », pensa-t-elle aussitôt.

— Prends au moins la peine de m'écouter avant de refuser, dit Edward avec le sourire de celui qui sait ce qui est bon pour vous. Le moment est venu pour toi et Perry de rentrer à Boston afin de vous mettre dans le bain. Vous allez bientôt être amenés à participer de plus près à la gestion de la chaîne.

Charlotte s'immobilisa un instant. Elle avait toujours rêvé d'un poste à la tête de l'entreprise. Cinq ans auparavant, elle aurait tout de suite sauté sur l'occasion. Mais c'était avant qu'elle s'installe sur l'île de Marathon, loin de Boston et de son grand-père. Avant qu'elle prenne goût à son indépendance. De plus, avec Perry comme collaborateur, le rêve ressemblerait davantage à un cauchemar.

Un amant passionné

— Tu sais, Charlotte, Perry a fait un travail fantastique à Monte-Carlo, fit ensuite remarquer Edward.

C'était typique de son grand-père de s'intéresser aux performances professionnelles d'un homme au lieu de se demander s'il ferait un bon mari. De toute évidence, son regain d'intérêt pour la famille n'allait pas jusque-là. Bien qu'à contrecœur, elle devait cependant admettre que Perry était celui qui réalisait les profits les plus importants du groupe. Alors pourquoi avait-il décidé de renoncer à la direction du prestigieux hôtel de Monte-Carlo ? Elle n'arrivait pas à savoir si c'était de sa propre initiative ou si son grand-père lui avait un peu forcé la main.

— Mais que deviendra cet endroit ? protesta-t-elle. Grâce à moi, le Marathon Key est devenu l'un des villages de vacances les plus élégants et les plus rentables de toute la Floride du Sud, dit-elle en jetant un coup d'œil aux diplômes et aux récompenses accrochés dans leurs cadres dorés sur le mur derrière son bureau. Je travaille ici depuis longtemps, bien avant la mort de papa.

Le vieil homme balaya son objection d'un revers de main.

— J'ai déjà eu des propositions. Plusieurs investisseurs sont disposés à t'enlever cette épine du pied.

— Tu as l'intention de vendre ?

Cette fois, elle ne masqua pas son angoisse. Le Marathon Key était tout ce qu'il lui restait de son père.

Edward Harrington parcourut la pièce du regard.

— C'est le plus vieil hôtel de la chaîne et les Keys n'attirent plus personne. Les gens qui ont de l'argent préfèrent passer leurs vacances au bord de la Méditerranée.

Elle n'en croyait pas ses oreilles. Son grand-père accordait décidément bien peu de valeur à son travail. Il est vrai qu'Edward Harrington croyait les femmes incapables de gérer une entreprise sans être supervisées par un homme.

Un amant passionné

— Si tu es vraiment décidé à vendre, j'achète. Je peux m'arranger pour te donner cent mille dollars demain.

Une telle somme ne serait pas facile à réunir, mais en comptant l'argent de son héritage et ses différents placements financiers, elle y arriverait.

Le vieil homme se frotta les mains en souriant.

— Je vais te faire une meilleure offre. Si tu épouses Perry et que tu reviens à Boston, je te donne l'hôtel en cadeau de mariage. Tu pourras jouer à le gérer pendant ton temps libre et y passer des vacances avec tes enfants.

Enfin, la vérité était dite : elle travaillait pour s'amuser. Profondément choquée parce qu'elle venait d'entendre, elle fut incapable d'ajouter le moindre mot et ne put que regarder, impuissante, Perry et son grand-père échanger un regard entendu. Pour eux l'affaire était réglée.

— Perry sera un mari parfait, j'en suis sûr, insista Edward.

Sans plus attendre Perry se dirigea vers elle et s'empara de ses mains.

— Je me suis comporté comme un idiot. Pardonne-moi de t'avoir déçue et donne-moi une autre chance.

Elle retira ses mains d'un geste brusque et lui lança un regard assassin. Elle n'était plus une étudiante naïve, en six ans, elle avait eu le temps de s'endurcir. Ses fossettes et son costume hors de prix ne l'impressionnaient plus.

Il se pencha vers elle et lui chuchota à l'oreille :

— Ne me repousse pas, ma chérie. Nous formons une belle équipe tous les deux, sur tous les plans. C'était notre rêve à l'époque, souviens-toi.

Le contact de sa bouche la fit tressaillir. Perry n'avait qu'une ambition : parvenir en haut de l'échelle. Il était prêt à tout pour atteindre son objectif, même à se marier avec elle.

Alors qu'elle s'apprêtait à lui lancer une réplique cinglante, la porte s'ouvrit à la volée et un homme de haute taille fit irruption dans la pièce.

— Dis donc, Charlie, annonça-t-il avec désinvolture, on a un petit problème. Mon bateau est de nouveau en panne.

Aaron Brody... Il ne manquait plus que cela. Cette journée tournait décidément à la catastrophe.

— Charlie ? cracha Edward. Tu permets à tes employés de te donner des surnoms ? Comment peux-tu administrer un établissement de cette taille sans imposer à ton personnel un minimum de respect pour la hiérarchie ?

Elle serra les dents afin de ne pas répondre, même si son grand-père n'avait pas tout à fait tort. Aaron Brody était d'une audace sans bornes. Il était le seul à entrer dans son bureau sans frapper et à l'appeler Charlie. Il ne possédait ni sens des convenances ni bonnes manières. Un miracle qu'il parvienne encore à maintenir son affaire à flot. C'était la troisième fois en deux mois qu'il devait annuler une croisière parce que son bateau était en panne.

Ignorant le commentaire d'Edward, Aaron croisa les bras sur sa poitrine et adressa un clin d'œil à Charlotte.

Qu'est-ce que cela signifiait ? Avait-il entendu leur conversation ? Elle le scruta, mais son expression était impénétrable. Pour elle Aaron Brody avait toujours été un mystère et elle avait abandonné depuis longtemps l'espoir de le voir un jour se comporter normalement.

Quand elle l'avait rencontré, il y a trois ans, il travaillait sur son bateau. L'image de son torse musclé luisant de sueur et de ses longues jambes aux poils blondis par le soleil était restée gravée dans sa mémoire.

Au fil du temps elle avait découvert que c'était un homme indépendant et sûr de lui. Personne ne lui dictait sa conduite, et il ne se serait jamais laissé piéger comme elle. Il aurait probablement envoyé Edward sur les roses dès le début.

Un amant passionné

Tandis qu'elle l'étudiait, une idée germa dans son esprit. Une idée folle, mais là, maintenant, elle ne voyait pas d'autre solution. Aaron serait-il disposé à suivre le plan qu'elle venait de concevoir ? D'une façon ou d'une autre, elle devrait se battre pour conserver cet endroit, et il était hors de question qu'elle épouse Perry pour y parvenir.

S'efforçant de prendre un air naturel, elle se dirigea nonchalamment vers Aaron et passa un bras autour de sa taille. Puis, sans trembler, elle plongea les yeux dans les siens et lui sourit.

— Tu te trompes, Edward, dit-elle, priant pour qu'Aaron la soutienne. Cet homme n'est pas un employé.

Elle tourna la tête pour observer l'expression stupéfaite de son grand-père.

— J'ai le plaisir de te présenter mon fiancé, Aaron Brody.

Bouche bée, Edward semblait frappé de stupeur.

Ignorant délibérément Perry, elle sourit à son grand-père. Elle s'efforçait de prendre un air assuré, mais au fond, elle était morte de peur. Comment Aaron allait-il réagir ?

Reprenant ses esprits, Edward fusilla Aaron du regard.

— Est-ce vrai que vous avez l'intention d'épouser ma petite-fille ?

Elle adressa à Aaron un regard suppliant. Mais ses yeux verts, de la couleur trouble et dangereuse de la mer avant la tempête, restaient insondables. Elle avait entendu dire qu'il avait beaucoup d'aventures, mais qu'il refusait de se ranger. Mais elle savait aussi qu'il aimait les défis. Avec un peu de chance, il serait assez fou pour entrer dans son jeu.

Il se tenait immobile comme une statue, son beau visage aux traits parfaitement dessinés était impénétrable. Elle l'implora silencieusement.

Un amant passionné

— Pourquoi Charlotte mentirait-elle à ce sujet ? demanda Aaron en soutenant son regard.

Puis, glissant soudain la main dans le col de son chemisier, il caressa sa nuque et l'embrassa.

Tétanisée, elle se laissa faire. Il traça le contour de ses lèvres du bout de la langue comme s'il léchait un cornet de glace. Aussitôt, elle fut envahie par un trouble étrange. Mais sans doute était-ce à cause de toute l'étrangeté de la situation.

Au bout d'un moment, il s'écarta d'elle, un sourire charmeur sur les lèvres, la laissant toute pantelante.

— Pourquoi es-tu partie sans m'embrasser ce matin ? Tu sais que ça me rend triste.

Elle se mordit la langue. Que répondre à cela ? Elle n'avait pas l'habitude de ce genre de badinage.

Perry, qui jusque-là était resté silencieux, se mit à arpenter la pièce de long en large.

— C'est une plaisanterie. Tu ne vas pas gâcher ta vie avec ce... ce...

Elle l'ignora et adressa un sourire reconnaissant à Aaron.

— Est-ce ainsi que vous vous habillez pour travailler, monsieur Brody ? demanda Edward.

Le short et le T-shirt d'Aaron étaient tachés de graisse et ses tennis trouées. Ses cheveux blonds, toujours un peu trop longs, n'étaient évidemment pas coiffés. Un accoutrement qui ne choquait personne dans les Keys, mais qui n'avait rien à voir avec l'idée qu'Edward se faisait d'une tenue de travail appropriée.

Aaron haussa les épaules en montrant du doigt le nom de son affaire, Brody's Charters, inscrit en lettres délavées sur son T-shirt.

— Etes-vous contre la publicité gratuite ? Tout le monde ici s'habille comme ça. Nous ne sommes pas à Boston.

Un amant passionné

— Avez-vous déjà fixé la date du mariage ? demanda Edward de but en blanc. Dois-je retarder mon départ ?

Charlotte se figea. Elle aurait dû s'attendre à ce que son grand-père la pousse dans ses derniers retranchements. Elle serra la taille d'Aaron, pour se donner du courage.

— On ne veut pas d'un mariage en grande pompe, répondit Charlotte. La saison va bientôt commencer. On passera peut-être devant le maire après.

Edward fronça les sourcils.

— Seulement la mairie ?

— Charlotte, je t'en prie, réfléchis, plaida Perry.

Bien trop troublée par les doigts d'Aaron qui se promenaient sur sa nuque, elle n'eut aucun mal à l'ignorer.

Aaron frotta sa barbe naissante.

— Hé, Charlie, dit-il en regardant Edward, on pourrait profiter de la présence de ton grand-père pour demander à mon ami Johnny de nous marier sur son bateau. Il en a le droit en tant que capitaine. Que dirais-tu de demain ?

Demain ? Croyait-il qu'elle avait réellement l'intention de l'épouser ?

Il la regarda d'un air innocent.

— Alors, Charlie, qu'en dis-tu ? insista-t-il.

Elle avait l'impression d'étouffer, d'être encerclée par une bande de requins affamés. S'efforçant de prendre un air détendu, elle prit le bras de son grand-père et l'entraîna vers la sortie.

— Je dois parler à mon fiancé. Attends-moi au restaurant avec Perry. Commandez le déjeuner, nous vous rejoindrons dans un instant.

Perry s'arrêta devant Charlotte et la regarda sévèrement.

— Surtout, ne prends pas de décision précipitée.

Sans même répondre, elle le poussa dehors. Après avoir refermé la porte, elle lança un regard furieux à Aaron.

Un amant passionné

— Qu'as-tu derrière la tête ?

— J'ai fait ce que tu m'as demandé, Charlie, répondit-il d'une voix traînante en fixant ses jambes.

Gênée, elle lissa sa jupe et se réfugia derrière son bureau.

— Il n'est pas question de mariage. Contente-toi de faire semblant de m'aimer.

— Ton grand-père n'est pas idiot. Il veut que tu te maries et si tu n'obéis pas, tu perdras ton hôtel. Est-ce que je me trompe ?

Elle sentit sa gorge se serrer. Edward ne l'avait pas dit explicitement, mais c'était plus que probable. Il n'agissait jamais sans arrière-pensée. Ce qui de toute évidence, était aussi le cas d'Aaron. Il affichait une confiance excessive et s'était rendu maître de la situation beaucoup trop facilement.

— Ecoutais-tu aux portes ? demanda-t-elle d'un air soupçonneux.

Il haussa un sourcil sans répondre, traversa la pièce et saisit un presse-papier en cristal sur le bureau.

— Qu'est-ce que tu veux ? insista-t-elle.

Il reposa le bloc de cristal sur le plateau en acajou et s'appuya nonchalamment contre la table.

— La même chose que toi, sauvegarder mon affaire.

— Je ne comprends pas.

Aaron sortit un paquet de cigarettes froissé et un briquet de sa poche et alluma une cigarette.

Elle agita volontairement la main devant son nez.

— Il est interdit de fumer ici.

Il tira une longue bouffée, pressa la braise entre ses doigts et lança le mégot dans la poubelle en métal.

— Cent mille dollars me remettraient à flot, dit-il, les yeux fixés sur la fumée qui montait vers le plafond.

— Tu as écouté aux portes. J'en suis certaine.

Un amant passionné

— Quelle importance Charlie ! Tu dois te marier pour faire plaisir à ton grand-père et conserver ton hôtel. Moi, je dois réparer mon bateau et mes finances sont à sec. Nous avons besoin l'un de l'autre. Si nous n'arrivons pas à nous entendre, nous perdrons tous les deux notre job.

— Cent mille dollars ? lâcha-t-elle avec incrédulité. Mais c'est de la folie. Je n'ai pas besoin de toi à ce point-là.

— Si. Tu auras beau épouser ce bellâtre, ton grand-père ne te donnera pas le Marathon. D'ailleurs, Percy fera tout ce qu'il peut pour l'en empêcher.

Il redressa le dos et prit un air autoritaire.

— Les femmes ne sont pas faites pour commander. Ce rôle est réservé aux hommes, déclara-t-il en imitant Edward. Oh, c'est vrai, tu seras trop occupée à élever des petits Percy pour avoir le temps de diriger un hôtel.

— Tu n'es pas drôle. Et son nom est Perry, non Percy.

Contrairement à son grand-père, pourtant si perspicace, Aaron avait percé Perry à jour au bout de cinq minutes. Son grand-père, lui, le considérait maintenant comme son propre fils. Il avait tout ce qui manquait au père de Charlotte : un diplôme universitaire, du professionnalisme et par-dessus tout, un dévouement inépuisable pour Harrington Resorts auquel il consacrait l'intégralité de son temps. Perry ressemblait à Edward comme un clone.

— Réfléchis, répéta-t-il. Nous serons juste mariés quelques mois. Tu t'occupes de tes affaires pendant que je remets mon bateau en état. Ensuite, nous divorçons discrètement et tout le monde y trouve son compte. Le plan idéal.

Charlotte n'en croyait pas ses oreilles. Pour qui se prenait-il ? Certes il avait joué le jeu, mais cette histoire de mariage était allée trop loin.

— Cent mille dollars, c'est beaucoup trop.

— Voyons, Charlie, tu n'as pas le choix. Sauf si tu préfères épouser Percy.

Un amant passionné

— Je peux donner cet argent à Edward en acompte et acheter le Marathon. Je n'ai pas besoin de toi.

— Le complexe vaut au minimum cent fois plus. Tu seras obligée d'emprunter et de rembourser pendant des années. De plus, ton grand-père continuera à insister pour que tu te maries. Alors donne-lui satisfaction et épouse-moi. Tu verras qu'il finira par te céder le Marathon.

— Hors de question. Je trouverai une autre solution, assura-t-elle avec une assurance qu'elle était bien loin d'éprouver.

— Ton grand-père risque d'être déçu si le mariage n'a pas lieu demain.

— A qui la faute ? demanda-t-elle sèchement. C'est toi qui as eu cette idée stupide. Maintenant, il va falloir que je trouve un moyen de le détromper.

— Tu ne peux pas te passer de moi, Charlie.

Elle indiqua la porte d'un signe de la tête.

— Va-t'en, Brody. Je ne t'épouserai pas, ni toi ni un autre.

Edward se leva de table pour accueillir Charlotte.

— Où est ton fiancé ? demanda-t-il dès qu'elle se fut installée en face de lui.

— Il est parti à la recherche d'un bateau pour accueillir le groupe de touristes qui lui est resté sur les bras. Perc..., euh, Perry n'est pas là ?

— Je lui ai dit d'aller faire un tour. Es-tu vraiment décidée à épouser cet homme, Charlotte ? C'est la première fois que je t'entends prononcer son nom devant moi.

— Tu ne sais pas grand-chose de ma vie.

— Peut-être, mais je suis sûr que toi non plus tu ne sais rien de ton fiancé.

— Ecoute, Edward...

Un amant passionné

— Ce type ne m'inspire pas confiance. Il ne s'intéresse qu'à ton argent.

— Ce serait plutôt Perry qui s'intéresse à mon argent.

— Ce n'est pas parce qu'il t'a blessée autrefois que tu dois lui en vouloir pour toujours. Il a grandi, lui, et tu ferais bien de l'imiter, dit-il sévèrement en la scrutant. Si j'étais vraiment certain que ce Brody soit réellement amoureux de toi, je serais ravi que tu l'épouses. Mais…

— Tu ne crois donc pas qu'il puisse m'aimer ?

Les doutes d'Edward étaient insultants. Elle n'était peut-être pas le genre de femme que les hommes rêvent de mettre dans leur lit, mais elle n'était pas non plus exactement repoussante.

— Non, je crois que tu es confuse. Les femmes perdent tout leur bon sens quand elles sont amoureuses. Je veux juste t'éviter une déception. De plus, je dois protéger mes intérêts. J'ai travaillé dur pour monter cette affaire et je ne laisserai pas un vulgaire coureur de dot te mettre sur la paille.

Charlotte tritura nerveusement sa serviette entre ses doigts. Si elle n'avait pas été persuadée que son grand-père ne voulait que son bien, elle lui aurait volontiers tordu le cou jusqu'à ce qu'il devienne aussi rouge que sa cravate griffée.

— Aaron n'est pas intéressé, protesta-t-elle.

Il lui avait pourtant prouvé tout le contraire à peine un quart d'heure auparavant.

Edward se leva d'un bond.

— Si, et je te le prouverai, dit-il en s'éloignant à grand pas.

Aaron Brody s'acharnait sur le moteur de son bateau quand Edward Harrington monta à bord. Son élégance

Un amant passionné

détonnait avec l'allure décontractée des touristes et même des autochtones.

Il traversa le pont, glissa la main dans la poche de sa veste et en sortit un chéquier en cuir noir.

— Combien voulez-vous ? demanda-t-il sèchement.

Aaron s'essuya les mains sur un chiffon. Cela faisait bien longtemps que ce genre d'individu ne l'intimidait plus.

— Je vous demande pardon ?

— Ne faites pas l'idiot. Combien voulez-vous pour disparaître de la vie de ma petite-fille ? Cinquante mille ? Cent mille ? énuméra Edward avec dédain.

Aaron ne répondit pas. Il avait l'habitude de ce genre d'attitude. A l'époque où il vivait à Miami, les gens le regardaient ainsi, comme s'il n'était jamais assez bien pour eux.

Une nuée de mouettes passa au-dessus d'eux en poussant des cris stridents. Harrington leva la tête pour les regarder de travers. Aaron esquissa un sourire. Le vieil homme croyait-il qu'il pouvait leur ordonner de se taire ?

— Lorsqu'un homme de votre milieu social rencontre une femme comme Charlotte, il voit tout de suite l'opportunité de se faire de l'argent.

Il jeta un regard méprisant sur les outils graisseux qui jonchaient le pont, puis sortit un stylo en or de sa poche.

— Sachez, monsieur Brody, que Charlotte n'est pas une proie aussi facile que vous l'imaginiez. Désormais, c'est à moi que vous aurez affaire. Je vous donne deux cents mille.

Deux cents mille ? La somme était colossale.

Harrington le dévisageait d'un air impatient, pressé de le voir mordre à l'hameçon. Aaron aurait pu dire oui. Avec cet argent, il pourrait s'offrir un bateau neuf et il n'aurait plus à se soucier de son chiffre d'affaires. Mais il était hors de question de céder à la pression de ce vieil homme

Un amant passionné

d'affaires. L'espace d'un instant, il plaignit Charlotte. Quelle famille elle avait !

— Allons, monsieur Brody, tout homme a son prix. Vous feriez mieux d'accepter. Je n'ai pas l'intention de laisser un gigolo mettre la main sur la fortune de ma petite-fille.

Aaron sentit soudain une immense colère l'envahir. Harrington semblait croire que son compte en banque lui donnait tous les pouvoirs.

— Voulez-vous que je vous dise où vous pouvez vous mettre votre chèque ou bien préférez-vous que je vous fasse un dessin ?

Le visage du vieil homme se décomposa. Il remit le chéquier dans sa poche, puis quitta le bateau d'un pas rageur.

Aaron savoura un instant la satisfaction d'avoir remis cet homme arrogant et sans scrupule à sa place. Certes il aurait bien besoin de deux cents mille dollars, mais pas de cette façon-là.

- 2 -

— J'ai peut-être jugé ton fiancé un peu trop rapidement, reconnut Edward en s'installant dans le fauteuil réservé aux visiteurs.

Les doigts de Charlotte s'immobilisèrent sur le clavier de son ordinateur.

— Es-tu en train d'admettre que tu t'es trompé ?

— Je n'irais pas jusque-là, répondit-il. Mais j'ai décidé de lui donner une chance.

Intriguée, elle se tourna vers son grand-père. Que s'était-il passé entre lui et Aaron ?

— Sois objective, Charlotte. Perry est le seul homme avec qui tu aies jamais entretenu une relation sérieuse. Et regarde comment ça s'est terminé.

Elle se mordilla la lèvre sans répondre. Contrairement à ce qu'il croyait, Edward ne connaissait pas toute l'histoire. Elle n'avait pas voulu lui dire la vérité de crainte de le conforter dans sa croyance que les femmes perdaient leur bon sens quand elles étaient amoureuses.

— Tu n'as jamais été douée pour les rapports humains.

Son grand-père ne lui apprenait rien, mais elle accusa tout de même le coup. Il savait toujours exactement quels étaient ses points faibles.

— C'est pourtant toi qui m'as tout appris.

— Ne le prends pas mal, je veux juste te protéger.

— De quoi ? demanda-t-elle d'un air suspicieux.

Un amant passionné

— De toi-même, répondit-il en s'interrompant pour soupirer. Ecoute, tu peux épouser cet…

— Je n'ai pas besoin de ta permission.

— C'est vrai, admit Edward. Mais si tu veux que je te donne le Marathon, tu ferais mieux de m'écouter.

Charlotte serra les poings sur ses genoux. Comme d'habitude, Edward se croyait obligé d'imposer ses règles.

— Aaron a passé le premier test avec succès, mais je suis sûr que ce n'est pas l'amour qui l'anime. Je vais pourtant lui donner une chance de me prouver le contraire. Si dans six mois, je vois que ses intentions à ton égard sont honorables, je mettrai le Marathon à ton nom. Ainsi, tu auras au moins ton indépendance financière.

Aaron avait vu juste : ce mariage était sa seule chance de conserver son job. Mais parviendraient-ils à jouer les couples amoureux pendant six mois ? Maintenant qu'elle y songeait, c'était sans doute faisable. Ils n'auraient à simuler qu'en présence de son grand-père. Celui-ci ayant douze complexes hôteliers à gérer, il ne serait donc que peu souvent là.

Edward se racla la gorge avant de reprendre :

— Perry a accepté de rester ici pour t'aider. Il sera ton second, mais c'est à moi qu'il rendra des comptes.

Elle faillit s'étouffer d'indignation.

— Je n'ai pas besoin de lui.

— C'est à prendre ou à laisser, répliqua-t-il en croisant les bras sur son torse. Je dois protéger tes intérêts et ceux de mon entreprise.

Révoltée, elle se leva d'un bond.

— J'administre cet endroit seule depuis presque cinq ans, protesta-t-elle.

— Oui, mais en ce moment, tu n'as pas tout ton bon sens. Bien entendu, Aaron devra signer un contrat de mariage.

— Il me l'a déjà proposé, mais j'ai refusé.

Un amant passionné

Son grand-père la regarda avec un air à la fois surpris et peiné. Comme s'il la prenait pour une pauvre petite fille naïve et sans défense.

— Mais pourquoi Charlotte…

— Je ne suis pas aussi naïve que j'en ai l'air. Je connais mon fiancé.

Et en même temps qu'elle énonçait ces paroles, elle resongea au baiser de Aaron. Peut-être serait-elle capable de gérer la situation finalement.

La gorge serrée d'appréhension, Charlotte monta à bord du *Free Wind* en priant pour qu'Aaron ne soit pas là. Elle était terrorisée à l'idée de la négociation qui l'attendait.

En voyant l'état des lieux, elle comprit pourquoi il avait tellement besoin de cet argent. Le bateau était imposant, mais il était dans un état lamentable. La coque anciennement blanche était devenue jaunâtre par endroit et le pont de bois était tout abîmé.

Elle était sur le point de repartir quand elle le vit. Il était assis à une table dans un petit bureau mal éclairé. Le soleil de l'après-midi avait du mal à traverser la couche de sel qui recouvrait le hublot.

Il se leva et l'accueillit avec froideur.

— Qu'est-ce que j'ai fait pour mériter deux visites de la famille Harrington dans la même journée ?

Elle s'efforça de ravaler sa fierté.

— Il faudra que tu signes un contrat de mariage.

Aaron la toisa d'un regard peu amène et ne prit même pas la peine de répondre.

— Mais je n'irai pas au-delà de dix mille dollars.

— J'ai eu ma dose d'insultes pour aujourd'hui. Tu peux garder ton argent et aller te chercher un mari ailleurs.

La violence de son ton la fit sursauter. Elle n'allait

Un amant passionné

tout de même pas s'humilier. Voulait-il qu'elle se mette à genoux ? L'espace d'un instant, elle fut sur le point de rebrousser chemin.

Mais pour aller où ? Elle ne supporterait pas d'avoir à annoncer à son grand-père que son fiancé avait refusé de l'épouser.

Alors elle rassembla son courage.

— Tu avais raison. Je ne peux pas me passer de toi.

Il posa les mains à plat sur le bureau, se pencha en avant et la fixa de ses yeux verts.

— Cent mille. Je sais que tu peux les trouver. C'est à prendre ou à laisser.

Elle poussa un profond soupir. Jamais elle n'aurait imaginé que son mariage ressemblerait à un tel marchandage. Son grand-père n'avait pas tort : elle n'était vraiment pas douée pour les relations humaines.

— Que ce soit bien clair, dit-elle en rapprochant à son tour son visage du sien. Les sentiments n'ont rien à voir là-dedans. On reste ensemble six mois, le temps que mon grand-père soit convaincu que tu m'aimes, que tu n'es pas un escroc et qu'il me cède le Marathon. Dès que ce sera fait, je demande le divorce. De plus, ajouta-t-elle en marquant une pause, dormir dans le même lit ne fait pas partie du contrat.

Cette annonce sembla amuser Aaron.

— Tu devras renoncer à ta vie de noceur pendant quelque temps, ajouta-t-elle. Mais bon, tu n'en mourras pas.

Cette fois son sourire fut carrément ironique.

— Moi, un noceur, juste parce que je ne vis pas comme un moine ? Ne me dis pas que toi tu as décidé de rester vierge pour l'homme de ta vie. A moins que tu n'aimes pas le sexe…

Son ironie la blessa. Qu'avait-il entendu sur son compte ?

Un amant passionné

Ce n'était pas parce qu'elle ne se jetait pas à la tête du premier venu qu'elle n'était pas une femme.

Il alluma une cigarette sans la quitter des yeux.

— Moi non plus je ne suis pas exactement enchanté à l'idée de partager ton lit, Charlie. Mais ton grand-père ne nous croira pas si nous ne vivons pas ensemble. Alors, où allons-nous habiter, chez toi ou chez moi ? demanda-t-il d'un ton moqueur.

Vivre sous le même toit qu'Aaron Brody n'était pas prévu au programme. Effrayée par cette perspective, elle fut sur le point de renoncer.

Mais Aaron lui adressa un sourire charmeur.

— Passe-moi ton téléphone, ordonna-t-il.

Elle fouilla dans son sac et lui donna le mince appareil argenté.

Tandis qu'il attendait que son correspondant réponde, il l'observa un léger sourire aux lèvres.

— Bonjour à toi aussi, Sara. Est-ce que Johnny est là ?

— Que fais-tu ? demanda-t-elle.

Il passa doucement le dos de sa main sur sa joue.

— Je me charge de trouver l'église et le pasteur, Charlie. Crois-tu pouvoir t'occuper du reste ?

Aaron leva son verre et trinqua avec Johnny.

— A la santé de cent mille dollars, dit-il avant d'avaler son whisky d'un trait.

Il y avait effectivement de quoi faire la fête. Ne venait-il pas de sauver son entreprise ? Et peu importe la manière dont il avait obtenu les cent mille dollars. Après tout, Charlotte Harrington lui devait une fière chandelle. Sans lui, elle pouvait dire adieu à son précieux hôtel.

Mais Raul Mendez, le propriétaire du petit bar où lui et ses

Un amant passionné

amis avaient leurs habitudes, ne semblait pas très convaincu de la perfection de son arrangement avec Charlotte.

— Tu vas réellement épouser cette femme ?

Raul avait divorcé trois fois et semblait loin d'être emballé par l'idée. Il se versa une dose de whisky, la but d'un coup, puis ajouta avec incrédulité :

— Et vous ne dormirez même pas dans le même lit ?

Aaron écrasa sa cigarette et remplit son verre.

— Oui aux deux questions. Je me sacrifie pour sauver mon affaire. Demain à la même heure, je serai marié, dit-il en vidant son verre.

Johnny secoua la tête d'un air désolé.

— Incroyable ! Tu as fini par rencontrer une femme avec laquelle tu n'as pas envie de coucher et c'est justement celle que tu vas épouser.

— Bon sang, tu me prends pour un gigolo ? J'ai besoin d'argent et Charlotte Harrington en a, c'est tout.

Les questions de ses amis commençaient à le mettre mal à l'aise. Pire, il se sentait même un peu… coupable ?

— Et ça ne te gêne pas de faire un mariage d'argent ? demanda Raul.

— Les femmes se marient pour l'argent depuis toujours. Dois-je te rappeler pour quelle raison Rosa t'a quitté ?

Raul passa la main sur son front.

— A cause de l'état de mes finances.

— Exact. L'argent est le nerf de la guerre. Il est à la base de toutes les relations humaines.

— N'oublie pas de montrer le contrat de mariage à un avocat avant de le signer, conseilla Johnny. D'après ce que je sais, Charlotte Harrington est dure en affaires. Elle travaille sans arrêt et ne s'amuse jamais. Tu vois le genre.

— Tant mieux ! Comme ça, nous nous verrons le moins possible, ce qui nous évitera de nous arracher les yeux.

— *Sí*, approuva Ramon, c'est vrai qu'elle est sévère.

Un amant passionné

Mais Rosa dit que c'est un bon patron. Ses employés sont mieux payés et ont plus d'avantages que dans les autres hôtels de l'île. Il paraît aussi que la *Señorita* Harrington est très seule.

Il s'interrompit pour prendre un torchon derrière le bar et essuyer le comptoir, puis il suspendit son geste et s'exclama :

— *Dios !* Elle va peut-être aimer ta compagnie et refuser de divorcer dans six mois.

— Aucune chance, répondit Aaron avec un rire. Je ne suis pas du tout son style. Elle boit du champagne et mange du caviar, moi je préfère la bière et les cacahuètes.

— Je te vois pourtant bien avec un petit bébé sur le bras, railla Johnny.

Aaron prit un air dégoûté. Les enfants ce n'étaient pas pour lui, et encore moins avec une femme comme Charlotte Harrington.

— Tu te trompes. Je me marie pour sauver mon affaire et non pour fonder une famille. Trinquons à mon mariage, mes amis, conclut-il en levant son verre.

— A ton mariage, répondit Johnny.

Mais Raul ne semblait toujours pas convaincu.

— Tu vas te brûler les ailes, prévint-il.

Après avoir payé une autre tournée, Aaron décida de rentrer chez lui à pied. Le café n'était pas loin de l'endroit où était amarré son bateau et il avait besoin de prendre l'air.

La nuit était douce en ce début mars, mais un vent frais venant de la mer agitait les feuilles des palmiers et rabattait ses cheveux sur son visage.

Dieu qu'il aimait ces îles ! Trop éloignées de Miami pour attirer les foules, Les Keys avaient échappé au bétonnage du littoral et seuls quelques luxueux complexes hôteliers étaient éparpillés sur l'archipel. L'ambiance était décontractée. Inutile de se mettre sur son trente et un pour

Un amant passionné

sortir le soir, une simple chemise suffisait. C'était le genre de vie qui lui plaisait. Il était indépendant et n'avait de compte à rendre à personne. Jusque-là, entre les croisières, les cours de plongée, l'argent qu'il gagnait lui permettait de bien vivre. Mais les bateaux coûtaient chers, et il fallait les réparer régulièrement. Autant de dépenses qu'il n'avait pas prévues.

Sans la petite comédie inopinée de Charlotte Harrington, il aurait été sans doute obligé de mettre la clé sous la porte. Comment aurait-il pu ne pas sauter sur l'occasion ? Et puis, elle aussi se servait de lui.

Il alluma une cigarette, tira une longue bouffée, puis se baissa pour ramasser un petit coquillage. Il n'avait jamais pensé à Charlie sous un angle sexuel. Pour lui, c'était une femme qui ne pensait qu'à travailler. Le Marathon avait beau tourner parfaitement, elle ne relâchait jamais la pression. On ne lui connaissait pas de petit ami et personne ne l'avait jamais vue dans une soirée ou une boîte de nuit. Pour ne rien arranger, elle était immensément riche, sa famille étant propriétaire d'une énorme chaîne hôtelière. Elle lui semblait si inaccessible qu'il avait l'impression de côtoyer une extraterrestre.

Il lança le coquillage dans l'Atlantique, en se remémorant leur première rencontre. Il était en train de travailler sur son bateau par un après-midi d'été caniculaire quand elle avait fait son apparition sur le quai, accompagnée d'un groupe de touristes. Vêtue d'un tailleur bleu marine et d'un chemisier blanc boutonné jusqu'au cou, elle semblait déplacée au milieu des gens en shorts ou maillots de bain. Il s'était demandé comment elle supportait ce genre de vêtements par une telle chaleur. Depuis trois ans qu'il la connaissait, il ne l'avait jamais vue autrement que calme et maîtresse d'elle-même. Jusqu'à aujourd'hui.

Il écrasa sa cigarette d'un coup de talon et sourit. Quand

Un amant passionné

il l'avait enlacée ce matin, elle avait eu un petit mouvement de recul. Craignait-elle qu'il lui salisse son beau tailleur de soie ? Elle s'était pourtant montrée sacrément réceptive à son baiser.

A quoi la sage Charlotte pouvait bien ressembler avec les cheveux détachés ? Il ne l'avait jamais vue autrement qu'avec un chignon, une natte ou une queue-de-cheval. Il s'imagina passant les doigts dans sa chevelure blonde et soyeuse...

Il eut soudain un mouvement de recul. Que lui prenait-il ? Il avait sans doute un peu abusé du whisky pour se mettre à fantasmer sur Charlotte Harrington.

Un peu plus tard, allongé dans sa cabine, l'image de la jeune femme le hantait toujours. Il l'imaginait sur son lit, entre les draps de satin, ses longues jambes enroulées autour de lui. Etait-il devenu fou ? Si le sort de son affaire n'avait pas été en jeu, il aurait tout annulé sur-le-champ. Car il pressentait que les six prochains mois n'allaient pas être de tout repos.

Il allait se marier. Avec Charlotte Harrington.

Aaron fronça les sourcils en regardant le reflet d'Edward Harrington dans le miroir de la boutique. L'homme ne le lâchait pas d'une semelle.

— Pas de blanc, dit-il en enlevant la veste pour la rendre au vendeur. Je veux un smoking noir.

Harrington haussa les épaules.

— Si vous préférez le noir, je n'y vois pas d'inconvénient. Mais aimez-vous vraiment ma petite-fille ?

Se forçant à garder un visage serein, il passa les doigts dans ses cheveux fraîchement coupés.

— Ecoutez, monsieur Harrington. Nous avons avancé

Un amant passionné

la date de notre mariage afin que vous puissiez y assister. Mais ne vous mêlez pas de nos affaires.

— Mes amis m'appellent Edward.

— Votre petite-fille aussi, fit remarquer Aaron.

— En effet. Charlotte est une fille intelligente. Mais elle a besoin d'un homme qui la pousse à travailler moins et à profiter de la vie.

— Pensez-vous Thurman capable d'un tel miracle ?

— Une famille, un mari et des enfants à aimer, voilà ce qu'il faut aux femmes.

— Charlie n'a besoin de personne, objecta Aaron en passant l'élégant veston noir apporté par le vendeur.

Il songea en souriant à la dernière vision qu'il avait eue d'elle. Entourée d'une horde de traiteurs et de fleuristes, elle avait l'air aussi nerveuse qu'une vraie future mariée.

— Le noir vous va bien, constata Harrington.

Il ajusta la veste sur les épaules d'Aaron, admira son effet, puis sélectionna un nœud papillon parmi ceux que le vendeur avait apportés. Il ordonna ensuite à l'homme de se procurer une chemise à plastron plissé et des boutons de manchette.

Aaron s'abstint de protester. L'homme devait avoir l'habitude de choisir les vêtements. Il était si élégant qu'il aurait pu être mannequin dans un magazine de luxe pour seniors. Durant son enfance dans les quartiers pauvres de Miami, Aaron avait dû se contenter des blue-jeans usagés qu'on voulait bien lui donner. Il n'allait pas bouder son plaisir.

Harrington essaya le nœud papillon sur le T-shirt blanc d'Aaron, puis le regarda d'un air menaçant.

— Si vous faites le moindre mal à ma petite-fille, vous le paierez très cher. Est-ce bien clair ?

Aaron soutint sans ciller le regard acéré du vieil homme.

Un amant passionné

Quelle serait sa réaction dans neuf mois, quand ils lui annonceront leur divorce au lieu de l'héritier tant attendu?

— Je ferai tout mon possible pour rendre Charlie heureuse.

— Je n'ai pas confiance en vous. Je suis convaincu qu'il y a quelque chose de louche dans cette affaire. Mais Charlotte vous aime, alors je ne peux rien y faire. Mais je vous aurai à l'œil, sachez-le.

Le vieil homme d'affaires n'avait pas volé sa terrible réputation, il voyait tout, sentait tout. Aaron soutint bravement son regard.

— Bien, monsieur.

— En tant que directeur adjoint, Perry sera là pour surveiller le bon fonctionnement de l'hôtel.

Aaron boutonna et déboutonna sa veste. Thurman n'allait sûrement pas surveiller que l'hôtel. Ils n'avaient pas besoin que ce type fourre son nez dans leurs affaires.

Il attendit patiemment que les mesures soient prises pour les retouches. Au moment de payer la note, Harrington tendit sa carte Platinum au vendeur. Aaron voulut protester, mais se ravisa. L'homme était riche à millions. Et puis, quelqu'un qui obligeait sa petite-fille à se marier dans le seul but d'avoir un héritier n'avait que ce qu'il méritait.

Le vendeur promit que le costume serait livré sur le *Free Wind* dans quarante-cinq minutes, prêt à être enfilé. Aaron put constater une nouvelle fois que l'argent avait le pouvoir magique d'aplanir tous les obstacles.

Il ne disposerait pas plus d'un quart d'heure pour se préparer avant le mariage. Voilà ce qui s'appelait réduire les choses à l'essentiel.

— Avez-vous l'intention de partir en lune de miel? demanda Edward.

Cela ne faisait pas partie du contrat. Les vacances de printemps commençaient dans deux semaines et le bateau

Un amant passionné

devait être prêt d'ici là. Dans le cas contraire, toutes les réservations seraient annulées.

— Nous ferons peut-être un petit voyage cet automne, répondit-il évasivement.

— Un bon mariage mérite un bon début. La terre ne s'arrêtera pas de tourner si vous abandonnez vos obligations respectives quelques jours. Charlotte a besoin de vacances. Et profitez-en pour prendre du bon temps ensemble, ajouta-t-il avec un petit rire grivois.

Le vieil homme semblait se réjouir de leur future intimité. Cela le révolta. Croyait-il pouvoir contrôler jusqu'à leur vie sexuelle ?

— N'avez-vous pas d'autres enfants ou petits-enfants sur lesquels vous focaliser ?

Harrington poussa un soupir.

— Mon seul fils, un play-boy qui ne pensait qu'à lui, a épousé une starlette sans cervelle. Les deux faisaient la paire. Ils se sont tués il y a neuf ans dans les Alpes, en tombant du haut d'un précipice avec leur motoneige.

— Les parents de Charlie ?

Harrington hocha la tête sans répondre. Aaron imagina le coup que ce drame avait dû porter à Charlie. Elle n'avait vraiment pas eu la vie facile, en dépit de ses millions de dollars.

— Quel âge avait-elle à l'époque ?

— Vingt ans. Dites-moi, vous ne vous racontez pas grand-chose, tous les deux, fit remarquer Harrington.

— Parler n'est pas en tête de liste de nos priorités.

Le vieil homme fit la moue.

— Il me reste Don, le frère aîné de Charlotte. Il était dans une école d'art dramatique en Californie quand l'accident s'est produit. Don est le portrait craché de sa mère. Et puis, il y a Charlotte…

— Et puis, il y a Charlotte, répéta Aaron.

- 3 -

Charlotte avait l'esprit en ébullition. Tout allait trop vite. Son univers entier venait de s'écrouler en l'espace d'à peine trente-six heures.

Le reflet qu'elle voyait dans le miroir encadré de marbre rose était celui d'une étrangère. Oscillant sur les hauts talons de ses sandales en satin, elle se força à rester tranquille pendant que la coiffeuse accrochait de minuscules fleurs dans ses cheveux bouclés. Pour s'occuper les mains, elle tripota les perles qu'elle portait autour du cou. Le précieux collier de sa grand-mère lui serrait la gorge comme un nœud coulant.

Sauf pour un massage occasionnel, Charlotte ne mettait jamais les pieds à l'institut de beauté de l'hôtel. Mais son grand-père avait insisté pour qu'elle reçoive un soin complet en ce grand jour. Son corps avait été épilé, massé, exfolié et hydraté. Elle avait eu droit à une french manucure et l'esthéticienne lui avait peint deux petites fleurs blanches sur les ongles des pouces. Ses cheveux blonds avaient été égalisés, bouclés et éclaircis de mèches plus claires et son maquillage n'avait rien à voir avec le camouflage qu'elle s'appliquait rapidement le matin avant d'aller travailler.

Edward avait aussi chargé Rosa, la femme qui tenait la boutique de l'hôtel, de lui choisir une toilette appropriée. Rosa était dotée d'une intuition rare pour évaluer en un clin d'œil la taille, les goûts et le contenu du portefeuille de ses clients. Toujours attentive aux détails, elle avait apporté

Un amant passionné

une multitude d'accessoires, y compris des jarretières en dentelle.

Une vraie princesse de conte de fées. Sa mère aurait adoré la voir dans une tenue aussi féminine.

Mais tout cela lui semblait vain. A quoi bon tous ces efforts pour un mariage factice ? Car si la cérémonie avait bien lieu, le mariage lui serait temporaire.

Comme le voulait la tradition, elle portait des jarretières bleues, une robe neuve et un bijou de famille. Seul le fiancé ne cadrait pas dans le tableau.

Elle se força à se concentrer sur son objectif : en finir au plus vite avec cette mascarade. Si tout se déroulait comme prévu, d'ici six mois Edward lui céderait le Marathon et elle serait débarrassée d'Aaron Brody.

Son reflet dans le miroir la surprit de nouveau. Qui était cette femme élégante qui lui faisait face ? Dire qu'elle se mariait dans… Interrompant le cours de ses pensées, elle consulta sa montre.

— Il faut que j'y aille. Je vais être en retard.

Elle lissa sa robe en lin blanc, salua Rosa et la coiffeuse et quitta précipitamment la pièce.

Une luxueuse réception attendait les invités dans la salle de bal Hibiscus. Le contrat prénuptial signé par Aaron était en sécurité chez son avocat et la banque avait accepté de lui prêter de l'argent. Tout en se hâtant vers la sortie, elle songea non sans angoisse au trou que ces cent mille dollars allaient faire dans ses économies.

Edward l'attendait dehors sous les palmiers qui bruissaient dans la brise tropicale. Il vint à sa rencontre et lui prit le bras.

— Tu es splendide, ma chérie. Je n'avais pas vu de mariée aussi belle depuis cinquante ans, lorsque j'ai épousé ta grand-mère. Elle serait fière de toi, tu sais. Elle avait peur que tu ne prennes pas le temps de fonder une famille.

Un amant passionné

Charlotte sentit les larmes lui monter aux yeux.

Elle serra son bras. Pouvait-on aimer quelqu'un aussi fort tout en ayant parfois envie de l'étrangler ? Elle avait beau haïr sa façon de diriger sa vie, il était la seule personne au monde à s'intéresser vraiment à elle. Si ses méthodes étaient parfois douteuses, ses intentions étaient irréprochables.

Ils empruntèrent l'allée qui menait au port privé du complexe. Un petit yacht y avait accosté il y a une heure. Blanc avec des détails bleu marine, le bateau arborait des drapeaux ondulant au vent. Le capitaine vêtu d'un uniforme clinquant, se tenait à la barre entouré d'une forêt de fleurs tropicales aux couleurs vives.

Son cœur se serra d'angoisse.

« Tu peux le faire, se dit-elle. Il suffit de mettre un pied devant l'autre et d'avancer. » Mais à l'idée de sortir de ce bateau mariée avec Aaron Brody, elle s'immobilisa.

Elle n'avait rien mangé de la journée. Peut-être pourrait-elle simuler un évanouissement. Malheureusement, elle n'avait jamais perdu connaissance de sa vie et ce stratagème n'avait guère de chances d'être crédible.

La nouvelle du mariage s'était répandue comme une traînée de poudre et l'enthousiasme était à son comble. Les touristes s'arrêtaient sur son passage pour lui sourire et l'applaudir. Les amis d'Aaron et quelques employés de l'hôtel l'acclamaient depuis le pont du bateau. Elle remarqua que son entourage à elle se réduisait à des relations de travail. Etrange moment pour s'en apercevoir.

Elle n'avait jamais perdu l'espoir de faire un mariage d'amour. Un gros pélican brun perché sur un poteau à l'angle du quai lui lança un regard railleur, tandis qu'elle voyait s'envoler en fumée son seul rêve de jeune fille. S'accrochant au bras de son grand-père, elle posa un pied hésitant sur la passerelle du yacht. Un pas qui l'éloignait

Un amant passionné

de son monde confortable. Un pas vers sa nouvelle vie de mensonge.

Tandis que retentissait la marche nuptiale, elle chercha Aaron des yeux. Il était debout à l'avant du bateau. Elle poussa un soupir de soulagement. Il était venu.

Méconnaissable dans son élégant smoking noir, il avait l'air d'un vrai gentleman : calme, serein et légèrement impatient. Une expression de surprise passa sur son visage lorsqu'il la vit, puis son sourire réapparut. Elle crut même remarquer une étrange lueur traverser ses yeux verts, mais sans doute était-ce son imagination.

Aaron eut un petit mouvement de surprise en voyant Charlie s'approcher de lui en ondulant. Dieu qu'elle était belle ! Perchée sur des sandales blanches, le dos bien droit et la tête haute, elle ressemblait à une reine. Le tissu fin de sa robe blanche mi-longue lui collait au corps d'une façon sexy.

Ses bras nus et ses seins bombant au-dessus du décolleté carré le troublèrent. Dommage que sa robe lui dissimule autant les jambes.

Ses épais cheveux blonds étaient relevés sur le sommet de sa tête. Seules quelques mèches bouclées, ornées de petites fleurs blanches, retombaient sur sa nuque et ses joues. Elle était ravissante. Morte de peur, mais ravissante.

Il lui offrit le bras et son grand-père plaça sa main fine sur son avant-bras. Il serra ses doigts dans les siens et lui glissa à l'oreille :

— Relaxe-toi, Charlie.

Mais lui-même eut bien du mal à garder son calme. Submergé par une panique aussi intense qu'inattendu, il entendit à peine les mots prononcés par Johnny pendant la cérémonie. Il allait épouser une quasi-inconnue, une femme qui n'appartenait pas au même monde que lui.

Elle était bardée de diplômes et il n'avait même pas son

Un amant passionné

bac. Il passa les doigts dans le col de sa chemise en songeant aux papiers qu'il avait signés un peu plus tôt. Pourvu que l'avocat de Charlie ait été fair-play. S'il avait dû déchiffrer le jargon juridique du contrat avant de le signer, Charlie l'aurait attendu un siècle devant l'autel.

« Pense aux cent mille dollars, Brody », se dit-il pour se donner du courage.

Quand Johnny toussota, il se rendit compte que tout le monde avait les yeux fixés sur lui. Charlie regardait droit devant elle, mais elle lui planta ses ongles manucurés dans le bras. Il prononça le « oui » tant attendu.

Des soupirs soulagés s'échappèrent de l'assistance. Johnny grommela ensuite un petit discours sur les alliances, symbole de l'amour éternel et d'une longue vie à deux.

Puis Aaron sortit une bague de la poche de son veston et la passa au doigt de Charlie.

— Elle appartenait à ma mère, chuchota-t-il.

Pourquoi avoir été lui dire ça ?

Elle fronça légèrement les sourcils en voyant l'anneau terni et bon marché. S'attendait-elle à ce qu'il dépense une fortune pour lui acheter une bague en diamant ?

— Que le marié embrasse la mariée, dit Johnny.

Quand il l'enlaça, elle fixa sur lui ses grands yeux bruns apeurés. A la fois sombres et lumineux, ils avaient la couleur du café fraîchement passé. Sans doute à cause de son air terrorisé et de son cœur qu'il sentait cogner contre son torse, il eut la sensation de tenir un petit animal dans ses bras. Il n'aurait pas su dire si c'était cela ou autre chose qui l'avait excité, mais il eut envie d'elle. Quel mal y avait-il, après tout ? Ils étaient mariés. Du moins pendant quelques mois.

Il cligna des yeux et regarda sa belle bouche légèrement dédaigneuse qui semblait attendre la sienne. Il s'en empara

Un amant passionné

doucement, forçant la barrière de ses lèvres du bout de la langue.

Elle se détendit aussitôt. Tout en l'embrassant, il parcourut la courbure de ses reins, puis descendit plus bas et la serra contre lui. Derrière son attitude glaciale se cachait un corps sensuel et féminin, il le sentait. Même son odeur était un mélange enivrant d'assurance et de vulnérabilité.

— Mmm, murmura-t-elle.

Ce simple son le troubla profondément. Il perdit la notion du temps quand elle se suspendit à son cou et répondit avec ardeur à son baiser. Quel phénomène avait-il épousé ? Il n'aurait pas imaginé qu'elle s'investisse autant.

— Mesdames et messieurs, laissez-moi vous présenter M. et Mme Brody, déclara Johnny.

Il abandonna sa bouche et la prit par la main. Les gens applaudirent tandis qu'une pluie de pétales de fleurs tombait sur l'assistance, recouvrant le pont d'un tapis multicolore.

Il regarda Charlie et lui fit un clin d'œil.

Les nouveaux mariés en tête, le cortège remonta ensuite l'allée jusqu'au complexe, traversant le pont qui enjambait la piscine avant d'entrer dans la salle Hibiscus.

Le buffet était disposé sur les tables recouvertes de nappes en lin blanc. Un orchestre dissimulé dans un coin jouait en sourdine une musique de jazz.

Aaron enlaça la taille de sa femme et ils se tinrent à côté de la porte en compagnie d'Harrington afin d'accueillir les invités. Charlie affichait le sourire de façade qui ne l'avait pas quittée depuis la cérémonie.

Fidèles aux habitudes des Keys, les gens prirent tout leur temps pour les féliciter. Charlotte se balançait d'un pied sur l'autre en tournant l'alliance autour de son doigt. D'habitude si calme et maîtresse d'elle-même, elle semblait avoir un mal fou à assumer son rôle.

Un amant passionné

Aaron héla un serveur qui passait et prit une coupe de champagne sur le plateau.

— Tiens, bois. Il fait une chaleur à crever dans cette pièce.

— Je n'ai pas soif.

Il en but une gorgée, puis lui tendit le verre.

— Allez, vas-y, c'est bon pour les nerfs.

Elle accepta à contrecœur.

— Il fait vraiment trop chaud, reconnut-elle.

Aaron appela un employé.

— Pourriez-vous vous arranger pour régler le thermostat de la climatisation un peu plus bas, s'il vous plaît ?

— Oui, monsieur, je m'en occupe sur-le-champ.

Rosa et Raul furent les derniers à les complimenter. Le regard de Raul pétillait de malice.

— Ton épouse *es muy elegante*, dit-il tout bas.

Raul avait parié qu'il serait incapable de lui résister.

Afin de ne plus penser à tout cela, il prit la main de Charlotte.

— Musique ! ordonna-t-il à l'orchestre. Madame Brody, me ferez-vous l'honneur de m'accorder la première danse ?

Elle sembla hésiter. Lui ferait-elle l'affront de refuser ?

— Viens dans mes bras, mon ange, insista-t-il.

Elle s'exécuta, le corps raide et le visage fermé.

— N'en fais pas trop, dit-elle avec un sourire crispé.

Il l'entraîna sur la piste de danse. L'intensité de la lumière baissa, puis l'orchestre entama une interprétation feutrée de *Strangers in the Night*. Le choix du titre ne manquait pas d'à-propos. Etait-ce une idée de Charlotte ? Plus probablement de Johnny ou Raul.

Elle suivait le rythme, mais ses mouvements demeuraient guindés.

— Laisse-toi un peu aller, mon ange.

Un amant passionné

— Si tu m'appelles encore une fois ainsi, je te plante là pour danser avec Edward.

— Il discute avec Percy. J'espère que tu n'as pas l'intention de flirter avec mon rival.

— Il n'a jamais été le rival de personne. Et ce que je fais ne te regarde pas.

Il la prit par la taille et commença à se déhancher de droite à gauche, la tenant serrée contre lui. Des couples les rejoignirent sur la piste. Il était capable de jouer les maris jaloux comme tout le monde.

— Je te préviens, tu n'as pas intérêt à flirter avec un autre que moi pendant le temps que durera notre mariage. Me faire passer pour un idiot n'est pas inclus dans notre pacte.

— Ah bon? Je ne savais pas que tu allais rester célibataire pendant six mois, répliqua-t-elle rageusement en s'écartant de lui. Je ferais mieux de m'occuper de nos invités.

Elle saisit une coupe sur le plateau d'un serveur qui passait et le laissa planté là. Perry se dirigea aussitôt vers elle pour l'inviter à danser. Elle posa son verre de champagne et se laissa entraîner sur la piste.

Aaron serra rageusement les poings.

Thurman se montrait beaucoup trop entreprenant. Il le vit glisser une main vers le haut et passer le pouce sous le sein de Charlie. Il faillit intervenir, mais elle le devança, lui prit la main et la reposa sur sa taille. Il décida de s'éloigner, furieux contre Perry, mais aussi contre lui-même. Charlotte ne lui appartenait pas. Leur mariage n'était qu'un arrangement, une farce.

Dehors, le soleil était couché et le ciel presque noir. Il décida de fumer une cigarette afin de se calmer. Tout en observant un enfant qui donnait à manger aux mouettes sur la plage, il se demanda pourquoi il s'était laissé embarquer dans cette histoire insensée.

Un amant passionné

Une silhouette apparut sur la terrasse. Il reconnut aussitôt Edward Harrington. Il semblait avoir du mal à respirer. Pressant une main sur sa poitrine, il s'appuya contre la balustrade, sortit un flacon de sa poche et avala un comprimé. Son visage était livide.

Aaron ne savait pas s'il devait lui porter secours ou non. Peut-être préférait-il être seul. Il attendit donc que le vieil homme ait retrouvé son souffle pour l'aborder.

— Belle soirée, dit-il.

Comme si de rien n'était, Harrington redressa la tête et se tourna avec désinvolture vers l'océan.

— Pourquoi n'êtes-vous pas en compagnie de votre épouse ?

Aaron haussa les épaules.

— J'avais besoin de prendre l'air et de fumer une cigarette.

— Je ne sais pas comment vous pouvez vivre dans un climat aussi humide, dit-il en passant la main sur son front.

Aaron tira une dernière bouffée de sa cigarette et l'écrasa dans un cendrier en ciment.

— Je boirais bien quelque chose, pas vous ?

— Je ne dirais pas non à un verre bien glacé.

Aaron entraîna Harrington à l'intérieur.

— Essayons le cocktail maison. Quelqu'un doit se dévouer pour le boire, proposa-t-il.

Il leur servit deux verres de punch, puis chercha Charlie des yeux. Elle se tenait près d'un palmier en pot, à l'autre bout de la salle. Avant qu'il ait eu le temps de la rejoindre, Thurman se matérialisa devant elle, lui prit son verre et l'entraîna sur la piste. Seconde fois, compta-t-il.

Tandis qu'elle dansait avec Perry, Charlotte remarqua Aaron près de la table où était servi le caviar. Son expression était sombre et menaçante. Elle fit mine de l'ignorer et se força à garder le rythme.

Elle était légalement mariée à cet homme. Cette pensée lui fit rater le pas. Etait-il sérieux en exigeant la fidélité ? Elle doutait que lui-même suive ce précepte.

Perry dansait bien, mais il avait les mains baladeuses. Il lui palpa les reins, puis la taille.

— Tu es superbe, dit-il d'un air admiratif.

Elle le saisit par les poignets, écarta ses mains et lui écrasa le pied.

— Ne commence pas, s'il te plaît.

— Je n'ai jamais aimé que toi, Charlotte, dit-il d'une voix plaintive en soupirant dans ses cheveux.

Il ne lui inspirait que du dégoût. Pourquoi cet intérêt soudain, six ans après leur rupture ? Perry n'avait pas l'habitude d'agir sans raison.

Edward tapa sur l'épaule de Perry. Reconnaissante, elle se jeta dans ses bras.

— Ça va ? demanda-t-il en la scrutant.

— Bien sûr, répondit-elle avec un sourire forcé.

Il lui tapota affectueusement le dos.

— Tu sembles un peu nerveuse.

— Je m'inquiète pour l'organisation de la soirée. Tout s'est décidé si vite que j'ai l'impression d'avoir oublié quelque chose.

— Tout ce que tu fais est parfait.

Pour la seconde fois aujourd'hui, elle eut envie de pleurer. Son frère et elle avaient été élevés par leurs grands-parents. Ils habitaient déjà chez eux avant le décès de leurs parents. L'avis et le soutien de son grand-père avaient toujours beaucoup compté pour elle.

Il posa la main sur sa nuque et la serra contre lui.

— Jure-moi que tu me le diras si ton mari te fait du mal.

Un amant passionné

— Aaron ne me fera pas de mal, assura-t-elle.

Qu'il essaye et elle lui réglerait son compte elle-même.

— Je suis obligé de te croire sur parole. J'espère seulement que tu ne l'as pas choisi juste pour ses performances au lit.

— Oh, je t'en prie !

— Je ne suis pas né d'hier, tu sais.

Elle tenta de s'amuser pendant le reste de la soirée, mais chaque fois qu'elle levait les yeux, elle voyait Aaron danser avec une femme différente. Il bougeait bien, probablement grâce à des années de soirées et de folles virées. Quand il n'était pas en train de danser, il buvait en compagnie de ses amis.

Perry, installé à côté de son grand-père à l'autre bout de la table, ne cessait de l'observer. Il se pencha vers Edward et lui dit quelque chose. Elle devinait aisément ce qu'il pensait. Si elle voulait être crédible, il fallait au moins qu'elle fasse semblant d'aimer son mari.

Prenant son courage à deux mains, elle se faufila parmi les hommes hilares et un peu éméchés qui entouraient Aaron.

— Viens, chéri, on va danser tous les deux.

Il la serra contre lui, prenant son temps pour finir de raconter sa blague. Tout en parlant, il descendit le long de son dos et lui caressa les fesses. Au lieu de lui taper sur la main comme elle en avait envie, elle coupa court et l'entraîna sur la piste de danse.

— Tu n'es pas très convaincant dans le rôle du mari passionné, dit-elle en posant la main sur sa nuque.

Aaron frotta son nez sur le sien.

— Tu ferais mieux de te tenir à distance de Percy, sinon tu vas voir comment je sais jouer les maris jaloux.

— Tu ne manques pas de culot ! Comment oses-tu me

Un amant passionné

parler de Percy, euh, Perry, alors que tu as dansé avec la moitié des femmes de cette salle ?

— Justement, j'ai changé de partenaire. Toi, tu as dansé avec Percy à trois reprises. Tu veux me faire passer pour un idiot ?

Avait-il pris la peine de compter ?

— Ce n'est pas mon problème. Je danse avec qui je veux

Il la fit tournoyer et pressa sa bouche sur la sienne.

— Continue et je te fais une scène. Je n'ai pas peur du ridicule, tu sais. Je n'ai pas de réputation à protéger. Tu es à moi, mon ange, du moins pendant les six mois à venir.

Elle faillit lui sauter à la gorge, mais se maîtrisa à temps. Inutile de se disputer devant les invités.

— Je ne suis ni à toi ni à personne, dit-elle à voix basse en l'entraînant vers l'énorme gâteau blanc et rose qui trônait sur une table.

La main d'Aaron sur la sienne, elle coupa la première tranche de la pièce montée sous les flashes des photographes.

Mais le répit fut de courte durée. A la grande joie des invités, Aaron lécha une miette de gâteau au coin de sa bouche, déclenchant un tonnerre d'applaudissements. Charlotte rougit jusqu'aux oreilles.

Les invités portèrent ensuite des toasts à leur mariage et ils eurent droit à une longue série de conseils sur la façon de maintenir une relation durable. Elle faillit recracher son champagne quand le capitaine du yacht leva son verre à la nuit de noces torride et passionnée qui les attendait.

Pas le moins du monde gêné par le commentaire déplacé de son ami, Aaron avala le contenu de son verre.

Il y eut ensuite le jeté de bouquet, toutes les jeunes femmes se rassemblèrent et attrapèrent le bouquet en poussant des cris de joie.

Un amant passionné

Quand Charlotte fit volte-face, elle découvrit Zelda sa secrétaire, une belle jeune femme, qui serrait le bouquet dans ses bras avec ravissement. Etrangement, au lieu de regarder le garçon qui l'accompagnait, elle avait les yeux rivés sur Aaron.

Charlotte fronça les sourcils, mais n'eut pas le temps de se poser des questions, car un des amis d'Aaron s'interposa.

— A ton tour, mon vieux, dit-il en le poussant vers elle. Les hommes aussi veulent tenter leur chance avec la jarretière.

— Je ne crois pas que…, protesta-t-elle.

Mais déjà, Aaron s'agenouillait devant elle, lui massant la cheville, puis remontant le long du mollet.

— Nous n'avons pas le droit de les décevoir, Charlie, dit-il avec un sourire moqueur.

Il lui souleva la jambe, posa son pied sur son genou replié, puis glissa les mains sous sa robe et remonta le long de ses cuisses. Un long frisson la parcourut.

Elle se força à respirer tandis qu'il faisait lentement descendre la jarretière jusqu'à sa cheville avant de l'enlever et de poser un baiser sur son genou.

— Tu as des jambes sublimes, chuchota-t-il en remettant son pied sur le sol, les yeux plongés dans les siens.

Elle détourna la tête afin de cacher son trouble. Peine perdue, son corps l'avait déjà trahie. Elle avait les joues en feu et le cœur qui battait trop vite. Pire, elle sentait encore l'empreinte brûlante de ses mains sur sa jambe.

- 4 -

Charlotte avait parcouru le chemin jusqu'au bungalow dans un état second. Elle voyait double et avait la tête qui tournait. Il faut dire qu'elle avait bu plus d'alcool en une seule soirée que pendant toutes ses années d'étudiante.

Il était 2 heures passées, mais Edward et Perry avaient insisté pour les accompagner.

Elle remarqua qu'Edward glissait discrètement un papier plié dans la main d'Aaron au moment de lui dire au revoir.

— Un petit cadeau de mariage, chuchota-t-il.

Aaron déplia le chèque, baissa les yeux et le rendit à Edward.

— Désolé, je ne peux pas accepter.

— Vous faites partie de la famille à présent. Vous n'avez aucune raison de refuser.

— Mais...

— Bonne nuit, coupa Edward en glissant le chèque dans la poche d'Aaron avant de s'écarter.

Perry croisa les bras sur son torse et se balança d'avant en arrière en toisant Aaron.

— Mes compliments, Brody. C'est vous que Charlotte a choisi. Pour le meilleur et pour le pire, ajouta-t-il d'un ton où perçait une note de menace.

— Pas de problème, Percy, répondit Aaron en prenant Charlotte dans ses bras.

Il posa sa bouche sur la sienne. Elle ne sentait plus que

Un amant passionné

lui, la sensation de ses lèvres sur les siennes, son souffle chaud et troublant. Puis il interrompit son baiser et lui empoigna les fesses.

— Maintenant, messieurs, veuillez nous excuser, mais c'est notre nuit de noces.

Il la souleva dans ses bras pour franchir le seuil, claquant d'un coup de talon la porte au nez d'Edward et de Perry. Sa main continuait à lui malaxer les fesses.

— Le spectacle est terminé, dit-elle en se tortillant pour se libérer. Tu peux me reposer à terre.

Il la prit par les hanches et l'attira encore plus près de lui, puis caressa ses seins avec un grognement de plaisir.

Une chaleur étrange se propagea de sa poitrine à son ventre et elle frémit involontairement. Furieuse que son corps l'ait de nouveau trahie, elle fit un bond en arrière.

— Arrête ça ! ordonna-t-elle.

Il gloussa et se retourna pour verrouiller la porte.

— L'esprit est faible, mais la chair est prompte, murmura-t-il entre ses dents.

Malgré la pénombre, elle put discerner son petit sourire satisfait. Irritée, elle tendit le bras pour atteindre l'interrupteur.

— Laisse la lumière éteinte, mon ange, dit-il en lui prenant la main.

Ce petit surnom commençait à lui taper sur les nerfs.

— Crois-tu que je vais me laisser faire sans rien dire ?

— Je suis sûr qu'Edward et Percy sont restés dehors pour nous épier. Si nous allumons, ils sauront dans quelle pièce nous sommes.

L'argument ne manquait pas de logique, mais son côté terre à terre la dérangea.

— Dans ce cas, je vais fermer les stores.

Elle se tourna vers la fenêtre et tira sur le cordon.

Un amant passionné

Une nuit d'encre les engloutit.

Elle sentit le souffle d'Aaron dans sa nuque. Il mit les mains dans son chignon, faisant tomber les épingles à cheveux qui touchèrent le sol de bois avec un petit bruit sec.

— Je me doutais qu'ils seraient longs et soyeux, murmura-t-il en y passant les doigts.

S'efforçant de conserver son sang-froid, elle se libéra et le contourna.

— Je vais chercher de quoi installer le canapé.

Il prit son bras pour l'arrêter, touchant les fleurs qui étaient restées miraculeusement suspendues dans ses boucles.

— Tu es belle, chuchota-t-il.

Puis il l'embrassa, se lançant dans une lente séduction de sa bouche, la forçant à se pencher en arrière et frottant son sexe dur contre son ventre.

Sa tête se nicha dans le creux de sa main, mais elle garda les yeux ouverts. Sa langue avait un goût enivrant, un mélange de champagne et de gâteau de mariage.

Ce baiser éveillait en elle des pulsions qui ne demandaient qu'à s'exprimer. Elle dut lutter pour les maîtriser tandis qu'il passait doucement la langue sous sa lèvre supérieure. La sensation était divine. Pas de doute, Aaron Brody savait embrasser. Il est vrai qu'il avait eu l'occasion de peaufiner son art, d'après ce qu'on disait.

Avait-elle perdu la tête ? Après la trahison de Perry, elle s'était juré de ne plus jamais laisser personne se servir d'elle. Or Aaron l'avait épousée uniquement par intérêt. Elle ne l'attirait même pas physiquement.

Elle tendit les bras et le repoussa brutalement.

— Non. Nous étions d'accord. Pas de sexe entre nous.

Il lui prit la main et la posa sur son sexe dressé à travers le tissu du pantalon.

— Je n'étais pas d'accord. C'était ton idée à toi, rectifia-t-il en posant une série de petits baisers dans son cou.

Un amant passionné

Charlotte frissonna en le sentant pulser sous ses doigts. Il y avait longtemps qu'elle n'avait pas touché un homme et celui-là était loin de lui déplaire. Pour être tout à fait honnête, elle s'était souvent laissée aller à penser à son corps bronzé au cours des trois années écoulées. Mais que savait-elle de lui ? Presque rien, et le peu qu'elle connaissait n'était guère encourageant.

— Arrête, Aaron, dit-elle en retirant sa main.

— Chut, chuchota-t-il en lui embrassant l'épaule. C'est notre nuit de noces, Charlie.

Il était beau et sexy, disposé à satisfaire les fantasmes qu'il avait déclenchés dès le jour de leur première rencontre, lorsqu'elle l'avait vu travailler sur son bateau, juste vêtu de ce stupide short.

Elle fit un pas en arrière, mais il la ramena vers lui, en passant ses doigts sur sa joue.

Il avança encore un peu, elle recula. Il lui caressa de nouveau le visage, puis l'embrassa. Sa langue chaude et humide était comme une promesse du plaisir qu'il pouvait lui donner.

Qu'était-elle en train de faire ? Elle devait être encore plus soûle que lui. Mariés ou non, elle le connaissait à peine. Pourtant, à l'aide de quelques baisers et gestes experts, il avait réduit sa volonté à néant. Se forçant à bouger, elle fit un autre pas en arrière, mais son dos heurta la cloison.

Aaron la plaqua contre le mur, s'empara de son sein droit et intensifia le baiser. Prise de panique, elle se glissa sous son bras pour s'échapper.

Il poussa un grognement dépité.

— Charlie, s'il te plaît.

Impossible de deviner son expression dans l'obscurité, mais son langage corporel révélait clairement ses intentions.

— Non ! cria-t-elle en s'enfuyant vers la salle de bains.

Un amant passionné

Elle verrouilla la porte derrière elle et s'y adossa le temps de reprendre ses esprits.

Elle imaginait aisément les ravages que cet homme avait faits parmi les filles de son lycée. Elle enleva son collier de perles et contempla sa silhouette dans le miroir. Soutiendrait-elle la comparaison avec les femmes qu'il fréquentait d'habitude ? N'était-elle pas trop maigre, trop plate ou trop intellectuelle ? Du temps de son adolescence, c'était ainsi qu'on parlait d'elle. Puis elle avait rencontré Perry à l'université. Elle avait cru pouvoir lui faire confiance et lui avait ouvert son cœur. Sauf qu'il l'avait trompée avec une top model sans cervelle et tout le monde s'était moqué d'elle.

« Aaron ne s'est pas moqué de toi », lui murmura une petite voix intérieure. Mais il était de toute façon hors de question qu'elle couche avec lui. Au petit matin, sobre, il ne la regarderait même plus, elle en avait la certitude.

Après s'être déshabillée, elle jeta un coup d'œil dehors et suivit les vêtements éparpillés sur le sol. Aaron était dans sa chambre, couché tout nu sur le ventre, les bras pliés au-dessus de sa tête. La lumière de la lune qui filtrait par les stores formait des stries sur sa peau. Clouée sur place, elle fixa avec stupéfaction l'homme superbe qui occupait son lit.

Dieu qu'il était beau ! La position de ses bras étirait ses muscles, mettant en valeur son corps parfait. Il avait le physique de quelqu'un qui passait ses journées à nager et à porter de lourds équipements de plongée : dos et fesses musclés, hanches étroites, jambes fuselées.

Sa gorge se serra. Les événements de ces deux derniers jours semblaient irréels. Elle s'était soudain retrouvée mariée avec lui sans avoir rien décidé. Serrant son peignoir autour d'elle, elle se rapprocha du lit.

— Aaron, chuchota-t-elle. Qu'avons-nous fait ?

Un amant passionné

Il resta muet.

Elle lui toucha l'épaule, n'obtenant en guise de réponse qu'un ronflement doux et régulier.

Son nouveau mari dormait comme une souche.

Aaron ouvrit un œil et grimaça quand la lumière du jour envoya une décharge de douleur dans sa tête. Il avait l'impression qu'un marteau-piqueur lui cognait sur le crâne. Il baissa les paupières dans l'espoir que ça cesse.

Roulant sur le côté, il entrouvrit les yeux. Son estomac se souleva, mais il vit qu'il était couché dans un grand lit à baldaquin entouré de tulle blanc. Il rassembla ses forces et poursuivit son examen.

Seules taches de couleur dans un univers de blanc, des photographies de fleurs étaient accrochées sur les murs. Le mobilier était luxueux, mais trop contemporain à son goût. Un énorme ventilateur, blanc lui aussi, tournait lentement au plafond.

Où était-il ? Il se redressa, puis se prit la tête dans les mains. Charlotte Harrington. Ou plutôt, Charlotte Brody.

Les événements de ces deux derniers jours lui revinrent brusquement à la mémoire. En revanche, il ne gardait aucun souvenir de ce qui s'était passé après leur arrivée au bungalow.

Il était dans le lit de Charlie. Mais où se trouvait-elle ?

Rien de tel qu'un café bien fort pour se remettre les idées en place. Il souleva le drap et, sans prendre la peine de s'habiller, sortit en vacillant de la chambre.

Il s'arrêta net en voyant Charlie — sa femme ! — couchée sur le canapé. Les lèvres entrouvertes et les joues roses, elle avait un air fragile et innocent. Rien à voir avec la directrice froide et maîtrisée surnommée La Princesse de Glace par les employés de l'hôtel.

Un amant passionné

Il s'accroupit devant l'inconnue qu'il venait d'épouser. De vagues souvenirs de la nuit précédente lui revinrent à la mémoire. Il avait éprouvé le besoin de boire chaque fois que Thurman s'était approché de Charlie. Pourquoi le fait de la voir danser avec ce type l'avait-il autant perturbé ?

Il souleva la couverture et la contempla. Elle portait un short gris en maille qui lui moulait les hanches, révélant des jambes parfaites qu'il dévora des yeux. Le court haut lavande laissait apparaître une bande de peau nue. Ce n'était peut-être pas le déshabillé typique d'une nuit de noces, mais la tenue était sexy, dans le style de Charlie. Ses mamelons sombres pointaient sous la soie fine quand elle inspirait.

La seule chose dont il se rappelait clairement à propos de la nuit dernière, c'était que sa poitrine était parfaitement adaptée à ses mains et que son corps avait assez de courbes pour être intéressant. Une boucle blonde avait glissé dans la fente de ses seins et il ne put résister à l'envie de la sentir. Une odeur douce de noix de coco.

Il parcourut de nouveau ses jambes. Elles étaient longues et fines. Il les imagina enroulées autour de lui…

Laissant retomber la couverture, il s'efforça de démêler les impressions confuses qu'il gardait de la veille.

Il se souvenait vaguement de l'avoir tenue dans ses bras. Et qu'elle avait réagi au quart de tour. Puis elle s'était enfuie comme une vierge effarouchée. Elle jugeait peut-être indigne d'elle de se mélanger avec quelqu'un comme lui. Il n'avait aucune illusion quant à la nature de ses sentiments. Il était assez bon pour l'aider à sauver son hôtel, mais pas assez pour partager son lit.

Parfait. Elle refusait de coucher avec lui. Heureusement, il avait de quoi s'occuper pendant le temps que durerait ce stupide mariage. Son bateau avait besoin de réparations,

Un amant passionné

sa comptabilité était à l'abandon et il fallait qu'il songe à investir dans une campagne de publicité.

Mais Charlie ne s'en tirerait pas à si bon compte. Si elle voulait convaincre son grand-père, elle serait bien obligée de jouer le jeu.

Il passa la mèche de cheveux autour des pointes de ses seins, puis lui chatouilla le bout du nez. Elle renifla et agita la main, comme pour chasser une mouche importune.

Il attendit qu'elle se soit apaisée et recommença. Elle plissa le nez et voulut se gratter, mais sa main rencontra la sienne. Elle ouvrit brusquement les yeux, essaya de se soulever et retomba lourdement en se massant les tempes.

— Aïe, gémit-elle. Ma tête !

— Bonjour, chère épouse.

Elle referma les yeux, serrant les paupières.

Sa grimace instinctive amusa Aaron, mais il était trop mal en point pour se permettre de rire.

— Les gens du coin ont un remède miracle contre la gueule de bois.

— Ah bon ? dit-elle en le regardant.

Il se pencha en avant et posa un baiser sur ses lèvres.

— Ça s'appelle..., dit-il en l'embrassant jusqu'à ce qu'elle réagisse. *Una rica copa de café !* Mais il faudra que tu te la prépares toi-même. Car moi, j'ai des tas de trucs à faire.

Il se redressa, lui adressa un sourire malicieux, puis il s'enferma dans la salle de bains.

Il était plus de 10 heures quand Charlotte se rendit au travail. Elle s'arrêta en chemin afin de mettre son collier en sécurité dans le coffre de l'hôtel, puis se traîna jusqu'à son bureau. Elle y trouva Perry tranquillement installé à sa table.

— Que fais-tu ici ?

Un amant passionné

Il referma le tiroir d'un coup sec.

— Je donne un coup de main. Je pensais que tu allais en profiter pour prendre quelques jours et…, tu vois ce que je veux dire.

— Comment oses-tu fouiller dans mes affaires ? Je t'interdis d'utiliser mon bureau, ajouta-t-elle d'une voix autoritaire qui ressemblait à celle de son grand-père.

— Bien, patron, répliqua-t-il en se levant. Mais il faudra quand même que tu t'expliques à ce sujet à un moment ou à un autre, ajouta-t-il en faisant glisser un papier vers elle.

Charlotte se figea. Avait-il mis la main sur le contrat de mariage ? Elle se rapprocha et jeta un coup d'œil à la feuille. Ce n'était pas le contrat.

— Que veux-tu dire ? demanda-t-elle sèchement.

— Tu paies tes réceptionnistes dix pour cent au-dessus du tarif en vigueur. C'est sans doute la raison pour laquelle le Marathon ne dégage pas les bénéfices qu'il devrait.

Jusqu'à sa façon de parler que Charlotte trouvait irritante. S'efforçant de prendre un ton le plus neutre possible, elle rétorqua :

— Cela ne te regarde pas.

Il lui adressa un sourire innocent sans quitter sa place.

Elle contourna le bureau pour le rejoindre et le fusilla du regard, les bras croisés sur la poitrine.

— S'il te plaît, Charlotte, ne me dis pas que tu as épousé ce type uniquement pour conserver la direction du Marathon. Je vais culpabiliser, tu sais. Si je ne t'avais pas blessée autrefois, tu n'aurais peut-être pas agi avec autant de précipitation.

S'efforçant de dominer l'aversion qu'il lui inspirait, elle le fixa.

— Je ne me suis pas précipitée. J'aime Aaron depuis plus de trois ans.

— Sans qu'Edward n'en ait jamais rien su ? objecta-t-il

Un amant passionné

avec un rire ironique. D'ailleurs, qu'est-ce qu'une femme de ta classe fabrique avec un minable comme lui ?

— Je ne pense pas que tu sois capable de le comprendre.

Avec son ego surdimensionné, Perry avait surtout du mal à admettre qu'elle puisse lui préférer un homme socialement inférieur.

Elle se dirigea rapidement vers la porte et l'ouvrit.

— Je crois que nous n'avons plus rien à nous dire.

Il acquiesça d'un signe de tête et la laissa seule.

Elle referma la porte derrière lui et s'y adossa. Dire qu'elle allait l'avoir sur le dos pendant six mois !

Perry n'avait aucune morale. Il était aussi tordu que sans scrupule. Il parvenait peut-être à tromper les autres, mais elle voyait clair dans son jeu. Il avait forcément une idée derrière la tête et cela n'avait rien à voir avec ses sentiments.

La migraine lui vrillait les tempes. Elle appela Zelda et lui demanda du café bien fort. L'image d'Aaron dans sa somptueuse nudité s'imposa à son esprit. Il ne semblait pas du tout gêné. Fermant les yeux, elle tenta de s'imaginer en train de se promener en petite tenue dans le bungalow. Peut-être dans une autre vie.

Chassant Aaron de ses pensées, elle fouilla en vain dans son sac à la recherche des aspirines, puis en renversa le contenu sur la table. Un chèque de vingt-cinq mille dollars à l'ordre d'Aaron apparut au milieu des objets éparpillés. Son grand-père avait écrit « Meilleurs vœux » sur le volet de correspondance.

Elle replia le chèque et le glissa pensivement dans son portefeuille. Aaron aurait pu le toucher, mais il l'avait laissé dans son sac. Etrange. Elle aurait plutôt pensé qu'il se serait précipité à la banque à la première heure.

Un amant passionné

Sortant deux comprimés d'aspirine du tube, elle les posa sur la table en attendant de les avaler avec le café.

Que faisait réellement Perry dans son bureau ? S'il découvrait l'existence du contrat de mariage ou de l'emprunt, son plan serait anéanti.

Elle fouilla dans son tiroir, puis dans le panier réservé au courrier en instance. Les papiers n'étaient pas là. Soulagée, elle se promit de les mettre au coffre dès leur arrivée et de faire changer les serrures de son bureau. Perry avait dû soutirer les clés à Edward ou à Zelda.

Une odeur de café précéda la secrétaire quand elle pénétra dans la pièce.

— Asseyez-vous, Zelda.

— Oui, madame.

Elle s'installa dans le fauteuil en face d'elle, tirant sur sa minijupe vert pomme tout en se trémoussant.

Zelda occupait ce poste depuis seulement deux semaines. La précédente avait démissionné pour rester à la maison avec son bébé. Comment une femme pouvait-elle se fier à un homme au point de dépendre uniquement de lui ? Charlotte ne prendrait jamais un tel risque, pas même si elle avait un enfant.

— Je suppose que vous savez déjà que M. Thurman est désormais mon directeur adjoint.

— Oh oui, madame. Tout le monde est au courant. Il est si gentil.

Elle constata avec agacement que Perry avait commencé son grand travail de séduction. Zelda était une proie facile. Mais c'était un hypocrite, il ne pensait qu'à se hisser à la tête de l'entreprise.

— Lui avez-vous confié les clés de mon bureau ? demanda Charlotte sur un ton le plus mesuré possible.

Zelda remua sur son siège d'un air gêné.

— Non, madame. M. Thurman m'a dit que vous seriez

Un amant passionné

absente quelques jours, alors je lui ai ouvert la porte. Mais je ne lui ai pas donné les clés.

Charlotte se pencha en avant et la fixa dans les yeux, réprimant une remarque désagréable.

— Je compte sur votre discrétion, Zelda. Tout ce que vous entendrez ici pendant votre service doit rester confidentiel.

La jeune fille approuva de la tête, ses grands yeux bruns brillant de larmes.

— Oui, madame Harrington. Je veux dire, madame Brody.

Non, pas ça. Pas encore.

— Il vaudrait mieux que vous m'appeliez par mon prénom, conseilla Charlotte.

— Bien, madame, dit Zelda en tortillant une petite natte qui pendait sur sa joue. Je suis désolée. Je ne recommencerai pas. Mais vu qu'il est votre adjoint, j'ai pensé que...

Charlotte n'était pas douée pour les relations humaines, mais elle aimait que son personnel s'entende bien et incitait ses employés à communiquer entre eux. Il ne manquerait plus que Zelda répande le bruit que la patronne ne faisait pas confiance à son sous-directeur.

— C'est bon, Zelda. Désormais, ne laissez entrer personne sans mon autorisation. Au fait, dois-je vous rappeler le code vestimentaire en vigueur dans cet établissement ?

En voyant l'expression terrorisée de Zelda, Charlotte se fit l'effet d'un tyran. Mais pour l'instant, elle avait d'autres problèmes à régler que la susceptibilité de Zelda.

Elle allait composer le numéro d'un serrurier quand Aaron entra en trombe dans la pièce.

— Savais-tu que ta secrétaire était en larmes ? dit-il en montrant la porte du pouce.

Incapable de répondre, elle se remémorait son corps nu

Un amant passionné

penché sur elle ce matin. Elle tripota les papiers devant elle.

— Je suppose que tu n'es pas venu pour me parler de ma secrétaire.

— En effet. Où est mon argent ?

Elle se frotta les tempes. Avait-il autant mal au crâne qu'elle ?

— Que veux-tu dire ?

Il posa les mains à plat sur la table.

— Le moteur que j'ai commandé est arrivé, mais le vendeur refuse de me livrer tant que je n'aurai pas payé l'intégralité de la facture. Sauf que l'argent n'est pas encore sur mon compte.

Elle saisit le téléphone, imperturbable.

— Le montant du chèque est élevé. Il faut au moins vingt-quatre heures à la banque pour libérer une telle somme.

Tout en écoutant les explications du banquier, elle suivit des yeux les fesses musclées d'Aaron qui arpentait la pièce.

— L'argent sera sur ton compte dès demain matin, dit-elle après avoir raccroché.

— Chaque jour que je passe hors de l'eau me coûte cher, répliqua-t-il avant de tourner les talons et d'ouvrir la porte sans la remercier. Le temps c'est de l'argent, tu es mieux placée que personne pour le savoir.

A travers la porte ouverte, elle eut juste le temps d'apercevoir Perry qui se tenait devant le bureau de Zelda et observait la scène. S'ils ne réussissaient pas à faire semblant de s'aimer devant les autres, personne ne croirait à leur stratagème.

— Que veux-tu qu'on fasse ce soir, chéri ? demanda-t-elle.

Il se retourna et la regarda en plissant les yeux.

Un amant passionné

— Je ne sais pas, Charlie. A quoi pensais-tu ? demanda-t-il d'une voix sarcastique.

Après ce qui s'était passé la veille, une soirée en tête à tête au bungalow aurait été trop risquée.

— On pourrait dîner dans un restaurant qui vient d'ouvrir à Big Pine Key. J'en profiterai pour jeter un œil au menu de mes concurrents.

Elle s'apprêtait à téléphoner pour réserver, mais Aaron referma la porte et coupa la communication.

— Une soirée en tête à tête chez toi serait autrement plus convaincante pour la galerie. Cela nous permettrait aussi d'établir une stratégie avant de nous afficher en public.

Il n'avait pas tort. Un couple marié depuis une journée était censé avoir envie d'intimité.

— Très bien. Je commanderai un repas à domicile.

Aaron tourna les talons et sortit sans fermer la porte derrière lui. Il s'arrêta devant le bureau de Zelda et échangea quelques mots avec elle. Oserait-il draguer sa secrétaire ?

Elle se leva et ferma la porte en soupirant de frustration. Cet homme n'en faisait qu'à sa tête. Contrôler son nouveau mari se révélait encore plus compliqué que gérer l'hôtel avec Perry qui fouinait partout.

- 5 -

Quand Charlotte rentra chez elle, Aaron était affalé devant la télévision. Une bouteille de bière dans une main, la télécommande dans l'autre, il regardait à une émission consacrée à la barrière de corail des Keys.

— Mets-toi à l'aise, dit-il pour l'accueillir. J'ai pensé qu'on pourrait manger dans le patio.

Elle eut aussitôt envie de le remettre à sa place. Il n'allait tout de même pas régenter sa vie. Mais elle devait admettre que le dîner serait cependant moins intime à l'extérieur.

— Parfait.

Un employé de l'hôtel apporta le repas pendant qu'elle se changeait. Elle traversa ensuite la cuisine et sortit par la porte du fond. Elle vivait dans cette maison depuis cinq ans et pouvait compter sur les doigts d'une seule main le nombre de fois qu'elle avait dîné dans le patio.

Le soleil se couchait et la brise s'était rafraîchie. Elle s'installa en face d'Aaron et le regarda allumer les bougies. Ses cheveux décolorés par le soleil avaient retrouvé leur couleur naturelle après la coupe et les boucles sombres qui entouraient son visage ajoutaient encore à son charme.

— J'espère que tu aimes le saumon fumé. Je ne savais pas quoi choisir, commenta-t-elle sans savoir quoi dire.

Il lui remplit son verre.

— Je mange presque tout ce qui ne m'a pas dévoré d'abord.

Un amant passionné

— Où as-tu grandi ? demanda-t-elle après avoir pris une gorgée de vin.

Elle ne savait rien de l'homme qu'elle venait d'épouser.

— Miami.

Elle patienta jusqu'à ce que le silence devienne pesant, mais il n'était visiblement pas d'humeur bavarde.

— As-tu de la famille ?

— Ma mère est morte quand j'avais seize ans.

Charlotte toucha l'anneau en or bon marché.

— Etait-ce son alliance ?

Il hocha la tête.

— Je suis touchée que tu me laisses la porter. Je te la rendrai après le...

Elle s'interrompit, gênée d'évoquer le divorce alors qu'ils n'étaient mariés que depuis vingt-quatre heures.

— Ma mère était célibataire. Elle l'a achetée au mont-de-piété afin que les hommes la laissent en paix pendant qu'elle nettoyait les chambres d'hôtel.

— Elle ne s'est jamais mariée ?

— Non, dit-il en la sondant de ses yeux verts, comme s'il s'attendait à de la réprobation de sa part.

— Je suppose que vous n'aviez pas beaucoup d'argent, suggéra-t-elle, mal à l'aise.

— On se débrouillait, répondit-il en plantant sa fourchette dans le cocktail de crevettes.

— Et toi, as-tu déjà été marié ?

— Non.

S'il continuait à lui répondre par monosyllabes, la soirée risquait d'être très longue. Où était passé ce fameux charme dont parlaient toutes les employées de l'hôtel ? Sans doute se référaient-elles à d'autres talents qui n'avaient rien à voir avec les relations sociales.

— Fiancé ?

Un amant passionné

— Une seule fois. Elle m'a largué.

Aaron remplit de nouveau leurs verres, puis se jeta sur la nourriture, coupant court à la conversation.

Elle avait à peine mangé la moitié de son saumon qu'il repoussa son assiette et alluma une cigarette.

— Je ne comprends pas pourquoi les gens fument.

— Pour le plaisir, rétorqua-t-il en tirant une longue bouffée. Sais-tu ce que ce mot signifie ?

Elle tendit le bras, lui enleva la cigarette de la bouche et l'écrasa par terre.

— Je n'ai pas envie de respirer ta fumée. C'est une question de respect des autres. Sais-tu ce que cela signifie ?

Il lui lança un regard noir.

— Enfin, Charlie, il est encore tôt. Tu as éliminé la cigarette et le sexe du programme. Alors, qu'est-ce qu'on fait maintenant ?

Cherchant désespérément un prétexte pour ne pas rentrer à l'intérieur, elle se leva.

— Que dirais-tu d'une promenade sur la plage ? On est censés être vus ensemble, passionnés et amoureux.

— Explique-moi mon rôle, dit-il en lui emboîtant le pas.

La lune suspendue au-dessus de l'horizon traçait un long ruban argenté à la surface de la mer.

— Ce serait bien que Perry nous voie ensemble au moins une fois par jour. Edward aussi, tant qu'il sera sur l'île, expliqua-t-elle. Dès qu'il sera rassuré, il rentrera à Boston.

Aaron shoota dans le sable et se baissa pour ramasser un morceau de bois flotté.

— Il faudrait d'abord le convaincre de la réalité de notre amour. Ce serait mieux s'il nous voyait nous embrasser de temps en temps.

Un amant passionné

— J'en meurs d'envie, répondit-elle sans mentir vraiment. J'adore les baisers qui sentent la cigarette.

— Je m'en souviendrai, dit-il avec aplomb en passant un bras autour de sa taille, puis la main sur ses fesses.

Elle tressaillit.

— Il va aussi falloir que tu cesses de sursauter chaque fois que je te touche.

— Je vais essayer. En attendant, lâche-moi. Personne ne nous regarde.

Il laissa retomber son bras le long de son corps.

— Pas de problème, mon ange.

Pourquoi se sentait-elle aussi blessée alors que c'est elle qui l'avait repoussé ? Elle avait espéré que... « Fais-toi une raison, Charlotte, se dit-elle. Tu sais depuis longtemps que les femmes plates et intelligentes n'attirent personne. »

— Je suis désolée pour ta mère. Elle devait être très jeune.

— Trente-deux ans. Elle m'a eu jeune. Je me suis autant occupé d'elle qu'elle de moi, expliqua-t-il en lançant le bout de bois en forme de boomerang dans les vagues. Mais c'est du passé. Elle était malade et pas vraiment fan de la vie.

— Pourquoi n'avait-elle pas envie de vivre ? demanda-t-elle, étonnée.

Comment pouvait-on baisser les bras, surtout avec un enfant à élever ?

Il la regarda dans les yeux.

— Tout le monde n'est pas né avec une cuillère d'argent dans la bouche, princesse. Certaines vies ne valent pas la peine d'être vécues.

— De quoi est-elle morte ?

— Quelle importance ?

Le sang lui monta à la tête. Elle voulut répliquer, mais n'en eut pas le temps. Il l'attira contre lui, plaqua les mains sur ses fesses et parcourut ses épaules de baisers.

Un amant passionné

— Qu'est-ce que tu fais ? demanda-t-elle en se dégageant.

— Thurman se dirige vers nous, répondit-il en la saisissant par les poignets et en se collant à elle.

Ses lèvres laissèrent une traînée brûlante en remontant le long de son cou, puis s'emparèrent de sa bouche pour un baiser qui n'avait rien d'une comédie.

Sa langue pénétra dans sa bouche, entamant une lente séduction. Elle se laissa faire, jouant son rôle de femme amoureuse.

Quand Aaron glissa les mains sous son chemisier, une chaleur humide naquit entre ses cuisses et elle oublia tout. Renversant la tête en arrière, elle poussa les hanches vers lui. Le clapotis de l'eau produisait un bruit hypnotisant qui anesthésiait sa résistance. Son baiser suivait le rythme des vagues, montant et descendant avec la même régularité immuable.

— Bonsoir, Charlotte. Bonsoir Brody.

La voix de Perry la ramena sur terre. S'arrachant à la bouche fascinante de son nouveau mari, elle passa la langue sur ses lèvres.

Aaron remarqua son geste et l'air vulnérable qu'elle avait. Rien à voir avec la froideur distante qu'elle affichait d'habitude. Elle ne semblait pas avoir la moindre envie de discuter avec Thurman.

— Bonsoir, Percy, dit-il.

— Désolé de vous avoir dérangés en pleine action. Mais la plage est publique.

Maintenant une main sur ses fesses, il la serra plus près.

— Hum. Qu'est-ce que vous voulez, Thurman ?

— Rien. Je faisais juste une petite promenade digestive.

Un amant passionné

Comme par hasard à deux pas du bungalow de Charlie.

— Eh bien, ne vous arrêtez pas dans votre élan.

Perry lui lança un regard furieux et repartit en direction du complexe.

« Crétin », songea-t-il en se promettant de chercher à savoir dès demain ce que Thurman avait derrière la tête.

Charlotte s'arracha à son étreinte.

— Il tente de prouver que notre mariage est une imposture, dit-elle en s'éloignant à grands pas en direction du bungalow.

— On ne s'est pas trop mal débrouillés pour le détromper, répondit-il en la suivant.

Elle s'engouffra à l'intérieur du bungalow et s'immobilisa au milieu de la cuisine.

— Tu prends ton rôle trop au sérieux, Aaron. Je veux bien essayer de jouer le jeu en public, mais ce n'est pas la peine de me toucher tout le temps les fesses.

— Pourquoi pas ? Je te plais, tu me plais, autant en profiter, non ? J'ai besoin de faire l'amour, toi aussi.

— Non. J'ai juste besoin de faire semblant d'être amoureuse afin de me débarrasser d'Edward.

Aussi bien sur la plage qu'hier soir, Charlie avait répondu avec ferveur à ses avances. Admettrait-elle jamais qu'il l'attirait ?

— Tu mens. Veux-tu que je te le prouve ?

Ses yeux lancèrent des éclairs.

— Laisse-moi tranquille. Tu ne vas pas recommencer le même cirque tous les soirs. Nous sommes partenaires en affaires, non au lit. Je vais mettre des draps sur le canapé.

— Les gens mariés couchent ensemble et je dormirai dans ton lit, répliqua-t-il en se dirigeant vers la salle de bains. Tu peux dormir où tu voudras.

Un amant passionné

Le côté ténébreux de sa personnalité, celui dont sa mère disait qu'il lui venait du diable, était en train de se réveiller. Il n'avait plus qu'une idée, séduire Charlie, faire fondre la princesse de glace.

Charlotte était furieuse par l'attitude d'Aaron, instinctivement, elle serra les poings. Mais lorsqu'il sortit de la douche, une serviette nouée absurdement bas sur les hanches, une bouffée de désir l'envahit et elle réprima son envie de passer les doigts dans ses cheveux mouillés. Il avait tout pour plaire aux femmes : des traits rudes, un corps bronzé et des muscles que Perry aurait enviés.

Frustrée, elle prit une chemise de nuit et s'enferma dans la salle de bains.

Une odeur de savon et d'after-shave flottait dans l'air. Impossible de se voir dans le miroir couvert de buée. Cet homme s'introduisait partout. Elle n'avait plus d'intimité.

Quand elle revint dans la chambre, Aaron avait disparu. Sa serviette mouillée formait un tas sur le sol du dressing. Elle envisagea qu'il soit allé retrouver une de ses petites amies. Aaron Brody n'était pas du style à se priver de sexe pendant longtemps. A moins qu'il ait décidé de passer sa soirée à boire avec ses horribles copains. Qu'en avait-elle à faire, après tout ?

Elle craignit un instant que Perry ou Edward ne tombent sur lui dans un bar, mais élimina la possibilité. Ils auraient préféré mourir plutôt qu'être vus dans le genre d'endroits fréquentés par son mari.

Pour se calmer, elle ouvrit son tiroir à lingerie et replia soigneusement ses sous-vêtements. Au moins un endroit où Aaron Brody ne risquait pas de fourrer son nez.

Pourquoi était-elle allée se compliquer la vie avec ce coureur de jupons ? Perry aussi était beau, ainsi que son père. Mais pour ce genre d'homme, les femmes n'existaient que par leur physique. L'intelligence était optionnelle.

Quand Aaron arriva au Green Grecko, Raul lui adressa un petit sourire entendu. Il l'ignora, grimpa sur un tabouret et tapa sur le bar.

— Un whisky.

Raul s'exécuta, posant le verre bruyamment devant lui.

— Il fait frais, ce soir, *sí* ?

— *Sí*, approuva Aaron en inspectant les lieux.

Presque toutes les tables étaient occupées. Installé dans un coin, Johnny faisait du charme à une touriste blonde venue se mélanger aux gens du coin. Tandis qu'elle se dirigeait vers les toilettes en gloussant, Johnny le rejoignit au bar.

— Je veux tous les détails sur ta nuit de noces, dit-il.

Raul leva la main pour le faire taire, mais Aaron haussa les épaules d'un air indifférent.

— Je vous avais dit que je n'avais pas l'intention de coucher avec la Princesse de Glace.

— Alors pourquoi fais-tu cette tête-là ? demanda Johnny.

Rosa les rejoignit et s'installa sur un tabouret.

— La patronne ne sait pas s'occuper d'un homme. Il va falloir que tu lui apprennes, lâcha-t-elle d'un ton sérieux.

— Moi ? Merci bien ! Je n'aime pas les glaçons.

— Certaines femmes ont un don pour l'amour à la naissance, d'autres non, objecta-t-elle.

Aaron contourna Johnny et enlaça Rosa. Au moins pouvait-il évacuer un peu la tension avec ses amis.

— Alors arrête de parler, chérie, et fais-moi une petite démonstration de tes talents.

Un amant passionné

— Si je me retrouvais mariée à un homme aussi beau que toi, je ne le jetterais pas dehors.

Rosa n'avait pas plus envie de lui que Charlie, mais ses paroles flattèrent son ego meurtri. Il y avait longtemps qu'il n'avait pas rencontré une femme aussi insensible à ses charmes que son épouse.

Comme s'il avait perçu son humeur maussade, Raul lui versa un second whisky.

— Alors, c'est comment d'être marié à une riche héritière ?

— Nous ne sommes pas du même monde. Elle veut aller dîner dans ce restaurant snob et hors de prix qui vient d'ouvrir à Big Pine Key. Je serai probablement incapable de prononcer le nom des plats qui sont au menu, ajouta-t-il en allumant une cigarette.

Rosa l'examina de la tête aux pieds.

— Penses-tu y aller ainsi ?

— Je n'ai pas la moindre intention d'y aller.

— Allons donc, Aaron, tu es bel homme, mais tu n'auras jamais Charlotte Harrington en t'habillant ainsi. Passe à la boutique et je te trouverai des vêtements appropriés.

— Pas question que j'aille là-bas ! Je n'ai pas envie qu'elle sache que j'ai besoin de conseils pour m'habiller.

Il eut soudain l'impression d'étouffer. Ni l'air marin qui s'engouffrait par la devanture ouverte ni les ventilateurs de plafond ne semblaient en mesure de le soulager.

Raul se pencha par-dessus le comptoir.

— Ecoute les conseils de Rosa.

— De plus, si tu es bien habillé, tu auras plus de chances de lui plaire, dit Johnny en lui tapant sur l'épaule.

— Je me moque de lui plaire ou non. Je veux juste réparer mon bateau.

Rosa lui serra le bras en adressant un clin d'œil à Raul. Ces deux-là étaient divorcés, mais ils n'avaient pas besoin de mots pour se comprendre. Aaron doutait que Charlie et lui restent assez longtemps ensemble pour développer une telle complicité.

Lorsque Charlotte arriva à l'hôtel à 6 h 30, le hall était plein d'agitation. Le groupe qui devait prendre le premier vol du matin s'était massé devant la réception. Elle s'assura que le bus était prêt à les emmener à l'aéroport, puis passa derrière le comptoir afin d'aider à résorber la queue.

Elle s'était réveillée ce matin avec la jambe d'Aaron sur sa cuisse, sa main sur son sein et son souffle chaud sur sa nuque. Il avait dû se glisser dans le lit au petit matin. Ignorant la réaction instantanée de son corps à ce contact, elle s'était dégagée doucement. Elle devait être la seule femme de tout l'archipel qui avait dormi avec Aaron Brody sans faire l'amour avec lui.

Tout en s'efforçant de satisfaire un client impatient, elle entendit la responsable du groupe se plaindre du petit déjeuner qui n'avait pas été servi à l'heure.

Perry s'approcha soudain de la femme et lui prit la main.

— Je vous présente toutes mes excuses pour ce retard, madame Carmichael. Pour nous faire pardonner, nous vous avons accordé une remise de vingt pour cent sur la dernière nuit d'hôtel. De plus, des croissants et du café seront à votre disposition dans le bus.

La femme regarda Charlotte de travers.

— Je vous suis très reconnaissante de vos efforts, monsieur Thurman, dit-elle en lui serrant la main.

Hors d'elle, Charlotte prit la direction de son bureau. Il fallait qu'elle trouve quelqu'un pour remplacer le cuisinier du matin avant que le groupe suivant descende pour le petit déjeuner.

Un amant passionné

Perry arriva juste après elle.

— J'ai demandé au chef de l'après-midi de venir, annonça-t-il en entrant dans la pièce.

Elle reposa le combiné sur son socle.

— Merci. Mais comment savais-tu que l'autre était absent ?

— Quand je suis arrivé ici il y a une heure, la confusion était à son comble dans la salle à manger.

Non sans un certain malaise, elle se rappela que Perry détestait se lever tôt. A l'université, il ne s'inscrivait jamais aux cours qui débutaient avant le milieu de la matinée.

Charlotte sortit du complexe à 11 h 45 sans savoir où elle allait. Elle déjeunait rarement, mais elle ne supportait plus la présence de Perry qui ne cessait de lui donner des conseils.

Il s'était infiltré dans tous les secteurs de son hôtel et elle ne pouvait pas le mettre à la porte. Comment était-il parvenu à s'attirer les bonnes grâces d'un homme aussi perspicace qu'Edward ?

Elle se rappela alors que c'était elle qui l'avait chaudement recommandé. C'est à elle que Perry devait sa carrière fulgurante au sein d'Harrington Resorts. Comment avait-elle pu se montrer aussi naïve ?

Levant les yeux, elle s'aperçut qu'elle s'approchait du bateau d'Aaron. Elle revint brutalement sur terre en le voyant traverser la passerelle et enlacer Rosa qui l'attendait sur le quai. Rosa, la gérante de la boutique de l'hôtel, celle avec qui il avait dansé à plusieurs reprises le soir du mariage.

Le couple s'engagea dans une ruelle étroite. Sans trop réfléchir, elle les suivit. Afin de ne pas se faire repérer, elle s'arrêta devant un magasin à la devanture bleu vif. Le vent faisait grincer l'enseigne de bois où étaient punaisées des

Un amant passionné

images délavées de coquillages, de lunettes de soleil et de tongs. Un assortiment de T-shirts bariolés était disposé sur un portant à côté de l'entrée.

Que faisait-il avec une femme qui avait au bas mot dix ans de plus que lui ? Aaron s'arrêta en souriant devant une vitrine. Rosa le tira par le bras. Charlotte laissa passer un cycliste et attendit qu'ils se soient éloignés avant de les suivre. Elle souleva un sourcil en voyant dans la vitrine un mannequin vêtu d'un string et d'un mini haut rouges.

Elle passa ensuite devant un petit café animé. Des rires et des bruits d'assiettes s'échappaient par la devanture ouverte. La salle était envahie d'un épais nuage de fumée, la brise qui venait de la mer semblant pousser l'air à l'intérieur au lieu de le faire sortir. D'après l'enseigne de bois qui se balançait au-dessus de la porte, l'endroit se nommait le Green Grecko. Sur un des côtés de la bâtisse en planches, un escalier branlant menait à l'étage.

Rosa et Aaron pénétrèrent dans une petite boutique. Scrutant l'intérieur à travers les vitres couvertes de sel, Charlotte aperçut Rosa qui choisissait des vêtements sur un présentoir. Elle les donna à Aaron qui disparut derrière un rideau et en ressortit vêtu d'un pantalon et d'une chemise noire. Rosa lissa le tissu sur son torse.

Charlotte n'y comprenait rien. Pourquoi s'achetait-il des vêtements ? Rosa l'aidait-elle à choisir ou bien y avait-il une histoire entre eux ?

— Ah ! ah ! railla une voix derrière elle.

C'était Perry. Elle eut aussitôt envie de rentrer sous terre. Comment lui expliquer sa présence ici, sans se ridiculiser ?

— Aaron fait du shopping, expliqua-t-elle.

— Pendant que son épouse l'attend sur le trottoir. Logique.

Un amant passionné

— J'ai rendez-vous avec lui pour déjeuner, précisa-t-elle.

— Prends ton temps, je m'occupe de tout.

Il lui adressa un petit sourire et s'éloigna les mains dans les poches en sifflant une stupide comptine enfantine.

Ajustant rageusement son sac sur l'épaule, Charlotte rebroussa chemin. Elle ne supportait plus d'être espionnée en permanence. Si elle ne parvenait pas à se débarrasser de Perry, elle risquait de perdre la partie.

Après un dernier regard vers la boutique, elle décida de rentrer à l'hôtel.

Les mains dans les poches et regardant ses pieds, Aaron fit irruption dans son bureau vers 15 heures.

Charlotte leva les yeux, tentant de deviner ce qu'il voulait. Etait-ce lié à sa séance de shopping ?

— Ce soir, si tu veux, on pourrait aller dans ce restaurant dont tu parlais, suggéra-t-il.

— Tu m'invites à dîner ?

Il haussa les épaules.

— Oui, pourquoi pas ? Il faut bien jouer le jeu.

— D'accord, je réserve une table à 20 heures, si cela te convient.

— Oui, parfait. Il faut que j'y aille. On va mettre le bateau en cale pour le réparer.

Malgré sa journée éprouvante, elle se sentit revigorée. Aaron faisait des efforts. Un dîner en tête à tête pourrait dégeler l'atmosphère. Un peu de coopération rendrait ce cauchemar nettement plus supportable.

Il était plus de 17 heures quand Edward fit son apparition.

— Le directeur de l'agence Transworld vient de m'appeler. Un de ses groupes est hébergé chez un concurrent et il n'est

Un amant passionné

pas satisfait de la prestation fournie. Il veut savoir ce que nous pouvons lui proposer.

Elle sut tout de suite ce qui allait suivre.

— Je lui ai dit que Perry serait ravi de l'inviter à dîner. Je voulais juste te prévenir, conclut-il.

Evidement.

— C'est moi qui emmènerai le directeur au restaurant. Je n'ai pas besoin de Perry.

— Je ne voulais pas bouleverser tes projets.

— Ce n'est rien, mentit-elle.

Elle préféra se dire qu'elle n'était pas déçue à l'idée de renoncer à sa soirée avec Aaron, mais plutôt contrariée par la perspective d'un dîner d'affaires ennuyeux.

— Dans ce cas, je vais réserver une table pour trois. Le rendez-vous est à 19 h 30. Je suis sûr que Perry t'apportera une aide précieuse.

Lorsqu'elle appela au bungalow pour prévenir Aaron, personne ne répondit.

Elle décida de prendre une douche et de se changer, puis de faire un saut sur le port pour l'informer du changement de programme.

Quand elle entra chez elle, il sortait tout mouillé de la salle de bains. N'importe quel homme aurait eu l'air ridicule enveloppé dans du tissu-éponge rose. Pas lui.

— Salut, dit-il.

Elle s'efforça de détourner les yeux des gouttes d'eau qui dégoulinaient sur son torse et son ventre avant d'être absorbées par la serviette.

— Désolée, notre soirée au restaurant est reportée. Je dois me rendre à un dîner d'affaires avec un futur client.

Il laissa passer quelques instants avant de répondre :

— Aucune importance, je retrouverai mes amis.

Il n'avait même pas fait semblant d'être déçu.

Un amant passionné

*
* *

Le directeur de l'agence était bavard. Pour aggraver le tout, Perry s'ingéniait à choisir les sujets de conversation les plus assommants. Ils passèrent en revue les parcours de golf du monde entier, trou par trou. Charlotte était épuisée et mourait d'envie d'en finir, mais ils ne cessaient de discuter, comme deux vieux amis qui se retrouveraient après des années. A la fin du repas, l'homme mangeait dans la main de Perry.

Ils raccompagnèrent finalement le directeur jusqu'au taxi, puis rejoignirent le hall. Perry lui entoura les épaules du bras et la serra contre lui.

— Nous formons une bonne équipe. Imagine-nous tous les deux à la tête d'Harrington Resorts.

Sans crier gare, il se pencha en avant et l'embrassa avant de déclarer :

— Merci pour cette merveilleuse soirée, Charlotte. Comme au bon vieux temps.

Elle voulut se libérer, mais il lui saisit le poignet.

A cet instant précis, Aaron surgit de l'ombre et prit Perry par le col de sa veste.

— Si tu poses encore une fois la main sur ma femme, je m'occuperai de ton cas.

- 6 -

— Qu'est-ce qui t'a pris de jouer les maris jaloux ? demanda Charlotte à Aaron qui marchait d'un pas rageur en direction du bungalow. Tu ne crois pas que tu en fais trop ?

— Pas du tout. Tu annules notre rendez-vous pour passer la soirée avec Thurman, c'est normal que je me montre jaloux. Sinon, de quel genre de mari aurais-je l'air ?

— Oh, ça va, Aaron.

— Tu veux dire que j'aurais dû rester les bras croisés à regarder ce type embrasser ma femme ? Je te signale que tu me paies pour jouer ce rôle.

— Pour ce prix-là, tu pourrais au moins te comporter avec courtoisie. Moi, je ne t'ai pas fait de scène quand je t'ai vu en train de faire du shopping avec Rosa, laissa-t-elle échapper étourdiment.

— Tu m'espionnais ?

— Pas du tout. Je suis passée par hasard dans la rue et je t'ai vu.

Elle sortit la clé de son sac et l'enfonça dans la serrure.

— Par hasard, ça m'étonnerait. Tout ce que tu fais est calculé. Tu me surveilles.

Elle entra en trombe à l'intérieur et jeta son sac sur la table du salon.

— Et toi, que faisais-tu caché dans le hall, si ce n'est me surveiller ?

Un amant passionné

— Tu as laissé ce type t'embrasser.
— Je n'ai rien laissé du tout. D'ailleurs, Rosa ne s'est pas gênée pour te toucher quand tu essayais ces vêtements.

Aaron se gratta la tête tandis qu'une ébauche de sourire étirait ses lèvres. Il s'avança vers elle.

— Viens ici, Charlie.

Elle recula instinctivement, mais il tendit le bras et lui caressa la joue.

— Il n'y a pas que moi qui sois jaloux.

Complètement déroutée par sa gentillesse, elle fut incapable de nier.

— J'avoue avoir été un peu jalouse, sur le coup.

Posant la main sur ses reins, il l'attira doucement dans ses bras, plongea les yeux au fond des siens et l'embrassa avant qu'elle ait eu le temps de protester. Jamais un baiser ne lui avait fait un tel effet. Ses doigts parcouraient son visage, en explorant chaque détail, tandis que sa langue dansait dans sa bouche.

— Notre dîner est reporté à demain soir, dit-il en s'écartant. Cette fois ne me fais pas faux bond. Bonne nuit, Charlie.

Clouée sur place comme une collégienne qui venait de recevoir son premier baiser, elle le vit disparaître dans la chambre, puis entendit le matelas grincer sous son poids.

S'il y avait une chose à laquelle elle ne s'attendait pas, c'était d'être courtisée par son mari.

La soirée s'annonçait bien. Aaron avait commandé des margaritas et parlait à Charlotte de ses projets concernant son bateau. Pour une fois, il semblait de bonne humeur.

— Qu'est-ce qu'un sondeur ? s'enquit-elle.
— Un appareil qui permet de sonder les fonds marins,

Un amant passionné

répondit-il avec un sourire en mimant le bateau d'une main et l'océan de l'autre.

Même si elle ne comprenait pas un traître mot, elle était séduite. La réputation d'Aaron n'était pas usurpée : il était de compagnie très agréable. Il n'y avait rien d'étonnant à ce que toutes les filles de l'île succombent.

— Tu peux voir des bancs de poissons et des épaves au fond de l'eau et…

Son portable se mit à sonner. Irritée par cette interruption, elle sortit l'appareil de son sac.

C'était Perry qui se demandait si elle avait prévu suffisamment de monde à l'accueil le lendemain matin.

— Excuse-moi, Perry. Je suis au restaurant. Bonne nuit.

Au moment où le serveur apportait les cocktails, Edward se dirigea vers leur table. Elle ressentit une certaine déception à l'idée de voir son tête-à-tête avec Aaron écourté.

— Perry m'a dit que tu avais réservé ici. C'est bien de garder la concurrence à l'œil. Puis-je me joindre à vous ?

Comment Perry l'avait-il su ? Probablement en fouinant dans son agenda.

— Bien sûr, assieds-toi.

Il adressa à Aaron un regard interrogateur, comme si son opinion l'intéressait.

Aaron indiqua la chaise vacante d'un geste.

— Je vous en prie.

— J'aime vous voir bien habillé, Brody, remarqua Edward.

Aaron s'abstint de répondre. Il est vrai qu'il était superbe dans son pantalon à pinces kaki et sa chemise noire.

Elle étudia la carte.

— Les prix sont un peu élevés, dit-elle. Je me demande qui est le chef. Le bruit court qu'ils auraient débauché Antonio du Pirate's Den en lui proposant un salaire faramineux.

Un amant passionné

— En vaut-il la peine ? Y a-t-il des recettes à lui que l'on retrouve ici ? demanda Edward.

— Je vais prendre le homard frais de Floride, décida Charlotte. Si c'est Antonio qui l'a cuisiné, je le saurai.

— Je me demande comment tu peux le savoir, intervint Aaron. Un homard est un homard, il suffit de le plonger dans l'eau bouillante.

— Ce sont les épices qu'on ajoute dans le court-bouillon qui font la différence, précisa-t-elle en souriant.

Aaron referma la carte sans l'avoir regardée.

— Moi, je prendrai un steak, annonça-t-il.

— Les prix sont environ dix pour cent plus élevés que les nôtres. Je parie que ce n'est pas justifié, déclara Edward.

— La cuisine d'Antonio est merveilleuse. Il a toujours refusé de travailler pour moi. Selon lui, être associé à un hôtel n'est pas bon pour sa réputation.

— Qu'est-ce que c'est que des *conch fritters* ? demanda Edward.

— Des beignets de coquillage.

Aaron semblait trouver leur conversation ennuyeuse, mais mieux valait détourner l'attention d'Edward de la situation de leur couple. Le répit fut pourtant de courte durée.

— Je constate, Charlotte, que tu n'as pas levé le pied. Envisages-tu de faire une pause pour ta lune de miel ?

Aaron cligna de l'œil et lui prit la main.

— Mais nous sommes en pleine lune de miel, n'est-ce pas, mon ange ?

— Ce n'est pas le moment, éluda-t-elle. Dans les Keys, la saison commence maintenant.

— J'ai gardé ta grand-mère enfermée dans la chambre à coucher un mois entier après avoir réussi à lui passer cette sacrée bague au doigt. Chuck est né avant qu'on ait fêté notre premier anniversaire de mariage.

Un amant passionné

Elle se raidit et vit qu'Aaron ne semblait pas plus à l'aise qu'elle.

— Je lui ai demandé de prendre quelques jours, dit-il. Mais vous connaissez Charlie, elle ne pense qu'à son travail.

Elle lui lança un regard irrité et libéra sa main. Il passa un bras autour de ses épaules.

Une expression triste se peignit sur le visage d'Edward.

— J'aimerais tellement connaître mon arrière-petit-fils avant de mourir.

— Edward, je t'en prie. Rien ne presse. Tu n'es pas encore mort.

— Le temps passe vite. Tu vas bientôt avoir trente ans.

— Nous aurons des enfants quand bon nous semblera, dit soudain Aaron.

Edward le regarda d'un air stupéfait. Aaron posa son verre sur la table avec un grand bruit.

— Je trouve étrange qu'un homme de votre âge porte un tel intérêt à la vie sexuelle de sa petite-fille.

Un silence glacé s'installa. Elle lança un regard furieux à Edward et administra à Aaron un coup de pied sous la table. Provoquer son grand-père n'était pas vraiment une bonne idée.

Ce dernier fusilla Aaron des yeux.

— J'ai besoin d'être sûr que vous êtes ensemble, répliqua Edward en le toisant.

— Que suggérez-vous ? Un rapport journalier, une caméra cachée ? demanda Aaron en vidant son verre. Ou bien devons-nous le faire maintenant, sur la table ?

— Ça suffit ! Tous les deux, ordonna-t-elle à bout de nerfs maintenant.

Un amant passionné

Aaron eut un sourire narquois et son grand-père se renfrogna.

Elle leur lança un regard noir, puis se tourna vers le serveur en souriant. Edward était connu pour son manque de tact, mais là, il avait dépassé les bornes.

Le dîner se poursuivit sans autres accrocs. Charlotte alimenta vaillamment la conversation, tout en maîtrisant une furieuse envie de les étrangler tous les deux.

Charlotte et Aaron n'échangèrent pas un mot pendant le trajet du retour. Après avoir claqué la porte de la voiture, elle se dirigea d'un pas furieux vers le bungalow.

— Comment as-tu osé tenir de tels propos ? demanda-t-elle sans se retourner.

— J'ai répondu aux grossièretés ton grand-père. C'est à lui que tu devrais faire des reproches.

— Tu ne sais pas tenir ta langue.

— Ne comprends-tu pas qu'il nous teste ? Harrington n'est pas bête. Il sait que nous ne sommes pas amants. Il a bien vu que tu ne supportes pas que je te touche. Qui crois-tu abuser, Charlie ? Ni ce vieux lynx ni ce minable qui te fait du gringue ne sont dupes. Tu es trop naïve, mon ange.

Sa mâchoire était crispée, mais son regard contenait une certaine douleur.

— Je suis désolée. Tu n'as rien à voir là-dedans.

— Exact. Alors pourquoi n'as-tu pas épousé Thurman ?

— Je ne l'aime pas.

— Tu ne m'aimes pas non plus, répondit-il, impassible. Pas plus que tu ne me désires.

— Tu as déjà couché avec toutes les femmes de moins de quarante ans de la Floride du Sud.

Un amant passionné

Il enfonça les mains dans ses poches et poussa un soupir.

— Est-ce cela qui te chiffonne, Charlie ? Tu cherches une sorte de moine qui serait resté vierge pour la femme de sa vie, celui qui tombera follement amoureux de toi au premier regard et rampera à tes pieds, éperdu d'admiration ?

Elle grimaça, croisant les bras sur la poitrine.

— Je refuse d'aborder ce sujet avec toi.

Il lui prit les poignets, la plaqua contre le mur et se colla à elle. Ses mains rêches firent frissonner la peau de ses bras. Sa bouche humide se posa sur la sienne, provoquant une chaleur instantanée au creux de son ventre.

Ce n'était pas normal de désirer si fort un homme qu'on connaissait à peine, même si c'était votre mari. Elle ne pouvait se permettre d'être attirée par lui. Il était payé pour jouer ce rôle et pour lui tout cela n'était rien d'autre qu'un petit plus dans le contrat. Elle noua sa jambe autour de sa cheville et le fit pivoter d'un coup sec.

Aaron heurta le mur et son souffle se bloqua dans sa gorge. Bon sang, elle était explosive quand elle s'énervait.

— Ne me bouscule pas, dit-elle entre ses dents. Comme ça, tu vois l'effet que ça fait.

— Tu me fais encore plus envie.

— Oh, ça va, répliqua-t-elle avec une moue boudeuse.

Au cours de ces quelques jours, il avait appris que la douceur n'était pas la meilleure façon de s'y prendre avec elle. Charlie n'était pas une femme facile et elle avait besoin d'un homme qui lui tienne tête.

Il s'insinua dans sa bouche et joua avec sa langue. Prenant son temps, il attendit qu'elle lui rende son baiser. Puis il se glissa sous sa jupe et lui caressa les fesses. Elles étaient rondes et s'adaptaient parfaitement à ses mains.

Son souffle s'accéléra, révélant qu'elle était excitée. Au

moment où elle poussait le petit gémissement habituel, il s'écarta légèrement.

— Tu sais, Charlie, si un jour tu le trouves, ton riche adonis vierge, tu risques de déchanter. Tu es trop ardente pour ce genre de type. Tu finiras par me payer, moi ou un autre, pour te donner du bon temps.

Elle fronça les sourcils en se mordant la lèvre.

— Admettons que je te cède. Crois-tu que cela résoudra nos problèmes ?

— C'est toi qui as refusé d'inclure le sexe dans notre accord, souviens-toi. Maintenant, si tu veux ce service additionnel, tu devras payer un supplément.

Il passa sa chemise par-dessus sa tête, la lança sur une chaise, puis se dirigea vers la chambre en déboutonnant son pantalon.

— Aaron, où vas-tu ?

Il maîtrisa son envie de faire demi-tour et de la prendre dans ses bras. Mais elle avait besoin qu'on lui résiste.

Faire l'amour avec Charlie devait être bon. Elle débordait de sensualité. Le fait qu'elle soit trop naïve, ou trop têtue, pour le reconnaître ne la rendait pas moins attirante.

Il acheva de se déshabiller, enfila rapidement un short, un T-shirt et une paire de tongs, puis ouvrit la porte du fond.

— Où vas-tu ? répéta-t-elle d'une voix irritée.
— Je vais démonter le moteur du bateau.
— En pleine nuit ?
— Pourquoi pas ?

Il claqua la porte derrière lui, alluma une cigarette et prit le chemin du port en serrant les poings de frustration. Il avait besoin de faire l'amour et c'était Charlie qu'il voulait, même s'il aurait bien été incapable d'expliquer pourquoi.

Elle ne connaissait rien de la vie. Le regard d'une femme amoureuse brillait d'un éclat particulier quand elle regardait

Un amant passionné

son amant. Charlie en était dépourvue et ce détail n'avait pas échappé à Edward.

Malgré le désir tangible qu'il lui inspirait, elle l'avait toujours repoussé. Il avait pourtant suffi qu'il lui dise que son grand-père avait deviné qu'ils n'étaient pas amants pour qu'elle se décide à lui céder. Le prenait-elle pour un gigolo ?

Et puis, il y avait ce Thurman. Elle avait préféré le payer, lui, au lieu d'épouser ce type. Elle prétendait le détester, mais sa présence la mettait moins mal à l'aise que la sienne.

Soudain, il en eut assez de ressasser toutes ces questions. Après tout ce n'était pas son affaire. Qu'elle aille au diable ! Il n'avait pas besoin d'elle.

Il gravit l'échelle et sauta sur le pont, soulagé d'être loin de ce bungalow immaculé. Son bateau n'était peut-être pas de première jeunesse, mais il s'y sentait à sa place. Il n'était pas obligé de porter des vêtements étriqués, de fréquenter des restaurants snobs et d'avoir les ongles propres. Et surtout, il pouvait fumer. Après tout, ses poumons et son porte-monnaie étaient les seuls à en faire les frais.

Penché au-dessus du moteur, les mains jusqu'aux coudes dans le cambouis, il entendit des pas sur les barreaux de l'échelle. Il fronça les sourcils en voyant Charlie.

— Que viens-tu faire ici ?

Elle garda le silence. Que croyait-elle que ses cent mille dollars pouvaient encore acheter ?

Il secoua rageusement la clé à molette et le boulon lâcha. La colère avait du bon. Le pas de vis lui résistait depuis un moment.

Charlie éteignit la radio, interrompant une chanson des Eagles qui parlait d'un chagrin d'amour. Ses doigts serrèrent son épaule, mais il ne se retourna pas.

— Regarde-moi, Aaron.

Il jeta un coup d'œil par-dessus son épaule. Elle portait

Un amant passionné

toujours la robe à fines bretelles et les sandales à talons qu'elle avait au restaurant, mais son regard avait perdu sa froideur. Son chignon s'était desserré et des mèches de cheveux ondulaient autour de son visage et sur sa nuque. La confusion qui se lisait sur ses traits le troubla.

— Attention, tu vas te salir, prévint-il.

Il dévissa le boulon et le lança dans une boîte en métal.

— Peux-tu t'interrompre un instant pour me parler ?

Il n'avait pas envie de discuter avec elle. Elle avait annoncé la couleur dès le début. Il ne représentait pour elle que l'assurance de conserver son hôtel.

Elle semblait décidée à rester tant qu'elle n'aurait pas dit ce qu'elle avait à dire. Il se mit debout et s'essuya les mains sur un chiffon.

— Qu'est-ce que tu veux, Charlie ?

Elle se mordilla la lèvre inférieure en se balançant d'un pied sur l'autre. Devrait-il se sentir flatté de rendre sa femme aussi fébrile ? Il garda le silence, la laissant aux prises avec son débat intérieur.

Elle le fixa, puis répondit de cette voix professionnelle qui l'irritait tant :

— Tu as raison. Tu me plais. Je pense tellement à toi que je n'en dors plus. Je ne sais pas ce qui m'arrive.

Etait-elle réellement aussi ingénue qu'elle le prétendait ?

— As-tu déjà entendu parler du désir qui peut naître entre un homme et une femme ?

Elle hocha la tête.

— On devrait le faire. Ce serait bénéfique à tous les deux.

Même s'il avait été tenté par cette proposition dénuée d'émotion, le moment était mal choisi. Il avait les mains pleines de cambouis

— Maintenant ? Tout de suite ?

Elle fit tourner l'alliance autour de son doigt en regardant ses pieds. Elle était adorable quand elle perdait son assurance. Il aimait cette Charlie vulnérable et admirait le cran qu'elle avait eu de venir jusqu'ici.

— Oui. Rentrons au bungalow.

— Pas question, mon ange. Ce soir, on reste sur mon territoire.

- 7 -

Charlotte rougissait encore d'avoir osé faire une telle proposition à Aaron. Le cœur battant la chamade, elle ouvrit le petit réfrigérateur et en sortit une bouteille d'eau minérale dissimulée parmi les bières. Elle devait absolument garder les idées claires.

Sur le pont du bateau surélevé par un échafaudage, elle avait presque l'impression d'être sur une scène de théâtre, le public en moins. Un silence sinistre planait sur les quais déserts.

Elle passa la bouteille glacée sur son front brûlant. Sa décision avait été motivée par des raisons précises, pas seulement par le désir. Aaron était un homme séduisant. Il avait des besoins sexuels à satisfaire. Ils étaient attirés l'un par l'autre. Par conséquent, finir dans le même lit coulait de source. Et surtout, comme il le disait à juste titre, coucher ensemble rendrait leur mariage nettement plus crédible.

Non, ce n'était pas la vulnérabilité fugace qu'elle avait cru déceler derrière la façade dure et virile de son mari qui l'avait motivée.

Elle but une gorgée d'eau qui se bloqua dans sa gorge quand elle vit Aaron qui remontait sur le pont. Il était simplement vêtu d'un short kaki. Ses cheveux mouillés étaient coiffés en arrière et sa peau brillait sous la lune. Il était irrésistiblement attirant, le sex-appeal personnifié, comme le jour de leur première rencontre.

Un amant passionné

Il s'approcha, lui prit la bouteille d'eau des mains pour la poser sur le comptoir et l'entraîna vers l'escalier.

— On sera mieux en bas.

Le courage lui manqua soudain. Donner libre cours à cette attirance changerait tout. Y était-elle prête ? Serait-il déçu par ses performances ? Ce qui l'inquiétait aussi c'était la suite. Pourraient-ils rester amants pendant six mois et se séparer ensuite ? Elle ne voulait pas d'une trop grande intimité avec Aaron.

Elle le précéda dans l'escalier étroit, tout en s'efforçant de tenir ses émotions à distance. Elle avait les choses bien en main. Il s'agissait d'une décision consciente destinée à faire baisser la tension.

Seule la lumière des quais qui filtrait par le hublot éclairait les lieux. La cabine dans son ensemble avait la taille de sa salle de bains. Comment pouvait-il vivre dans un endroit aussi petit. La cuisine était minuscule, la salle de bains ressemblait à un placard et le lit étroit semblait incapable de contenir deux personnes. Elle se retourna et vit qu'il la regardait, attendant manifestement qu'elle ait fini son inspection.

Puis, sans un mot, il se glissa derrière elle et l'embrassa dans le cou. Elle pencha la tête pour l'accueillir. Quand il lui enlaça fermement la taille et se colla contre ses fesses, elle sentit son excitation à travers leurs vêtements.

Il remonta ensuite les mains vers sa poitrine, puis se mit à déboutonner lentement sa robe. Il défit chaque bouton, un par un, sans jamais toucher sa peau avec une lenteur presque insupportable. Elle s'abandonna contre son torse musclé, s'efforçant de maîtriser son impatience.

Tandis qu'il la déshabillait, ses mains la caressaient, s'attardant légèrement entre ses jambes.

Lorsqu'elle fut presque nue, vêtue seulement de sa culotte, il recula d'un pas pour l'observer. Son regard brillait de

Un amant passionné

désir et elle ne put s'empêcher de laisser échapper un petit soupir.

Comme si c'était le signal qu'il attendait, il la prit dans ses bras et commença à la couvrir de baisers voraces, tandis que sa main se frayait un chemin entre ses cuisses. Ivre de désir, elle retint son souffle, dans l'attente de ce qui ne manquerait pas de suivre.

Quand de sa main il se mit à caresser doucement son sexe, une vague de chaleur la submergea presque aussitôt. Pouvait-il sentir l'effet qu'une simple caresse provoquait en elle ? Incapable de se contenir plus longtemps, elle écarta les jambes presque instinctivement, pour l'inviter à aller plus loin. Enfin, il glissa un doigt en elle et entama un lent va-et-vient qui la mena au bord de l'orgasme.

— Dis-moi ce que tu aimes, Charlie, susurra-t-il dans son oreille, tout en utilisant son autre main pour la débarrasser de sa culotte. Laisse-moi te donner du plaisir. Préfères-tu la position classique, veux-tu te mettre à genoux sur le lit ou bien debout contre le mur ? demanda-t-il en intensifiant ses caresses. Tu aimes le faire doucement, brutalement ? Vas-y, Charlie, dis-moi tout.

Sans lui laisser le temps de répondre, il s'empara de sa bouche avec fièvre.

Etourdie de plaisir, elle aurait été de toute façon incapable de formuler la moindre réponse.

Puis, il desserra son étreinte pour se débarrasser de son short. Elle essaya de détourner les yeux de son sexe dressé, mais son regard était attiré comme un aimant. Jamais encore elle n'avait vu un homme aussi beau, aussi sexy.

Il s'assit au bord du lit, l'entraînant avec lui.

— Assieds-toi sur moi et noue les jambes autour de moi.

Elle acceptait ses directives, sans se faire prier, un peu intimidée néanmoins parce qu'elle s'apprêtait à faire. C'était

Un amant passionné

la première fois qu'elle chevauchait un homme. Serait-elle à la hauteur ? Mais lorsqu'elle sentit son sexe s'enfoncer en elle, elle crut qu'elle allait défaillir. C'était si bon… Elle resta un instant sans bouger, savourant cette incroyable sensation. Dans cette position, il pouvait la caresser et lorsque de la langue il lui titilla le téton, elle fut parcourue par un long frisson.

— Aaron, tu es là ? demanda une voix féminine,

La ramenant brutalement sur terre.

— Couvre-toi, mon ange, dit-il aussitôt en la soulevant promptement pour la déposer sur le lit. J'en ai pour une seconde.

Il mit son short et disparut dans l'escalier.

Elle ne connaissait pas cette voix rauque, mais elle appartenait probablement à l'une de ses maîtresses. Elle fut saisie d'une brusque envie de s'enfuir au plus vite.

Elle récupéra ses vêtements sur le sol, s'en voulant à mort d'avoir été assez bête pour se jeter dans les bras du plus grand séducteur des Keys.

Elle boutonnait fébrilement les stupides boutons de sa robe quand elle le rencontra dans l'escalier.

— Où vas-tu ?
— Chez moi.
— Pourquoi ? Elle est partie.

Etait-il stupide ?

— Désolée, j'ai changé d'avis. Je n'ai pas envie d'être une conquête de plus sur ta liste, répliqua-t-elle froidement en le contournant.

Elle voulut s'en aller, mais il lui attrapa le bras.

— Avec combien de femmes crois-tu que j'aie couché depuis qu'on est marié ? demanda-t-il en lui barrant le passage.

— Comment veux-tu que je le sache ?
— Avec aucune, pas même avec la mienne. J'ai une

femme et je n'ai pas le droit de la toucher. Regarde l'effet que tu me fais, Charlie, ajouta-t-il en montrant du doigt un endroit qu'elle préférait ne pas voir.

Incapable d'ajouter quoi que ce soit, elle se rua en haut des marches.

Charlotte et Perry avaient fini leur sandwich et venaient de se remettre au travail quand Aaron entra dans le bureau.

Tout en essayant de masquer son trouble, elle pria Perry de les laisser un instant. Celui-ci se leva à contrecœur et dévisagea Aaron avec hostilité.

Vêtu d'un short kaki et d'un T-shirt vert d'eau bien propres, il se dirigea vers elle en souriant, puis regarda les restes du repas.

— Je voulais t'inviter à déjeuner, mais je vois que j'arrive trop tard.

— As-tu réussi à sortir le moteur du bateau ?

Mieux valait s'en tenir à des considérations matérielles.
Elle n'avait en effet aucune envie d'évoquer la soirée de la veille.

— Il faut un appareil de levage et personne n'était disponible avant 16 heures.

— J'ai vu que tu réparais aussi la coque, enchaîna-t-elle histoire de dire quelque chose.

Il regarda par la fenêtre d'un air absent.

— Oui, on va racler les bernaches et la polir. Je voulais juste te dire que je rentrerai tard ce soir, l'informa-t-il en s'en allant.

Il était beaucoup moins bavard que d'habitude. Mais si elle en fut un peu blessée, cela l'arrangeait néanmoins. Si seulement elle pouvait revenir en arrière ou alors tout oublier. Mais le mal était fait, la nuit dernière avait tout

Un amant passionné

changé, qu'elle le veuille ou non. Car ce n'était pas la raison qui l'avait poussée dans les bras d'Aaron, c'était le désir. Un désir intense, brûlant...

Perdu dans ses pensées, Aaron traversa le complexe en direction du port. En voyant Charlie et Perry Thurman ensemble, il s'était imaginé que c'était ce dernier qu'elle aurait voulu épousé. Mais après tout que lui importait ? Il ferait mieux de s'occuper de ses affaires et de laisser Charlie se débrouiller avec les siennes.

Il était sur le point de contourner le bar de l'hôtel quand il entendit quelqu'un déclarer :

— Ce n'est que temporaire.

En reconnaissant la voix de Thurman, il s'immobilisa, l'oreille aux aguets.

Thurman continuait à pérorer dans son portable.

— Charlotte ne restera pas mariée longtemps avec ce type. C'est une ruse pour duper le vieux. Mais, le cardiologue de Monte-Carlo a été formel. Si Harrington ne ralentit pas le rythme, son cœur le lâchera dans moins d'un an. Comme il n'a visiblement pas l'intention de décrocher, il faut que je sois en place quand son cœur l'emportera.

Pendant que Perry écoutait la réponse de son correspondant, Aaron l'observa discrètement. Il affichait un sourire satisfait.

— Mais non, il n'y a rien à faire. De toute façon, Brody et elle se disputent sans arrêt. Ce type est un coureur de jupons notoire et Charlotte a bien du mal à le supporter, dit-il avec un ricanement. Il n'en a qu'après son argent.

Aaron mobilisa toute sa volonté pour ne pas bondir hors de sa cachette, arracher le téléphone des mains de Thurman et le lui enfoncer dans la gorge. Mais en temps voulu, il lui ferait ravaler ses paroles.

Un amant passionné

*
* *

Dans les jours qui suivirent, Charlotte n'eut pas le temps de repenser à sa relation avec Aaron. C'était la haute saison et l'hôtel ne désemplissait pas. La journée qu'elle venait de passer était typique : des urgences de dernière minute à gérer, des rendez-vous avec des fournisseurs, de nouveaux clients à accueillir et tout cela sans la moindre pause. A 23 heures passées, elle était épuisée et avait envie de rentrer chez elle. Elle réprima donc un geste d'agacement en voyant Perry entrer dans son bureau.

— Aaron ne s'inquiète-t-il pas quand tu rentres tard ? demanda-t-il avec désinvolture.

Une semaine s'était écoulée depuis qu'elle était venue le trouver sur le bateau et c'est à peine si elle avait croisé son mari. Elle faisait semblant de dormir lorsqu'il la rejoignait, bien après minuit, et quand elle partait travailler le matin, il dormait encore. Le système fonctionnait plutôt bien.

— Ma vie privée ne te concerne pas.

Il se mit à fouiller dans la corbeille de courrier.

— J'ai prévu un employé supplémentaire dans l'équipe du matin. Un groupe important part demain à la première heure. Je me demande comment tu réussissais à gérer cet endroit avant mon arrivée. Je n'ai jamais rencontré ce genre de problèmes à Monte-Carlo.

Perry passait son temps à l'espionner, à l'affût de la moindre erreur de sa part. Il ne perdait aucune occasion de lui faire remarquer à quel point Aaron se faisait rare et elle ne trouvait plus d'excuses pour justifier son absence. Edward, heureusement, était rentré à Boston.

Elle aperçut une enveloppe kraft sur son bureau. Un courrier de l'avocat ? Elle s'en empara tout en foudroyant Perry du regard.

Un amant passionné

— C'est sans doute pour cela que tu paniques au moindre contretemps, lâcha-t-elle d'un ton peu aimable.

Avant que Perry ne puisse répondre quoi que ce soit, la porte s'ouvrit doucement et Aaron fit son entrée. Vêtu d'un jean délavé et d'un T-shirt blanc, il était la virilité personnifiée.

Perry détacha à regret les yeux de la lettre et se dirigea vers la sortie en les saluant d'un signe de tête.

Aaron fixa un instant Charlotte du regard. Un mélange de fatigue et d'inquiétude se lisait sur ses traits. Il retrouvait enfin la femme vulnérable qui s'était donnée à lui ce fameux soir. Le souvenir de son corps palpitant ne cessait de le hanter. Il visualisait ses cuisses chaudes serrées autour de lui, sa peau brûlante de désir.

Il avait attendu qu'elle revienne vers lui, mais elle s'était retranchée derrière un mur de froideur et d'indifférence. Ce soir, la façade semblait se craqueler. Quelque chose la tracassait et ce n'était pas seulement son grand-père.

— Ça va, Charlie ?

Elle s'étira en soupirant.

— J'ai eu une dure journée.

Il décida de tenter un rapprochement afin de voir sa réaction. Passant derrière le bureau, il se mit à lui masser la nuque et les épaules. Ses muscles étaient si tendus qu'il se demanda comment elle parvenait encore à bouger.

— Tu as l'air épuisée. Détends-toi.

Elle pencha la tête en arrière et son estomac gargouilla.

— Tu n'as rien mangé ?

— Une salade, répondit-elle en fermant les yeux. Zelda m'a apporté une salade à l'heure du déjeuner.

Il lui prit les mains et la souleva de son siège.

— Viens, je vais te préparer des œufs brouillés.

Un amant passionné

Elle secoua la tête en fermant le tiroir de son bureau à clé.

— J'ai à peine de quoi faire du café dans ma cuisine. On va se servir dans celle du restaurant.

— La vie dans un hôtel présente quelques avantages, fit-il remarquer tandis qu'elle verrouillait derrière eux.

Sa démarche était moins assurée que d'habitude tandis qu'elle le précédait dans la salle à manger. Il alluma la bougie qui était sur la table pendant qu'elle se mettait en quête de nourriture. Elle revint avec un plateau contenant un bol de crevettes et une bouteille de sauce cocktail, des cœurs d'artichauts et de la vinaigrette, du pain et deux bières.

— C'est joli, la bougie, remarqua-t-elle avant de repartir chercher la vaisselle.

— Ça vaut largement des œufs brouillés, constata Aaron en mettant une crevette dans sa bouche.

Quand elle réapparut avec les assiettes, il les lui prit des mains et les posa sur la table, puis la força à s'asseoir.

Elle se laissa tomber sur son siège et saisit une bière.

— Tu as été très occupé ces derniers temps.

Aaron sourit de la voir boire au goulot.

— Oui. Je me suis dépêché de finir les réparations. J'ai un maximum de réservations pour les vacances de printemps.

— Tant mieux. Tu as l'air fatigué.

— Un peu. Mais le moteur est installé et le traitement de la coque terminé. Demain, je donne une petite fête avant la mise à l'eau. J'espère que tu viendras.

Pourquoi avait-il soudain tellement envie de lui montrer ce qu'il avait réalisé grâce à son argent ? Il était pourtant persuadé que l'avis de la « princesse de glace » ne l'intéressait pas le moins du monde.

— Je ferai mon possible. Nous devons passer davantage de temps ensemble. Je n'ai plus d'excuses à donner à Perry.

Il eut du mal à cacher le désappointement que lui causait cette réponse. Elle ne pensait qu'à sauver les apparences afin de conserver son précieux hôtel.

— Ce n'était pas à Thurman que je pensais.

Elle se frotta le visage des mains.

— Je me suis mal exprimée.

Il attendit la suite.

— Ecoute, Aaron, je viendrai avec plaisir si j'arrive à me libérer. Mais Perry m'inquiète. Il fourre son nez partout.

— Oublie-le cinq minutes et prends le temps de te divertir. J'aimerais beaucoup que tu viennes.

— D'accord.

Cette fois, elle avait l'air presque contente.

— Je compte sur toi, dit-il en se penchant en avant pour lui prendre la main. Nous ne sommes pas seuls, ajouta-t-il à voix basse. Fais comme si de rien n'était.

- 8 -

Mis à part le rai de lumière qui filtrait sous la porte de la cuisine et la flamme de la bougie, la salle à manger était plongée dans l'ombre. Sans vraiment comprendre ce qu'il se passait, mais littéralement fascinée, Charlotte fixait Aaron des yeux. Il la souleva de sa chaise et la serra dans ses bras. Ses lèvres étaient aussi chaudes que le reste de son corps.

Ecartant les jambes, il se mit à danser sur une musique imaginaire.

— On va torturer un peu Percy.

Il la força à l'enlacer et prit son visage dans ses mains pour le parcourir de baisers. Il lui embrassa les paupières, le nez, les joues, le menton, frôlant sa bouche sans la toucher, la faisant frissonner de plaisir. Son odeur fraîche et masculine l'enivrait. Elle en oubliait presque que tout cela n'était qu'une comédie destinée à détromper Perry.

Plaçant une main sur ses reins, il enleva la barrette qui retenait ses cheveux et chuchota contre sa bouche :

— Pas de panique. Laisse-toi faire.

Sans le moindre effort, il la souleva et la fit s'asseoir sur la table. Puis, il lui écarta les jambes et vint se coller à elle. Charlotte émit un petit bruit de gorge en sentant son sexe dur contre son ventre. Il jouait son rôle à la perfection.

Après avoir déboutonné son chemisier, il dévora ses seins d'un regard avide. Complexée par sa poitrine trop plate, elle se pencha en avant. Mais il la redressa, glissa les mains à l'intérieur de sa blouse et les fit glisser le long de ses bras. Ses doigts laissèrent des traces brûlantes sur sa peau. Un petit gémissement involontaire s'échappa de sa gorge.

— Non, Aaron. Ce n'est pas une bonne idée.

Etrangement, il semblait trouver ses seins parfaitement à son goût. Il les dévora de baisers, puis passa les pouces dans les bretelles de son soutien-gorge. Elle lui saisit les poignets.

— Tu vas trop loin.

Soudain, la lumière jaillit dans la pièce, rompant le charme. La main sur l'interrupteur, Perry avait les yeux fixés sur elle. Gênée, elle rabattit les pans de son chemisier.

Pas du tout mal à l'aise, lui, Aaron se serra encore un peu plus contre elle.

— Bonsoir, Percy, dit-il d'une voix décontractée.

— Ne craignez-vous pas qu'un client vous surprenne? demanda Perry sans même prêter attention à Aaron. Quel manque de bon sens, Charlotte.

— Il faut l'excuser, il se sent seul, lui dit Aaron à l'oreille, assez fort pour que Perry l'entende.

Elle était agitée de tremblements nerveux.

— Au fait, Percy, quand vous téléphonerez à Edward, n'oubliez pas de lui dire que nous faisons tout pour lui donner l'arrière-petit-fils qu'il désire tant.

— Mon nom est Perry, non Percy.

Aaron lui fit un clin d'œil, puis embrassa Charlotte.

— Bien, Perry. Maintenant, soyez gentil d'éteindre la lumière avant de partir.

Perry s'exécuta d'un geste rageur, puis sortit en claquant la porte.

Aaron rejeta la tête en arrière et éclata de rire.

— Il a sans doute été se plonger dans un bain glacé.

Elle le serra dans ses bras en riant elle aussi.

— J'espère qu'il cessera de me harceler à ce sujet.
— Tu es belle quand tu ris. Dommage que tu ne le fasses pas plus souvent, dit-il en lui rendant son étreinte. Perry ne s'intéresse-t-il qu'à ta vie privée ?
— Non, il tente de me prendre en défaut dans tous les domaines, même s'il prétend m'aider.

Soudain dégrisée, elle descendit de la table et boutonna son chemisier.

— Partons d'ici. Quelqu'un pourrait nous surprendre.

Main dans la main, ils pénétrèrent dans le hall d'accueil. Elle ne pouvait penser à rien d'autre qu'à la nuit qui les attendait.

— Excusez-moi, madame Brody, mais ce monsieur désire vous parler, dit le réceptionniste de nuit en indiquant le policier en uniforme qui se tenait au bout du comptoir.

Cela suffit à lui ramener les pieds sur terre.

— Bonsoir, monsieur. Y a-t-il un problème ?
— Un de vos hôtes s'est battu au Boar's Head. Je suis venu l'arrêter. J'ai un mandat.

Elle ferma les yeux un instant, sous le coup d'une immense contrariété. Elle pouvait dire adieu à sa soirée romantique.

— Tu ferais mieux de rentrer, Aaron.
— Appelle quand tu auras fini. Je viendrai te chercher, dit-il sans protester.

Il semblait résigné et elle apprécia son attitude. Sous ses abords arrogants, se cachait une grande gentillesse. Elle devait reconnaître que souvent il la surprenait et qu'il ne lui était plus aussi désagréable.

— Je me débrouillerai pour rentrer. Je risque d'en avoir pour un moment.

*
* *

Un amant passionné

Le lendemain fut un véritable enfer. Le chef de l'équipe du matin était absent, Perry avait disparu de la circulation et, pour ne rien arranger, Zelda n'était pas à son poste. Charlotte n'avait pu compter que sur elle-même. D'ailleurs, Zelda n'était jamais à sa table, ces derniers temps. Quant à Perry, il s'arrangeait toujours pour réapparaître une fois les problèmes résolus et lui donnait alors des conseils sur la façon dont elle aurait dû s'y prendre.

Avant qu'elle se soit rendu compte qu'elle avait sauté le déjeuner, l'après-midi était déjà bien entamé.

Un sourire réjoui sur les lèvres, Aaron entra dans la pièce.

— On y va, mon ange ?

Elle avait complètement oublié la fête sur le bateau. Elle aurait tout donné pour s'échapper de cet enfer et craignait le décevoir, mais qui allait la remplacer ?

— C'est un peu compliqué. Tout le monde a disparu. M'en voudras-tu à mort si je ne viens pas ?

— Mes amis s'attendent à te voir. Il n'y a pas que toi qui as besoin de te montrer avec moi.

— Je suis désolée. Ce n'est pas grave, tes amis seront là.

— Oui, bien sûr, répliqua-t-il sarcastiquement.

L'entrée fracassante du cuisinier français les interrompit. L'homme fulminait dans sa langue, le mot « pomme de terre » revenant fréquemment dans son discours. Aaron lui lança un regard furieux et se dirigea vers la porte. Il faillit heurter Zelda qui arrivait à ce moment-là et semblait très amusée par toute la scène.

Charlotte avait envie de hurler.

— Puis-je savoir où vous étiez passée depuis deux heures, Zelda ?

La secrétaire alla s'asseoir derrière son bureau dans la pièce voisine et tripota ses papiers.

Un amant passionné

— J'ai juste prolongé un peu ma pause déjeuner. Vous n'étiez pas dans votre bureau quand je suis partie, alors j'ai pensé que vous n'auriez pas besoin de moi.

— Vous êtes censée rester à votre poste durant vos horaires de travail. Suis-je claire ?

— Parfaitement, madame, dit Zelda sans la regarder, tout en se mettant à se limer les ongles.

Elle portait un T-shirt qui laissait apparaître son ventre, une minijupe et ses cheveux noirs étaient hérissés de piques violettes. Déjà à bout de nerfs, Charlotte décida de hausser le ton.

— Demain, vous êtes priée de vous présenter à l'heure et habillée correctement. J'espère que je n'aurai pas à vous le répéter.

Zelda croisa les jambes sans cesser sa manucure, puis souffla la poussière de ses ongles.

— Bien, madame.

Charlotte faillit la renvoyer sur-le-champ. Mais l'horrible directrice de l'agence d'intérim ne manquerait pas de raconter dans toute la ville qu'elle avait encore changé de secrétaire. Quatre fois en trois mois, c'était trop, même pour Charlotte Harrington. De plus, elle redoutait d'avoir à former une assistante en ce moment. Au moins Zelda savait-elle se débrouiller en informatique et en orthographe.

N'y tenant plus, elle saisit son sac à main, poussa le cuisinier dehors et verrouilla la porte. Tandis qu'elle se dirigeait vers la sortie, elle tomba nez à nez avec Perry. Il allait évidemment l'accuser d'irresponsabilité, mais elle ne pouvait pas abandonner Aaron.

— Perry, débrouille-toi pour aider Pierre à résoudre son problème. Ensuite, tu contacteras le service du ménage et tu vérifieras que les chambres ont été nettoyées. Si besoin est, retrousse tes manches et donne-leur un coup de main.

Puis elle posa une liste de tâches devant Zelda.

Un amant passionné

— Je dois me rendre au lancement du bateau de mon mari. Comme vous êtes arrivée en retard, vous resterez à votre place jusqu'à votre départ, sans pause-café.

En voyant arriver Charlotte, le visage tiré par la fatigue et le stress, Aaron en déduisit qu'elle venait lui faire une scène. C'était pourtant lui qui aurait dû être furieux qu'elle le laisse tout le temps en plan. Elle écarta les pans de sa veste rose pour se rafraîchir et fronça les sourcils en voyant deux filles en Bikinis passer devant elle.

Ses talons hauts claquèrent sur le bois du pont, contrastant avec les tongs et les tennis des autres gens. Il fallait vraiment qu'elle se décoince un peu.

S'emparant d'un verre de vin, il la rejoignit.

— Donne-moi ta veste.

Elle s'exécuta et prit le verre qu'il lui tendait.

— Ton bateau est magnifique.

— Merci. Brody's Charters est de retour sur les flots.

Il enleva sa casquette bleue toute neuve et la posa sur sa tête, regrettant de recouvrir ces merveilleux cheveux blonds.

— Tu as mangé ? Il reste des crevettes.

Elle parcourut le buffet des yeux.

— Je prendrais bien un peu de salade de fruits.

Il lui servit une coupe d'un mélange coloré de papayes, de mangues, de fraises et de mûres.

— Maintenant, détends-toi, on va s'amuser.

Raul tendit à Aaron une bouteille d'eau glacée.

— Le spectacle peut-il commencer ? demanda-t-il avec un clin d'œil.

Raul était la seule personne à être au courant de ses projets.

— Allons-y.

Un amant passionné

Charlie était en nage et Aaron regretta que l'auvent soit si court. Il faisait plus de trente-cinq degrés à l'ombre, le ciel était sans nuages et il n'y avait pas un souffle d'air.

Quelqu'un changea le CD et les premières notes de *Linvin' la vida loca* de Ricky Martin se firent entendre. En moins d'une minute, son bateau fut transformé en piste de danse. Tout le monde dansait.

— Viens danser, ordonna-t-il. Retire tes chaussures.

Elle envoya ses sandales sous le banc d'un coup de pied et prit sa main.

— Je n'étais jamais allée à une fête sur un bateau. Est-ce que les gens y sont toujours à demi nus ?

— Attends un peu qu'ils se lâchent, répondit-il en la faisant tournoyer jusqu'à la piste.

Tout en dansant, il vit que Charlie essuyait son front en sueur du dos de la main, écartant les mèches de cheveux tombées de son chignon. Ses bas devaient lui coller aux jambes, mais il ne pouvait pas lui dire d'aller se changer sans dévoiler ses plans. A la fin du morceau, son chignon s'était écroulé et son mascara avait laissé des traces noires sur ses joues. Il faisait tellement chaud qu'il craignit qu'elle finisse par se sentir mal. Il l'entraîna à l'ombre de l'auvent et lui tendit un verre de vin.

Il était temps de mettre un terme aux réjouissances. Si les gens ne s'en allaient pas rapidement, Charlie risquait de lui échapper.

Il siffla entre ses doigts pour attirer l'attention et fit un signe de tête à Raul.

— Mes amis, merci d'être venus commémorer la mise à l'eau de mon bateau. Je vous suis très reconnaissant.

Il sortit une pile de T-shirts blanc et bleu et la posa sur le comptoir avant d'ajouter :

— Pour me faire pardonner de vous libérer si tôt, j'offre à chacun un T-shirt et je paie une tournée générale

Un amant passionné

au Grecko. Vous allez avoir une insolation si vous restez en plein soleil.

Charlie le regarda d'un air perplexe pendant que les gens se ruaient vers le comptoir.

— Tu pourrais nous emmener en mer. On verrait comment marche le *Free Wind*, suggéra Rosa.

Aaron se pencha vers elle et lui chuchota à l'oreille :

— C'est bien ce que j'ai l'intention de faire, mais en privé.

Rosa regarda Charlie et cligna de l'œil d'un air entendu.

— Alors à demain, dit-elle en l'embrassant sur la joue.

Il serra la main de tous les gens qui s'en allaient les uns après les autres. Quand Charlie se leva pour les imiter, il la retint par le bras.

— Je sais que tu crèves de chaud, mais reste encore un peu. Je voudrais te montrer le bateau.

— Tu ne m'as jamais rien dit à ce sujet, remarqua-t-elle.

— Eh bien, le *Free Wind* a environ trente ans, il mesure treize mètres cinquante et est solide comme un rock. Le pont et les menuiseries sont en bois de teck et le moteur turbo diesel qui le propulse est flambant neuf.

Il l'entraîna vers le poste de pilotage et mit le contact.

— Ecoute-moi ce bruit. Il tourne parfaitement.

Aaron enfonça discrètement la poignée de gaz. Charlie n'avait rien remarqué. Une fois que le bateau se serait éloigné du quai, elle ne pourrait plus s'échapper.

— Alors, que penses-tu de mon moteur ? Tu ne dis rien.

Elle s'agrippa au tableau de bord, les yeux écarquillés.

— Mais, on bouge ! s'écria-t-elle.

Un amant passionné

— En effet, répondit-il tout en guidant le bateau vers la sortie du port.

— Je dois retourner à l'hôtel. Ramène-moi à terre !

— Laisse Percy mériter son salaire. Combien ce minable gagne-t-il en un seul après-midi ?

Elle fronça les sourcils et sortit son portable de son sac.

Il évita de justesse un voilier transportant un groupe de touristes rouges comme des homards.

— Range-le, sinon je le jette à l'eau.

Elle l'ignora et se mit à composer un numéro. Il lui arracha l'appareil des mains.

— Du calme, Charlie. Je dois me concentrer sur ma conduite. Pourquoi ne descends-tu pas te changer dans la cabine ?

— Je n'ai pas de vêtements de rechange. Comment aurais-je pu deviner que tu m'emmènerais en croisière ? demanda-t-elle sèchement en attrapant son téléphone pour le remettre dans son sac.

— Va dans la cabine, chérie. Change-toi. Tu sembles quelque peu mal en point, ajouta-t-il avec un sourire.

— Je n'ai aucune envie de rire. Ramène-moi, Aaron, répéta-t-elle en regardant fixement la côte.

— Trop tard, Charlie.

Charlotte descendit les marches d'un pas furieux. Elle était sur le point de le haïr quand elle aperçut des vêtements soigneusement étalés sur la couchette. Son Bikini noir, son short jaune, un T-shirt à rayure, cette ridicule robe d'été à boutons et même deux petites culottes. Il avait osé fouiller dans ses sous-vêtements.

Le bateau tangua sous ses pieds. Tétanisée, elle s'efforça d'oublier les vagues et les profondeurs terrifiantes qui s'étendaient au-dessous d'elle. Il fallait qu'elle maîtrise sa peur, si elle ne voulait pas se couvrir de ridicule devant Aaron.

- 9 -

Charlotte enleva ses vêtements trempés de sueur et enfila ceux que Aaron lui avait apportés. Qu'avait-il derrière la tête ? Elle avait toujours détesté les surprises.

Elle remonta sur le pont et s'agrippa au bastingage en s'efforçant de maîtriser sa nausée. Elle voulait rentrer chez elle. Le vent plaquait ses cheveux sur son visage, tandis que le bateau fendait l'eau et que la côte disparaissait peu à peu.

— Je ne trouve pas ça drôle.

— Relax, Charlie. Accorde-toi un peu de répit, dit-il en la parcourant d'un long regard admirateur. Tu es belle en short.

— Où va-t-on ?

— Sur une plage privée.

Elle s'adossa contre la rambarde, détournant les yeux de l'eau bouillonnante.

— Il y a une plage au complexe.

— Pas aussi belle que celle où je t'emmène.

— Je n'ai prévenu personne. Je devrais au moins appeler Perry.

— Il devinera bien tout seul.

Elle prit place sur un banc et s'agrippa à la barre en laiton. « Evite de penser aux profondeurs, se dit-elle. Tu éviteras de te ridiculiser. »

— Est-ce encore loin ?

— Relax, répéta-t-il. Calme-toi.

Un amant passionné

Se calmer ? Elle était à deux doigts de se mettre à hurler. Mais à quoi bon ? De toute évidence, il n'avait pas l'intention de la ramener. Autant fermer les yeux et se forcer à respirer à fond.

Au bout de ce qui lui sembla une éternité, Aaron coupa le moteur et jeta l'ancre dans une petite crique aux eaux calmes, bordée de sable blanc et de cocotiers. Aaron posa un baiser sur sa bouche et se mit à ranger les restes du buffet.

Ignorant les mouvements du bateau, Charlotte se leva pour l'aider. Les doigts douloureux d'avoir serré la barre, elle ferma le couvercle de la salade de fruits.

— Quand as-tu décidé de me kidnapper ?

Il feignit de réfléchir.

— J'ai décidé ça hier soir, quand nous avons presque fait l'amour sur la table du restaurant, dit-il d'un air malicieux.

— Est-ce cela, le programme ?

— Peut-être. Si l'envie me prend.

— Sous-entendu, je n'ai pas mon mot à dire ?

Un petit sourire étira ses lèvres.

— Ne t'inquiète pas, si l'envie m'en prend, je m'arrangerai pour te la communiquer.

— Tu es bien sûr de toi.

Il ferma la porte du réfrigérateur avec un rire et enleva son T-shirt, puis son short.

Charlotte éprouva un certain soulagement en constatant qu'il portait un maillot de bain.

— J'ai chaud, je suis épuisée et je n'ai aucune envie de prendre un bain de soleil, dit-elle en s'arrachant à la contemplation de son torse bronzé.

— As-tu l'intention de nager tout habillée ?

— Je n'ai pas l'intention de nager du tout.

Il posa sa bouche sur la sienne pour la faire taire et se

Un amant passionné

mit à l'embrasser. Un doux baiser, lent, profond et sensuel. Il s'interrompit pour prendre une orchidée violette dans un panier de fleurs et la lui tendre.

— Personne ne viendra nous déranger. Détends-toi et profite du moment présent. Tu veux bien ?

Charlotte prit la fleur, laissant le son de sa voix sensuelle apaiser son irritation. Comment pouvait-elle le détester autant et se consumer de désir dès qu'il la touchait ?

Un immense bien-être l'envahit quand il glissa les doigts dans ses cheveux et effectua un délicieux massage sur son cuir chevelu et sa nuque.

Lui prenant l'orchidée des mains, il lui enleva son T-shirt, puis passa légèrement la fleur sur ses seins dont les pointes se durcirent aussitôt. Elle frissonna de plaisir et de gêne d'être exposée ainsi à son regard brûlant.

Sans cesser de la caresser, il lui ordonna de s'allonger sur le ventre.

L'éclat de ses yeux reflétait son désir, attisant en elle une sensualité inédite. Brusquement, elle fut heureuse d'être là. Tant que le bateau resterait immobile, tout irait bien. Après tout, que pouvait-elle rêver de mieux que cette crique déserte en compagnie de l'homme le plus sexy de la terre ?

Elle obéit docilement, offrant son dos à ses mains enduites l'huile solaire. Il la massa longuement, alternant petits cercles et longues caresses. D'abord les bras, puis la nuque, les épaules, le dos, les hanches... C'était tout simplement délicieux. A chaque caresse, le désir l'envahissait encore un peu plus, menaçant de la submerger totalement. Elle entendit des mouettes crier en passant au-dessus du bateau au moment où il faisait glisser son short jaune le long de ses jambes. Elle savait maintenant que le moment était venu. Elle voulait le sentir en elle, et rien n'aurait pu l'empêcher d'aller jusqu'au bout.

Ses mains étaient magiques. Partout où elles passaient,

s'allumait un brasier, un feu d'artifice de sensations. Elle perçut vaguement le bruit du maillot de bain d'Aaron qui tombait sur le sol avant qu'il ne se glisse tout contre son corps. Elle sentit son sexe dur se frotter contre ses fesses. Une chaleur humide l'envahit instantanément.

Quand il passa les mains sous son ventre pour la caresser, elle se souleva à sa rencontre. En le sentant pulser contre sa hanche, elle eut une envie désespérée qu'il la pénètre. Elle se retint de ne pas le supplier.

Mais il semblait avoir décidé de la torturer. Il la fit se tourner face à lui et continua à la couvrir de caresses, ses seins, son ventre, ses cuisses, pas une parcelle de son corps n'échappa à sa brûlante exploration.

Puis elle sentit enfin le poids de son corps sur le sien. Un long gémissement s'échappa de sa gorge quand il se glissa en elle. Elle fut parcourue d'une onde de chaleur et elle s'abandonna au mouvement lent et rythmé de ses hanches, au plaisir de sentir son sexe doux aller et venir en elle. Des sensations divines se propageaient dans tout son corps. Elle n'avait jamais rien connu d'aussi bon.

Ses poussées étaient lentes et fluides, douces et puissantes. Ivre de plaisir, elle vibrait autour de lui, répondait à chacun de ses coups de reins. Il lui fit l'amour lentement, longtemps, passionnément. Ses baisers avaient un goût salé et sa peau mouillée de sueur glissait sur la sienne. Le plaisir prit possession de son corps et l'emporta vers les sommets.

Une explosion de jouissance la secoua tandis qu'un orgasme prolongé la propulsait au septième ciel. Son cœur cognait dans sa poitrine et la seule bouffée d'air qu'elle parvint à inspirer venait directement de la bouche d'Aaron. Elle noua les jambes plus fort autour de lui et cambra les reins, le poussant au plus profond d'elle, transportée dans un monde où seuls existaient leurs deux corps fusionnés.

Un amant passionné

Aaron jouit juste après elle. Il poussa un cri rauque, puis retomba sur elle en haletant.

Malgré la chaleur étouffante, elle n'avait pas envie de se séparer de lui.

Elle se serra contre lui et l'embrassa.

— Ne pars pas.

Il s'écarta et roula sur le côté, l'entraînant avec lui.

Un mélange de sueur et d'huile solaire tapissait sa peau, mais elle s'en moquait. Elle passa la main dans les cheveux de Aaron et plongea son regard dans le sien. De longs cils sombres et recourbés soulignaient ses yeux verts.

Sans lui laisser le temps de se remettre, il s'allongea sur le dos et lui tendit la bouteille d'huile.

— Maintenant, c'est moi qui ai droit au massage.

— Tu en as déjà partout, protesta-t-elle en versant la lotion dans sa main et en s'accroupissant au-dessus de lui.

Cet après-midi fut ce qui s'approchait le plus de l'idée que Charlotte se faisait du paradis. Même dans ses rêves les plus fous, elle ne s'était jamais imaginée en train de batifoler dans l'océan en tenue d'Eve.

Toutes inhibitions envolées, elle s'abandonna aux mains expertes d'Aaron, lui rendant la pareille sans se faire prier. Ils passèrent un temps fou à se caresser sous l'eau. Puis elle noua les jambes autour de lui et s'empala sur son sexe en érection. Elle eut presque honte de son audace, mais le désir qui s'alluma dans son regard surpris en valait la peine.

Emportée par son élan, elle se mit à bouger lentement autour de lui. Rien de tel que s'aimer dans l'eau fraîche, les épaules réchauffées par les rayons brûlants du soleil tropical.

Aaron avait prévu que le dîner coïncide avec le coucher du soleil. Cette journée devait rester à jamais gravée dans la mémoire de Charlie. Pour une raison étrange, il voulait qu'elle garde un bon souvenir de lui.

Les pieds dans l'eau, ils s'installèrent sur la plateforme de plongée et dégustèrent les restes du buffet. Elle portait une casquette Brody's Charters et ses cheveux tombaient librement sur ses épaules. C'était la première fois qu'il la voyait aussi détendue.

Depuis leur poste d'observation privilégié, ils admirèrent le ciel qui se teintait peu à peu d'un camaïeu de roses et de violets. Des nuages s'amoncelaient au loin, annonçant de la pluie pour le lendemain.

Il trempa une fraise dans son verre de vin et la lui mit dans la bouche.

— Rien ne vaut un coucher de soleil dans les Keys.

— Vraiment rien ? demanda-t-elle en mordant dans le fruit.

Du jus coula sur son menton et elle l'essuya du dos de la main. Ce simple geste le troubla.

— Enfin, presque rien, reconnut-il.

Il se sentait excité à la seule idée de la prendre dans ses bras, du goût de sel sur sa peau, des petits gémissements qu'elle poussait quand elle jouissait.

— Regarde, dit-elle en montrant le large. Des dauphins.

— Ils viennent parfois jouer autour du bateau.

Inspirant l'air marin, il regarda le soleil, énorme boule orange, s'engouffrer dans la mer, tandis que les mouettes regagnaient leurs abris pour la nuit. C'était si bon d'être ici avec Charlie.

Elle ne protesta pas quand il lui proposa de dormir sur le bateau. Il lui promit de la ramener à terre dès que le soleil se lèverait. La chaleur étouffante qui régnait dans la cabine ne sembla pas la gêner. Elle se pelotonna dans ses bras et s'endormit aussitôt.

Un amant passionné

Il aurait aimé rester dans la crique pour toujours. Edward Harrington pouvait bien garder son hôtel. Mais il était inutile de rêver, jamais Charlie n'abandonnerait sa précieuse carrière.

Sa femme enfouit la tête dans le creux de son épaule et il la serra pensivement contre lui. De toute façon, il n'avait pas l'intention de s'engager, n'est-ce pas ?

Le tonnerre secoua la cabine, arrachant brutalement Charlotte à ses rêves. Elle s'agrippa au matelas. Le hublot au-dessus de la couchette fut illuminé par un éclair de lumière. Une tempête avait éclaté et elle était au beau milieu de l'océan.

Un nouveau coup de tonnerre retentit tandis qu'une pluie violente s'abattait sur la vitre. Le bateau se mit à tanguer et la couchette suivit le mouvement. Elle saisit le bras d'Aaron et le secoua frénétiquement.

— Réveille-toi ! Vite, une tempête !
— On dirait bien, dit-il en bâillant.

Comment pouvait-il rester si impassible ? L'atmosphère était chargée d'électricité. La lumière des éclairs illuminait brièvement la cabine qui replongeait ensuite dans l'obscurité.

Il fallait qu'elle s'échappe de ce bateau. Mais il n'y avait pas d'abri sur la plage et l'idée de s'enfoncer dans la tempête la terrifiait tout autant que celle de rester dans la crique. Elle frissonna. Les parois humides de l'habitacle semblèrent se refermer sur elle.

Elle bondit hors du lit, mais le bateau tangua et elle perdit l'équilibre. Sans Aaron qui tendit le bras pour la rattraper, elle se serait étalée de tout son long.

— Calme-toi et viens t'allonger. Le jour n'est pas encore levé. Attends une petite demi-heure.

Un amant passionné

— Hors de question ! hurla-t-elle en s'agrippant à la porte de la salle de bains.

— Qu'est-ce qui te prend, mon ange ? demanda Aaron en s'asseyant.

— Où sont les gilets de sauvetage ? Comment va-t-on faire pour rentrer ?

Il se leva et la prit dans ses bras.

— Ils sont sous le banc et nous rentrerons par le même chemin que celui que nous avons pris pour venir. Le soleil est à peine levé et nous avons le temps. Mais tu trembles ?

— Je hais les tempêtes. Je déteste l'océan.

— C'est juste un orage passager. Ce n'est pas grave.

— Ecoute, Aaron, trouve-moi un gilet de sauvetage et ramène-nous à bon port, d'accord ? Peux-tu faire ça pour moi ?

Il alla chercher un gilet sous le banc de la cuisine et le lui passa.

— N'aie pas peur. Il n'y a pas de danger.

Elle serra les poings pour maîtriser ses tremblements et les mots jaillir de sa bouche, sans qu'elle ne puisse les arrêter.

— A l'âge de six ans, j'ai essuyé une tempête avec mes parents. Nous étions sur un voilier et les vagues qui balayaient le pont m'ont déséquilibrée. J'ai essayé de me retenir à un mât, mais il était mouillé. Mes mains ont glissé et je suis passée par-dessus bord. L'eau salée me brûlait les yeux et je ne voyais plus le bateau. Je me suis mise à hurler. J'étais sûre que personne ne pouvait m'entendre. Mais mon père a sauté à la mer pour me repêcher et son ami nous a aidés à remonter.

Il posa doucement la main sur sa joue.

— Tu ne risques pas de passer par-dessus bord aujourd'hui.

Un amant passionné

Elle se laissa aller contre lui, mais sa gorge était si serrée qu'elle ne parvenait plus à parler.

— C'est une petite tempête qui ne durera pas, dit-il d'une voix rassurante.

— Tu n'as pas compris, cria-t-elle. J'ai dépensé des milliers de dollars en thérapie pour me débarrasser de ma peur et cela n'a jamais marché. Sors-moi d'ici.

Il la prit par les épaules et plongea les yeux dans les siens.

— Je navigue tous les jours depuis que j'ai quinze ans. J'ai affronté des tempêtes plus fortes que celle-ci. Ne préférerais-tu pas t'allonger contre moi en attendant que le temps se calme ? La mer est moins agitée dans la crique.

— Je veux rentrer, supplia-t-elle. S'il te plaît.

Il se leva et enfila ses vêtements.

— D'accord. Détends-toi, j'ai déjà fait cette traversée des milliers de fois.

Elle hocha la tête et se coucha en boule sur la couchette. Se détendre était hors de question. Au mieux, elle allait tenter de ne pas vomir.

- 10 -

Aaron monta sur le pont et leva l'ancre en se demandant si Charlie survivrait à la traversée. Elle semblait au bord de la crise de nerfs. Il regrettait maintenant amèrement de l'avoir jetée par-dessus bord. Comment aurait-il pu deviner qu'elle avait peur de l'eau ? Il régla la radio sur la météo. La tempête promettait de durer toute la journée. La solution la plus sûre serait de s'abriter dans la crique le temps que l'orage se calme, mais Charlie était terrorisée.

Ils allaient affronter du gros temps. Rien d'insurmontable, mais assez pour secouer le bateau. Il eut un soupir de découragement, tout s'était pourtant merveilleusement bien déroulé jusque-là.

Un œil sur le tableau de bord et l'autre sur la mer, il sortit sans difficulté de la crique. De violentes rafales de vent les frappèrent aussitôt de plein fouet. Si ce n'était pour Charlie, il ne serait pas inquiet. Le voyage serait un peu difficile, mais il les ramènerait à bon port.

Ils avaient parcouru environ la moitié du chemin quand elle le rejoignit. S'agrippant au tableau de bord, elle glissa un bras autour de sa taille.

— C'est dangereux, n'est-ce pas ?
— Un simple orage tropical. Tout va bien, assura-t-il avec un sourire rassurant.

Sans lâcher la barre, il saisit un fauteuil, lui conseillant de s'y installer et d'éviter de regarder la mer.

— Tu es sûre de ne pas vouloir rester en bas ?

Un amant passionné

— Oui, je préfère être près de toi. Mets-le, dit-elle en lui tendant un gilet de sauvetage.

Il faillit refuser, mais se ravisa en voyant son visage anxieux. Tendant le bras, il lui massa la nuque.

— Raconte-moi quelque chose. Tiens-moi compagnie.

Elle releva la tête, regarda la mer, puis reporta les yeux sur lui. Elle serrait les accoudoirs tellement fort que ses jointures étaient blanches.

— Mes parents aimaient les émotions fortes et tenaient à ce que leurs enfants les suivent partout. Je me débrouillais assez bien à ski et en motoneige et j'ai même accepté de sauter en parachute. Mais j'ai toujours eu peur de l'eau. Je détestais la mer et les descentes en rafting.

— Tu as eu une enfance passionnante, commenta-t-il sans quitter la mer des yeux. Moi, je ne suis jamais sorti de la Floride du Sud.

— Oui, mais instable. Nos grands-parents étaient notre seul point d'ancrage. Mon père et ma mère ne voulaient pas d'enfants. C'est probablement Edward qui a insisté, comme il le fait avec moi. Ils lui ont donc donné un petit-fils pour perpétuer la lignée. Tu peux imaginer qu'ils n'aient pas vraiment été ravis par mon arrivée.

— Je ne peux pas croire que tu n'aies pas été désirée.

— Ils étaient trop occupés à s'amuser pour se consacrer à leur famille.

Le bateau piqua dangereusement du nez. Aaron garda un visage impassible.

— A quel point les problèmes cardiaques d'Edward sont-ils sérieux ? demanda-t-il.

— Il n'a pas de problèmes cardiaques, que je sache.

— L'autre jour dans le parc, j'ai surpris une conversation téléphonique de Perry. Il disait à son interlocuteur que ton grand-père avait le cœur fragile et que vu le stress auquel il était soumis, sa vie tenait à un fil, dit-il en franchissant avec adresse une énorme vague. Et je l'ai vu avaler des pilules le soir du mariage. Je croyais que tu étais au courant.

— Non. Pourquoi m'aurait-il dissimulé une chose aussi grave ?

Son inquiétude était visible, ce qu'il trouva admirable, compte tenu de la manière dont Edward la traitait.

— Thurman a aussi annoncé son intention de t'épouser afin de prendre la tête de l'entreprise.

Charlotte fronça les sourcils.

— Voilà qui explique son soudain regain d'intérêt pour moi. Mais comment a-t-il appris qu'Edward était malade ?

— Aucune idée. Crois-tu que ce soit pour cela que ton grand-père désire tellement un héritier, mâle si possible ?

— Edward avait trois sœurs et il n'a eu qu'un fils, mon père, qui est mort. Il veut un mâle pour prendre sa suite.

— Pourquoi ne demande-t-il pas à ton frère ?

— Lorsque Don s'est installé avec Gerald, son dernier petit ami, Edward a abandonné tout espoir le concernant. Mais parlons un peu de toi. Depuis quand travailles-tu sur un bateau ?

— J'avais quinze ans quand Whistler, l'ancien propriétaire du *Free Wind*, m'a embauché. Au début, je faisais des petits boulots. Je portais les bouteilles de plongée, tenais le bar et soutenais la tête des passagers qui avaient le mal de mer.

Elle fronça son joli petit nez.

— Tu as quitté l'école si jeune ?

Comment éviter le sujet tout en détournant son attention de la tempête ? Elle commençait juste à se détendre.

— Whistler est mort d'emphysème pulmonaire il y a trois ans et m'a légué ce bateau.

Elle esquissa un vague sourire.

Un amant passionné

— A-t-il joué un rôle de père à la mort de ta mère ?
— Euh, Whistler, une figure paternelle ? Difficilement. Il était bagarreur, jurait beaucoup, buvait comme un trou et avait toujours une cigarette au bec.
— Pas vraiment le modèle idéal pour un adolescent.
— J'avais besoin d'un job et d'un toit.
— Est-ce lui qui t'a appris à plonger ?
— Il avait déjà des problèmes pulmonaires quand j'ai commencé à travailler pour lui. Il ne se levait pas avant midi et il lui arrivait de ne pas rentrer du tout. Ensuite, sa maladie s'est aggravée et il a dû cesser de plonger.
— Je vois que tu as un don naturel pour aider les autres, Aaron, fit-elle remarquer d'un air attendri.
— N'exagérons rien.
— Tu t'es occupé de ta mère et ensuite de ton patron.

La proue se souleva, se balança d'un côté à l'autre, puis retomba brutalement tandis que le bateau franchissait une énorme vague. Il ramena la proue dans la bonne direction. Le visage de Charlie s'était décomposé, mais la délivrance était proche. Encore cinq petites minutes.

« Parle-lui, Brody. Détourne son attention de la tempête. »

— C'était toujours moi qui tirais Whistler du pétrin. J'ai payé sa caution pour le sortir de prison et je l'ai souvent traîné ivre mort jusqu'à chez lui. Une fois, je suis intervenu au moment où un marin de deux mètres allait le massacrer parce qu'il avait insulté sa mère. Whistler était petit et maigre, mais il avait du tempérament.
— Tu vois, tu es doué pour aider les autres.
— Ouais. En tout cas, s'il a financé mon brevet de plongée, c'est parce que sa santé lui interdisait de rentrer dans l'eau. Je me chargeais de ce secteur pendant que lui s'occupait de la partie administrative. L'équilibre parfait.
— N'as-tu jamais eu d'autres rêves ?

Un amant passionné

Il se tendit légèrement. Il voulait bien lui parler de sa vie pour détourner son attention de la tempête, mais là, elle devenait trop curieuse.

Entre-temps, ils étaient arrivés au port. Il glissa le *Free Wind* à son emplacement et coupa les gaz. Charlie n'était pas du même monde que lui. Elle ne pouvait pas comprendre que certains rêves, même les plus simples, étaient hors de sa portée.

— Je n'en sais rien. Peut-être.

Le ciel était noir, il pleuvait des cordes et les quais étaient déserts. Personne ne s'aventurait dehors par un temps pareil. Les touristes en profitaient pour faire du shopping ou des activités d'intérieur et les hommes qui travaillaient sur le port pour prendre une journée de congé.

Il amarra solidement le bateau.

— Ça va mieux ? demanda-t-il ensuite à Charlie.

Ses joues avaient retrouvé leurs couleurs. Elle se tenait à côté du gouvernail, une expression à la fois admirative et attendrie dans le regard. Elle le rejoignit, l'enlaça et se serra contre lui.

— Je n'avais pas compris que tu essayais de me distraire. Tu as réussi, j'ai oublié d'avoir peur.

Il se pencha vers elle et l'embrassa. Bon sang, il y avait longtemps que personne ne l'avait regardé ainsi.

Edward avait des problèmes de cœur. Charlotte jeta sa serviette par terre et enfila machinalement ses vêtements. Elle était incapable de se concentrer. Les hommes tels que son grand-père ne tombaient jamais malades. Edward était son point d'ancrage et elle n'avait pas envisagé un seul instant qu'il puisse disparaître.

Elle s'assit sur le bord du lit et enfouit sa figure dans ses mains.

— Pourquoi ne m'a-t-il rien dit ? Doit-il vraiment tout garder pour lui ?

— Par fierté, répondit Aaron en apparaissant devant elle, une tasse de café fumant à la main.

Absorbée par ses soucis, elle avait parlé tout haut.

— Trop fier pour confier sa peur à sa propre petite-fille ?

Il posa la tasse sur la table de nuit et lui prit la main.

— Trop fier pour admettre ses faiblesses.

Charlotte tressaillit. Elle pouvait comprendre ce genre de réaction, mais cela ne la consolait pas pour autant.

— Il s'est confié à Perry.

— Ça m'étonnerait. Je ne sais pas comment Thurman l'a su, mais je suis sûr que ce n'est pas Edward qui le lui a dit.

Ces paroles lui apportèrent un vague réconfort. Elle renifla. Son roc était en train de se fissurer.

— Sa maladie explique pas mal de choses, remarqua-t-elle.

— Quoi, son désir de te voir rentrer à Boston afin de t'apprendre à tirer les ficelles ?

— Oui, et aussi sa hâte de me voir épouser Perry. Il est persuadé qu'une femme n'est pas capable de diriger sa précieuse chaîne d'hôtels.

Pour lui prouver le contraire, elle serait obligée de se rendre à Boston. Sinon, à qui transmettrait-il son savoir, à Perry Thurman ? Hors de question !

De grosses larmes se mirent à couler sur ses joues.

— Qu'est-ce que tu as, Charlie ? demanda Aaron.

Elle s'essuya les yeux et écarta ses cheveux humides de son visage.

— Je vais perdre mon indépendance et le peu de liberté que j'avais. Je dois sauvegarder l'entreprise familiale. Je ne peux pas compter sur mon frère. Don serait plutôt du genre à se réjouir de voir l'empire construit par Edward se fissurer.

Elle s'était préparée depuis toujours à diriger Harrington Resorts. Mais sa rencontre avec Aaron avait modifié sa vision de l'avenir. L'espace d'un instant, elle avait cru pouvoir échapper à ses responsabilités.

Aaron l'enlaça pour la réconforter, un geste qui réveilla son désir. Elle aurait tellement aimé que ce mariage soit réel.

— Eh bien, raconte tout à ton grand-père. Dis-lui ce que tu sais sur Thurman.

Elle leva les yeux au ciel.

— Si seulement c'était si simple. Edward ne me croira pas. C'est trop tard. A moins que je puisse lui fournir des preuves tangibles ou qu'il s'en rende compte par lui-même.

— L'un ou l'autre pourrait très bien se produire, remarqua Aaron d'un air mystérieux.

- 11 -

Charlotte passa au compte rendu suivant en se frottant la nuque. La lecture des rapports financiers mensuels ne lui avait jamais semblé si rebutante. Ni si importante. Il était hors de question de laisser Perry s'emparer du pouvoir. Harrington Resorts était à la fois son héritage et toute sa vie.

Du moins jusqu'à l'arrivée d'Aaron dans son existence. Au cours de la semaine écoulée, elle était devenue une autre femme, sensuelle et sexy, passant des nuits ardentes dans les bras de son mari. Mais durant la journée, elle devait se battre pour conserver sa place dans le monde des affaires.

— Si les commandes alimentaires ne sont pas livrées à l'heure, change de fournisseur, conseilla Perry.

Elle serra rageusement les dents.

— Me suggères-tu de les faire expédier depuis Miami par transporteur ?

— La consommation d'eau a augmenté.

— Tout comme le taux d'occupation et les bénéfices.

Il était 19 h 30 et la lumière du jour s'estompait peu à peu. Elle songea à Aaron qui l'attendait. Elle avait hâte de le retrouver.

Perry griffonna d'autres annotations à l'encre rouge sur une page. Avec lui, les comptes rendus financiers ressemblaient à une scène de massacre. Si Edward le mettait à la

Un amant passionné

tête de la société, tous les cadres seraient renvoyés au bout d'un mois. Pour faire des économies.

— Ecoute, Perry, je suis fatiguée. Finissons demain. En dehors des retards dans les commandes, tout est normal.

— Vraiment ? demanda Perry en tapant sur le bureau avec son stylo. Même ceci ?

Il lui lança une copie du prêt financier qu'elle avait fait à Aaron.

Sa gorge se serra et elle resta sans voix. Heureusement, l'arrivée d'Aaron la tira d'embarras.

— Vous êtes encore en train de travailler à cette heure-là ?

Charlotte inspira une bouffée d'air et desserra les poings.

— Nous avons terminé, dit-elle d'un ton sec et sans appel.

Aaron se dirigea vers elle d'un air inquiet.

— Tout va bien, Charlie ?

Perry forma une pile bien nette des rapports et du fameux contrat, puis rangea le tout dans son attaché-case.

— Ravi de vous avoir vu, Brody. Au fait, félicitations, votre bateau est superbe. Nous continuerons cette discussion demain, ajouta-t-il en caressant l'épaule de Charlotte au passage. Bonne soirée à vous deux.

Aaron attendit que la porte se soit refermée derrière lui pour demander :

— Que s'est-il passé ?

En dépit de la sollicitude d'Aaron, elle tremblait comme une feuille. Si Edward apprenait qu'Aaron avait accepté de l'argent pour l'épouser, il le ruinerait. Perry savait-il aussi que ce prêt était la base même de leur mariage ? Il fallait à tout prix qu'elle parle à son grand-père avant lui.

— Perry essaie de me manipuler, comme d'habitude.

Il lui massa les épaules.

Un amant passionné

— Est-ce que tu te mets dans des états pareils chaque fois que tu le vois ?

Elle secoua la tête et attrapa son sac. Mieux valait se montrer prudente. Perry était peut-être en train d'écouter aux portes.

— J'ai mal à la tête. Nous parlerons de cela plus tard.

Quand ils arrivèrent au bungalow, Aaron lui ordonna de s'installer à la table de la cuisine pendant qu'il sortait deux Tupperwares du réfrigérateur. L'un contenait des fraises, l'autre des morceaux d'ananas frais. Il posa ensuite une assiette et un verre de vin blanc devant elle. Médusée, elle le regarda couper des tranches de fromage et ouvrir un paquet de crackers.

Elle mit un bout d'ananas dans sa bouche.

— As-tu fait livrer des courses ?

— Je suis allé au marché. Je me suis dit que tu apprécierais de manger à la maison.

Incroyable ! Elle ne faisait jamais la cuisine et n'aurait jamais imaginé qu'un homme puisse avoir ce genre d'idée. Elle mordit à belles dents dans une fraise avec beaucoup plus d'appétit maintenant.

Aaron décapsula une bouteille de bière et la but à petites gorgées tout en l'observant.

— Visiblement, Perry t'a encore perturbée.

— Il est au courant pour l'emprunt. Il ne sait peut-être pas à quoi l'argent a servi, mais cela ne saurait tarder. Il faut trouver un moyen de l'arrêter avant qu'il ne soit trop tard. Edward envisage de le nommer directeur général.

— Il faudrait qu'il commette une faute grave pour que ton grand-père le renvoie.

Elle mangea un dernier morceau d'ananas et remit le couvercle sur la boîte.

Un amant passionné

— C'est vrai, reconnut-elle en songeant avec horreur à l'éventualité de devoir obéir aux ordres de Perry.

— Veux-tu que je l'emmène en croisière ? Je peux lui proposer un pique-nique sur une île qui est submergée à marée haute. Je l'y laisserai pour la journée et je l'oublierai là-bas.

Elle rit. Ses cheveux noirs rehaussaient ses merveilleux yeux verts. Aaron était un homme bon et il ne méritait pas de perdre son travail. Il y avait d'autres hôtels sur terre et elle survivrait même si elle perdait le sien. Mais lui n'avait que son bateau. Comment gagnerait-il sa vie si Edward le ruinait ?

Elle n'avait pas le choix. Il fallait qu'elle parle à Edward avant Perry.

Charlotte appela son grand-père le lendemain matin. Elle entendit des bruits d'assiettes quand il décrocha son portable.

— C'est moi. Je voulais juste te dire que je t'ai envoyé des photos du *Free Wind* par e-mail.

— C'est le bateau de ton mari ?

— Oui, il est méconnaissable. Repeint à neuf, nouveau moteur. Les affaires commencent déjà à reprendre.

— Alors comme ça, tu empruntes de l'argent pour financer les projets de Brody ?

Elle aurait dû se douter que Perry la devancerait.

— C'est tout de même mon mari. De plus, ses prestations doivent être à la hauteur du standing de nos clients.

— D'après ce que Perry m'a raconté ce matin, ta gestion est loin d'être à la hauteur.

— Je dirige cet hôtel depuis presque cinq ans et tu n'as jamais rien trouvé à redire. Pourquoi faut-il soudain que tu me fasses surveiller par Perry ?

Un amant passionné

— Je ne me fie pas à Brody. Et vu ce que Perry m'a dit au sujet de tes rapports mensuels, sa présence n'est pas inutile.

— Tu n'as jamais eu de problèmes avec mes comptes. Pourquoi en as-tu maintenant que Perry est là ? Et ne trouves-tu pas exagéré d'avoir deux cadres au même endroit ? Je sais que tu as besoin de renfort depuis que Harvey Lattimer est parti à la retraite.

Edward garda le silence un instant.

— Désires-tu être mutée ? Est-ce que tout va bien avec Aaron ?

— Je ne parlais pas de moi, mais de Perry. Il serait plus utile à Chicago où il te manque un manager.

— Perry doit rester au Marathon. J'ai mes raisons.

— Parce que tu ne fais pas confiance à Aaron ou bien est-ce de moi que tu te méfies ?

— Remettrais-tu mes décisions en question ? demanda-t-il d'un ton sec.

— Tu doutes bien de mes compétences.

— Si Perry te dérange, je peux utiliser ton talent ailleurs.

— Je ne partirai pas d'ici.

— Très bien. Dans ce cas, aies le bon sens de reconnaître que tu as besoin d'aide. Deux plaintes formelles ont été déposées le mois dernier par des clients.

— Tous ces problèmes se produisent depuis l'arrivée de Perry.

— Il a dirigé le complexe de Monte-Carlo pendant six ans sans la moindre anicroche. Tu aurais beaucoup à apprendre de son expérience et son professionnalisme.

Que pouvait-elle dire de plus ?

— Je vais être en retard à ma réunion, ajouta-t-il froidement. Voulais-tu me dire autre chose ?

— Non, répondit-elle en raccrochant.

Un amant passionné

Elle contempla le combiné avec incrédulité. Si Edward ne lui faisait plus confiance, Perry risquait de se retrouver non seulement à la tête du Marathon, mais aussi de toute la chaîne hôtelière.

Elle décida de téléphoner à Monte-Carlo pour tenter de savoir pourquoi Perry avait abandonné son poste. On lui répondit que le directeur était en vacances.

Après avoir ramené le *Free Wind* à bon port, Aaron offrit des T-shirts aux huit étudiants qui avaient réservé ce jour-là. Ils le remercièrent, de toute évidence ravis de leur journée de plongée. L'un d'eux en avait profité pour demander la main de sa petite amie dans la crique et le groupe avait passé le reste de l'après-midi à commémorer joyeusement.

Il prit le tuyau d'arrosage et se mit à nettoyer le pont en songeant au bonheur évident des deux jeunes fiancés. Il eut un petit sourire en pensant au vieux Harrington et à ses soupçons. Il semblait persuadé du manque de passion entre lui et Charlotte. Pour une fois, le vieil homme d'affaires avait une longueur de retard.

Depuis qu'ils étaient amants, leur entente était si parfaite qu'il avait failli oublier que ce mariage était une mascarade et qu'elle sortirait de sa vie dans à peine quelques mois.

— Coucou.

Aaron sursauta et faillit arroser Charlie.

— Excuse-moi, dit-il en coupant l'eau.

Elle portait un tailleur strict et un chignon bien tiré, mais de subtils changements s'étaient opérés en elle ces derniers temps. Elle était plus douce, plus sensuelle. Etait-il le seul à l'avoir remarqué ?

— Que fais-tu ici ?

Elle lui mit un journal dans les mains.

Un amant passionné

— Lis-moi ça, à voix haute, ordonna-t-elle en pointant un article du doigt.

Aaron fixa le titre et énonça lentement :

— « Le Marathon chevauche en tête des hôtels les plus prisés des Keys. »

— Continue.

— J'ai les mains mouillées et je suis sûr que tu connais déjà l'article par cœur. Que dirais-tu de me faire un résumé ?

Elle reprit le journal et le brandit comme un trophée.

— On est les meilleurs dans tous les secteurs : restauration, hôtellerie et divertissements. Seule ombre au tableau, nos prix sont un peu élevés. Edward va être impressionné.

Il sourit et la serra dans ses bras.

— Félicitations. C'est une véritable performance, compte tenu de la compétition qui règne dans le coin.

— J'ai toujours voulu te demander…, commença-t-elle d'une voix hésitante alors qu'il rassemblait sa recette de la journée, pourquoi tu n'avais pas d'ordinateur. De nos jours, c'est ridicule de faire la comptabilité à la main.

— Ecoute, Charlie. Ne le prends pas mal, mais occupe-toi de tes affaires. Je ne te donne pas de conseils sur la manière de gérer ton hôtel.

— N'empêche que ce serait plus facile pour tes comptes.

— Je ne suis pas aussi stupide que tu le penses. Je connais le montant des recettes et celui des dépenses. Tant que le premier est supérieur au second et que les comptes tombent juste, je ne m'inquiète pas.

Comment lui dire qu'il ne s'était jamais servi d'un ordinateur ? Il se sentait ridicule. Mieux valait payer Rosa pour faire le travail à sa place.

Un amant passionné

— C'était juste une suggestion, dit-elle.
— Ne te mêle pas de ça. Je n'ai pas de conseils à recevoir de toi.

Coupant court à la conversation, il ramassa le tuyau et se remit à nettoyer le pont. Il n'avait pas voulu lui parler comme cela, mais, il avait eu l'impression qu'un piège se refermait sur lui.

Elle resta quelques instants à le fixer avec étonnement, puis elle s'éloigna à grands pas en direction du bungalow.

Quand il parvint enfin à se calmer, il se rendit compte qu'il avait lavé trois fois le pont. Pourquoi réagissait-il ainsi ? Il n'était pas stupide, il le savait. Peut-être pas très cultivé, mais ce n'était pas une raison pour que Charlie le prenne de haut. Leur relation n'avait peut-être pas d'avenir, mais il avait sa fierté et ne voulait pas de sa condescendance.

Incapable de se retrouver face à elle, il décida d'aller faire un tour au Green Grecko.

S'installant au bar à sa place habituelle, il commanda une bière, puis saisit le téléphone derrière le comptoir et appela le Marathon. Pourvu que Zelda soit encore à son poste afin qu'il puisse lui laisser un message.

— Charlotte Harrington, en quoi puis-je vous aider ? répondit Charlie d'une voix polie.

Ce n'était décidément pas son jour.

— Ne m'attends pas ce soir, je dînerai dehors, dit-il en raccrochant aussitôt.

Raul servit un autre client, puis s'approcha de lui.

— *Una problema* au paradis ? demanda-t-il en tapotant sur le bar du bout des doigts.

— Le paradis est plein de belles plantes carnivores.

Raul lui lança un sourire entendu, ce qui eut le don de l'exaspérer encore un peu plus.

Un amant passionné

— Et tu as peur de te faire manger ?

Aaron préféra ignorer la remarque et but une gorgée de bière. Mais Raul avait raison, il se sentait comme un insecte pris au piège.

- 12 -

Au moment où Aaron quitta le Grecko, l'horloge publicitaire au-dessus du bar indiquait minuit. Il hésitait entre rentrer à la maison ou dormir sur le bateau. Mais depuis quand considérait-il le bungalow de Charlie comme sa maison ? Ce pseudo mariage prenait une tournure inattendue. Tout aurait été beaucoup plus simple si elle était restée la petite bourgeoise un peu coincée qu'il connaissait jusque-là. Dans ce cas, il ne se serait pas inquiété de l'opinion qu'elle avait de lui.

Tandis qu'il longeait le quai, il aperçut une silhouette sur le pont du bateau. Celle d'un homme. Il s'avança à pas de loup sur la passerelle. L'individu essayait de forcer la porte du bureau.

Le poing levé, il bondit silencieusement sur lui, le fit pivoter et le plaqua contre la cloison.

— Que faites-vous sur mon bateau ?

Perry Thurman fixait son poing d'un air terrorisé. Aaron aurait voulu le lui mettre sur la figure, mais il se contint. Sans le quitter des yeux, il relâcha son étreinte.

Perry rajusta sa veste et s'écarta craintivement.

— J'ai pensé que ce serait bien que nous soyons amis. L'affection que nous portons tous les deux à Charlotte devrait nous rapprocher.

— Et c'est maintenant que vous y pensez, au beau milieu de la nuit ? s'étonna Aaron en se forçant à desserrer les

Un amant passionné

doigts. Si je vous surprends une autre fois sur mon bateau, je déposerai une plainte pour intrusion.

Sans un mot, Thurman recula jusqu'à la passerelle, s'immobilisa un instant, puis tourna les talons et disparut dans l'obscurité.

Aaron vérifia les portes. Aucune n'avait été forcée. Que cherchait-il, exactement ? Heureusement qu'il avait eu la présence d'esprit de mettre le contrat de mariage en sécurité dans le coffre de Raul.

Tout en inspectant le reste du bateau, il se demanda s'il fallait prévenir la police. Mais il imagina aussitôt Thurman tapi dans les buissons, attendant son départ pour poursuivre sa fouille ou saboter le bateau. Bon au moins son dilemme était réglé : il dormirait à bord ce soir.

Charlotte ne trouvait pas le sommeil. Pourquoi Aaron n'était-il pas rentré ? Et surtout, pourquoi s'était-il fâché ainsi ? Elle avait seulement voulu l'aider. Il semblait gérer son affaire avec autant de légèreté que sa vie. Avant de le connaître, elle le prenait pour un homme un peu superficiel. Elle découvrait à présent qu'elle avait épousé une girouette, un homme capable de passer sans crier gare de l'insouciance la plus totale à la mauvaise humeur avérée.

Elle consulta le réveil : 2 heures du matin. Elle ne voyait pas pourquoi elle resterait chez elle à s'angoisser pendant qu'il dormait tranquillement.

La nuit était sans lune et le quai plongé dans l'obscurité. Le pont du *Free Wind* grinça quand elle y posa le pied. Elle s'approcha sans bruit de la porte de la cabine. Elle perçut une présence dans son dos juste avant que des mains lui enserrent les épaules et la plaquent contre la cloison. Pétrifiée, elle fixa le visage crispé d'Aaron. Son poing levé au-dessus de lui semblait prêt à s'abattre sur elle.

Un amant passionné

Une éternité s'écoula avant qu'il se décide à baisser son bras. Il lui caressa la joue d'une main tremblante.

— Bon sang, chérie, tu m'as fait une peur bleue, murmura-t-il en la prenant dans ses bras.

Elle lui avait fait peur ? Serrée contre lui, elle attendit que son souffle précipité se calme.

— La prochaine fois, appelle avant de monter à bord. Mon Dieu, j'ai failli te frapper.

Il la serrait à l'étouffer. Elle sentait son cœur qui battait fort contre le sien.

— Pourquoi as-tu réagi ainsi ? Qui croyais-tu que c'était ?

Il s'écarta et passa la main dans ses cheveux.

— J'ai surpris Thurman sur le bateau vers minuit.

— Ah bon ? Il cherche à me discréditer. Il veut prouver que nous ne vivons pas ensemble.

Elle ne voyait pas d'autre explication. Quand Perry avait une idée en tête, il ne la lâchait plus.

— Mais pourquoi fait-il cela ? demanda Aaron.

— Tous les hommes de sa famille ont réussi dans leur métier. Son père est un célèbre chirurgien plastique, son frère aîné possède une prospère affaire de conception de logiciels et l'autre est trader et gagne des fortunes à la bourse de New York.

— Thurman ne se sent pas à la hauteur, supposa Aaron.

— Il est le plus jeune des trois. Il projette depuis des années de prendre la tête d'Harrington Resorts et avait prévu de se marier avec moi afin de conquérir Edward. J'ai fini par voir clair dans son jeu, mais pas avant de l'avoir chaudement recommandé à mon grand-père.

Aaron haussa les épaules.

— Tu devrais raconter ce qui s'est passé à ton grand-père. C'est le seul moyen de te débarrasser de Perry.

Un amant passionné

— Edward est persuadé que les femmes se laissent dominer par leurs émotions. En lui disant que Perry s'est servi de moi, je lui prouve qu'il a raison. Nous y perdrions tous les deux. En admettant qu'il mette Perry à la porte, je perdrais quand même le peu de confiance qu'il avait en moi. Et tout ce que j'ai fait jusqu'à présent n'aura servi à rien.

— Je ne te comprends pas. Pourquoi t'efforces-tu toujours de lui plaire ? Dis-lui donc la vérité et tu verras bien. Le pire qui pourrait arriver serait qu'il te licencie. Mais il a plus besoin de toi que toi de lui. De nombreux hôtels donneraient n'importe quoi pour te donner du travail.

La gorge de Charlotte se serra.

— Je ne peux pas. Quand j'étais petite, Edward était mon idole. Il était persuadé que je ressemblais à mon père. J'ai fait tout ce que j'ai pu pour lui prouver le contraire, mais il ne m'a jamais prise au sérieux. Je dois lui montrer ce dont je suis capable, conclut-elle en ravalant ses larmes.

Elle se sentit vidée, comme si toute la tension accumulée se dissipait soudain. Tremblante, elle s'affaissa contre la cloison. Aaron la serra dans ses bras, mais elle ne réussit pas à se calmer. L'inquiétude était toujours là. Il fallait qu'elle trouve des preuves tangibles pour confondre Perry.

Vers 17 heures, Charlotte prit l'ascenseur jusqu'au Crow's Nest, le bar situé sur la terrasse du Marathon. Elle scruta le port à la recherche du *Free Wind*. Une tempête se préparait, le vent soufflait fort et de gros nuages noirs venant de l'ouest traversaient le ciel de part en part.

Aaron n'était pas rentré. Inquiète, elle sonda l'horizon, mais la visibilité était nulle à cause des embruns. Elle s'efforça de chasser son angoisse. Parmi d'autres non négligeables, s'il y avait un domaine dans lequel Aaron était bon, c'était bien la navigation.

Un amant passionné

A 19 heures, elle monta pour la quatrième fois sur le toit de l'hôtel. La tempête battait son plein, le ciel était noir et oppressant et la pluie fouettait la terrasse déserte. Il fallait être fou pour s'aventurer dehors par un temps pareil. Tandis qu'un éclair zébrait le ciel, elle fut parcourue d'un frisson en imaginant Aaron au milieu de la tourmente.

Les bras croisés, comme pour se protéger, elle écouta le tonnerre se propager à la surface de l'île. La crainte lui serrait le cœur.

Trempé jusqu'aux os, Aaron venait d'aider le dernier passager à enlever son gilet de sauvetage lorsque Charlie se jeta dans ses bras, le plaquant contre la rambarde.

— Que fais-tu dehors par un temps pareil ? demanda-t-il en écartant une mèche de cheveux mouillés de son visage.

— Je m'inquiétais pour toi.

— Vraiment ?

Il l'embrassa et la serra contre lui. Elle était transie de froid et son cœur cognait dans sa poitrine.

— Attends-moi dans la cabine, j'arrive tout de suite.

Pendant qu'elle descendait, Aaron vérifia que le matériel était à l'abri et que personne n'avait rien oublié.

Il traîna un peu avant de la rejoindre, se forçant à ne pas trop se réjouir de cette surprenante visite. Charlie avait la phobie des tempêtes. Rien à voir avec la peur de le perdre.

Elle l'attendait à la petite table de la cuisine. Le visage blanc, elle semblait fragile et désemparée. Son chignon s'était écroulé et sa robe mouillée lui collait au corps, révélant la dentelle de ses sous-vêtements.

Il fondit quand elle leva ses grands yeux bruns affolés vers lui. Il y lut davantage que de la peur. Alors, il s'agenouilla devant elle et l'enlaça. Aucune femme ne l'avait regardé avec une telle intensité. Il commença à lui caresser doucement le dos, mais très vite ses mains se firent plus audacieuses, se faufilant sous ses vêtements. Le courant passait toujours. Frissonnante, elle se détendit sous ses doigts. Il réussit à se contenir jusqu'à ce qu'elle pousse son petit gémissement habituel.

Alors le désir le submergea. Incapable de se retenir plus longtemps, il la souleva dans ses bras et roula sur le lit avec elle. Il s'aventura sous sa robe, lui caressant les jambes, les fesses, les hanches, avec l'avidité d'un affamé.

— Enlève ta robe.

Sans jamais cesser de s'embrasser et de se caresser, ils se déshabillèrent. Le désir le rendait fébrile et maladroit et il faillit lui déchirer sa robe. Lorsque enfin elle fut nue contre lui, il la fit s'allonger sur le ventre et, tout en lui attrapant les hanches, il se glissa lentement en elle.

La sensation qui le submergea, tandis que leurs deux corps se retrouvaient enfin, fut si forte que son souffle se bloqua dans sa poitrine. Elle était faite pour lui et lui pour elle. Aucune femme n'avait réussi à éveiller chez lui un tel désir, une telle excitation.

Reprenant ses esprits, il entama un lent va-et-vient auquel elle répondit instantanément. Il aurait voulu que ce moment dure toujours, mais les gémissements de Charlotte, ses fesses qui s'offraient à lui avec insolence à chacun de ses coups de reins lui firent perdre la tête. Il accéléra le rythme jusqu'à ce qu'il la sente s'abandonner. Ils jouirent ensemble, leurs cris de plaisirs se faisant écho.

Lorsqu'ils eurent tous deux repris leur souffle, il rabattit le drap sur eux. Alors qu'elle se pelotonnait contre lui, il comprit qu'il était en train de commettre une terrible erreur. S'il n'y prenait pas garde, il allait finir par croire que ce mariage était réel. Il était temps de revenir sur terre.

Un amant passionné

— Ta journée s'est bien passée ?
— Bof. Pour la seconde fois de la semaine, le chef ne s'est pas présenté ce matin. Et Edward a trouvé le moyen de m'appeler au beau milieu de la confusion qui régnait, ajouta-t-elle d'une voix tendue.
— Pourquoi lui permets-tu de te déstabiliser ? demanda-t-il.

Il avait du mal à comprendre qu'une femme aussi forte que Charlie puisse se laisser manipuler ainsi.

— Parce que je l'aime et que j'ai toujours voulu qu'il soit fier de moi. Et puis, c'est un homme très gentil, dans le fond.
— Mais il ne peut pas s'empêcher de tout contrôler.

Elle frotta sa joue contre son torse.

— Il a transformé à lui seul sa petite entreprise en une chaîne hôtelière en pleine expansion.
— Comment ça, tout seul ? Il lui suffit d'élever la voix pour qu'une armée d'employés se précipite.
— Eux, il les paie pour leurs services. C'est différent avec la famille. Ma grand-mère n'a jamais travaillé. Il a acheté le Marathon pour son fils, mais mon père jouait avec le travail comme avec le reste de sa vie et préférait consacrer son énergie à s'amuser. Edward désapprouve le mode de vie de mon frère, mais il continue à subvenir à ses besoins.
— J'ai l'impression qu'il aide les autres dans le seul but de les dominer. Tu n'as pourtant pas l'air du genre à aimer qu'on te donne des ordres.

Elle lui caressa le torse.

— En effet. Mais je trouve admirable qu'il travaille autant pour entretenir sa famille. Après tout, personne ne l'y oblige.
— Lui as-tu posé des questions sur sa maladie ?
— J'ai failli le faire ce matin, répondit-elle en fermant

les yeux. Mais le téléphone ne m'a pas semblé un bon moyen d'aborder un sujet aussi sérieux. Il se serait esquivé. De plus, il n'était pas vraiment aimable avec moi.

— Perry doit lui raconter des horreurs sur ton compte.

— Ils se parlent tous les jours. Edward sait déjà au sujet de l'emprunt. Si nous ne trouvons pas rapidement un moyen de démasquer Perry, Edward va le nommer directeur et je vais me retrouver à travailler sous ses ordres.

— As-tu rappelé l'hôtel de Monte-Carlo ?

Elle haussa les épaules.

— Le directeur est en vacances. Son assistant m'a promis de lui dire de me contacter quand il l'aurait au bout du fil, mais je n'ai pas encore eu de retour.

Charlie se serra contre lui comme un chaton fatigué et ses paupières s'alourdirent. Un sourire attendri aux lèvres, il la tint contre lui, tout en lui caressant les cheveux. Le tonnerre grondait et la pluie cinglait le hublot. L'orage se calmerait bientôt. En serait-il de même de la passion qui couvait dans son cœur ?

Tout en jouant avec une mèche de ses cheveux, il essaya de réfléchir au moyen de se sortir de cette situation avant qu'il ne soit trop tard. Mais c'était sans issue. La seule solution c'était de rompre leur arrangement, mais il ne pouvait laisser Charlie à la merci de Thurman.

Bien qu'elle n'ait jamais évoqué un départ à Boston, ils savaient tous les deux que la probabilité était forte. Quelle que soit l'évolution de la situation, Charlie serait obligée de s'installer là-bas afin de s'occuper de l'entreprise.

Et il n'y aurait pas de place pour lui là-bas.

Son estomac gargouilla, lui rappelant qu'il n'avait rien mangé depuis le déjeuner.

Comme si elle l'avait entendu, Charlie sortit de sa torpeur et s'étira en cambrant les reins.

— Je meurs de faim, annonça-t-elle.

— Tu ferais mieux de rentrer à la maison, conseilla-t-il en la repoussant gentiment.

— Tu ne viens pas ? demanda-t-elle d'un air étonné.

Quand elle se redressa, le drap glissa, dévoilant ses seins ravissants. Il lutta pour détourner les yeux. S'il voulait sortir indemne de ce mariage, il fallait qu'il prenne ses distances.

— Je préfère dormir ici.

Sans s'attarder sur son regard confus, il monta sur le pont et alluma sa première cigarette de la journée. Il serait imprudent que Charlie reste à bord après l'incident de l'autre soir. Elle ne savait pas à quel point elle était vulnérable. Une proie facile pour Perry et ses coups tordus, pour son grand-père et ses exigences absurdes. Et par-dessus tout, c'était son attachement à lui et à leur relation qui la fragilisait.

Le mieux serait de se séparer avant qu'il ne soit trop tard. Mais d'abord, il devait remplir sa part du contrat, une tâche pour laquelle il avait été très bien rétribué.

Il lui fallait donc démasquer Thurman au plus vite. Edward mettrait ce type à la porte, Charlie rentrerait à Boston, et il pourrait enfin reprendre le contrôle de sa vie.

Mais cette pensée n'apaisa pas la mélancolie qui s'était emparée de lui. Et surtout, il prenait conscience de la complexité de la situation. En dormant sur son bateau, il éveillerait les doutes du vieux Harrington, mais en restant avec Charlotte au bungalow, il laissait le champ libre à Perry et ses manigances.

En outre, dormir au bungalow signifiait partager le même lit que Charlie. Aussi alléchante que soit la perspective, cela impliquait encore plus d'attachement de part et d'autre.

Un amant passionné

Il se détourna en entendant ses pas dans l'escalier. S'il l'ignorait, peut-être s'en irait-elle sans insister.

Elle s'attarda pourtant.

Il se força à garder le dos tourné, et au bout de quelques instants de silence, elle finit par s'en aller.

- 13 -

Aaron entra dans la salle du Green Grecko ruisselant de pluie. Il pleuvait tous les après-midi depuis une semaine et le café fourmillait de gens à la recherche d'un endroit pour se distraire sans se mouiller. Il s'installa sur le dernier tabouret vacant et prit la chope de bière que Raul lui tendait.

— Les clients sont venus tôt, aujourd'hui.

— La salle a commencé à se remplir dès qu'il s'est mis à pleuvoir. Le mauvais temps est bon pour les affaires.

— Pour les tiennes, peut-être, mais pas pour les miennes. Mon bateau a été immobilisé trois semaines et maintenant, la pluie ne cesse de tomber.

— Tu ne devrais pas te faire de souci. *Tienes mucho dinero.*

— Me prends-tu pour un gigolo ?

Raul sourit de toutes ses dents.

— En tout cas, tu n'as couché avec personne depuis ton mariage. Ce qui est sûr, c'est que tu as fait une bonne affaire. Une belle *Senora*, de l'argent plein les poches et un bateau remis à neuf.

— Ce n'est que temporaire, Raul.

Il inspecta la salle bondée, puis les consommateurs assis au bar. Deux hommes étaient installés à un bout. L'un d'eux était un habitué, l'autre avait un accent étranger, peut-être français. Aaron lui trouva un air vaguement familier.

Une rousse qui se tenait près du Français lui adressa un clin d'œil. Il l'ignora.

Un amant passionné

Mais loin d'abandonner, la femme fendit la foule et se faufila entre lui et le client voisin en frottant sa poitrine contre son bras. Son décolleté lui couvrait à peine les seins.

C'était le genre de fille qu'on trouvait dans tous les bars du monde. Elle avait dépassé la trentaine, mais s'habillait comme si elle avait vingt ans. Sa jupe se réduisait à une mince bande de tissu et son T-shirt était coupé au-dessus du nombril. Elle posa sa main aux ongles rouges et recourbés sur sa cuisse.

— Puis-je t'offrir quelque chose ? demanda-t-elle en se collant contre sa jambe.

Aaron lui montra son verre plein.

— Merci, j'ai ce qu'il faut.

La femme se pencha vers lui, lui offrant une vue plongeante sur ses seins. Elle était si prévisible qu'il devina sa réponse avant même qu'elle ouvre la bouche.

— Alors offre-moi un verre.

Il appela Raul et lui laissa assez d'argent pour payer ses consommations et celle de la rousse.

— Donne-lui ce qu'elle veut. J'y vais, ma femme m'attend.

Saisissant le téléphone derrière le bar, il appela Charlie au bureau. Elle lui annonça qu'elle travaillerait tard et il se porta volontaire pour faire les courses et préparer le dîner.

Avant de se lancer sous la pluie, Aaron s'attarda un instant sous l'auvent du Grecko. Il avait couché avec des tas de filles comme cette rousse, mais il n'avait jamais réalisé à quel point elles étaient ennuyeuses.

Charlotte s'arrêta dans la véranda pour secouer son parapluie. S'il continuait à pleuvoir ainsi, ils allaient tous se transformer en grenouilles. Elle pénétra dans le

Un amant passionné

bungalow, impatiente de déguster le délicieux dîner préparé par Aaron.

Mais la maison était silencieuse, dépourvue de lumière et de toute odeur de cuisine. Etrange, il l'avait pourtant appelée il y a une heure.

Elle passa un pantalon de jogging et un T-shirt, puis alluma la télévision. Inutile de s'agacer ou de se montrer impatiente, Aaron avait sa propre notion du temps.

A la nuit tombée, elle ne peut s'empêcher d'être un peu inquiète. Elle songea même à appeler au Green Grecko. Mais si Aaron était simplement en retard, elle passerait pour une hystérique.

Le téléphone la fit sursauter. Elle décrocha à la deuxième sonnerie.

— Madame Charlotte Brody ? demanda la voix.

— Oui, répondit-elle, envahie par la peur.

— Ici l'inspecteur Perez. Je vous appelle des urgences. Il s'est produit un incident sur le bateau de votre mari.

Charlotte s'efforça de ne pas chanceler.

— Comment ? Est-il arrivé quelque chose à Aaron ?

— Votre mari s'en sortira, madame, répondit calmement le policier. Mais il serait peut-être bon que vous veniez.

Elle se couvrit la bouche pour ne pas hurler.

— Est-il gravement blessé ?

— Je ne suis pas médecin, madame, mais sa vie ne semble pas en danger. Vous en saurez plus en venant sur place.

— J'arrive tout de suite.

Elle enfila une paire de tongs et un sweat-shirt, et se précipita vers sa voiture.

Heureusement, l'hôpital n'était pas loin, et elle se rua vers l'entrée des urgences, sans même songer à verrouiller ses portières.

Un amant passionné

— Je voudrais voir M. Aaron Brody, s'il vous plaît. Je suis son épouse.

— Brody avec i ou y ? demanda la femme en tapant sur son clavier avec une lenteur exaspérante.

Charlotte se retint pour ne pas la secouer.

Un policier sortit par la double porte des urgences et se dirigea vers elle.

— Madame Brody ?
— Oui. Où est mon mari ?
— L'équipe médicale est en train de le recoudre. Vous pourrez lui rendre visite dans quelques instants.

Ils s'installèrent dans la salle d'attente presque vide.

— Que s'est-il passé ? A-t-il été agressé ?

Le visage buriné du policier était impassible.

— On ne connaît pas encore les détails. Une équipe est restée sur la scène de crime pendant que votre mari était conduit ici. Apparemment, deux hommes se sont introduits sur son bateau. Il y a eu une altercation et votre mari a reçu un coup de couteau dans le bras.

Charlotte frissonna. Perry était mêlé à cette histoire, elle en eut la certitude. Il avait déjà été surpris une fois à bord et ne serait pas revenu en personne. Mais il avait très bien pu payer des gens pour faire le travail à sa place.

— Les avez-vous arrêtés ?
— Non, dit le policier.

Aaron avait été blessé par sa faute, car c'était elle que Perry voulait atteindre.

— M. Brody peut recevoir des visites, informa l'hôtesse. L'infirmière va vous conduire jusqu'à lui.

Une femme en blanc les précéda jusqu'à sa chambre. Le policier resta en retrait tandis que Charlotte s'approchait du lit. Torse nu, Aaron était adossé aux oreillers, le bras sanglé par un bandage. Elle le parcourut d'un regard anxieux. Sa lèvre était fendue et il avait une ecchymose violette sur la pommette, mais pas d'autres blessures visibles. Elle lui caressa la joue d'une main tremblante, les larmes lui montant aux yeux sans qu'elle puisse les contenir.

Aaron prit sa main et la porta à ses lèvres.

— Tout va bien, Charlie.

— Je t'attendais à la maison. Je n'imaginais pas que…

— Je me rendais au supermarché quand j'ai décidé d'aller vérifier si tout allait bien sur le bateau. Après ce qui s'est passé mardi soir, je me méfie.

— Que s'est-il passé mardi soir ? demanda le policier en avançant une chaise pour Charlotte.

Elle s'assit au bord du lit et lui fit signe de s'y installer.

— La même chose. J'ai quitté le Grecko vers minuit et je rentrais chez moi en longeant les quais quand j'ai surpris un homme à bord de mon bateau.

— Avez-vous prévenu la police ? demanda Perez en ouvrant son calepin.

— Non, parce que je le connaissais, répondit Aaron en lançant à Charlie un regard interrogateur.

— Ce n'est pas Perry qui est venu ce soir, n'est-ce pas ?

— Qui est Perry, madame ? s'enquit le policier. Croyez-vous que ce soit lui qui soit à l'origine de cette intrusion ?

— Son nom de famille est Thurman, dit-elle après avoir jeté un bref regard à Aaron. Je suis sûre que c'est lui le commanditaire.

Le policier scruta Charlotte avant de reporter son regard inquisiteur sur Aaron.

— Pourquoi Perry Thurman cherche-t-il à vous nuire ?

— C'est à mon épouse qu'il en veut. Elle est l'héritière d'Harrington Resorts et il voudrait prendre sa place. Tels sont les faits, le reste n'est qu'hypothèses.

Un amant passionné

— Et en quoi ce qui est arrivé mardi est-il lié à l'incident de ce soir ? interrogea l'inspecteur en prenant des notes.

Aaron se frotta le front.

— J'ai surpris Thurman en train de forcer la porte de mon bureau. Je l'ai menacé de déposer une plainte pour intrusion s'il recommençait. Depuis, je garde en permanence un œil sur mon bateau. Je savais que ce type était prêt à tout pour arriver à ses fins, mais de là à recourir à la violence…

— C'est à moi que Perry en veut, confirma Charlotte. C'est lui qui a payé ces hommes, j'en suis sûre.

— Ce sera difficile à prouver, fit remarquer Aaron. La police ne les a pas arrêtés.

— Pouvez-vous me raconter en détail ce qui s'est produit ?

— J'ai aperçu une ombre sur le pont depuis le quai. Un homme en noir essayait de forcer la porte du bureau. Je me suis précipité, mais au moment où j'allais le mettre à terre, son acolyte a surgi de nulle part et m'a attrapé à la gorge.

— Portaient-ils tous les deux des masques ?

— Oui. J'ai réussi à me libérer de son étreinte, mais ensuite il m'a menacé d'un couteau. J'ai quand même réussi à faire tomber le premier type par-dessus bord, au moment de basculer je l'ai entendu jurer en espagnol.

— Pouvez-vous me décrire celui qui vous menaçait d'un couteau ?

— Petit et maigre. Il parlait la langue de la rue.

— Que s'est-il passé ensuite ? s'enquit le policier en notant.

— Nous nous sommes battus, mais je n'ai pas réussi à lui enlever son couteau. Il ne cessait de le pointer en avant pour me maintenir à distance. A un moment, je me suis approché trop près et il a visé ma poitrine. Je me suis esquivé

Un amant passionné

et il m'a touché au bras. J'étais tellement furieux que je l'ai poursuivi sur le quai, mais j'étais blessé et il a filé.

— Ont-ils eu le temps de voler quelque chose ?

— Pas que je sache. J'ai dû les surprendre juste après leur arrivée, car la porte de la cabine n'a pas été forcée.

Aaron sortit de l'hôpital à 22 heures. Il insista pour passer voir le *Free Wind* avant de rentrer à la maison.

Un ruban jaune entourait le bateau gardé par deux policiers. Le premier inspectait la coque avec une lampe torche tandis que l'autre surveillait les alentours. Il refusa de les laisser monter à bord.

— Il est interdit de pénétrer sur une scène de crime.

— Ce bateau m'appartient, insista Aaron.

Après avoir vérifié leur papier d'identité, il les laissa passer. Tout semblait en ordre. Seule la porte devrait être remplacée demain matin.

Aaron ne prononça pas un mot durant le trajet du retour.

— Que crois-tu que Perry manigance ? demanda-t-elle après l'avoir installé dans le lit.

Il s'étira et se frotta le bras.

— Je n'en suis pas sûr. J'ai besoin que tu me racontes tout ce qui s'est passé entre toi et Thurman.

— Veux-tu dire à l'université ?

— Je veux dire, tout, jusqu'à aujourd'hui.

— Je ne vois pas l'intérêt d'évoquer cette histoire, Aaron.

— C'est essentiel pour pouvoir résoudre ce problème.

Elle n'avait aucune envie de raviver cette vieille blessure, mais Aaron avait sans doute raison.

— Perry a été le premier à me montrer de l'intérêt, avoua-t-elle. J'avais vingt-trois ans et je n'avais jamais eu de relation durable avec un homme.

Un amant passionné

Elle s'assit sur le lit, sans lui jeter un regard. Elle détestait montrer ses faiblesses, surtout à Aaron.

Il lui toucha le bras.

— Tu peux tout me dire, Charlie. Nous sommes ensemble dans cette histoire.

Elle avala sa salive et ouvrit les yeux, les plongeant dans ceux d'Aaron. Il fallait qu'elle s'explique.

— Perry était séduisant et j'étais flattée qu'il s'intéresse à moi. Les autres garçons ne me parlaient que pour me demander de l'aide pour les devoirs.

Assis à côté d'elle sur le lit, Aaron ne la lâchait pas du regard.

— Continue.

— Il m'a dit qu'il m'aimait et qu'il voulait m'épouser. Nous avons fait des projets d'avenir, rêvé de monter notre propre chaîne d'hôtels. Puis nous avons commencé à coucher ensemble.

Malgré les larmes qui lui brûlaient les yeux, elle devait en finir. D'habitude, elle ne pleurait jamais, mais ce soir ses émotions débordaient.

— Il était le premier, tu sais, ajouta-t-elle.

Il lui caressa tendrement la joue.

— Je suis désolé de t'obliger à évoquer ce sujet.

— J'avais hâte de le présenter à Edward. Comme je m'en doutais, ils se sont plu tout de suite. J'ai vécu sur mon nuage jusqu'au jour où j'ai pénétré chez lui à l'improviste, en plein après-midi. Il a dû croire que c'était son colocataire, car il ne s'est pas levé. Puis j'ai entendu une voix féminine. Ils étaient en train de faire l'amour…

Elle se pelotonna dans les bras d'Aaron, se remémorant la scène comme si c'était hier.

— Sous le choc, je suis restée derrière la porte, et je les ai entendus discuter… La femme lui a demandé comment il

Un amant passionné

pouvait s'éclater avec quelqu'un d'aussi ordinaire que moi, poursuivit-elle d'une voix altérée. Il a ri et a répondu...

Aaron posa un doigt sur ses lèvres.

— N'en dis pas plus, j'ai compris. Je vais tuer ce minable !

Aussi douloureuse que soit cette confession, elle ne pouvait plus s'interrompre.

— Ils se sont moqués de moi. Il lui a dit qu'il ne voulait se marier avec moi que pour s'implanter dans l'entreprise, qu'il me quitterait bientôt et qu'alors je ne pourrais plus rien faire pour l'arrêter.

Aaron la serra contre lui en silence.

— J'étais morte de honte et j'aurais voulu m'enfuir en courant et prétendre n'avoir rien entendu. Mais mon amour-propre a eu le dessus. Lorsque j'ai ouvert la porte de la chambre, il a bondi du lit en essayant de se disculper. J'ai perdu le contrôle, murmura-t-elle en essuyant une larme. As-tu remarqué la petite bosse qui dénature son nez si parfait ?

— Il a bien mérité une correction, dit-il en riant.

Trop énervée pour rester immobile, Charlotte se mit à arpenter la chambre.

— Je n'ai rien raconté à Edward. Le lendemain, Perry et lui se sont envolés pour Monte-Carlo sans que je le sache. A leur retour, Edward m'a confié qu'il avait promis la direction de l'hôtel à Perry dès l'obtention de son diplôme.

— Il a donc eu ce qu'il voulait, du moins en partie.

— J'aurais dû dire la vérité à Edward, mais Perry me tenait. Il savait que je ne dirais rien pour ne pas passer pour une idiote.

Elle s'adossa à la commode et secoua la tête.

— Perry et moi avons obtenu notre licence en même temps, poursuivit-elle d'une voix plus calme. Bien qu'en possession du même diplôme, il a été nommé directeur à

Un amant passionné

Monte Carlo pendant que je faisais mes classes à Boston tout en continuant mes études.

— Qu'as-tu raconté à Edward pour expliquer ta rupture ?

— Que je voulais terminer ma scolarité et acquérir de l'expérience avant de me marier. Au bout d'un moment, le sujet est tombé dans l'oubli.

Elle se dirigea vers la porte, pivota, puis repartit dans l'autre sens.

— Quand j'ai obtenu mon master, Edward m'a envoyée ici. Il voulait que je fasse mes preuves, que je me hisse en haut de l'échelle à la force du poignet. Pas de favoritisme pour la petite-fille du patron. Le Marathon est le plus vieil hôtel de la chaîne et le site avait été négligé depuis la mort de mon père. J'ai une affection particulière pour cet endroit.

Aaron sortit du lit, lui enlaça la taille et posa le menton sur sa tête.

— Eh bien, si Perry veut jouer les durs, il a frappé à la bonne porte.

- 14 -

Aaron mourait d'envie d'attirer Thurman dans un coin sombre et de le rouer de coups. Mais par égard pour Charlie, il décida de se conduire en adulte, et de tout faire pour démasquer Thurman. Il ne lui restait plus qu'à prouver que c'était lui qui avait commandité l'intrusion sur le *Free Wind*.

Afin de ne pas lui mettre la puce à l'oreille, il avait convaincu les policiers de renoncer à l'interroger. Il avait d'autres projets le concernant. Seule consolation, le nom de Thurman était à présent mentionné dans un rapport de police.

Le bateau était toujours sous scellés et sa blessure l'empêchait de toute façon de reprendre le travail avant au moins une semaine.

Il avait donc pas mal de temps pour commencer son enquête. Si Thurman était capable de jouer les espions, lui aussi.

Il alla chercher deux sandwichs à la dinde à la cafétéria et se rendit au bureau de Charlie.

— Eh bien, la police a-t-elle réussi à trouver des indices ? demanda-t-elle à son entrée.

— Aucune empreinte. C'est logique, les deux hommes portaient des gants, répondit-il en posant les sandwichs sur la table. Apparemment, je les ai interrompus dans leur besogne en arrivant.

— Perry joue les innocents. Même s'il n'a rien à voir

dans cette histoire, ce dont je doute, il a tout de même bien dû remarquer la présence des policiers sur le bateau. Mais il s'est bien gardé d'en parler.

— Ils m'ont promis de le garder à l'œil, mais je préfère dormir à bord. C'est plus sûr.

— Tu devrais payer quelqu'un pour monter la garde. Après ce qui s'est passé, j'ai peur de te savoir seul là-bas.

— Je suis un grand garçon, Charlie. A l'âge où Thurman était encore à l'école primaire, je survivais dans les quartiers chauds de Miami, ajouta-t-il avec un clin d'œil. Pourrais-tu demander aux agents de sécurité de surveiller Thurman ? Ils pourraient peut-être le surprendre en train de comploter.

— D'accord, je m'en occuperai.

Elle passa doucement la main sur sa joue violette, puis sortit un sac de derrière son bureau.

— Je t'ai acheté quelque chose qui pourrait t'être utile.

Il prit le sac et l'ouvrit. Un téléphone portable.

— Je croyais t'avoir déjà dit ce que je pensais de ces trucs.

— S'il te plaît, accepte. Je me sentirais plus tranquille.

— Tu as raison. Vu les circonstances, mieux vaut que nous restions en contact permanent. Merci.

Quand ils eurent fini de déjeuner, Aaron décida de se rendre au Grecko. Raul devait déjà être en train d'ouvrir. Tout en faisant le tour du restaurant de l'hôtel, il entendit une voix familière. Une voix avec un accent français. Il reconnut tout de suite le cuisinier français. Et c'était bien l'homme qu'il avait vu chez Raul.

*
* *

Un amant passionné

Mis à part deux consommateurs isolés, la salle du Grecko était vide. Les ventilateurs de plafond tournaient assez vite pour rafraîchir l'atmosphère étouffante de l'après-midi.

— Qu'est-ce qui t'amène si tôt ? Je te croyais encore sur les flots bleus de l'Atlantique, dit Raul, se figeant en voyant le visage d'Aaron. Mais, que t'est-il arrivé ?

Aaron examina rapidement les deux clients. Des habitués qu'il jugea inoffensifs.

— Deux hommes sont entrés par effraction sur mon bateau la nuit dernière.

— *Dios* ! s'écria Raul en fronçant les sourcils.

— Je cherche à piéger Thurman. Te souviens-tu de ce Français qui était au bar l'autre soir ?

— Un type d'âge mûr ?

— Oui. Il buvait des bières avec un jeune Latino.

— Sal, un pêcheur du coin. Depuis un mois, ils viennent ici deux ou trois fois par semaine. Ce Français boit comme un trou. Je ne sais pas comment Sal peut se le permettre.

— Est-ce toujours lui qui paye la note ?

— Le Français n'a pas mis une seule fois la main à la poche.

— Ne trouves-tu pas bizarre que ce soit toujours Sal qui l'invite ?

— C'est le mari d'une cousine éloignée de Rosa. Ils ont une tripotée de gamins et vivent dans une baraque croulante en dehors de la ville. Sa femme l'écorcherait vif si elle apprenait qu'il dépense son argent pour arroser un riche.

Aaron sourit.

— C'est bien ce que je pensais. Le Français est le chef de cuisine du Marathon. Je parie que c'est Thurman qui finance Sal pour le faire boire afin qu'il ait la gueule de bois le lendemain et soit incapable de se réveiller pour aller travailler.

Un amant passionné

— Thurman, c'est celui que Charlotte hait tellement qu'elle t'a donné cent mille dollars pour ne pas avoir à l'épouser ?

— Exact, dit Aaron en inscrivant son numéro de téléphone sur une serviette en papier.

— Tu as un portable, maintenant ? s'exclama Raul avec un sourire amusé.

— J'ignore jusqu'où Thurman est capable d'aller pour prouver que mon mariage avec Charlie est bidon. Je dois la protéger de lui.

Raul lui adressa ce petit regard entendu qui l'irritait tant.

— Est-il vraiment si bidon que ça ? Je te trouve bien concerné par les problèmes de cette dame.

Aaron se leva et posa un billet sur le comptoir.

— Charlie ne se rend pas compte à quel point Thurman est tordu. Jusqu'à présent, il s'était contenté de manœuvres psychologiques. En utilisant la violence, il vient de dépasser les bornes.

Aaron se rendit ensuite à la boutique de plongée pour demander si l'un des plongeurs était disponible afin de l'aider quelques jours. Il ne pouvait se permettre d'attendre que sa blessure cicatrice avant de rependre son activité.

Il sursauta quand son téléphone sonna.

Raul était au bout du fil.

— Sal et le Français sont là, informa-t-il.

Sur le chemin du bar, il appela Charlie pour la prévenir qu'il ne rentrerait pas et qu'il passerait la nuit sur le bateau.

En pénétrant dans le café, il repéra Sal et le Français installés au fond de la salle. Ils riaient et à en juger par le nombre de bouteilles sur la table, ils n'en étaient pas à la première tournée. Aaron commanda un whisky et attendit

Un amant passionné

patiemment. Plus Sal serait soûl quand il l'interrogerait, plus vite sa langue se délierait.

Tandis que le bar s'animait peu à peu, les bouteilles de bière s'accumulaient sur la table de Sal et du Français, ce dernier buvant au moins deux fois plus que son compagnon.

Aaron dîna tout en les surveillant du coin de l'œil. Il était presque minuit quand, pour la cinquième fois de la soirée, le Français se dirigea en titubant vers les toilettes.

C'était le moment. Aaron en profita pour rejoindre Sal et s'assit en face de lui.

— Sal, si je ne me trompe ?

— Est-ce que je vous connais ? demanda l'homme en plissant ses yeux injectés de sang.

— Je suis Aaron Brody.

— Ah, *sí*, celui du *Free Wind*.

— Lui-même. Qui est ce rupin avec qui tu traînes ?

Une lueur rageuse s'alluma dans les yeux sombres de l'homme.

— *Qué el infierno ?* Je suis pas du genre à traîner avec des rupins.

Le Français se dirigea vers eux d'un pas chancelant. Aaron se leva aussitôt.

— Ce n'est pas l'impression que j'ai eue.

Peu de temps après cet échange, le tandem quitta le bar. Aaron régla l'addition et sortit derrière eux. Comme il s'y attendait, ils partirent chacun dans une direction opposée.

Aaron suivit Sal à distance. Celui-ci passa un appel dans une cabine téléphonique avant de filer droit sur les docks. Il se déplaçait plutôt vite pour quelqu'un qui avait bu autant de bières.

— Je le savais, murmura Aaron en voyant Thurman sortir de l'ombre d'un entrepôt.

Un amant passionné

Ils échangèrent quelques mots, puis Thurman lui glissa une liasse de billets de banque.

Aaron attendit qu'ils soient hors de portée de voix avant d'appeler Raul.

— Sal vient de retrouver Thurman sur les quais. Ecoute, j'ai l'impression que Sal se méfie de moi. Pourrais-tu tendre l'oreille et tenter de savoir ce qu'ils mijotent ?

— Je vais essayer. Ne fais pas de bêtises.

— Ne t'inquiète pas. Au fait, je dors sur le bateau. Alors si tu vois de la fumée s'élever au-dessus du port, préviens les pompiers.

Charlotte fut réveillée en sursaut par le téléphone. Elle se redressa d'un bond et décrocha à la deuxième sonnerie.

— Aaron ?

— C'est justement à lui que je voulais parler, déclara une voix féminine. Il aurait dû être arrivé chez moi depuis une heure.

— Qui êtes-vous ?

La femme lui raccrocha au nez sans répondre.

Charlotte se leva, arpenta la chambre, puis s'immobilisa pour fixer le téléphone. Son cœur se serra. Elle ne parvenait pas à croire qu'Aaron fréquente une autre femme. Elle croyait que... Mais que croyait-elle exactement, que le fait d'être devenus amants changeait quoi que ce soit pour lui ? Elle aurait dû se méfier. Surtout après ce qui lui était déjà arrivé.

Tandis qu'elle se dirigeait vers la cuisine dans l'obscurité, elle trébucha sur les tennis d'Aaron qui traînait dans l'entrée et les écarta du chemin d'un coup de pied rageur.

Elle déboucha une bouteille d'eau fraîche et la contempla pensivement. S'il avait une maîtresse, pourquoi lui avoir donné le numéro de chez elle ? Il n'était pourtant pas idiot.

Un amant passionné

Son cœur battait si fort qu'elle avait l'impression qu'il allait exposer. Elle but quelques gorgées d'eau et se força à respirer profondément. Les aventures amoureuses d'Aaron ne la touchaient pas. Une scène de jalousie serait donc déplacée.

Elle décida d'aller se coucher comme si rien ne s'était produit, mais elle fut incapable de trouver le sommeil. Elle était inquiète à l'idée qu'Aaron dorme seul sur le bateau. Et elle était encore plus inquiète à l'idée qu'il puisse être en compagnie d'une femme.

Un groupe important de clients arriva à 15 heures pile. Charlotte se précipita à la réception pour tenter d'apaiser la responsable du voyage, furieuse qu'on lui propose vingt-quatre chambres alors qu'elle en avait réservé vingt-sept.

Elle s'apprêtait à chercher de la place dans les autres hôtels de l'île quand Perry apparut.

Il prit la main de la femme dans la sienne.

— Madame O'Connor, n'est-ce pas ? Bonjour, expliquez-moi tout.

Avant que Charlotte ait eu le temps de réagir, il lui proposa d'offrir à l'ensemble des touristes un dîner gratuit, boisson et dessert inclus, si elle lui donnait quelques instants pour trouver une solution à son problème.

Finalement, ce fut Charlotte qui trouva un moyen pour que tout le monde soit logé au Marathon.

Mais quand Mme O'Connor prit les clés des chambres, elle remercia chaleureusement Perry de son aide, et jeta un regard noir à Charlotte.

Perry se pencha au-dessus du comptoir.

— Comment as-tu pu t'embrouiller ainsi ? demanda-t-il, le regard fixé sur sa poitrine.

Un amant passionné

La lueur glauque qui brillait dans ses yeux la fit frissonner.

— Quelqu'un a mystérieusement annulé la réservation. Je me demande qui a bien pu faire une chose pareille? demanda-t-elle avec ironie.

— Je ne fais que résoudre des problèmes depuis que je suis arrivé ici.

— Comme c'est étrange, répliqua-t-elle. Tout a commencé depuis que tu es là.

Il lui tapota la joue.

— Tu as besoin de moi, Charlotte. Quand vas-tu finir par le reconnaître?

— Ne me touche pas, dit-elle d'un ton rageur en s'écartant.

Le sourire satisfait de Perry s'évanouit et il tourna les talons.

Elle se rua aussitôt dans son bureau pour chercher à savoir ce qui s'était passé. Car jamais, elle ne s'était trompée dans les réservations auparavant. C'était donc forcément un sabotage. En consultant les listings, elle découvrit que la réservation avait été modifiée à 12 h 58, par un salarié de l'hôtel portant le numéro deux cent quatre-vingt-sept mille cinq cent dix-neuf.

Elle appela Grace, le chef du personnel, et lui demanda de localiser la personne correspondant à ce matricule. Cinq minutes plus tard, Maria Estevez était assise en face d'elle.

— Non, madame, je n'ai rien à voir avec ce changement, nia-t-elle, la lèvre inférieure tremblante.

— Vous avez pu faire une erreur, Grace. Cela arrive.

— Non. Je ne suis pas intervenue sur cette réservation.

— A quelle heure avez-vous quitté votre poste pour

Un amant passionné

aller déjeuner ? demanda Charlotte, se forçant à parler calmement.

— Nous avons eu beaucoup de monde ce matin. J'ai quitté la réception à 12 h 45.

— Avez-vous mangé seule ?

— *Sí*. Nous prenons notre pause séparément afin qu'il y ait toujours au moins deux personnes à l'accueil.

— Avez-vous pointé avant de sortir ?

— Oui, bien sûr. Je suis une employée consciencieuse, plaida Maria en reniflant. Cela ne se reproduira pas.

En voyant les yeux brillant de larmes de la jeune femme, Charlotte se fit l'effet d'un monstre. Serait-elle en train de devenir aussi tyrannique que son grand-père ?

Elle soupira et se pencha en avant.

— Ce n'est pas grave, Maria. Je vous crois. Mais dites-moi, y avait-il du monde à la réception quand vous êtes partie, je veux dire, en dehors de vos deux collègues ? demanda-t-elle diplomatiquement.

— La queue s'était bien résorbée, mais il restait encore quelques clients. Je n'ai rien remarqué d'anormal.

Charlotte raccompagna Maria dans le hall et demanda aux autres hôtesses si elles avaient remarqué quelque chose d'anormal. Les deux femmes assurèrent qu'elles n'avaient pas quitté leur poste de la matinée et que personne de l'extérieur ne s'était introduit derrière le comptoir.

Charlotte se sentait impuissante. Personne n'avait rien vu, personne n'avait rien entendu. Désespérée, elle décida de téléphoner à Aaron pour tout lui raconter. Il aurait certainement un bon conseil à lui donner. Mais depuis quand avait-elle commencé à tenir compte de son avis ?

Après avoir passé la matinée à se reposer sur la plage, Aaron n'avait qu'une idée en tête : raconter à Charlie ce qu'il avait vu la veille. Le temps étant à l'orage, il devait cependant d'abord ranger son bateau et s'assurer que tout était bien en place.

Il venait de commencer à ranger quand Charlie arriva. Elle portait un pantalon baggy kaki, une blouse orange et des sandales à lanières ornées de perles assorties à la couleur de ses vêtements. Ses cheveux blonds formaient une natte épaisse dans son dos. Elle était tout simplement rayonnante. Il ne restait presque plus rien de la jeune femme guindée qu'il avait épousé.

— Très jolie chemise, fit-elle remarquer en jetant un regard éloquent sur sa chemise hawaïenne. Tu t'es baigné ?

Son ton était réprobateur. D'accord, il aurait mieux fait d'attendre un jour de plus, mais il survivrait.

Il sourit pour la rassurer.

— La blessure n'est pas si grave, assura-t-il d'un ton rassurant, pressé de changer de sujet. Tu quittes ton travail de plus en plus tôt, il me semble. Aurais-tu adopté des horaires de banquier ?

— J'avais besoin de ton avis au sujet d'un incident qui s'est produit aujourd'hui.

— Raconte-moi tout pendant que je finis de ranger. L'orage ne va pas tarder à éclater.

Elle le suivit dans le petit bureau et lui relata en détail l'histoire de la réservation.

— Crois-tu que ce soit encore une intrigue de Thurman ?

— Je pense qu'il a attendu que Maria aille déjeuner pour se servir de son ordinateur et modifier les données. Elle avait sans doute laissé sa section ouverte. Il est réapparu au moment crucial pour jouer les sauveurs.

— C'est tout à fait son genre. En tout cas, il paye quelqu'un pour boire avec ton cuisinier. Je l'ai vu de mes propres yeux en train de donner de l'argent à un type nommé Sal.

Un amant passionné

— Hein ? s'écria-t-elle. Voilà pourquoi Pierre est si souvent malade. Les jours où il daigne venir travailler, il arrive en retard. Je compte le licencier. J'ai déjà passé une annonce.

— C'est Thurman que tu devrais mettre à la porte. Ce n'est pas la faute du cuisinier. Il croit juste s'être fait un nouvel ami.

— Je dois réfléchir à la façon de résoudre cette histoire.

— La solution la plus simple serait de dire à Sal que sa source de revenus s'est tarie.

Une rafale de vent traversa la pièce, balayant la pile de dépliant qui se trouvait sur le bureau. Ils se précipitèrent dehors pour ramasser les objets éparpillés. Le temps était lourd et menaçant. Les premières gouttes se mirent à tomber au moment où il récupérait le dernier papier.

Tandis qu'ils s'abritaient sous l'auvent, il résista à l'envie de prendre Charlie dans ses bras et de l'embrasser.

— Mets tout ça dans mon bureau, je les rangerai plus tard.

— Je trouve ton travail bien plus rigolo que le mien, déclara-t-elle avec un rire en le rejoignant.

Il adorait la voir heureuse. Bizarrement, elle ne semblait pas effrayée par l'orage, sans doute parce que le bateau était à quai.

— Il y a des tas de bonnes choses dans mon travail, dit-il en s'asseyant et en l'attirant sur ses genoux. Particulièrement quand tu es là pour m'aider.

Le tonnerre grondait et des trombes d'eau tombaient du ciel, mais Charlotte se sentait sereine. Les éléments déchaînés ne lui faisaient pas peur quand elle était dans les bras d'Aaron.

Ils étaient tous deux mouillés de leur course sur le pont et le vent humide achevait la besogne. Elle se pelotonna

Un amant passionné

contre son corps, sentant sa chaleur bienfaisante pénétrer en elle. Cet homme la ramenait à la vie. Après tout, la femme qui avait appelé la nuit dernière était peut-être une de ses ex.

Il glissa une main sous sa blouse et la posa sur son ventre.

— As-tu encore sauté le déjeuner ?

Elle couvrit sa main de la sienne.

— Je n'ai pas eu une minute de répit.

— Attends ici, je vais voir ce que je trouve dans la cuisine.

Quelques instants plus tard, elle grignotait des chips tout en sirotant une bière. La pluie qui dégoulinait de l'auvent formait un rideau opaque qui les isolait du monde. Un cadre parfait pour ce petit tête-à-tête improvisé.

— Tu as fait des folies pour le dîner, dit-elle avec un rire.

— D'abord, tu te moques de ma chemise et maintenant, tu te plains de ma cuisine. Serais-tu si difficile à satisfaire ?

— Pas tant que ça. Que dirais-tu de dormir avec moi au bungalow ce soir ?

Charlotte se blottit contre le torse d'Aaron et regarda la nuit tomber par la fenêtre de sa chambre. Elle n'en revenait pas de se sentir aussi bien avec lui.

— Qu'est-ce que tu aimes tant au Grecko ? demanda-t-elle en posant la main sur son cœur pour épier sa réaction.

— Rien de spécial.

Elle lui caressa le mollet du pied. Elle aurait tellement aimé pouvoir oublier ce stupide coup de téléphone.

— Tu y passes pas mal de temps.

— J'y retrouve mes amis. Pourquoi ce soudain intérêt ?

Un amant passionné

— Sans raison particulière. Je suis juste curieuse. Je n'ai pas l'habitude d'aller dans les bars.
— Vraiment ? plaisanta-t-il. Tu n'as pas honte ?
— Si. Je ne ressemble guère aux filles que tu as l'habitude de fréquenter.

Elle comprit tout de suite qu'elle aurait mieux fait de se taire. Aaron sauta hors du lit et enfila son short.

— Nous n'avons pas beaucoup mangé. Tu n'as pas faim ?

Il était clair qu'elle n'obtiendrait pas de réponse à ses questions. Pourquoi chercher l'humiliation ? Il n'avait visiblement pas envie de voir leur relation évoluer. Leur union était temporaire et il avait hâte de retrouver sa vie de play-boy. Peut-être d'ailleurs était-ce déjà fait.

Il leur prépara des œufs brouillés et du bacon, mais elle avala son assiette sans l'apprécier. D'accord, c'est elle qui avait eu l'initiative de ce pseudo mariage. Mais elle n'avait pas prévu de s'attacher à lui. C'était de sa faute, elle ne pouvait pas blâmer Aaron, il ne faisait que remplir sa part du contrat.

Il ne fallait surtout pas qu'elle tombe amoureuse de cet homme.

Pour se donner une contenance, elle se mit à débarrasser la table.

— Je vais ranger la cuisine, c'est la moindre des choses.
— Merci, dit-il en quittant la pièce.

En entendant couler l'eau de la douche, elle crut qu'il avait l'intention de se rendre au Grecko, comme tous les soirs. Mais en sortant de la cuisine, elle le trouva affalé dans le canapé en train de regarder la télévision.

Il ne semblait pas pour autant prêt à lui faire la conversation.

Irritée, elle se rendit dans la salle de bains. Il y régnait un désordre indescriptible. Une serviette de toilette mouillée, une paire de chaussettes sales et un caleçon étaient éparpillés sur le sol. Elle fourra rageusement le rasoir et la crème à raser dans le meuble au-dessous du lavabo.

Etait-ce toujours ainsi la vie avec un homme ? Etaient-ils tous aussi désordonnés, agaçants et contrariants ? Elle saisit sa chemise suspendue à la patère derrière la porte et y enfouit le nez. Son odeur lui tourna la tête et elle se laissa tomber sur le bord de la baignoire. Fermant les yeux, elle visualisa son sourire espiègle ; la chaleur de ses yeux verts après l'amour ; son mauvais caractère. Une onde de désir la traversa.

La chemise à la main, elle retourna dans le salon. Son cœur se serra en le voyant. Elle le trouvait beau quand il était affalé devant la télévision, quand il lavait la vaisselle ou se promenait avec des baskets trouées.

La réalité lui apparut soudain claire comme de l'eau de roche. Elle était tombée follement amoureuse de son mari.

- 15 -

Le lendemain soir, Charlotte fut de nouveau réveillée par la sonnerie du téléphone.

— Bonsoir chéri, est-ce que tu viens toujours ce soir ?

C'était la même voix de femme.

— Qui êtes-vous ? demanda Charlotte.

— Je suis une amie d'Aaron. Ce serait dommage qu'un homme avec le sex-appeal de votre mari réserve l'exclusivité de ses talents à une seule femme, vous ne trouvez pas ?

Charlotte reposa violemment le combiné sur son socle, puis le reprit pour appeler Aaron. Il fallait qu'elle sache où il était.

— Brody, répondit une voix ensommeillée après la troisième sonnerie.

— Aaron ?

— Charlie ? Que se passe-t-il ?

— Tu dormais ?

— Il est 1 heure du matin. Que veux-tu que je fasse ?

— Alors, tu es sur ton bateau ? demanda-t-elle en s'apercevant de son erreur. Excuse-moi, je n'aurais pas dû te déranger.

Confuse, elle coupa la communication. Le téléphone sonna dans la seconde qui suivit.

Aaron ne lui laissa pas le temps de dire allô, il lui demanda de s'expliquer d'une voix furieuse.

Un amant passionné

— Ce soir pour la deuxième fois, une femme a appelé ici en pleine nuit pour te parler.

Il garda le silence un instant avant de répliquer :

— Et tu en as donc déduit que j'étais chez elle ?

— Elle n'appelle jamais quand tu es à la maison.

— Merci pour la confiance, répliqua-t-il d'une voix glacée, avant d'enchaîner sans qu'elle puisse se défendre. Il suffit que tu reçoives un ou deux coups de fil anonymes pour que tu croies que je suis dans le lit d'une autre ?

— Je… Essaie de te mettre à ma place. Qu'imaginerais-tu si un homme t'appelait pour me demander ?

— Tu crois donc que je dors sur le bateau pour pouvoir y recevoir tranquillement mes maîtresses ?

Elle inspira à fond. Aaron semblait sincère, elle l'avait accusé à tort.

— Je sais que tu ne ferais pas une chose pareille.

Mais Aaron ne prit même pas la peine de répondre et lui raccrocha au nez.

Aaron surveillait de son mieux la progression des tubas de ses clients à la surface de l'eau. Il aurait donné n'importe quoi pour chasser Charlie de ses pensées. Même si leur mariage était du cinéma, comment pouvait-elle le suspecter de coucher avec une autre alors qu'ils étaient encore ensemble ? Pour qui le prenait-elle ?

Huit heures après son coup de fil, sa colère n'était pas retombée. Il regrettait amèrement d'avoir accepté ce portable. Ce maudit appareil le reliait à elle comme un cordon ombilical.

La femme qui avait appelé au bungalow avait à coup sûr été payée par Thurman pour semer la pagaille. Il commençait à en avoir assez de cette histoire.

Après tout, qu'ils aillent l'un et l'autre au diable !

Un amant passionné

Il reporta les yeux sur la mer en entendant les rires des quatre couples de retraités venus admirer le récif de corail. Contrairement à certains qui préféraient les bateaux à fond de verre, ces gens prenaient un plaisir visible à plonger. Aaron se demanda à quoi Charlie et lui ressembleraient quand ils auraient cet âge-là.

Des pensées comme celles-là étaient aussi inutiles que vaines. Leur relation n'avait aucun avenir et n'en avait jamais eu. Il ne lui inspirait ni confiance ni respect. Il lui plaisait sans doute, l'intriguait peut-être, mais il ne serait jamais à la hauteur de ce qu'elle attendait. Ses soupçons réapparaîtraient à la moindre occasion. Sa réputation de marin coureur de jupons lui collerait pour toujours à la peau.

La suite était prévisible. Charlie rentrerait à Boston pour prendre la direction de l'entreprise familiale. Elle épouserait quelqu'un de son monde et deviendrait l'une de ces femmes d'affaires qui s'échinent à concilier vie professionnelle et vie familiale. Ecrasée sous le poids des responsabilités, elle passerait le reste de ses jours à essayer d'être parfaite dans les deux rôles.

Tout cela il pouvait le deviner, l'imaginer même. Mais une chose lui était insupportable : imaginer Charlie dans les bras d'un autre. Cette simple idée le rendait malade.

Il s'écarta du bastingage et examina sa blessure. Il se sentait prêt à retourner dans l'eau, mais sa blessure lui avait fait un mal de chien après sa première tentative. Constatant que le jeune homme envoyé par la boutique de plongée avait les choses bien en main, il décida de s'occuper l'esprit en effectuant une ou deux tâches administratives dans son bureau. Il avait besoin de se changer les idées. Il avait surtout besoin de garder ses distances avec Charlie...

- 16 -

Aaron fourra quelques vêtements dans son vieux sac de marin.

— Je suis surbooké pour les quinze jours à venir. C'est plus simple que je dorme sur le bateau pendant ce temps.

Charlotte lui coupa la route.

— On doit continuer à jouer le jeu tant que Perry sera là.

— Parfait. Je passerai deux ou trois nuits ici. Mais si tu veux que notre future séparation soit crédible, mieux vaudrait donner des signes de discorde.

Une séparation ? Sa raison avait beau savoir que leur union était temporaire, son cœur se serrait à cette idée.

— Je suppose que tu n'as pas tort.

— Si tu as besoin de quoi que ce soit, tu as mon numéro de portable.

Il ouvrit la porte de derrière et disparut de sa vue.

Charlotte resta clouée sur place. Pourquoi la fuyait-il ? Etait-ce parce qu'elle l'avait accusé de la tromper avec une autre femme ? Ou précisément parce qu'il y avait une autre femme ? Elle avait l'impression qu'une partie d'elle-même s'en allait avec lui.

Au bout de la troisième nuit sans Aaron, Charlotte eut l'impression de devenir folle. Le calme et la propreté de la maison ne lui apportaient aucun réconfort. Tout était à sa place, tout sauf l'homme qui aurait dû être dans son lit.

Il était 18 h 45 à la pendule de la cuisine et elle ne savait pas comment occuper sa soirée.

En d'autres temps, elle se serait attardée à son bureau, mais cette époque était révolue. Il n'y avait pas que le travail dans l'existence. Sinon, quel intérêt la vie aurait-elle ?

Une idée germa dans son esprit. Si Aaron passait ses soirées au Green Grecko, pourquoi pas elle ? Elle avait bien le droit de dîner dehors de temps en temps.

Le Green Grecko était animé par des bruits de rires et de conversations. Le va-et-vient entre la rue et la salle était constant. Toutes les tables et tous les tabourets du bar étaient occupés par des gens qui buvaient et discutaient. Charlotte parcourut la foule des yeux sans parvenir à localiser Aaron. Dès qu'une place se libéra, elle se rua vers le bar.

Le barman se dirigea vers elle.

— Que puis-je vous servir ? demanda-t-il en essuyant un verre.

— Une eau minérale, s'il vous plaît.

Elle continua à scruter l'assistance à la recherche de son mari. La fumée des cigarettes l'empêchait de distinguer clairement les visages. Le vent chaud qui soufflait de la mer parvenait à peine à pénétrer par la façade ouverte. Les murs étaient décorés avec de gros poissons empaillés, des tirages photos de bateaux et un poster écorné d'Ernest Hemingway.

Le barman posa une bouteille d'eau devant elle.

— Il est déjà venu et reparti.

— Vous étiez à mon mariage, non ? demanda-t-elle.

— Je suis Raul.

— Vous a-t-il dit où il allait ?

Un amant passionné

Raul prit l'argent laissé sur le comptoir par un client et le mit dans la caisse.

— Il a dit qu'il avait des trucs à faire. Il ne semblait pas très causant.

— C'est pareil avec moi, remarqua-t-elle en étudiant son alliance ternie. Il est peut-être sur le *Free Wind*.

— Peut-être.

Elle but son eau à petites gorgées, dans l'espoir qu'Aaron finirait par se montrer. Il y avait quelque chose de masochiste dans sa démarche. Inutile de se faire des illusions. Aaron ne s'intéressait à elle que pour se satisfaire sexuellement. Mais même si elle savait tout cela, elle n'avait pas envie de rentrer dans une maison vide.

— Qu'y a-t-il de bon au menu ce soir ?

— Aaron a pris une soupe de poisson aux gombos. Avez-vous jamais envisagé qu'il puisse vous aimer avec excès ? demanda Raul.

Avait-elle bien entendu ?

— Comment peut-on aimer avec excès ?

Raul se contenta de hausser les épaules.

Elle n'était pas venue pour parler de sa vie sentimentale avec le meilleur ami d'Aaron. Une petite table qui se libérait au fond de la salle lui fournit l'occasion de s'échapper.

— Pourriez-vous m'apporter la soupe là-bas ?

Elle devança de justesse deux pêcheurs et s'installa. Son besoin de compagnie n'incluait pas un interrogatoire en règle. Elle posa la bouteille d'eau sur la table et suspendit son sac au dossier de la chaise.

— Aaron fait partie de ces hommes qui ne comprennent rien aux femmes, dit Rosa en posant un grand bol de soupe et du pain devant elle. Mais dans le fond, c'est un être sensible. Vous auriez pu tomber plus mal.

Charlotte se sentit rougir. Est-ce que tous les habitants de l'île étaient au courant de ses histoires de couple ?

Un amant passionné

— Oui, il est parfait.

Rosa s'installa en face d'elle sans attendre d'y être invitée.

— Alors pourquoi n'avez-vous pas l'air heureuse ? demanda-t-elle en ajustant le col de son chemisier en satin.

Ses lèvres pulpeuses et ses ongles longs étaient peints dans le même rouge que sa blouse. Contrairement à elle, Rosa avait de l'expérience et elle connaissait Aaron.

— Mais je suis heureuse, mentit-elle en mettant un morceau de gombo dans sa bouche.

Mieux valait qu'elle évite de se confier à n'importe qui. Etait-ce impossible de dîner tranquillement quelque part sans que tout le monde fourre son nez dans ses affaires ?

— Chérie, de vous et Aaron, je ne sais pas lequel des deux à l'air le plus malheureux.

Aaron, malheureux ? C'était évidemment impossible. Elle laissa tomber sa cuillère et repoussa son assiette à peine entamée.

— J'ai besoin d'un verre.

Rosa claqua des doigts pour appeler Raul.

— Apporte-nous un grand pichet de margarita. Et utilise ta meilleure tequila, s'il te plaît.

Charlotte se concentra de nouveau sur sa soupe. Elle avait perdu l'appétit, mais boire de l'alcool avec l'estomac vide n'était pas souhaitable.

Raul posa deux verres sur la table, puis donna un petit coup de coude à Rosa.

— Comporte-toi correctement si tu ne veux pas qu'un certain moniteur de plongée te passe un savon.

— Apporte donc ce pichet, répéta Rosa, accompagnant ses paroles d'une tape sur ses fesses.

Charlotte avala une cuillerée de soupe, tout en essayant

Un amant passionné

de garder son sang-froid. Elle n'aurait pas dû venir ici. Avec tous les bars et restaurants qui pullulaient sur l'île, elle aurait pu aller n'importe où. Mais non, elle avait choisi le seul endroit où Aaron était connu.

Une jeune serveuse apporta une carafe transparente pleine d'un liquide vert et épais. Ses yeux bleus fardés détaillèrent Charlotte avec curiosité.

Rosa la congédia d'un geste avant de remplir leurs verres à ras bord et d'en tendre un à Charlotte.

— Voilà qui va vous faire du bien.

Charlotte but une gorgée. La boisson à la glace pilée lui brûla la gorge, lui arrachant une grimace. Raul avait dû verser la moitié de sa bouteille de tequila dans le mélange.

— Léchez le sel, conseilla Rosa en passant sa propre langue sur le bord du verre.

Elle obéit, chassant le goût âcre du sel avec une lampée de margarita. La seconde gorgée lui parut plus douce.

— Parlez-moi des hommes, Rosa.

— Des hommes en général ou bien d'Aaron ?

Charlotte avait posé sa question sans réfléchir et elle s'en voulut aussitôt. Rosa travaillait pour elle. Ne risquait-elle pas de raconter ses histoires à tout le personnel du Marathon ? Mais c'était plus fort qu'elle, elle avait besoin de réponses.

— D'Aaron.

Elle sirota son cocktail qu'elle trouva à présent délicieux.

— Si vous voulez savoir des choses sur lui, pourquoi ne pas lui demander vous-même ?

Ravalant une repartie mordante, Charlotte lécha le bord de son verre et but la moitié de son contenu.

— Qu'est-ce qui vous fait croire qu'il me parle ? Il ne dort même pas au bungalow.

Un amant passionné

— Si vous voulez Aaron, il faut le lui faire savoir, déclara Rosa. Dites-lui ce que vous ressentez.

A cette simple idée, Charlotte fut prise de panique. Se déclarer à quelqu'un qui ne l'aimait pas ? Pas question.

— Qu'éprouvez-vous pour lui ? demanda doucement Rosa.

Charlotte se sentit envahie par une foule de sentiments. Colère, confusion, peur. La boule qui s'était formée dans sa gorge n'avait rien à voir avec les morceaux de glace contenus dans le breuvage.

— Je l'aime, Rosa, avoua-t-elle d'une toute petite voix.

— Et alors ? Je ne vois pas le problème ? Il est votre mari.

Charlotte renifla et se frotta les yeux.

— C'est du cinéma. On ne forme pas un vrai couple. Enfin, pas vraiment. Chacun de nous a ses raisons de jouer la comédie, ajouta-t-elle en passant la main dans ses cheveux.

Rosa leur reversa à boire.

— Et vous n'arrivez plus à jouer la comédie ?

— J'ai tout gâché en tombant amoureuse. Je pense à lui du matin au soir.

Charlotte reposa son verre. La pièce commençait à tourner autour d'elle. Mais elle s'en moquait.

— Sait-il que vous l'aimez ?

— Je ne peux pas le lui dire.

Rosa la fixa d'un regard sévère.

— Pourquoi pas ? Sa réaction pourrait vous étonner.

Charlotte avala une gorgée de cocktail pour se donner du courage.

— Il m'a laissé clairement entendre qu'il ne désirait pas s'impliquer avec moi. Aaron peut avoir toutes les femmes

Un amant passionné

qu'il veut et il ne s'en prive pas. N'est-ce pas ridicule d'aimer son mari et de ne pas pouvoir le lui dire ?

Elle conclut par une lampée d'alcool, ce qu'elle regretta tout de suite, car elle dut se rattraper à la table pour ne pas tomber.

— L'amour n'est pas un sentiment qui se raisonne. J'ai divorcé trois fois et je suis encore amoureuse de deux de mes ex-maris.

Charlotte suivit le regard de Rosa.

— Raul ?

— Comment ne pas être attirée par un homme aussi sexy ? Nous deux, on s'entend mieux quand on ne vit pas ensemble.

Charlotte vida son verre, et Rosa en profita pour le remplir.

— On fait vraiment la paire, toutes les deux.

Charlotte but quelques gorgées, puis la regarda.

— Que me conseillez-vous ?

Rosa choqua son verre contre celui de Charlotte.

— Nous allons lui sortir le grand jeu. Laissez-moi faire.

L'enthousiasme de Rosa était contagieux, mais Charlotte savait qu'il n'y avait plus rien à faire. Alors, sans doute parce qu'elle était un peu ivre, elle dit la vérité à Rosa.

— Vous n'avez pas bien compris. J'ai payé Aaron pour qu'il m'épouse.

Rosa balaya son objection d'un revers de main.

— Cela ne signifie pas qu'il ne puisse pas tomber amoureux de vous.

— Je ne vais pas tarder à m'installer à Boston. Je dois aider mon grand-père à gérer ses affaires.

— En avez-vous vraiment envie ?

— Je... je ne sais pas.

— Voulez-vous sauver votre mariage ?

Un amant passionné

Elle avala le reste de son verre d'un trait.
— De tout mon cœur.
Rosa se recula sur sa chaise et lui tendit la main.
— Alors nous avons du pain sur la planche.

En arrivant au Grecko, Aaron repéra tout de suite Charlie et Rosa au fond de la salle. Elles étaient installées à une petite table, un pichet et deux verres vides devant elles. Assises côte à côte, elles chuchotaient en gloussant comme des écolières.

Quand Raul l'avait appelé pour lui dire que sa femme était ivre morte, il n'en avait pas cru ses oreilles.

Agitant la main dans sa direction, Rosa se mit debout en chancelant et lui lança le pichet.

— Hé, toi ! Va donc chercher à boire pour les deux femmes les plus sexy de la salle.

Il saisit la cruche au vol.

— J'ai l'impression que les femmes en question ont déjà leur dose.

Les coudes sur la table, Charlie se tenait la tête dans les mains. Elle semblait à peine consciente.

Rosa se mit à lui tourner autour en l'examinant sous toutes les coutures. Il baissa les yeux pour s'assurer que rien ne clochait chez lui. Elle s'arrêta et lui fit un clin d'œil.

— Va nous chercher à boire et tu pourras te joindre à nous.

Tout cela était bien étrange. Charlie et Rosa complètement ivres alors qu'il était à peine minuit. Il prit Charlie par la taille et la força à se lever.

— Il est temps que ma femme rentre à la maison.

Aussi molle qu'une poupée de chiffon, Charlie ne tenait pas sur ses jambes. Il y avait bien longtemps qu'il ne s'était pas retrouvé dans un tel état d'ébriété, mais il se souvenait

Un amant passionné

encore de l'effet que ça faisait. Il la souleva dans ses bras et lança à Rosa un coup d'œil désapprobateur.

— Tu vas me le payer.

Charlie parvint à stabiliser son regard pour le regarder. Elle enroula une mèche de ses cheveux autour de l'index.

— Cette petite boucle qui tombe sur ton front te donne un air coquin, dit-elle d'une voix traînante.

Même soûle et débraillée, elle était adorable.

Rosa l'attrapa par un bras avant qu'il puisse s'éloigner.

— Charlotte est une personne merveilleuse, articula-t-elle.

Il lui jeta un regard torve. Qu'est-ce qui avait bien pu déclencher ce soudain intérêt ?

— Je sais.

Elle pointa un index furieux vers son visage.

— Si tu fais du mal à ma patronne, tu auras affaire à moi.

Il faillit éclater de rire.

— Je suis mort de peur.

Elle hocha la tête d'un air entendu avant de dire entre ses dents :

— Charlotte Harrington mérite un homme, un vrai.

Il l'ignora et se dirigea vers la sortie.

— Où m'emmènes-tu ? demanda Charlie.

— A la maison.

— Super.

Il vit une dernière fois Rosa lever les pouces en signe de victoire.

Il était en colère contre Rosa. Qu'est-ce qui lui avait pris ? Selon Raul, elles étaient restées ensemble toute la soirée. Il réussit à porter Charlotte jusqu'à la voiture et l'installa sur le siège du passager.

Elle était toujours aussi inerte quand il se gara devant

Un amant passionné

le bungalow. Lorsqu'il la mit au lit, elle était déjà presque endormie.

— Un bisou, murmura-t-elle en avançant les lèvres. Les chevaliers en armure embrassent toujours leur princesse.

Elle était tellement soûle qu'elle confondait les contes de fées. Il écarta ses cheveux de son visage et l'embrassa.

— Bonne nuit, princesse, dit-il en éteignant la lampe.

- 17 -

Aaron hésita devant la porte du bungalow. L'étiquette de sa chemise le grattait, mais ce n'était pas la seule chose qui le gênait. Lorsque Charlie lui avait proposé de lui faire à dîner pour le remercier de l'avoir ramenée, la nuit précédente, il se méfiait.

Il la soupçonnait d'avoir une idée derrière la tête.

Un délicieux arôme de viande grillée lui monta aux narines dès qu'il pénétra à l'intérieur. De la porcelaine et des verres en cristal scintillants étaient disposés sur une nappe en lin blanc étendue devant la cheminée. Les flammes des bougies et du feu qui projetaient leurs lueurs vacillantes sur la scène donnaient à l'ensemble un aspect irréel.

Méconnaissable, Charlie émergea de la cuisine. Elle rejeta d'un mouvement de tête une cascade de boucles blondes en arrière. Elle était pieds nus et portait une jupe fluide et colorée surmontée d'un haut ample qui laissait son dos et ses épaules dénudés. Il fixa ses mamelons sombres, pointant sous le fin coton blanc. Elle était terriblement sexy.

Avalant péniblement sa salive, il se força à regarder son visage tandis qu'un désir intense le frappait en plein ventre.

Il devinait la main de Rosa derrière cette mise en scène. Charlie remua les épaules et ses lèvres roses et brillantes s'étirèrent en un sourire enjôleur.

— Bonsoir, mon chéri.

Il dut s'éclaircir la voix pour parler.

Un amant passionné

— Charlie ?

Son sourire vacilla un peu, puis elle se pencha en avant et posa un seau à glace argenté au coin de la nappe. L'encolure de son haut bailla, offrant une vue plongeante sur ses seins.

— J'espère que cela ne te dérange pas de dîner à la maison.

Elle lissa sa jupe sur son ventre plat, ses mains encadrant son pubis avant de glisser lentement le long de ses cuisses.

Un geste d'un érotisme fou qu'elle n'avait pas inventé toute seule, il en était sûr.

— ... se relaxer un peu après une dure journée.

Complètement troublé, il n'avait pas entendu le début de sa phrase. Il ferait mieux de s'enfuir avant qu'il ne soit trop tard. Car il en était persuadé, maintenant, chaque nouvelle étreinte rendrait la rupture plus difficile. Maudite Rosa !

Charlie le parcourut d'un long regard appréciateur.

— Mets-toi à l'aise.

Il enleva ses baskets à contrecœur. Il était tout sauf à l'aise. Les yeux rivés sur le balancement sexy des hanches de Charlie, il la regarda aller et venir entre la cuisine et le salon, tout en disposant un véritable festin sur la nappe.

— Ne reste pas planté là, dit-elle en revenant avec deux assiettes. Ouvre la bouteille de vin.

Une expression mystérieuse flottait sur ses traits. La soirée promettait d'être rude. Comment était-il censé garder ses distances face à un tel déploiement de charme ?

— Aaron, ça va ?

S'arrachant à ses pensées, il s'accroupit pour prendre le tire-bouchon.

— Je croyais qu'on dînerait dehors.

On aurait dit un gamin rendu muet par la timidité.

Charlie posa un panier de pain sur la nappe, puis s'assit

à côté de lui, une jambe repliée sous elle, sans prendre la peine de tirer sa jupe sur ses cuisses.

— J'ai eu envie de te faire à manger. C'est toujours toi qui cuisines pour moi.

En sourdine, la voix rauque de Rod Stewart prédisait que la nuit serait bonne. Ce n'était pas le style de musique que Charlie écoutait d'habitude.

Il lui tendit un verre de vin, remarquant qu'elle avait les ongles rose vif. Tout cela était absurde, sexy, mais absurde. Qui était la femme qu'il avait devant lui ?

— J'aime beaucoup ta coiffure, dit-il pour faire la conversation.

Elle enroula une boucle de cheveux autour de son doigt.

— Vraiment ? Je n'étais pas convaincue, mais le coiffeur m'a promis que la transformation serait spectaculaire.

Et c'était vrai, elle irradiait la sensualité.

— C'est joli.

Un peu mièvre comme compliment. Sexy, troublant, sauvage ou voluptueux aurait été mieux approprié.

— Merci, dit-elle en piquant une crevette et en l'enrobant méthodiquement de sauce cocktail.

Elle la mit dans sa bouche, ferma les yeux, puis émit un petit gémissement de satisfaction.

« Respire, Brody », se dit-il. Il tenta de se focaliser sur son assiette, mais Charlie était difficile à ignorer. Chacun de ses gestes était destiné à le séduire et prétexte à le torturer. Il but son verre d'un trait.

Tandis qu'elle mangeait, une petite goutte de sauce vint se poser sur sa lèvre supérieure, au lieu de l'essuyer avec sa serviette, elle donna un petit coup de langue. Etourdi de désir, il visualisa sa bouche léchant son propre menton, puis poursuivant son manège sur le reste de son corps.

Le moindre de ses gestes excitait son désir. Quand elle

Un amant passionné

se dirigeait vers la cuisine, quand elle déposait un plat sur la table et que ses seins frôlaient alors son avant-bras.

Lorsque enfin ils passèrent au dessert, elle prit une cuillérée de sa crème Chantilly et la lui fit goûter.

— Tu m'en diras des nouvelles. Pierre est un artiste.

Elle recommença l'opération, puis se pencha pour lécher les coins de sa bouche. Quand il voulut l'embrasser, elle s'écarta rapidement.

— A ton tour, dit-il en plongeant le doigt dans la crème et en le passant sur les lèvres de Charlotte.

Elle poussa un soupir quand enfin il l'embrassa. Il dénoua le lien de son haut et voulut le lui enlever, mais elle le repoussa. Lorsqu'elle se mit à lui donner des petits coups de langue sur sa joue, son oreille et son cou, Aaron sentit son corps qui prenait feu.

Incapable de se maîtriser davantage, il plongea les doigts dans le plat, souleva sa blouse et étala la crème sur ses seins. Il en titilla les pointes, puis les lécha méticuleusement.

Haletante, elle arracha les boutons de sa chemise et lui caressa le torse. Il dut en appeler à toute sa volonté pour ne pas exploser quand ses doigts ouvrirent sa braguette et baissèrent son pantalon. Lorsqu'elle s'empara de son sexe et se mit à le caresser, il s'abandonna à l'ivresse qu'elle lui procurait.

Il avait vécu de nombreuses aventures, couché avec plein de filles mais de toutes les femmes qu'il avait connues, aucune n'égalait Charlie.

Elle l'avait tout simplement ensorcelé.

Plongée dans les souvenirs de sa nuit torride avec Aaron, Charlotte ne remarqua la présence de Perry qu'au moment où il s'assit en face d'elle.

Un amant passionné

— Je viens d'avoir un technicien au bout du fil. Quelqu'un a changé le code d'accès.

— Je me demande qui ça peut être, dit-elle en reportant les yeux sur son travail.

Inutile d'être devin pour savoir que Perry avait trafiqué le code afin de jouer les indispensables.

Il ignora le sarcasme.

— Il faut qu'on parle.

— De quoi ?

Il passa la main sur son front et soupira.

— J'ai une confession à te faire.

— Vraiment ? demanda-t-elle en l'étudiant avec méfiance.

— Je m'inquiète pour toi.

Il marqua une pause pour ménager son effet. Mais cela faisait longtemps qu'elle était immunisée contre les petites manœuvres de Perry Thurman.

— J'ai contacté un détective privé pour surveiller Aaron.

— Quoi ?

— Ecoute-moi avant de monter sur tes grands chevaux. Tu es amoureuse de lui et tout le monde sait que l'amour rend aveugle.

Elle se mit debout d'un bond.

— Je t'interdis de te mêler de ma vie privée.

— Calme-toi et écoute ce que j'ai à dire. Ton mari deale de la cocaïne sur le *Free Wind*.

— Tu délires.

— Nous le suspectons d'utiliser le Green Grecko comme plaque tournante. L'endroit est toujours bondé et personne ne s'intéresse à personne. Un des types qu'il fréquente est un revendeur notoire. Le trafic n'est pas énorme, mais suffisant pour l'envoyer en prison.

Un amant passionné

— C'est de la médisance. Aaron n'est pas un trafiquant.

— Sal Hernandez est fiché par la police et on l'a vu en compagnie de ton mari. Pourquoi crois-tu qu'Aaron a piqué sa crise en me trouvant sur son bateau ? Il savait que je risquais d'y trouver des preuves.

— Tu mens.

— Tu ne sais pas ce dont ce genre d'individu est capable. C'est un beau parleur et il est rusé. Il fera tout pour te séduire jusqu'au moment où il s'envolera sans laisser de traces.

— Ça me rappelle quelqu'un, ironisa-t-elle.

Il lui jeta un regard mauvais.

— Arrête de te voiler la face. Aaron ne vaut rien. Pour l'instant, j'ai réussi à détourner les soupçons des policiers de lui, mais ils finiront par comprendre. Si tu te moques de ta propre réputation, pense à celle de l'hôtel. Imagine les gros titres. Le mari de la directrice du Marathon Key fait du trafic de drogue. Très bonne publicité.

Elle appuya la tête contre le mur. Perry cherchait à discréditer Aaron, mais elle ne pouvait pas prendre de risque. Une simple rumeur affecterait le Marathon et la chaîne tout entière. Edward la mettrait à la porte avec perte et fracas et elle ne retrouverait jamais de travail. Aucun hôtel ne voudrait employer une directrice mêlée à ce genre de scandale.

Aaron passait beaucoup de soirées au Grecko et de nuits sur le *Free Wind*. Il fallait qu'elle soit sûre de son innocence.

Il était plus de 19 heures et Aaron sirotait un cognac au bar du Marathon. Il attendait Perry Thurman. Selon Rosa, l'homme venait boire un verre au bar tous les soirs après le travail.

Un amant passionné

— Vous permettez que je me joigne à vous ?

Perry s'installa sans attendre sur un tabouret et demanda au barman de lui servir un cognac.

— Je n'y tiens pas, répondit sèchement Aaron afin que l'homme ne croie pas qu'il l'attendait.

Thurman fit semblant de rien et sourit.

— Pourquoi ne devenons-nous pas amis ? Après tout, nous aimons tous les deux Charlotte.

— Faux, dit Aaron en faisant tourner l'alcool dans son verre. Moi je l'aime. Vous, vous essayez de prendre sa place.

Les muscles de la mâchoire de Perry se contractèrent.

— Comment peut-on aimer Charlotte Harrington ? Je l'ai pratiquée, souvenez-vous. C'est un véritable glaçon.

Aaron se força à garder son calme.

— Brody. Charlotte Bordy, répliqua-t-il en montrant le pianiste. Charlie est comme ce beau piano. Les mélodies qu'on en tire dépendent du talent de celui qui en joue.

— Allons, Brody, je sais qu'elle vous a payé pour que vous l'épousiez.

— Excusez-moi, Perry, mais si une femme est prête à mettre cent mille dollars pour se débarrasser de vous, c'est que vous êtes un bien piètre amant.

Perry descendit d'un bond de son tabouret.

— Vous ferez moins le fier quand tout le monde saura que vous n'êtes qu'un gigolo sans scrupule.

Blessé dans son orgueil de mâle, Thurman sortit du bar d'un pas rageur. Aaron le regarda s'éloigner avec mépris.

Il devait défendre Charlie. Ni son entourage ni elle ne se rendaient compte du danger qu'elle courait.

Il fallait qu'il démasque Thurman avant leur divorce. Cet homme était trop dangereux pour être en liberté.

Tout en attendant Charlie, il décida de ne pas lui parler

de l'entretien. Le fait que Thurman se focalise sur lui permettrait peut-être à Charlie de respirer un peu.

Lorsqu'elle le rejoignit enfin, il remarqua qu'elle avait les traits tirés. Il avait vu juste : Thurman la perturbait davantage qu'elle ne voulait l'admettre.

Il l'enlaça et posa un baiser sur ses lèvres. Elle ne le repoussa pas, mais ne réagit pas non plus.

— Dure journée ?
— Longue journée, dit-elle enfin après s'être installée en face de lui. J'ai envie de manger un peu et d'aller me reposer.

Ils n'échangèrent pas un mot du dîner. Quelque chose la tracassait, mais elle refusait d'en parler.

Charlotte avait été au supplice pendant tout le repas. Elle ne pouvait pas parler à Aaron des accusations de Perry. Il lui en avait voulu de se méfier de lui dans l'affaire des coups de téléphone ; si elle exprimait une nouvelle fois ses doutes, il ne le lui pardonnerait pas.

Lorsqu'ils rentrèrent au bungalow, Aaron alla se coucher directement, mais elle se sentait trop énervée pour dormir. Un bain chaud et deux aspirines plus tard, elle était toujours réveillée. Tourmentée par les doutes que Perry avait semés dans son esprit, elle ne ferma pas l'œil de la nuit.

Le lendemain matin, elle quitta le bungalow avant le réveil de Aaron.

Il fallait qu'elle sache la vérité. En se renseignant auprès de la police, elle attirerait peut-être inutilement l'attention sur Aaron. Si elle ne pouvait pas non plus interroger Aaron, quelle option lui restait-il ?

Rosa. C'était elle qui s'occupait de sa comptabilité et même si elle était une des meilleures amies d'Aaron, elle décida de tenter le coup.

- 18 -

Aaron avait à peine mis un pied au Grecko que Rosa se jeta sur lui. Ses yeux noirs lançaient des éclairs.

— Vas-tu m'expliquer ce qui se passe ?
— De quoi parles-tu ?

Il ne l'avait jamais vue dans une telle colère, sauf avec Raul. Elle tapa du pied, semblant attendre sa réponse avec impatience. Croyait-elle qu'il lisait dans ses pensées ?

— Ta femme m'a rendu visite à la boutique. Je rentrais juste de déjeuner et elle m'a assaillie de questions.
— Quel genre de questions ?
— Est-ce que je connais Sal Hernandez ? Est-ce que tu fréquentes des gens louches ? Pourquoi cet interrogatoire ?
— Aucune idée. Que t'a-t-elle demandé d'autre ?
— Elle m'a demandé si tes comptes étaient à jour et si je n'avais rien remarqué d'anormal. Puis elle a prétendu que sa démarche était juste motivée par la curiosité et elle a mis fin à la conversation.

Rosa apporta des verres à des clients assis au fond de la salle, puis elle jeta le plateau sur le bar et reprit sa tirade :

— Elle m'a aussi dit de ne pas te parler de sa visite. Pour qui se prend-elle ? Pourquoi te cacherai-je quoi que ce soit ?

De toute évidence, Thurman avait de nouveau semé des doutes dans la tête de Charlie. Pourtant, elle s'était bien

Un amant passionné

gardée de lui en parler. Et il savait très bien pourquoi. Elle ne lui faisait toujours pas confiance. Elle s'était méfiée de lui à cause des coups de téléphone et il en serait toujours ainsi.

— Autre chose ?

— C'est à peu près tout. Mais si elle a le culot de revenir, je serais obligée de me fâcher. Et si je perds mon travail, il faudra que tu subviennes à mes besoins.

— Tu es beaucoup trop dépensière. Même Raul a renoncé à t'entretenir.

Sa tentative de plaisanterie échoua lamentablement. Rosa ne sourit pas. Elle était sa meilleure amie, la seule qui connaissait toute sa vie. Mais elle ne l'avait jamais regardé de haut pour autant.

— Ce serait préférable que tu fasses les comptes sur un ordinateur portable. Je n'ai pas envie que mes papiers restent à la boutique de l'hôtel.

— Tu n'as rien à cacher, Aaron.

Il la serra contre lui.

— Tu le sais et moi aussi, mais pas Charlie. Tu vas donc prêter l'oreille aux bruits qui courent à l'hôtel. Essaie de savoir qui est la femme que Thurman a payée pour téléphoner à Charlie.

— Au fait, j'ai oublié de te raconter quelque chose. J'étais dans la salle de repos ce matin quand j'ai entendu cette idiote de Zelda dire à Grace que Charlotte allait être évincée, que Perry Thurman prendrait la tête de l'hôtel, qu'il lui donnerait la place qu'elle méritait et qu'elle n'aurait plus à recevoir d'ordres de cette pimbêche.

— Zelda couche avec Thurman.

— Matin, midi et soir.

Il n'y avait pas pensé avant. C'était pourtant évident.

— Ce minable se sert d'elle pour nous espionner. Il cherche à détruire Charlie. Et moi aussi, par la même occasion.

Un amant passionné

Rosa releva le menton.

— Je déteste qu'il s'en prenne à toi, mais ta femme mérite ce qui lui arrive. Elle a sérieusement baissé dans mon estime depuis cet après-midi.

— Sois tolérante. Elle ne sait pas s'y prendre avec les gens.

— Tu mérites une épouse qui te fasse confiance et qui ait un cœur.

— Tu la connais, dit-il en lui tapotant l'épaule. C'est juste qu'elle n'est pas douée pour les relations humaines.

— Peut-être, reconnut-elle en s'installant sur un tabouret. Eh bien, parle-moi un peu de Perry Thurman.

Il prit une gorgée de bière.

— C'est une ordure finie. Pourquoi ?

— Je ne t'ai pas encore tout dit. Peu après le départ de Charlotte, Perry m'a rendu visite à la boutique et il m'a posé encore plus de questions qu'elle. Il a prétendu nous avoir vus ensemble et m'a pratiquement accusée d'être ton amante. Il voulait savoir si tu étais aussi doué au lit qu'on le prétendait.

Raul posa un verre de vin devant elle et se pencha en avant pour entendre la suite.

— Que lui as-tu répondu ? s'enquit Aaron.

— Je lui ai suggéré de demander à sa patronne ce qu'elle pensait de tes performances sexuelles. J'ai ajouté que tu n'étais pas gay et qu'il perdrait son temps à te draguer.

Raul ricana.

— Beaucoup de monde s'intéresse à moi aujourd'hui. Raul, est-ce que quelqu'un est venu te poser des questions à toi aussi ?

— Non. Heureusement, car je n'ai pas le sens de la repartie de Rosa, répondit-il en versant des cacahuètes dans un bol.

— Mets le verre de Rosa sur ma note.

Un amant passionné

— Tu pourrais au moins me payer à manger.

Raul se pencha vers Aaron et chuchota assez fort pour être entendu :

— La colère lui donne toujours faim.

— Allez, on va dîner, approuva Aaron. Tu le mérites bien. Perry Thurman a l'art et la manière de vous mettre en rage.

Les assiettes venaient juste d'arriver sur la table quand le portable d'Aaron sonna.

— Peux-tu rentrer à la maison ? demanda Charlie.

Hier soir, elle lui avait à peine adressé la parole et maintenant elle voulait qu'il la rejoigne. Il ferma les yeux et s'appuya contre le dossier de sa chaise.

— Quelque chose ne va pas ? dit-il, décidé à ne pas obéir au doigt et à l'œil.

— J'ai juste besoin de te parler.

Il n'était pas sûr d'être capable d'affronter une seconde femme en colère. D'autant moins quand elle n'avait pas confiance en lui.

Dès que Aaron pénétra dans le bungalow, Charlie le noya sous un flot de paroles.

— Zelda a une aventure avec Perry. Ma propre secrétaire, imagine-toi ! Elle a été filmée par les caméras de surveillance en train d'entrer dans sa chambre quelques instants après lui. Elle en est sortie au bout d'une demi-heure, les cheveux en bataille.

Aaron la suivit des yeux tandis qu'elle arpentait la pièce. Apparemment, elle ne l'avait fait venir que pour lui parler de cette histoire. Il aurait préféré qu'elle lui dise ce que Thurman avait raconté sur son compte.

— Rosa m'a déjà mis au courant. Il se sert d'elle pour

Un amant passionné

t'espionner et en profite pour prendre un peu de bon temps. Crois-tu qu'elle aurait pu passer ces coups de fils ?

— Non, je connais sa voix. Ce n'est pas tout, ajouta-t-elle. Le problème des réservations s'est reproduit. Le service technique a fini par découvrir que les modifications ont été effectuées par Maria, depuis le poste de Zelda. Maria travaille ici depuis des années et j'ai confiance en elle. Perry a dû se procurer son mot de passe. Ce qui est sûr, c'est que Zelda sera mise dehors dès demain.

— Ne te précipite pas. Elle pourrait nous être utile pour coincer Thurman.

— Il a aussi fait ranger la livraison de papier hygiénique dans la cave. L'équipe de nettoyage a cherché les rouleaux dans la réserve et ne les a pas trouvés. J'ai appelé le fournisseur. Les vingt-cinq cartons ont bien été livrés hier. Je suis descendue par hasard à la cave pour vérifier le stock de vin et je suis tombée sur le papier toilette.

— Ce n'est pas très gentil, dit-il.

Charlie esquissa un sourire, se ravisant en voyant son expression sarcastique.

— Que va-t-il encore inventer ?

Ils furent interrompus par des coups frappés à la porte et Charlie alla ouvrir.

— Qui êtes-vous ? demanda-t-elle.

— Est-ce que Brody est chez vous ? Dites-lui que Sal veut lui parler.

Aaron perçut tout de suite de la méfiance dans le regard que Charlie lui lança. Mais il n'eut pas le temps de s'y appesantir. Il rejoignit rapidement Sal sous la véranda et referma la porte derrière lui.

— Que fais-tu ici ?

— Je viens de quitter le commissariat. *Alguien dijo ellos que corria las drogas.* Sais-tu qui a bien pu leur raconter ça ?

Un amant passionné

— Comment veux-tu que je le sache ?

Sal semblait plus furieux encore que Rosa ou Charlie.

— La police croit que je me sers de ton bateau pour transporter la drogue.

Aaron lui prit le bras et l'entraîna à l'écart. Il ne voulait pas que Charlie puisse les entendre.

— Et toi, que crois-tu ?

— Que tu es impliqué dans ce trafic et que tu me fais porter le chapeau, déclara Sal en s'écartant brusquement.

Aaron passa les mains dans ses cheveux.

— C'est ce que Thurman veut faire croire à tout le monde.

Sal serra et desserra les poings.

— Qu'est-ce que Thurman vient faire dans cette histoire ? On s'entend bien, tous les deux.

— Il se sert de toi pour me détruire, mon ami.

— Es-tu en train de me dire que Thurman nous a dénoncés à la police ?

Aaron s'adossa à un arbre.

— Il cherche à me piéger par ton intermédiaire. Je vais surveiller le bateau. Il risque d'y cacher de la drogue.

— J'ai déjà eu assez de problèmes avec la police. J'ai une famille, maintenant.

— Alors, ne t'approche plus de moi. Il ne faut pas que Thurman nous voie ensemble.

Sal s'éloigna en proférant des insultes en espagnol.

Charlie recula en le voyant entrer. Elle avait les lèvres serrées et le visage livide. Il lui lança un coup d'œil furieux. Pour qui se prenait-elle ? Il risquait la prison à cause d'elle. Mais après tout, pourquoi perdrait-il son temps à se justifier si elle préférait croire Thurman ?

Il se rendit dans la chambre, fourra quelques vêtements dans son sac de marin, puis prit son rasoir et sa brosse à dents dans la salle de bains.

Un amant passionné

— C'est ça, enfuis-toi, dit-elle rageusement.
— Je dois protéger mon entreprise. Je serai sur le bateau.

Le lendemain matin, Charlotte tomba nez à nez avec Perry en arrivant à son bureau. Il l'entraîna aussitôt dans la pièce.

— Où étais-tu passée ? Les jeunes mariés du trois cent quinze se sont disputés la nuit dernière et la femme a appelé la police. Il y a eu trois voitures de patrouille garées devant l'hôtel pendant deux heures, gyrophares allumés.

— Désolée, mais je dormais.

Après le départ d'Aaron, elle avait pris un somnifère. Les mots « drogue » et « police » étaient les seuls qu'elle avait entendus lors de la visite de Sal Hernandez, mais ils lui avaient glacé le sang.

— Madame dort pendant que son hôtel part en vrille, ironisa-t-il avant de sortir en claquant la porte.

Charlotte tressaillit. Elle n'était pas en état d'affronter la méchanceté de Perry. Les somnifères la rendaient groggy. Elle appela Zelda et lui demanda de lui apporter du café.

Son portable sonna au moment où la secrétaire entrait avec le plateau.

— Thurman est dans le hall. Il parle avec deux hommes d'origine espagnole, annonça l'homme de la sécurité. Il y a beaucoup de bruit, mais nous avons pu comprendre qu'ils prévoyaient quelque chose pour ce soir. Thurman a donné au grand maigre une enveloppe kraft.

Elle attendit que Zelda se soit retirée pour répondre :

— Ne les quittez pas des yeux et rappelez-moi dès qu'ils partiront. Sur mon portable, surtout.

Elle composa le numéro d'Aaron.

— Perry est dans le hall. Il parle avec deux Latinos.

Un amant passionné

— J'arrive.

Lorsque le garde la prévint de leur départ, lui donnant leur description ainsi que la direction qu'ils avaient prise, elle communiqua immédiatement ces informations à Aaron.

Une fois que les deux hommes furent sortis de l'enceinte du complexe, Aaron se glissa derrière eux et les retint par les épaules.

Celui qui était grand et maigre s'échappa, mais Aaron retint l'autre par un bras.

— Ecoutez, les gars, je sais que c'est vous qui étiez sur le *Free Wind*, l'autre soir.

— On ne sait pas de quoi vous parlez, rétorqua le grand qui semblait être le chef.

— Si vous préférez avoir à faire à la police, allez-y.

La phrase eut de l'effet sur le plus petit des deux hommes.

— On n'a rien à leur dire. Vous n'avez pas de preuves.

Aaron grimaça.

— Le système de surveillance du Marathon est un bijou de technologie. Ces trucs-là enregistrent tout, images et son. On peut dire dans quelle poche est l'enveloppe que Thurman vous remise et décrire l'insigne qui se trouve sur cette bague.

Les hommes échangèrent des regards. Le maigre fit tourner la bague autour de son doigt.

— Qu'est-ce que vous voulez ?

— Dites-moi ce pour quoi Thurman vous a payé ce soir.

— Impossible, dit le chef.

— Thurman va finir en prison. Alors soit vous m'aidez, soit je vous livre à la police et vous tomberez avec lui.

Un amant passionné

Aaron n'était jamais entré dans un commissariat de son plein gré, mais il en sortit rassuré. L'inspecteur Perez avait écouté son histoire sans le jeter dehors ni l'emprisonner. Et surtout, il avait la certitude que Thurman serait bientôt hors d'état de nuire. Il allait enfin pouvoir se libérer.

Il ne lui restait plus qu'à aller voir son avocat pour le divorce, puis il passerait à la banque afin de régler ses comptes avec Charlie. Plus vite ils couperaient les ponts, moins la séparation serait douloureuse.

Il l'appela sur son portable et lui dit de demander à Zelda de réserver une table sur une autre île pour le dîner.

— Raconte-lui que tu me retrouveras là-bas. J'ai besoin que Thurman pense qu'il n'y aura personne sur le bateau ce soir.

— Tu vas le guetter ? demanda-t-elle d'une voix paniquée. Aaron, il est dangereux.

— Cette fois, c'est lui qui est en mon pouvoir.

Charlotte fit ce qu'Aaron lui avait demandé et se rendit au fameux restaurant.

Elle dîna seule, des images d'Aaron blessé hantant son esprit. Les minutes s'écoulaient avec une lenteur exaspérante. Elle se força à ne pas l'appeler. La sonnerie de son portable risquait de révéler sa présence.

Elle fit traîner le repas en longueur et ne rentra au bungalow qu'à 22 heures passées. Elle n'y trouva aucun signe d'Aaron. Pas de message sur le répondeur. Rien qui puisse la rassurer. Ne se rendait-il pas compte qu'elle était morte d'angoisse ?

Le lendemain matin, elle n'avait toujours aucune nouvelle d'Aaron. Mais elle eut la surprise de trouver Edward qui

Un amant passionné

l'attendait devant la porte de son bureau. Il la poussa à l'intérieur et verrouilla derrière eux. Charlotte ne savait même pas qu'il était arrivé.

— Tu ferais mieux de t'asseoir, dit-il.

Son ton n'annonçait rien de bon. Il lança une liasse de feuilles sur son bureau.

— J'ai fait surveiller Brody. Avant de m'insulter, souviens-toi que j'ai pris cette décision dans le seul but de protéger tes intérêts et ceux de l'entreprise. Vas-y, lis-le. Tu pourras apprendre des choses intéressantes concernant ton mari.

Pourquoi chercher à connaître les secrets d'Aaron ?

— Je sais déjà ce que j'ai besoin de savoir.

Edward reprit le rapport et mit ses lunettes sur le nez.

— Ecoute bien ce que j'ai à te dire sur l'homme avec qui tu veux partager ta vie. D'abord, Brody est le nom de sa mère. Ton mari est né de père inconnu. Et il n'a même pas son bac

— Je le savais.

— Savais-tu aussi qu'il a été en maison de correction ? Vol, ébriété sur la voie publique, bagarres et deux cas d'agression. Il a presque tué un autre adolescent à l'âge de quinze ans.

Charlotte secoua la tête. Elle ne voulait plus rien entendre.

— Sa mère était une prostituée qui ne s'est jamais mariée. Elle est morte de la syphilis et il n'a même pas eu la décence de l'enterrer correctement. Il a jeté ses cendres dans la mer.

— Il n'avait que seize ans quand elle est morte.

Elle ne trouva rien à ajouter. Toutes ces informations la bouleversaient. Elle comprenait maintenant pourquoi Aaron la maintenait à distance. Il ne voulait pas qu'elle découvre son passé difficile.

Un amant passionné

**
*

Lorsque Aaron rentra au port, Rosa l'attendait sur le quai, un sourire radieux sur les lèvres. Elle monta à bord, posa quelque chose sur le banc, puis aida les touristes à débarquer.

— On a ce qu'il nous faut, dit-elle dès qu'ils furent seuls en lui tendant une enveloppe.

— Quoi ?

— Je me trouvais par hasard dans le bureau de Grace alors qu'elle clôturait les comptes du mois. Rien à faire, les chiffres ne tombaient pas juste. Elle a vérifié les écritures une par une et a découvert des irrégularités. Elle pense que Thurman détourne des fonds.

Il la prit par la taille et la fit tournoyer.

— Bonne nouvelle, chérie ! Est-elle sûre de ce qu'elle avance ?

— Elle cherche encore, mais elle est convaincue que Thurman vole dans la caisse depuis son arrivée.

Aaron tira quelques billets sa poche et les lui tendit.

— Tiens, achète-toi quelque chose et emmène Grace au restaurant.

Puis il verrouilla le bateau et se rendit au bungalow de Charlie. Tout était calme. Charlie aurait pourtant déjà dû être rentrée. Une feuille de papier attira son attention quand il posa l'enveloppe remise par Rosa sur la table de la cuisine.

Les mots dansèrent devant ses yeux. « Arrêté pour vol. Mère : Jenny Marie Brody, prostituée. Syphilis. » Comment savaient-ils de quoi elle était morte ?

Charlie avait demandé une enquête sur son compte.

Son cœur cognait dans sa poitrine. Il aurait dû cesser de lire, mais en était incapable. Une curiosité morbide le poussait à continuer.

Un amant passionné

« A envoyé un adolescent à l'hôpital à l'âge de quinze ans. Agression avec intention de tuer sur la personne d'Antony Morales. » Ils étaient même au courant de l'existence du dernier minable qui avait partagé la vie de sa mère.

« A passé du temps en maison de correction. »

Il sursauta quand Charlie entra dans la pièce.

— Ta curiosité est-elle satisfaite ?

— C'est Edward qui a eu l'initiative de cette enquête. Je me moque de ton passé, Aaron.

Les grands yeux bruns de Charlie brillaient de larmes.

Aaron serra les poings, se retenant à grand-peine de cogner dans les murs. Sa vie ne regardait pas Charlie, encore moins Harrington. Ils pouvaient penser ce qu'ils voulaient de lui, mais sa mère ne méritait pas d'être traitée de la sorte.

— Ma mère était très jeune quand elle s'est retrouvée seule à m'élever. Elle travaillait comme femme de chambre dans un hôtel et rêvait d'être serveuse pour avoir des pourboires. Il lui est arrivé d'avoir des compagnons, mais elle est toujours tombée sur des minables. Elle est morte avant d'atteindre l'âge que j'ai aujourd'hui.

Les larmes ruisselaient maintenant sur les joues de Charlie. Elle tendit la main pour le toucher, mais il s'écarta.

— Le dernier petit ami qu'elle a eu la battait. Elle était déjà malade, mais on ne savait pas ce qu'elle avait, car on n'avait pas d'argent pour aller chez le médecin. Un soir, alors qu'elle préparait le dîner, elle a fait quelque chose qui l'a énervé. Il l'a attrapée par les cheveux et l'a jetée sur la gazinière. J'ai perdu la tête et je l'ai frappé. C'était une récidive et on m'a condamné à passer trois mois en maison de correction.

Il fixa ses poings, tentant d'ouvrir ses mains douloureuses.

Un amant passionné

Un trop-plein d'émotions refoulées menaçait de déborder. Il s'efforça de maîtriser sa voix pour poursuivre :

— Elle ne m'a pas rendu visite et n'est pas venue me chercher à la sortie. Notre appartement était occupé par quelqu'un d'autre. J'ai fini par la retrouver dans un asile de nuit. Elle avait vu un docteur et son état était grave. On m'avait libéré à condition de reprendre mes études, mais j'ai commencé à travailler à plein temps sur le bateau de Whistler. Avec l'argent que je gagnais, j'ai loué un deux-pièces, j'y ai installé ma mère et je l'ai regardée mourir. Ça te suffit ou tu en veux plus ?

— Non, Aaron. Arrête ! dit-elle d'un air désespéré.

— C'est toi qui l'as voulu. Je gagnais juste assez d'argent pour régler le loyer, alors je volais la nourriture et les médicaments dont elle avait besoin. Je n'ai parlé de sa maladie à personne. A la fin, quand je ne pouvais plus la laisser seule, je l'ai dit à Whistler. Il m'a aidé à payer l'incinération et nous avons jeté ses cendres dans la mer.

— Assieds-toi, ordonna Charlie en le poussant dans un fauteuil. Je n'aurais jamais imaginé…

Elle posa une main sur sa joue et s'installa en face de lui.

— Pourquoi ne m'as-tu pas parlé de tout cela ?

Il repoussa sa main et se leva d'un bond.

— Est-ce que tu as besoin de tout savoir ? Tu adores juger les autres.

— Non, Aaron, ce n'est pas vrai. Je suis désolée, tellement désolée pour toi.

— Je n'ai rien à faire de ta pitié, Charlotte.

Il sortit comme un ouragan, claquant la porte derrière lui.

Ce ne fut qu'une fois arrivé sur le port qu'il se souvint qu'il ne lui avait pas dit que Thurman volait dans la caisse.

- 19 -

Charlotte regrettait amèrement d'avoir forcé Aaron à se replonger dans son passé tragique. Elle ne valait guère mieux qu'Edward. C'était peut-être lui qui avait eu l'idée de l'enquête, mais elle avait eu la bêtise de laisser le rapport sur la table.

Elle mourait d'envie d'aller le retrouver, mais ne pouvait s'y résoudre. Hier soir, il avait exprimé clairement ses sentiments à son égard.

A l'hôtel, elle exécutait ses tâches machinalement. Edward se préparait à vendre le Marathon, mais elle s'en moquait. Elle ne pensait qu'à Aaron, à la souffrance qu'elle avait lue sur son visage lorsqu'il avait parlé de sa mère.

L'Interphone bourdonna, mais elle mit du temps à répondre.

— Oui, Zelda.

— Une lettre est arrivée pour vous par porteur.

L'enveloppe portait le nom de l'avocat qui avait rédigé le contrat de mariage. Elle en devina tout de suite le contenu. Cela ne l'empêcha pas d'éprouver un coup au cœur en lisant l'intitulé. Une demande de divorce. A la fin du document, à côté de la signature d'Aaron, il y avait un autocollant jaune et une flèche rouge pointant au-dessus de son nom dactylographié. Une simple signature suffirait à mettre fin à ce mariage factice. Ainsi qu'à sa vie avec Aaron Brody.

Ses larmes coulèrent sur le papier, diluant les caractères

Un amant passionné

imprimés, tandis qu'elle faisait tourner son alliance autour de son doigt.

On frappa à la porte et Edward entra avant d'y être invité. Elle s'essuya rapidement les yeux avec un Kleenex. Il ne manquait plus que son grand-père lui face la morale, ou pire se moque de son chagrin.

Il s'installa en face d'elle comme si de rien n'était.

— J'ai pris une décision, annonça-t-il.

Elle retourna le document et posa la main dessus. Hors de question de montrer sa défaite à Edward.

— Laquelle ?

Sans attendre sa réponse, il se pencha en avant et tira le document vers lui pour le lire. Les lèvres serrées, elle se prépara à affronter ses sarcasmes. Mais au lieu de cela, un silence pesant s'installa. N'y tenant plus, elle releva la tête vers lui. Il la fixait.

— Je suis désolé, dit-il.

Sa gorge était si nouée qu'elle était incapable d'articuler un mot. Elle haussa les épaules et posa un regard absent sur la fenêtre.

— Ceci confirme ma décision de t'envoyer à Boston. Perry s'occupera de tout préparer pour vendre le Marathon. Vu la façon dont le tourisme se développe ici, les amateurs seront nombreux et les profits considérables.

Elle s'arma de courage.

— Je dois te parler de Perry.

— Chaque chose en son temps. Tu as besoin d'une année sabbatique. Va te promener en Europe. Change-toi les idées.

— Je déteste les vacances. Je ne sais que travailler.

Par sa propre stupidité, elle avait détruit ce qui lui était arrivé de mieux dans la vie : son mariage. Elle réprima un hoquet. Edward contourna le bureau et la prit dans ses bras.

— Les déménageurs viennent demain. Ils s'occuperont de tes meubles et de ta voiture. Je t'ai réservé un billet d'avion pour Boston après-demain. Tu resteras à la maison le temps qu'on s'organise. Toi et ton frère êtes tout ce que j'ai au monde.

Elle se recula pour le regarder dans les yeux.

— Pourquoi ne m'as-tu pas parlé de ta maladie de cœur ?

— Je…, dit-il en s'interrompant pour passer une main dans ses cheveux gris. Comment l'as-tu appris ?

— Ce n'est pas important, répondit-elle d'une voix plus douce. Mais j'aurais pu t'apporter mon soutien.

— Ce n'est pas si grave, objecta-t-il.

Il mentait mal.

— Assez pour que tu veuilles me rapatrier à Boston afin de m'apprendre les ficelles. Assez pour désirer que j'aie un mari qui me protège. Mais je me débrouille très bien par moi-même, contrairement à ce que tu crois.

Il retourna s'asseoir dans le fauteuil et frotta les mains sur ses cuisses.

— Je veux que mon entreprise me survive. Et j'ai besoin de savoir que mes petits-enfants seront à l'abri du besoin. Don n'est pas capable de gérer ses propres affaires. Ce n'est pas lui qui va diriger Harrington Resorts.

— Ni moi qui suis une femme, suggéra-t-elle, priant pour qu'il la détrompe.

— Tu n'as pas assez d'envergure pour diriger les affaires. Tes connaissances et ton expérience ne feront pas le poids face aux hommes, dit-il en jetant un coup d'œil au document. Je ne voudrais pas te blesser, mais Aaron t'a épousée uniquement par intérêt. Et s'il n'y avait pas eu de contrat de mariage, il t'aurait ruinée. Tu t'es laissé aveugler parce que tu l'aimais.

Un amant passionné

Elle ferma les yeux un instant, puis affronta son regard.

— J'ai besoin d'être seule.

— Je déteste te voir aussi malheureuse, dit-il en se levant pour lui tapoter l'épaule avant de s'en aller.

Il y avait encore beaucoup de chose qu'elle aurait voulu dire à Edward, mais elle garda les yeux fixés sur la fenêtre jusqu'à ce que la porte se soit refermée.

Elle renifla, puis se moucha. Sa vie personnelle était ruinée et sa vie professionnelle ne valait guère mieux. Pourquoi tous ces échecs ?

Elle s'essuya rageusement les yeux. Elle n'avait plus rien à prouver. Son travail acharné avait transformé cet hôtel en une affaire florissante qui tournait comme un moteur bien huilé. Et ni les menaces de Perry, ni celles son grand-père, ni même ses propres peurs ne l'empêcheraient de se battre. S'il était trop tard pour sauver son mariage, il était encore temps de détruire Thurman.

Elle saisit le téléphone et appela Monte-Carlo. C'était la cinquième fois cette semaine, mais Henri Broussard n'était toujours pas rentré de vacances. De toute évidence, il l'évitait. Cette fois, elle demanda à Pierre, le cuisinier français de l'aider. En moins de cinq minutes, elle avait le directeur en ligne.

En arrivant au Grecko, Aaron trouva Rosa installée au bar. Elle l'invita à se joindre à elle.

— Comment vas-tu ? demanda-t-elle.

— Ça va.

Il n'avait aucune envie de s'étendre sur ses problèmes personnels.

— Je cherche un emploi. Je ne travaillerai pas sous les ordres de ce sale type.

Un amant passionné

— De quoi parles-tu ?
— Ta femme rentre à Boston et Thurman prend sa place.
— Harrington est malade. Il a besoin de Charlie là-bas.
— Selon la rumeur, elle s'envole demain. Il paraît qu'elle va prendre des vacances. Le bruit court aussi que l'hôtel va être vendu. Je ne suis même pas sûre de conserver mon job, constata Rosa en regardant pensivement son verre de vin. Crois-tu que le vieil Harrington soit capable d'évincer sa propre petite-fille ?

Aaron frappa du plat de la main sur le comptoir.

— Je n'en sais rien. Mais ce qui est sûr, c'est qu'il va entendre ce que j'ai à lui dire.

Charlie n'était pas dans son bureau. Assis à sa table, Harrington fouillait dans ses tiroirs.

— Où est-elle ? demanda Aaron sans préambule.
— Elle fait ses cartons. Il est préférable qu'elle quitte cet endroit. Trop de mauvais souvenirs.
— Vous avez des œillères, monsieur Harrington.

Harrington le toisa avec mépris.

— Ecoutez, Brody, laissez tomber. Votre mariage n'a jamais existé. Charlotte rentre à Boston et Perry la remplace. Point barre.

Aaron posa les mains sur le bureau et riva ses yeux dans les siens.

— Charlie a passé cinq années de sa vie à travailler dans cet hôtel. Grâce à elle, le Marathon est devenu une affaire rentable et prospère. Et quelle récompense en tire-t-elle ? Vous lui préférez ce minable sans scrupule qui veut se servir d'elle pour s'emparer de l'empire hôtelier que vous avez passé votre vie à monter. Thurman n'est rien à côté de votre petite-fille, monsieur Harrington. Depuis qu'il est là, il ne fait que semer la pagaille.

— Il est là pour vous surveiller. J'ai deviné vos intentions au premier coup d'œil.

— Vous êtes un idiot. Non seulement Charlie est la femme la plus belle que je connaisse, mais elle est aussi la plus compétente pour gérer cet hôtel, ainsi que tous les autres.

Ce bel éloge lui rappela ce qu'il perdait en laissant Charlie partir. C'était peut-être lui le plus idiot des deux.

— Ce mariage n'a jamais eu d'avenir. Ayez au moins l'élégance de vous retirer en beauté.

Aaron refoula une envie irrésistible de lui serrer le cou. Il se força à prendre une voix calme.

— Mon mariage a peut-être mal commencé, mais il s'avère que c'est la meilleure chose qui me soit jamais arrivée. Au fait, ajouta-t-il en lui tendant une enveloppe, vous remettrez ça à Charlie. Les cent mille dollars qu'elle m'a prêtés.

Harrington haussa les épaules.

— Gardez cet argent et sortez de sa vie. Charlotte rentre à Boston avec moi.

— Charlotte prend ses décisions toute seule, annonça Charlie depuis le seuil.

Elle s'approcha, les yeux rivés dans les siens.

— Et tu sais quoi, Edward ? poursuivit-elle. Cet hôtel t'appartient et tu en fais ce que tu veux. Tu peux choisir de le laisser entre les mains malhonnêtes de Perry ou de le vendre. Je m'en moque. Mais ne compte pas sur moi pour rentrer à Boston. Je trouverai un autre travail.

Aaron n'en revenait pas. Jamais il n'avait vu Charlie aussi sûre d'elle, aussi déterminée. Elle avait refusé de se soumettre à son grand-père sans une seconde d'hésitation.

— Pensais-tu ce que tu disais, Aaron ? demanda-t-elle

Un amant passionné

ensuite. Est-ce que notre mariage est vraiment la meilleure chose qui te soit arrivée ?

— Oui, approuva-t-il en passant un doigt sur son nez. Tu es la femme la plus incroyable que j'aie rencontrée, Charlie Brody.

Elle lui adressa un sourire radieux avant de se tourner vers son grand-père.

— Je ne divorcerai pas. J'aime mon mari et je vais le lui prouver. Je reste ici.

— Comment peux-tu aimer un petit délinquant minable ? demanda rageusement Edward.

— Mon mari n'a rien de minable. Il a dû se battre pour survivre et soigner sa mère. Nous avons tous les deux des leçons à recevoir de lui. Aaron est un homme bon. D'ailleurs, ses amis lui sont dévoués corps et âme. Et moi aussi.

Perry entra dans la pièce au moment où elle finissait sa phrase.

— As-tu l'intention de finir tes jours avec un trafiquant de drogue ? demanda-t-il en haussant un sourcil.

Aaron n'eut pas le temps de se défendre.

— Mon mari n'a jamais fait de trafic de drogue. Tu mens.

— J'ai des preuves.

— Si c'était le cas, la police serait déjà au courant.

Aaron se tourna vers Charlie.

— Il ne sait pas encore que les policiers ont visionné une vidéo où on le voit dissimuler de la cocaïne sur mon bateau.

Perry resta un instant sans voix, puis il cracha :

— Pourquoi est-ce que je cacherais de la drogue sur le bateau d'un trafiquant ?

— C'est ce que vous expliquerez à la justice.

— Pendant que tu y es, Perry, intervint Charlie en lui tendant une liasse de papiers. Tu pourrais peut-être aussi

Un amant passionné

m'expliquer pourquoi j'ai constaté un trou de dix-huit mille dollars dans la comptabilité.

— Quoi ? demanda Perry d'un air étonné.

— C'est bizarre, l'argent disparaît depuis ton arrivée. Croyais-tu que je ne m'en apercevrais pas ?

Edward lui prit les papiers et mit ses lunettes sur le nez.

— Tu détournes de l'argent, toi, dit Edward avec incrédulité. Pourquoi, tu n'es pourtant pas dans le besoin ?

— Tu ne comprends pas, grand-père, reprit Charlotte. Perry veut te faire croire que l'hôtel est déficitaire afin de me discréditer. Il en profite pour envoyer cet argent à Monte-Carlo afin d'acheter le silence d'Henri Broussard. Ton cher Perry ne veut pas que tu saches qu'il a eu une petite mésaventure avec la femme d'un haut dignitaire.

Edward et Perry fixaient intensément Charlie. Ils semblaient aussi stupéfaits l'un que l'autre.

Puis la mâchoire du vieil homme se durcit. Sa colère était d'autant plus forte qu'il se sentait humilié par les agissements de Perry.

— Tu n'es qu'un ambitieux. Comment ai-je pu te faire confiance ? Mais tu es venu à mon chevet à Monte-Carlo. Tu m'as juré ton dévouement envers l'entreprise et ton adoration pour Charlotte. Ce n'était que du vent.

— Elle ment, protesta Perry. Elle cherche à couvrir sa propre incompétence.

Charlie eut un rire sarcastique avant de reprendre.

— Je me demandais depuis le début d'où te venait cette étrange envie d'épouser une femme, je cite : « aussi sexy qu'une planche à repasser. » Ce n'était pas comme à l'université, quand tu voulais t'introduire dans l'entreprise. Tu avais une très bonne place à Monte-Carlo. Du coup, j'ai fait ma petite enquête…

Un amant passionné

Elle s'interrompit et regarda Edward. Thurman était blanc comme un linge.

— Henri m'a parlé de ce qui s'est passé à Monte-Carlo. Personne ne sait ce qui s'est vraiment produit, mais alors qu'il était en train de déjeuner, le richissime homme d'affaires a quitté la table...

— C'est faux, dit Perry en lui coupant la parole. Tu ne peux rien prouver.

— Oh que si. Il s'est ensuite rendu dans sa chambre et a trouvé Perry au lit avec sa femme. La scène a été filmée par les caméras de surveillance, précisa-t-elle. Sur ce, Edward a eu une attaque. Alors tu as décidé de profiter de sa faiblesse pour t'emparer du pouvoir et tu as promis à Henri une somme consistante pour tenir sa langue en attendant.

Thurman devint cramoisi. Il desserra sa cravate et ouvrit le premier bouton de sa chemise.

Edward souleva les sourcils et pâlit.

— Tu t'es dit que si tu étais marié avec moi, Edward n'oserait pas te mettre à la porte le jour où il aurait vent de la faute que tu as commise.

Elle se planta devant son grand-père et lui tendit une chemise.

— J'ai demandé un audit des comptes de Monte-Carlo. Tu le remettras au département juridique de ma part.

— Impressionnant, remarqua Aaron en tendant à son tour une enveloppe à Charlotte. Voilà pour toi. Nous sommes quittes, maintenant.

Elle décacheta l'enveloppe, en sortit le chèque et le déchira.

— Tu es le meilleur investissement que j'aie jamais fait, lâcha-t-elle en le regardant droit dans les yeux.

Aaron sentit son cœur se serrer. Pour l'instant, elle était sincère, mais que se passerait-il quand elle prendrait

Un amant passionné

conscience qu'il n'était pas capable de lui offrir tout ce à quoi elle aspirait ?

— Ma vie peut te paraître romantique, mais tu ne sais pas ce que c'est qu'être pauvre et vivre sur un bateau.

— J'adorerai vivre sur le *Free Wind* avec toi, assura-t-elle en l'enlaçant. Et puis, j'ai mes propres économies. Je ne suis pas aussi riche que mon grand-père, mais suffisamment pour tenir quelque temps. Ton affaire marche bien et je trouverai un autre travail bientôt. Ne t'inquiète pas. Je t'aime, Aaron, conclut-elle en lui tendant ses lèvres.

Il prit son visage dans ses mains et l'embrassa, gardant les yeux ouverts de peur qu'elle ne disparaisse comme un rêve.

— Je t'aime aussi, Charlie Brody.

— Tu es tout ce que j'ai au monde, Charlotte, plaida Harrington. J'ai besoin de ton aide à Boston. Réfléchis bien avant de prendre une décision hâtive.

Elle glissa sa main dans celle d'Aaron.

— Désolée, grand-père. Mais si tu es intéressé par mes services, nous en discuterons plus tard. D'ailleurs, j'ai quelques bonnes idées à te proposer, dit-elle en entraînant Aaron vers la sortie.

Le cœur gonflé de bonheur, Charlotte serra la main de son mari. Elle ne cessa de sourire tandis qu'ils rentraient enfin chez eux.

Elle poussa un cri de surprise quand il la souleva dans ses bras avant de monter à bord du *Free Wind*.

— Qu'est-ce qui te prend ?

— Le marié doit porter la mariée pour franchir le seuil.

Ses yeux verts se voilèrent de désir en regardant l'entrée de la cabine.

— Ton seuil ressemble plutôt à une passerelle.

— Un détail sans importance, mon ange.

Un amant passionné

Elle enfouit le visage dans le creux de son épaule et gloussa.

— Qu'y a-t-il de si drôle ?

— Je suis bien dans tes bras. Je ne me suis jamais sentie aussi heureuse ni aussi libre.

— Tu risques de regretter d'avoir dit à ton grand-père qu'il pouvait se garder son hôtel. N'as-tu pas peur de mourir de faim dans mes bras ?

— Dans tes bras, je ne manquerai de rien.

Elle lui mordilla l'oreille, puis y passa la langue.

Aaron Brody l'aimait. C'était le plus beau jour de sa vie.

Passions

Le 1er juin

Passions n°206

Un si beau secret - Tessa Radley
Même si elle sait qu'entre eux il ne sera jamais question d'amour, Amy a tout des suite accepté la demande en mariage d'Heath Saxon. N'est-ce pas la meilleure chose à faire alors qu'elle est enceinte ? Pourtant, tandis que la date du mariage approche, elle comprend qu'elle ne pourra pas épouser le beau, le fascinant Heath sans lui révéler son terrible secret...

Audacieuse proposition - Kathie DeNosky
Lorsque Luke Garnier, son patron lui demande de lui donner un héritier, Haley n'en croit pas ses oreilles. Pourtant, aussi incroyable, aussi scandaleuse que soit cette proposition, elle brûle soudain de l'accepter...

Passions n°207

Sous le charme d'une héritière - Allison Leigh
En acceptant un poste dans l'un des hôtels appartenant à son père, Kimiko Taka est bien consciente qu'il lui faudra travailler dur pour prouver à ses nouveaux collègues qu'elle n'est pas seulement une riche héritière. Mais, elle est tout de même très déstabilisée par l'accueil glacial et méprisant que lui réserve Greg Sherman, le séduisant directeur de l'hôtel...

Troublant sentiment - Helen R. Myers
C'est tout naturellement que Collin Masters demande à Sabrina, sa secrétaire, de s'installer chez lui pour s'occuper de ses deux petites nièces dont il a la garde pour quelques semaines. Douce, compétente et responsable, n'est-elle pas la personne idéale ? Mais, très vite, il s'aperçoit qu'il a commis une terrible erreur, car il lui est de plus en plus difficile de masquer le désir puissant que la jeune femme lui inspire...

Passions n°208

Une nuit d'été... - Mauren Child

Si Bella déteste Jesse King, ce n'est pas seulement parce que l'immense empire industriel de ce dernier menace sa petite entreprise de stylisme. Non, ce qui la met en rage, c'est le fait que ce goujat semble ne garder aucun souvenir de la nuit qu'ils ont passée ensemble trois ans plus tôt, et que pour sa part, elle n'a jamais oublié...

Bien plus qu'une liaison - Robyn Grady

En avouant à Tristan Barkley qu'elle attend un enfant de lui, Ella n'aurait jamais imaginé qu'il lui proposerait le mariage. Pourtant, elle n'a pas le temps de se réjouir. Car il est évident que celui-ci n'agit que par sens du devoir et qu'il continuera à la traiter comme son assistante et non comme sa femme...

Passions n°209

Un cadeau du destin - Stella Bagwell

Alors qu'elle se retrouve seule et enceinte de plusieurs mois, Alexa décide de retourner dans l'hacienda familiale. Là, elle pourra prendre du recul et accueillir son bébé dans de bonnes conditions. Mais dès son arrivée elle se heurte à Jonas Redman, le nouveau régisseur embauché par son frère, un homme aussi troublant que désagréable...

Le temps d'une valse... - Jan Colley

En dépit de la merveilleuse nuit qu'elle a passée entre ses bras, Jasmine n'a jamais cherché à revoir Adam Thorne. Elle se méfie en effet des hommes trop beaux et trop sûrs d'eux. Pourtant, lorsqu'elle apprend que son père est gravement malade, elle n'hésite pas, désireuse de le rassurer, à demander à Adam de jouer le rôle de son fiancé...

Passions n°210

La saison des amants - Emilie Rose

Il a suffi de quelques mots échangés pour que Brooke succombe au charme viril et puissant de Caleb Lander. Un coup de folie qui ne lui ressemble pas et qu'elle entend bien oublier au plus vite. Mais, hélas, dès le lendemain, elle découvre que Caleb n'est autre que son nouveau voisin...

Au jeu de la séduction - Lucy King

Parce qu'elle n'a aucune envie de se rendre toute seule au mariage de son ex-fiancé, Emily accepte de se faire escorter par Luke Harrison, un homme qu'elle connaît à peine. Entre eux pourtant l'attirance est immédiate, violente même... Sans espoir aussi, car Emily sent que Luke est un homme blessé et qu'il ne sera jamais capable de lui promettre autre chose qu'une aventure sans lendemain...

www.harlequin.fr

30 € à gagner !

Répondez à notre grande enquête et
gagnez peut-être un bon cadeau de 30 €*

- 1 livre GRATUIT offert aux 1000 premières réponses -

/ Quels sont vos critères d'appréciation de la collection Passions ?
(5 pour très bon - 1 pour mauvais)

La passion ☐	- La modernité	☐
La sensualité ☐	- Les visuels de couverture	☐
L'intensité du conflit ☐	- Les auteurs	☐
La psychologie des personnages ☐	- Les volumes doubles	☐

/ Sélectionnez vos 3 thèmes préférés dans Passions et classez-les de 1 à 3 :
(1 étant votre choix n°1)

Des histoires avec des enfants ☐	- Des histoires centrées sur le couple	☐
Des mariages arrangés/blancs ☐	- Des patrons séducteurs	☐
Des secrets de famille ☐	- Des histoires de retrouvailles	☐
Des ranchers ☐	- Des cadres exotiques	☐

/ Qu'aimeriez-vous davantage trouver dans les romans de la collection Passions ?

	Oui	Non
De la passion	☐	☐
De la sensualité	☐	☐
De la diversité	☐	☐
Du glamour	☐	☐
De la psychologie/profondeur de l'intrigue	☐	☐
Je ne changerais rien	☐	☐

Autre :..

4/ Globalement, quelle note sur 10, attribueriez-vous à la collection Passions ?

☐☐

5/ Quels sont les auteurs que vous aimez lire dans la collection Passions ?

- ☐ Emilie Rose
- ☐ Christine Rimmer
- ☐ Maureen Child
- ☐ Olivia Gates
- ☐ Diana Palmer
- ☐ Victoria Pade
- ☐ Marie Ferrarella
- ☐ Judy Duarte
- ☐ RaeAnne Thayne
- ☐ Susan Crosby

Autre : ....

6/ Aimez-vous les séries/sagas dans la collection Passions ?

Oui ☐   Non ☐

Laquelle ou lesquelles avez-vous aimées ?

....

7/ Selon vous, les couvertures Passions sont :

☐ Très bien   ☐ Bien   ☐ Assez bien
☐ Passables   ☐ Je ne les aime pas du tout

Pourquoi : ....

8/ Selon vous, ces couvertures sont plutôt :

	D'accord	Moyennement d'accord	Pas d'accord
- Modernes	☐	☐	☐
- Classiques	☐	☐	☐
- Attirantes	☐	☐	☐
- Elégantes	☐	☐	☐
- Reflètent bien la collection	☐	☐	☐
- Expriment la passion	☐	☐	☐

Suggestions :..
....

9/ Sélectionnez vos 5 critères d'achat de la collection Passions et classez-les de 1 à 5 (1 étant le premier)

- La marque   ☐   - Le titre   ☐
- La pagination   ☐   - La thématique mise en avant   ☐
- Le prix   ☐   - Le visuel de la couverture   ☐
- Le résumé au dos du livre ☐   - L'émotion   ☐
- L'auteur   ☐   - La passion   ☐

10/ Concernant la collection que vous venez d'acheter...

- J'achète tous les livres chaque mois   ☐
- J'achète une sélection de livres chaque mois ☐
- Je l'achète occasionnellement   ☐

11/ Avez-vous acheté un livre de l'une de ces collections au cours des 6 derniers mois ?

☐ Azur   ☐ Audace   ☐ Horizon   ☐ Blanche
☐ Nocturne   ☐ Best-Sellers ☐ Les Historiques ☐ Prélud'
☐ Black Rose   ☐ Passions   ☐ Red Dress Ink   ☐ Spicy
☐ Mira   ☐ Jade   ☐ Aventures et Passions
☐ Passion intense ☐ Barbara Cartland

Autre : ....

12/ Etes-vous abonnée à l'une des collections Harlequin ?

Si oui, laquelle ? ....
Non, je l'ai été mais j'ai arrêté   ☐
Non, je ne l'ai jamais été   ☐

3/ Utilisez-vous un de ces sites pour rechercher des informations avant d'acheter en magasin ?

Oui ☐   Non ☐

Si oui, lesquels ?
Harlequin.fr ☐   Fnac.com ☐   Amazon.fr ☐   Autre ☐

M. ☐   Mme ☐   Mlle ☐
Nom : .... Prénom : ....
Adresse : ....
Code Postal : .... Ville : ....
Date de naissance : ....
E-mail : _____@_____

☐ Oui, je souhaite être tenue informée des offres promotionnelles des Editions Harlequin
☐ Oui, je souhaite recevoir les offres promotionnelles des partenaires des Editions Harlequin

Quelle est votre profession ?

☐ Agriculteur
☐ Artisan, commerçant, chef d'entreprise
☐ Cadre et profession libérale
☐ Profession intermédiaire
☐ Employée   ☐ Ouvrier
☐ Retraitée   ☐ Inactive

Quelle est la profession du chef de famille ?

☐ Agriculteur
☐ Artisan, commerçant, chef d'entreprise
☐ Cadre et profession libérale
☐ Profession intermédiaire
☐ Employé   ☐ Ouvrier
☐ Retraité   ☐ Inactif

* Un tirage au sort désignera les 20 gagnants d'un bon cadeau de 30 €
(soit 45 SFr pour les gagnants suisses)

Merci de retourner le questionnaire complet au plus tard le 31/08/2010 sous
enveloppe affranchie à l'adresse suivante :
Editions Harlequin – service Marketing
Grande Enquête Harlequin
83/85 bd Vincent Auriol
75646 Paris cedex 13

PAS3

Extrait du règlement :

La société HARLEQUIN organise un jeu-questionnaire intitulé « Grande enquête Harlequin» du 1er avril 2010 au 31 aout 2010 qui accompagnera les livres mis en vente. Il est gratuit et sans obligation d'achat, et ouvert à toute personne physique majeure résidant en France métropolitaine (Corse comprise), à Monaco, dans les DOM-TOM, en Suisse et en Belgique. La réponse est possible sur papier libre ou en demandant un exemplaire du jeu-questionnaire au service lectrices au 01 45 82 47 47 ou à l'adresse du jeu.

Un livre d'une valeur commerciale unitaire de 6,30€ sera offert aux mille (1000) premières personnes ayant répondu à la grande enquête Harlequin dans toutes les collections concernées. Les vingt (20) personnes tirées au sort se verront attribuer un chèque cadeau d'une valeur de 30€ (soit 45SFr). Les lots seront envoyés par la Poste dans le délai d'un mois après la clôture du jeu.

Pour participer, les candidats doivent avoir répondu au questionnaire et le renvoyer à la Société Harlequin à l'adresse suivante : Editions Harlequin – service marketing 83/85 bd Vincent Auriol 75646 Paris Cedex 13. La participation au jeu-questionnaire entraîne l'acceptation pleine et entière du règlement déposé chez Maîtres Gaultier et Mazure, Huissiers de justice, 51, rue Sainte Anne, 75002 Paris.

Le règlement est adressé à titre gratuit à toute personne en faisant la demande à : Société Harlequin 83-85 boulevard Vincent Auriol 75013 Paris. Timbre remboursé sur demande au tarif lent

Loi informatiques et libertés

Pour vous offrir le meilleur service, vos noms et adresses seront enregistrés dans notre fichier clientèle. Conformément à la loi Informatique et libertés du 6 janvier 1978,vous disposez d'un droit d'accès et de rectification aux données personnelles vous concernant. Par notre intermédiaire, vous pouvez être amenée à recevoir des propositions d'autres entreprises.
Si vous ne le souhaitez pas, il vous suffit de nous écrire en nous indiquant vos nom, prénom et adresse à :
Service Lectrices Harlequin BP 20008 59718 LILLE Cedex 9.

Découvrez les
EXCLUSIVITÉS
qui vous sont réservées sur
www.harlequin.fr

La lecture en ligne **GRATUITE**
Votre **HOROSCOPE** amoureux
L'ensemble des **NOUVEAUTÉS**
Les **PARUTIONS** à venir
Les infos sur vos **AUTEURS** favoris
Les **OFFRES** spéciales…

…et bien d'autres surprises !

Rendez-vous vite sur

www.harlequin.fr

GRATUITS !

2 romans
et 2 cadeaux surprise !

Pour vous remercier de votre fidélité, nous vous offrons 2 merveilleux romans **Passions** (réunis en 1 volume) entièrement GRATUITS et 2 cadeaux surprise ! Bénéficiez également de tous les avantages du Service Lectrices :

- **Vos romans en avant-première**
- **Livraison à domicile**
- **5% de réduction**
- **Cadeaux gratuits**

En acceptant cette offre GRATUITE, vous n'avez aucune obligation d'achat et vous pouvez retourner les romans, frais de port à votre charge, sans rien nous devoir, ou annuler tout envoi futur, à tout moment. Complétez le bulletin et retournez-le nous rapidement !

☐ **OUI !** Envoyez-moi mes 2 romans Passions (réunis en 1 volume) et mes 2 cadeaux surprise gratuitement. Les frais de port me sont offerts. Sauf contrordre de ma part, j'accepte ensuite de recevoir chaque mois 3 volumes doubles Passions inédits au prix exceptionnel de 5,99€ le volume (au lieu de 6,30€), auxquels viennent s'ajouter 2,80€ de participation aux frais de port. Dans tous les cas, je conserverai mes cadeaux.

N° d'abonnée (si vous en avez un) |_|_|_|_|_|_|_|_|_| **RZ0F09**

Nom : .... Prénom : ....

Adresse : ....

CP : |_|_|_|_|_| Ville : ....

Téléphone : |_|_|_|_|_|_|_|_|_|_|

E-mail : ....

☐ Oui, je souhaite être tenue informée par e-mail de l'actualité des éditions Harlequin.
☐ Oui, je souhaite bénéficier par e-mail des offres promotionnelles des partenaires des éditions Harlequin.

<u>Renvoyez cette page à</u> : **Service Lectrices Harlequin – BP 20008 – 59718 Lille Cedex 9**

Date limite : **31 décembre 2010**. Vous recevrez votre colis environ 20 jours après réception de ce bon. Offre soumise à acceptation et réservée aux personnes majeures, résidant en France métropolitaine. Offre limitée à 2 collections par foyer. Prix susceptibles de modification en cours d'année. Conformément à la loi Informatique et libertés du 6 janvier 1978, vous disposez d'un droit d'accès et de rectification aux données personnelles vous concernant. Il vous suffit de nous écrire en nous indiquant vos nom, prénom et adresse à : Service Lectrices Harlequin - BP 20008 - 59718 LILLE Cedex 9. Harlequin® est une marque déposée du groupe Harlequin. Harlequin SA – 83/85, Bd Vincent Auriol – 75646 Paris cedex 13. SA au capital de 1 120 000€ - R.C. Paris. Siret 31867159100069/APE5811Z

Composé et édité par les
éditions Harlequin

Achevé d'imprimer en France (Malesherbes)
par Maury-Imprimeur
en avril 2010

Dépôt légal en mai 2010
N° d'imprimeur : 154021 — N° d'éditeur : 14938